绝命虫师 ②

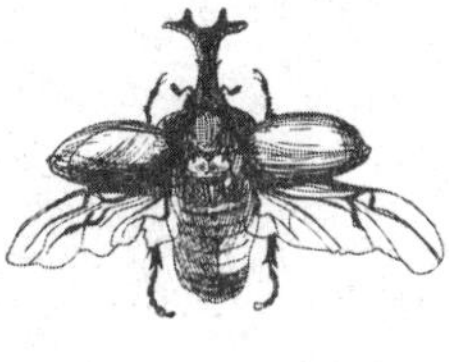

闫志洋◎著

中国友谊出版公司

目录
CONTENTS

引 子

这个世界上总是有太多离奇诡异的事情是我们难以理解的，在未闻之前，大家总是觉得这种事情是不可能发生的，甚至认为这些事情只能存在于故事之中。直到你亲身经历之后才恍然发觉，原来这些事情都是真实存在的。

十五年前的那个夏天，对于当时只有十几岁的我来说，是一段不堪回首的经历。那个夏天，在外经商的父亲将我送到“爷爷”所居住的北蒙，那个隐藏在燕山山脉之中的小山村。

之所以给这个“爷爷”加上一个引号，是因为在血缘上我们毫无关系，只是出于某些我不知道的原因，自父亲开始便改成他的姓氏，就连我的名字潘沐洋也是他取的。

爷爷是个奇怪的老头，不管冬夏总是一袭黑衣加身，那张脸始终如一地保持着一种近乎冷漠的表情。他生活在北蒙最里面那座并不算大的院落之中，极少与村中的人往来，但村中的人却对他极为敬重。

那年夏天的经历，就像是一部惊悚电影一般深深地烙印在我的脑海中。而这部电影的开关，便是我左手腕上那块总是在深夜隐隐作痛的伤疤。在北蒙将近一个月的时间中，所经历的那种极度的痛苦是我所不可想象的。

但是更让我觉得惊诧的，是从北蒙回去之后那长达三年的噩梦。梦里我总觉自己被一只巨大的蚕茧包围着，无法喘息，直到三年之后的一个夜晚，我冲破了那只茧子。

再次听到爷爷的消息，正是2008年金融危机之时，我光荣地大学毕业然后失业了。就在我向父亲“求救”的时候，这个年过半百、身家千万的老人在电话中提到了爷爷。

恍惚之间，我的脑海中再次出现了那个一袭黑装、不苟言笑的老头，左手腕上已经几年未曾发作过的伤疤，竟然又开始隐隐作痛，十五年前那个暑假的经历，随着手腕上的阵阵灼痛开始在我的脑海之中渐渐浮现出来。

父亲在电话中告诉我，爷爷得了癌症，发现的时候就已经是晚期了，虽然医生再三规劝他住院治疗，可这个倔强的老头还是毅然决然地回到了北蒙。我心想他始终还是不能离开北蒙，离开那个怪异的村子，而这个原因想必即便是父亲也不知道。可是我知道，因为我曾经见过“她”，那具被爷爷关在地下室之中的妖艳“女尸”。

不，那不是一具尸体。因为我清晰地记得她的身体在微微颤抖，还有那妖艳至极的眼神。没错，她是活的，想到这里，我的手腕又开始灼痛起来，似乎是在阻止我继续回忆那些给我留下痛苦记忆的往事。以前曾经听人说过，长久记忆是人一生也不会磨灭的，有些甚至会随着基因一直传递下去，只是我们很难找到一种能开启这种记忆密码的钥匙。或许，我手腕上的这块伤疤便是开启那段记忆的钥匙吧。

三天之后，应父亲之约，我和他驱车回到了北蒙。爷爷依旧住在北蒙最里面的那座院落之中，几间破旧的灰色瓦房，院子不大，里面养着几只羽毛光鲜的鸡。爷爷见到我之后似乎异常激动，他的眼神中闪烁着少有的温情，让我对他的印象顿时好了很多。

在父亲离开之后，爷爷终于打开了话匣子，他给我讲述了一段民国时期离奇而古怪的往事。在他长长的叙述之中，我一直注视着他的眼睛，那一个个鲜活的人物宛如生活在我的身边一般。当爷爷长出一口气之后，他轻轻地拍了拍我的肩膀说道：“沐洋，我有些累了！”然后剧烈地咳嗽起来。

我连忙起身倒了一杯水递给爷爷，他喝下一口水，然后长叹了声：“关于那件事，你现在是不是一直还在记恨爷爷？”

屋子里的空气瞬间凝固了起来，我低下头目光落在手腕上的伤疤上，那块伤疤虽然只是偶尔会隐隐作痛，但是疤痕却清晰可见。爷爷见我良久没有说话，似乎是明白了什么，轻轻地拍了拍我的肩膀，拉着我走出了门。

午后北蒙的阳光还是有些刺眼的，只是爷爷拉着我的手却冰冷异常，他驻足在门口望了望，父亲此时正在邻家的伯伯家与人寒暄。而爷爷则拉着我走到了门口的一棵老槐树下面。这棵老槐树少说也有上百年的历史，原来的树干早已枯败，只是在这枯败的树干之上又生出了几条嫩枝。

爷爷躬身蹲在树下，轻轻招了招手示意我也蹲下。在那棵树下有一个蚁穴，几只蚂蚁正在洞口进进出出。爷爷微微笑了笑，捏起一只蚂蚁放在掌心，不一会儿的工夫再将那只蚂蚁放在地上，只见那只蚂蚁径直爬入蚁穴。顷刻之间，所有的蚂蚁都跟着从洞口钻了出来，在我们的面前排列开来，像是经过训练的士兵一般，随着爷爷手指的变化，一会儿排列成一个方形，一会儿又排列成一个圆形。

这惊人之技让我看得目瞪口呆，我的两只眼睛直勾勾地盯着地面上的那群蚂蚁，忽然爷爷的手掌相交，那群蚂蚁这才散开，各自回到了巢穴之中。

“爷爷，这……这就是驱虫之术？”我颤抖着问道。

“呵呵，沐洋，这只是雕虫小技而已！”爷爷说完，靠在老槐树下望着远处的山脉。这燕山山脉西起八达岭，东至山海关，绵延数千里，但是又有谁知道，在这绵延的山脉之中究竟藏着什么秘密呢？

“其实，这驱虫之术并没有什么大惊小怪的，从古至今人们便一直沿袭祖先的驱虫之术。”爷爷的话让我备感惊讶，难道这已经不再是什么秘闻了吗？

爷爷似乎察觉到了我惊异的神情，道：“古人将天下万物归于五行之中，因而便有了五方、五季、五令、五色、五味、五谷、五虫，都与这五行相对。而五虫之中则涵盖了所有的动物。”

爷爷顿了顿接着道：“因此我们驯养的所有家禽家畜，便也是虫。所以这驱虫之术本已见怪不怪了，只是大家不察而已。而且，那些驯养也仅仅停留在驱虫术最初的阶段。”

我恍然大悟地点了点头，爷爷说得确实有理。

接着，我们两个人再次陷入沉默，过了良久，爷爷抬起头幽幽地说道：“沐洋，你听说过‘明修栈道，暗度陈仓’这句话吗？”

我连忙点了点头：“这句成语大多数人都耳熟能详，当年项羽将刘邦困在汉中，刘邦便用‘明修栈道，暗度陈仓’之计躲过了项羽的耳目，突袭中原才有了这汉朝天下啊。”

“呵呵，那你知道这条陈仓小路是谁开辟的吗？”爷爷步步紧逼。

“这……史书上好像没有记载！”我如实回答道。

爷爷说到这里便沉默了，似乎是在回忆往事。我坐在他的身边，尽量轻微地喘息着，心想也许接下来便会听到爷爷背后那些离奇古怪的经历。

果不其然，在爷爷沉默了将近一刻钟之后，他咳嗽着从口袋中抽出一根烟递给我。我接过烟，拿出火机帮爷爷点上。随着他口中吐出的淡淡的烟雾，爷爷年轻时代的记忆，一点点地向我敞开了。

民国三十二年的夏天，对于爷爷潘俊来说是一生之中最不平凡的一年，在接下来的一段时间里，他的生活发生了翻天覆地的变化，所有熟悉的一切都变得不再那么熟悉了。

01

南辙北，探秘返北平

“嗒嗒嗒”，远处传来了马蹄声。坐在路边凉亭之中的中年男人身穿一件合体的灰色大褂，头上戴着一顶帽子，身旁跟着的一个妙龄少女和一个青年男子都警觉了起来。

中年男人谛听了片刻后幽幽地道：“三个人分骑在三匹马上，一个男人，两个女子，距此不过五六里的路程，应该就是他们了！”

女子点了点头，一双乌黑的眸子好奇地望着中年男人，而那青年男子则望着眼前的女子，有些痴迷。

片刻之后，果然在路的入口出现了两女一男三个人骑着高头大马而来。而最前的女孩骑的那匹马明显有些特别，不光形貌筋骨与常马有异，更兼神态恍惚迷离，蹄大如钵，行走如风，却绝不会扬起半点儿尘土，那路上更是不留蹄印。果然是万里挑一的马中极品。

那女孩子骑在马上英姿飒爽，脸上始终挂着笑意，到中年男人面前时猛然拉住缰绳夹紧马肚。那马嘶鸣一声，前腿高高腾空而起，停在了中年男人面前。这中年男人着实一惊，向后退了两步，马上的女孩“咯咯”笑了起来：“没想到冯师父还怕这马呢！”

“哈哈，燕云姑娘，这真是一匹千里马啊！”男人朗声笑道，轻轻走近。谁知那马性子极烈，立刻响鼻警告，冯万春只得识趣地向后退了两步。

“嘿嘿，这是潘哥哥他大伯的马，叫飞鸿。潘哥哥说如果我能驾驭它的话，就将这匹马送给我……”马上的欧阳燕云不无得意地拍了拍飞鸿的脖子，然后纵身从马背上跳下来，直到这会儿潘俊和时淼淼二人才驱马赶到。

“燕云，你骑得太快了！”潘俊不无责怪地说道。欧阳燕云吐了吐舌头，瞥了一眼跟在潘俊后面一直冷眼相对的时淼淼，撇了一下嘴，牵着马走到了冯万春身后的女子旁边：“段姐姐，想死你了！”

潘俊见欧阳燕云根本听不进去，也只得无奈地看了看冯万春。冯万春笑了笑，说：“潘爷，这一路上你看到什么了没有？”

潘俊点了点头：“嗯，这一路上我们见到不下百具丢在路边的尸体！”

“是啊！”冯万春操着一口东北人特有的口音，“日本人现在开始疯狂地杀人了！”

“天令其亡，必令其狂！”潘俊仰起头望着阴云密布的天空，“小日本的日子不长了！”

“是啊！”冯万春掏出一根烟叼在嘴上，“不过，潘爷，咱们六个人一起走的话目标太大了！”

“对，这一路上我都在想这个问题，而且……”潘俊顿了顿，“我还要去见一个人！”

冯万春捏着烟的手指微微颤抖了一下，眉头微皱，却没有问。冯万春是个城府极深之人，他知道倘若潘俊想说的话一定会说，如果不想说便是追问也无济于事。

“那这样，冯师父，一会儿你带着欧阳姐弟一起走，我带着段姑娘和时姑娘一起走，然后我们在河南安阳见面！”潘俊说着，在冯万春的耳边低语了几句。冯万春的那两条浓眉在潘俊低语的时候不时拧紧，当潘俊说完之后，冯万春摇了摇头，吃惊地望着潘俊。

“冯师父您记下了吗？”潘俊望着冯万春说道。

“嗯，只是……”冯万春想要说什么，最终还是报以释怀一笑，摇了摇头。而这一切都被站在一旁相貌惊艳、表情冷漠的女子时淼淼尽收眼底。

潘俊和冯万春走到欧阳燕云几个人面前的时候，欧阳燕云正在查看弟弟欧阳燕鹰的伤势。虽然只是几日的时间，而且一路上奔波，但是由于潘俊的医术超群，此时欧阳燕鹰身上的伤早已好了大半。

“潘哥哥的医术果然厉害啊！”欧阳燕云不无骄傲地说道。

“嗯，和大家说一件事。现在我们已经离开了北平，从这里到河南安阳快则半个月，慢则一个月。但我们一行六人的目标实在是太大了，因此，我和冯师父决定将我们分成两组分头走。”几人觉得潘俊说的确实有理，便纷纷点头。可是当潘俊宣布让欧阳姐弟与冯万春一路的时候，欧阳燕云立刻跳了起来，盯着潘俊道：“为什么不让我和你一起走？”

“燕云，听话。我们路上还有一些事情要做！”潘俊安抚着欧阳燕云，谁知这鬼丫头根本就不听劝，那火暴的脾气一上来便再难消。正在二人僵持的时候，段二娥走了过来，轻轻拍了拍燕云的肩膀说道：“潘俊哥哥，不然还是我和冯世叔一起走，让燕云姑娘和你们一起走！”

这话一出口，欧阳燕云脸上的不快立时烟消云散了。潘俊咬了咬嘴唇，叹了一口气说道：“燕云，你跟我们走也可以，只是我要和你约法三章！”

欧阳燕云见潘俊终于肯松口了，于是连忙点了点头说：“潘哥哥随便你说，不管说什么我都答应。”

“好，第一，不准胡闹，不准轻易运用你的驱虫之术显露身份！”没等潘俊说完，欧阳燕云就抢着说道：“好，好！”

“第二，不要再和时姑娘闹别扭了！”潘俊说完，欧阳燕云冷冷地看了一眼时淼淼。一路上欧阳燕云一直对时淼淼冷眼相对，再加上之前燕云曾经指使子午给时淼淼下毒，若不是潘俊察觉子午的身份，恐怕时淼淼已经中计了。

“好……”燕云拖着长声说道，“潘哥哥赶紧说第三条吧！”燕云本就是火暴脾气，没有太多耐性。

“哎。第三，就是不可随意召唤皮猴！”潘俊说完，欧阳燕云便从衣服里掏出一支很短的小笛子。那笛子只有手掌大小，十分适合放在衣服之中，笛子上有两个孔，但是潘俊知道火系的驱虫师便是用此物来召唤皮猴的。

潘俊接过那支短笛微微笑了笑：“好了，事不宜迟，那咱们就此作别，半个月后在安阳见面吧！”说完拱手道别。

冯万春也是一拱手，带着欧阳燕鹰和段二娥两个人上了马，一路绝尘而去。望着他们渐渐消失，潘俊这才让时淼淼和欧阳燕云上了马。只是，他们的方向却与冯万春等人南辕北辙。

只是沿着来时的路向回走，欧阳燕云惊讶地望着潘俊道：“潘哥哥，咱们不去河南了吗？”

潘俊微微笑了笑，除了那件事之外，他还有一件事没有做。

花开两朵，各表一枝，且不说冯万春等人一路上经历如何，只说潘俊一行人不向南行，竟然辗转向北平的方向奔去。虽然燕云不解潘俊究竟想做什么，但是她知道凭借着潘俊的聪明，他所做的一切都是正确的。

他们一行人快马扬鞭沿着崎岖小路行进半天有余，此时天已经擦黑，潘俊一行人此时距离北平还有一百余里。远远便望见前面不远处有一座村庄，袅袅炊烟从村子中缓缓冒出来。

欧阳燕云顿时觉得腹中饥饿难耐，于是扬起缰绳道："潘哥哥，我先去前面的村子看看啊！"

未及潘俊阻止，欧阳燕云已经驱马向村子冲了过去。

"唉，这丫头！"潘俊头疼地说道。时淼淼却只是冷冷地望着潘俊道："潘俊，你回北平究竟是为什么？"

"呵呵。"潘俊勒住缰绳，马渐渐慢了下来，"时姑娘，有一件事你一定想见识见识！"

"哦？"时淼淼柳眉微颦，不知潘俊究竟打的什么主意。

"你见到就知道了！"说罢，潘俊拍了一下马背，那马便向前奔去。刚奔出几步，一个人忽然从草丛中钻出来躺在路边，那人的头上身上都沾满了血。潘俊勒住缰绳跳下马，时淼淼则已经赶在了潘俊的前面，潘俊伸手探此人鼻息尚在，只是已经极其微弱了。

此时，那人忽然醒了过来，一脸惊恐地望着面前这两个陌生人，快速地将手伸到腰间摸索着什么。这时，时淼淼将一把盒子枪握在手里晃了晃道："你是在找这个吧？"

瞬间，那个人眼中似乎只有时淼淼手中的那把盒子枪，他身体猛一用力向时淼淼的方向扑了过去。时淼淼轻轻一躲，那人扑了个空。

"你……你们是什么人？"那个人上下打量着潘俊和时淼淼。

"还没问你是什么人呢。"时淼淼冷冷地说道，然后将枪抵在那个人的太阳穴上，"身负重伤，带着枪，你究竟是什么人？"

"哼……"那个人冷冷一笑，缓缓闭上眼睛道，"来吧，毙了老子，狗汉奸！"

“呵呵，还是一副硬骨头啊！”时淼淼收起枪。潘俊伸手将枪接了过来道：“好汉，我们不是汉奸，只是你怎么弄成了这副模样？看你身上的伤，应该是被严刑拷打过了！”

汉子睁开双眼再次上下打量了潘俊一番，见潘俊将枪递到自己面前，便毫不客气地夺过枪：“看你们两位也不像是坏人，不过千万别去前面的村子。”

“为什么？”潘俊察觉到了什么，警觉起来。而未等那汉子开口，村子的方向便传来了两声清脆的枪响。潘俊和时淼淼对视了一眼，立刻骑上了马。

那枪声正是日军部队装备的三八式步枪的声音（俗称三八大盖，这种步枪一直被日军沿用至1945年日本无条件投降），潘俊心知不妙，如果日本人真的在那个村子里，那么此时欧阳燕云说不定已经身陷重围了。

潘俊和时淼淼驱马向村子急去。枪声越来越密集，潘俊心中顿时焦急起来，他此刻有些后悔，当初为了限制燕云的行动，才让她将召唤皮猴的那支短笛交给自己，可是现在遇到了危险，如果燕云不能召唤皮猴的话，就只能束手就擒了。

只是当他们赶到之时，却发现几个日本兵横七竖八地倒在村口的打谷场上，在那几个日本兵的尸体之间，还夹杂着几具村民的尸体。此时的打谷场上空荡荡的，只有飞鸿茫然地站在打谷场的中央低头吃着地上的谷子，偶尔打两声响鼻儿，而燕云却早已不知去向。潘俊牵着马走近飞鸿，只见那马鞍上沾着尚未干涸的斑斑血迹。潘俊见此情形心中有些着急，但细看那些横卧在地上的尸体，那些村民多数是头部或者胸口中弹而亡，而那些日本兵则血肉模糊，身上和头部像是被什么动物撕咬过一般，甚至在伤口上还留着齿痕。

忽然又是一声响亮清脆的枪声，潘俊立刻策马向枪声传来的方向奔去，时淼淼紧随其后。那枪声是从村子之中传来的，随着快马渐渐接近，潘俊的耳边响起了几声犬吠，隐约听到了人的声音。

潘俊在一个村宅的门口驻马，里面忽然传来一声惨叫，那叫声像是一个男人的。潘俊连忙下马推开门，只见一群人正围在墙角，潘俊挤过人群后，见欧阳燕云正蹲在一个遍体鳞伤的日本人旁边，汩汩的鲜血从那个日本人脖子上的动脉流淌出来，在燕云的身旁是几只黄狗。

“燕云……”潘俊喊道。欧阳燕云听到潘俊的声音后，笑眯眯地扭过头望着潘俊拍了拍手说：“这几个小鬼子搞定了！”

潘俊有些不悦，却也不能发作。“咱们快点儿离开这里！”说完，拉着欧阳燕云便向外走。谁知几个村民却忽然拦住了潘俊一行人的去路，齐刷刷地跪在欧阳燕云的面前："恩人，恩人啊，谢谢你们救了我们一村的人。"

燕云伸手扶起前面的一个人道："没什么的，这些小日本都不是什么好东西！"

"恩人，现在天色已晚，如果你们不嫌弃，就暂时在我们村子住一晚吧！"一位老者热泪盈眶地说道。

欧阳燕云扭过头看了看潘俊，潘俊叹了一口气点了点头。这一行人当天晚上便住在了老人家里。

老人的家简陋异常，屋子分左右两间。老人引着潘俊走进右面的屋子，里面的摆设也很简单，几只破旧不堪的木柜，炕上的被褥也脏兮兮的。

"几位恩人，只能委屈你们在这里将就一晚了！"老人有些抱歉地说道，然后躬身退了出去。

"爸爸，家里来人了？"有个女孩子的声音从隔壁传来。时淼淼警觉地问道："老人家，那是您的闺女？"

"嗯，是啊，我闺女……"老人说到这里，不禁眼睛湿润了。

"老人家，你怎么了？"时淼淼那张惊艳冰冷的脸上露出一丝惊异的神情。

"唉，几位恩人有所不知，我这女儿可能活不了多久了！"欧阳燕云听了老人的话，一下子凑到面前问："大爷，这是为什么啊？"

"唉，前几年我女儿得了一场怪病，本来这家还能凑合着过，可是最后为了给她看病，能卖的都卖了。前年老婆子上山给她采药，这一去就再也没有回来。"老人说完泪流满面。

"那老人家你算是找对人了，我的潘哥哥可是京城名医啊！"欧阳燕云笑眯眯地说道，潘俊猛然拍了燕云一把，燕云立刻发觉自己失言了。

"老人家，我小时候学过两天医术，如果您信得过的话，能否让我见见令嫒？"潘俊谦和道。

老人当然是求之不得，连忙引着潘俊等人来到了左面的屋子。一掀开门帘，一股恶臭便迎面扑来，潘俊脸上掠过一丝惊异的表情。老人有些歉意地道："各位恩人见笑了，自从闺女得了这怪病之后，就总是发出这种味道。"

潘俊似乎完全没有在意老人在说什么，径直走到女孩子身旁。女孩子可能求医多年早已习惯，顺从地伸出了胳膊。潘俊将手指按在女孩子的脉上，这脉象应指有力，长大而坚。大约一炷香的工夫，潘俊将女孩的手臂放下，放进她的被子里。

“这孩子是邪气盛而正气不虚，病邪与正气相搏，以致脉道坚满，三候有力。”潘俊的话让老者有些失望。

“您有所不知，开始的几个医生也是这样说，却是吃了几服药，依旧没有见到一点儿好转。”老者哭丧着脸说道。

“那是他们无能，我家潘哥哥的医术登峰造极……”欧阳燕云还要继续说什么，却正好撞见潘俊责怪的眼神，这才算是停住了嘴，然后对老者道，“你放心吧，潘哥哥一定会有办法的！”

潘俊着实对欧阳燕云有些无奈，这丫头的脾气火暴，却又有一副侠义心肠，既然她已经夸下海口，就算是无计可施，潘俊也要试试了。“老人家有纸笔吗？我给你开一个方子，至于管用与否，只能看这姑娘的造化了！”

老人拿出纸笔，潘俊三下两下写了一个方子：“照着上面的方子抓药，如果三日内见好转，就将所有的剂量减半，估计半个月的时间便会痊愈！”

“这……这方子真的管用？”老人手中捧着那张纸疑惑地望着潘俊，见潘俊面无表情，扭过头向欧阳燕云求助。燕云一脸微笑地说道：“既然潘哥哥说有用就一定有用，您快收好，明早照着方子抓药就好了！”

老人家这才如获至宝般地将那药方揣在怀里，引着潘俊等人去往右边的屋子。

“老人家您就只有这么一个闺女啊？”欧阳燕云坐定之后问道。

“唉，一言难尽啊！”老人说到这里又长叹了一口气，拿过几个大碗给几个人倒水，“我本来还有一个小儿子，可是这年月走了国军却来了小日本。本来老头子我养了两匹马赶垛子，生活还能维持。谁知这流年不利，一匹马被国军抢走了，剩下一匹老马。那时候小儿子刚七岁，正好也是赶上荒年，地里颗粒无收，再加上给女儿看病，早就难以为继了，于是准备把那匹老马送到城里卖了钱之后换上几斗米。”老人叹了一口气。

“那后来呢？”欧阳燕云追问着。

“后来我将马牵到城里卖掉了，换了不少纸票子，就这样本来很高兴，因为一匹老马能卖上那个价完全是天价了，可是当天粮店已经关门，只能回家了。本来盘算了一晚上准备第二天给小儿子买点儿口粮，剩下的钱还能给闺女看看病。谁想到……唉，谁想到第二天我进城去买粮食的时候，那粮食早已经是天价了，我手里攥着的那一沓纸票子还换不来一斗粮食。唉，就这样，我那小儿子被活活饿死了！”老人说到伤心处，两行清泪从眼角缓缓淌出。

欧阳燕云听完老人的叙述眼睛也湿润了，她扭过头望着潘俊，只见潘俊从行囊中拿出几块银圆递给了老人。老人见到那银圆本是一惊，随后连忙站起身“扑通”一下跪在了地上：“恩人，这……”

“老人家拿着吧！”燕云接过潘俊手中的银圆塞进了老者的口袋中。

老人一阵感激地退了出去。当天晚上，几个人和衣而卧。是夜，几人刚刚入睡，潘俊隐隐听见一阵杂乱的脚步声，从脚步声判断那些人已经到了打谷场。忽然时淼淼推了推潘俊，潘俊连忙对她做了一个噤声的手势。

“你听到了吗？”时淼淼低声道。

“嗯，五个人，其中一个人的身上有伤。”潘俊侧耳谛听，此时却再也听不见那声音。起初他一直以为这仅仅是自己的幻听，但是这一切都是因为冯万春在监牢之中将土系驱虫师的秘诀告诉他开始的。

“那几个人好像是向这个方向走过来的！”时淼淼的声音刚落，只听耳边响起一阵门轴转动的“吱呀”声，那院子的木门被人轻轻地推开了。潘俊轻轻将纸窗抠破了一个小洞，借着微弱的月光看见五个黑影，他们在院子中商量着什么。

“咱们怎么办？”此时，时淼淼的手已经悄无声息地伸进了袖口，在她的袖子之中藏着水系驱虫师那致命的武器三千尺。潘俊摇了摇头，轻声道：“静观其变……”

忽然其中一个人抽出一把手枪紧紧握在手中，率先向前一步，随着门轴“吱呀”的转动声之后，那人走进了屋子。

“谁啊？”这是老人的声音，话音刚落，老人已经点燃了煤油灯从屋子里钻了出来。潘俊和时淼淼二人唯恐那些人会对老人不利，连忙跳下炕，掀开窗帘。屋中站着五个身穿黑衣、蓬头垢面的青年，看年纪应该也只是二十岁出头的样子。他们手中握着各色武器，齐刷刷地将枪口指向潘俊和时淼淼。

“虎子，你们要做什么？”老人见两拨人僵持着，走到中间责问道，潘俊惊讶地望了一眼老人。

“少废话，把你们的钱都交出来！”那个叫虎子的青年恶狠狠地举着枪道。此时潘俊才看清楚那青年的脸，正是白天他在路上遇到的。

“呵呵，钱有，但是不知道你们有没有命花！”这句话是时淼淼说的，她早已经将手伸进袖口准备随时出击了。

“你这个臭小子，当了土匪还回来祸害家里的恩人！”老人说着，便将油灯放在一旁的灶台上，然后脱下鞋照着虎子的头打了上去，虎子擎肘招架。旁边的几个人见带头的老大被一个糟老头这样暴打，当即便上前推了老人一把，谁知虎子被这老人打不还手，可是见到同伙推这老头，立刻转过头就是一个嘴巴，正好打在刚刚推搡老人的那个青年的脸上。

“都他妈的住手！”虎子朗声道。

“老大，他……他打你！”挨了一记嘴巴的青年结结巴巴地说道，显然不知这一巴掌是因何而挨。

“你他妈闭嘴，他是我老子！”虎子的话让几个跟随者都是一惊。

“你个小兔崽子，我怎么就生了你这么个不争气的东西！这几位是整个村子的恩人，你们这群丧心病狂的东西！”潘俊扶着老人，老人一面捡起掉在地上的鞋子，一面破口大骂。

虎子怒视了潘俊和时淼淼一眼，扭过头对着后面的几个人说：“回去！”几个人随着虎子鱼贯而出。

他们走后，潘俊将老人搀进了左面的屋子，此时女孩已经被刚刚的争吵声吵醒了，她靠着被子半卧在炕上问：“爹，大哥回来了？”

“以后别叫他大哥，我就当没生过这个畜生。”老人坐定之后一脸歉意地说，“二位受惊了，刚刚那个是我的不孝子，十五岁就上山当了土匪。”老人长叹了一口气说道。

潘俊微微笑了笑，安抚了一下老人，便带着时淼淼回到了房间，见燕云依旧自顾自地熟睡不禁有些好笑。

翌日清晨，潘俊叫醒时淼淼与欧阳燕云，与老人不辞而别。他们一路上直奔北平，在距离北平还有十来里处发现一棵垂柳，这棵垂柳看上去也有百余年的光景了。在那棵垂柳下面开着一家茶馆，茶馆前面停着一辆轿车。

潘俊下马之后，那轿车的门便推开了，一个二十多岁穿着一身青色绸衣、头发喷着头油、戴着一副小眼镜的青年从里面走了出来。他见到潘俊后，立刻满脸堆笑点头哈腰地走到潘俊面前。

“潘爷……”那男人小声叫了一声。

“早来了？”潘俊瞥了一眼年轻人，然后一把将青年戴的眼镜摘了去。

“嘿嘿！”青年接过被潘俊摘下来的眼镜赔笑道，“里面……里面已经订好位子了，保证安静！”

潘俊警觉地四下打量了一番见并无异样，便带着欧阳燕云和时淼淼走进了茶楼。这茶楼分上下两层，在上面一层的雅间之中，潘俊等人坐定，那年轻人坐在潘俊对面。

“龙青，事情办得怎么样了？”潘俊冷冷问道。

“放心，潘爷吩咐的事情，我龙青什么时候没办到过？这小子还真是恶习难改，正如您所说，我派弟兄们查了几家赌坊，发现这小子还真是嗜赌如命，抓他的时候，还以为我们是来讨债的呢！”龙青有些鄙夷地说道。

“他人现在哪里？”潘俊根本没有兴趣听龙青谈论抓到那个人的过程，他只关注结果。

“人就在茶楼里！”那龙青说罢，便拍了拍巴掌，不一会儿工夫，便听到隔壁房间的门被轻轻推开了。接着，两个穿着和龙青相似的大汉捆绑着一个小个子走了进来。

那小个子明显是个侏儒，身高不足五尺，抬起头见到潘俊先是一惊，瞬间那脸上的表情由惊讶变作一脸的媚笑。

“潘爷，您请便，我带人去外面看看！”说完，龙青带着那两个汉子离开了雅间，关上了房门。

房门一关上，那双手被反绑着的侏儒便满脸讪笑地说道：“潘爷，嘿嘿，咱们真是有缘啊，又见面了！”

潘俊冷笑了两声，低下头注视着那侏儒的眼睛道：“金顺，你真是很难请啊。”

“潘爷别拿小的开玩笑了，大名鼎鼎的潘爷如果想找小的，只需吩咐一声就成。”金顺一面嘿嘿赔笑，一面低下头避开潘俊的眼神。

“呵呵，上次你用青丝诈死那一招也着实厉害，几乎瞒过了我！”潘俊冷笑着说道，“倘若不是有人看见你的话，恐怕我心里倒是真要愧疚一阵子了！”

“是是是，那些雕虫小技哪里能瞒得过潘爷的法眼啊！”金顺小心硬撑着道，“我只是怕惹麻烦上身，才不得已……”

“呵呵，好，我不让你惹麻烦，今天我找你来只是想问你要一件东西！”

潘俊的话一出口金顺立刻警觉了起来，不过他瞬间又满脸堆笑道：“潘爷，您看小的就是一残废，身无长物，潘爷问我要什么东西？”

这个夏天的午后，茶楼外面柳树上的知了一直在不停地聒噪，让人心烦意乱。忽然一块石子笔直地从地上飞起，直奔那隐藏在树叶之中的知了。那知了毫无防备，石子不偏不倚地正中那知了的头部。之后，石子被柳树反弹回来落在一个黑衣少年手里。少年皮肤偏黑，浓眉大眼，正对着坐在他一旁的女孩子腼腆地微笑。

“这知了真是烦人！”少年似是自言自语，下意识地瞥了一眼坐在他旁边始终低着头的女孩子。

“段姑娘，你这一路上怎么一句话也不说啊？”少年向一旁的段二娥靠了靠，“还在想你爷爷的事情呢？”

段二娥鼻梁微颤，咬着嘴唇，强忍住泪水道：“父母在我很小的时候就已经过世了，之后十几年我便与爷爷相依为命，可谁知仅仅半天的时间，我们便阴阳相隔了！”

欧阳燕鹰听着段二娥的话，不禁联想起自己的身世，母亲在他几岁的时候忽然离家出走，至今生死未卜，只留下一只明鬼作为日后寻母之用。而父亲也因为母亲的忽然离开而性情大变，整日酗酒，终至离世。最后，只剩下他姐弟二人与爷爷欧阳雷火相依为命。

虽然欧阳雷火脾气火暴，却对他们姐弟甚是疼爱，可不久前，欧阳雷火也在从北平返回新疆的途中死于非命。想到这里，欧阳燕鹰的眼眶不禁湿润了。燕鹰此次随同爷爷从久居之地新疆奔赴中原，一方面是陪同爷爷寻找火系驱虫师家族的秘宝，另一方面也希望有机会找到离家多年的母亲。可是谁知母亲没有找到，现在爷爷也魂归西天了。

燕鹰长叹一声，坐在树下仰望着头顶上的蓝天。正在此时，燕鹰的耳边传来了一阵窸窸窣窣的声音，燕鹰霍地从树下站了起来。段二娥疑惑地望着燕鹰，只见燕鹰对段二娥做了一个噤声的动作。

午后的一阵暖风袭来，轻轻拂过，原本聒噪的夏虫似乎也停歇了。燕鹰望着远近的草丛，原本明朗的“沙沙”声，也似乎被那风声隐没。暖风袭过，那窸窣之声早已隐匿，只是拴在他们两人一旁的两匹马却似乎发现了什么异状一般狂躁起来，不停地摇晃着脑袋，四腿在地上乱蹬，撕扯着缰绳，口中更是不时地发出狂躁的嘶鸣声，脖子后的马鬃早已高高翘起。燕鹰咽了咽口水，心知不妙，这草丛之中必是藏着什么猛兽。

未及他琢磨，只听耳边一阵劲风，接着一个一米多长的黑影从他左侧的草丛之中猛然蹿出。燕鹰早有防备，立刻躬下身子，那猛兽倏地从他头顶飞过。段二娥坐在燕鹰身后却看得真切，那黑影分明是一只花斑老虎。老虎一击不中，那如钢鞭一般的尾巴立刻横扫了过来，燕鹰一跃而起，由于身上的伤势尚未完全恢复，这一下又过于用力，脚上立时传来了一阵刺痛。

脚下的荒草亦被虎尾扫平，花斑老虎扭过头，前腿微弓，后腿紧绷，随时准备攻击。燕鹰咬牙忍着从脚下传来的阵痛，眼睛圆瞪着盯着眼前的老虎。虽说这火系驱虫师是以控制大型动物为专长，但是因燕鹰年纪尚轻，对火系的驱虫之术尚未纯熟。

他缓缓伸出在怀里摸索的手，寻找那支召唤皮猴的短笛，谁知不动则已，一动那老虎立刻又猛扑了过来。这一次较之刚刚那一击势头更盛，燕鹰眼疾手快，连忙躲闪，然而，跃起时，身体正好撞在老虎的脊背上，手一抖，原本握在手中的短笛一下子被震出数丈远。

段二娥早已被这突如其来的变故惊得目瞪口呆，心中着急却也帮不上半点儿忙。那花斑老虎快速掉转身形正对着欧阳燕鹰。

燕鹰眼看着短笛落入草丛，一时寻找不得，便努力镇定下来，他屏住呼吸，一双大眼睛瞪着眼前那只老虎，脑子中回忆着爷爷曾经告诉他的驯服皮猴的方法。只见那只老虎的前腿微微颤了颤，步伐有些乱了，渐渐蹲了下去。

僵持一刻钟有余，燕鹰试探着向前走了一步，谁知那老虎立刻站起身来，喉咙中发出阵阵低吼，似乎是在警示燕鹰。

燕鹰此时早已汗流浃背，豆大的汗珠从额头滴落下来，他停顿了几秒，然后继续试探着向前走，只见那老虎站起身像是喝醉了一般，在不足两米的范围内绕起圈来，不时摇晃着脑袋。燕鹰看了一眼怔在一旁的段二娥，嘴角露出一丝微笑。

他再次试探性地接近那花斑猛虎，正在此时，远处忽然传来一声清脆的枪响，“砰”的一声，那老虎猛然清醒了过来，立刻扭过头向毫无防备的燕鹰猛扑了过来。燕鹰一脸惊慌，由于距离那只猛虎太近，此时已经无法躲闪，燕鹰心想，这下完了。

02

裕通当，初获河洛箱

那声枪响似乎具有某种穿透时空的能力，欧阳燕云隐约听见远处的某个空旷地传来了一声枪响，她扭过头瞥了一眼相貌冷艳的时淼淼，又望了潘俊一眼，只见他的目光始终落在眼前的那个侏儒身上。

“你听见枪声了吗？”燕云近于咕哝着说道，谁知当她再次抬起头的时候，却发现时淼淼正盯着自己，几秒钟之后时淼淼微微地摇了摇头。

“金顺，你知道我要的那件东西是什么吧？”潘俊沉默片刻终于开口道。

“嘿嘿，潘爷，小的孑然一身，上无老，下无小的，您究竟要什么东西啊？”金顺依旧满脸堆笑，那双灵动的小眼睛一直不停地闪烁着，再加上那身形，活脱脱就是一只鼹鼠。

“河箱！”

潘俊的话一出口，金顺先是一愣，然后那双小眼睛转动了一下，脸上再次堆满了笑意：“这个我倒还真的没有听说过。”

潘俊站起身，双手背在身后走到窗前：“金顺，你知道龙青是什么人吧？”

金顺向门口的方向张望了一下，雅间的房门紧闭着，他金顺自从被师父金无偿赶出师门之后，就一直混迹在北平城中，这北平城中的三教九流，谁不知这龙青是个手眼通天的人物。不但走私鸦片烟土，还与一些荷兰商人勾结走私军火。至于这足不出户的潘俊是如何让龙青如此服服帖帖的，他却不知。

“知道，知道！”金顺跪在地上转向潘俊道。

“那你也听说过他的手段吧？”潘俊依旧望着窗外淡淡地说道。这句话却让金顺的脸色一下子煞白，他咽了咽口水道：“潘爷，您说的那河箱几年前确实是在小的手里！”

金顺说到这里抬起头望了望潘俊，见他似乎毫不理会，又接着说道：“只不过……只不过，几个月前小的手头不宽裕就把它给当了！”

“当了？”潘俊转过身望着金顺。

“嗯，裕通当。”金顺此时说话倒是痛快了许多。

潘俊听完给时淼淼和欧阳燕云两人使了一个眼色，几个人推门走出了雅间。此时龙青正坐在过道的一张椅子上，前后跟着两个随从，见潘俊出来立刻走了上去：“潘爷，怎么样？”

“嗯。”潘俊点了点头，随手从口袋中掏出一沓纸票子塞给龙青。龙青哪里肯接，连忙推辞，这龙青如果推辞别人的钱是假意，但是对于潘俊确实是不敢要。

“拿着吧，你这么多兄弟都要靠着你吃饭呢！”潘俊说完，一把将钱塞在了龙青手里。

“屋子里的那小子呢？”龙青接过钱递给身边的一个随从，问道。

潘俊想了想，说：“你不是认识宪兵司令部的人吗？先把他关起来再说！”

龙青笑着点了点头，目送潘俊一行人离开了茶楼。

潘俊几人走出茶楼的时候，已经是傍晚时分了，此处距离北平城只有十几里，潘俊牵着马一面走，一面在思忖着什么。

“潘哥哥，瞧那龙青的模样也不像是什么好人，怎么你还和这种人打交道呢？”欧阳燕云骑在马上，手中悠然地摇晃着缰绳。

潘俊瞥了欧阳燕云一眼，说：“他虽然不是什么好人，但是现在就这种人在北平最混得开。”

“看他好像对潘哥哥恭恭敬敬的！”欧阳燕云的脑子里永远有问不完的问题。

“嗯，三年前，龙青的手下私下与洋人勾结想要除掉龙青取而代之，于是就在他的酒里下了剧毒。他身中五枪，连夜来到潘宅，我见他浑身是血，于是便救了他，所以……”潘俊说到这里似乎想起了什么，眉头皱了起来。

“走，回茶楼！”潘俊说到这里在马背上猛拍了一下，那马长嘶一声扬尘而去。时淼淼和欧阳燕云对视了一眼，不明白潘俊为何忽然要返回茶楼，欧阳燕云立刻瞪了时森森一眼，在马屁股上拍了一下跟上了潘俊。

一行人来到茶馆门口，见那辆轿车依旧停在茶馆前面的柳树下。潘俊翻身下马正往茶馆里走，只见龙青骂骂咧咧地从楼上走下来，见到潘俊，脸上立刻生出一丝羞愧之色。

“潘爷……”龙青有些无奈地走上前来，“他妈的，那个小子跑了，屋子里就只剩下这个了！”说着，龙青将一个手掌大小、乌黑色的木盒递给潘俊。

那东西通体黝黑，夕阳之下折射着柔和的光，潘俊将那东西握在手中轻轻掂了掂。

“不知道这东西里藏着什么机关，您刚走，我一进门就只看见一根钢丝，一头连着窗框，另一头早已经从窗口顺了下去。”龙青的话提醒了潘俊，他观察了一番，忽然发现在那木盒的一侧有一个小小的洞，想必那钢丝便是从中喷射而出的。

“燕云，这个东西你见过吗？”潘俊知道欧阳燕云的母亲是金系驱虫师的后人。燕云接过那盒子捧在手中看了看，无奈地摇了摇头，这东西她从未见过。

潘俊将那个盒子揣在怀里，叹了口气。

“潘爷，你们不是已经走了吗，怎么又折返回来了？”不要说龙青，即便是时森森和欧阳燕云二人，现在也是一头雾水。

“龙青，我忽然想起一件事！”潘俊一双眸子盯着龙青，“还记得三年前你身负重伤的那个晚上吗？”

“他妈的，这件事我龙青这辈子也忘不了！”龙青想起当年那档子事，身上早已经愈合的伤口甚至又隐隐作痛起来，“不过，潘爷，那件事都过去那么久了，而且最后那个王八蛋也死了，您怎么会忽然想起这件事呢？”

潘俊皱着眉头轻轻踱着步子：“当时我检查你身体的时候，发现你除了身中剧毒，身上还有六处伤口！”

“啊？潘爷，当时您不是说只有五处枪伤吗？”龙青疑惑地望着潘俊。

“枪伤只有五处，还有一处伤口，却不是枪伤所致啊！”潘俊若有所思地说道，“因为当时伤口非常细小，一般人很难注意到。”

“既然不是枪伤，那究竟是什么东西造成的呢？”龙青追问道。潘俊摆了摆手道：“龙青，还有一件事要求你帮我做！”

“潘爷有什么事情尽管说，只要我龙青办得到，赴汤蹈火在所不辞！”龙青拍着胸脯道。潘俊凑到他耳旁告诉他如此这般，龙青频频点头，而站在一旁的时淼淼与欧阳燕云二人，却不知潘俊的葫芦里究竟卖的是什么药。

“好，潘爷您放心，这件事包在我龙青身上！”

“燕云、时姑娘，你们两个过来！”潘俊又在她们两个耳边低语了几句。燕云听完立刻不悦了起来：“为什么不让我和你们一起进北平城？”

“燕云，你还有一件重要的事情要做，我想这件事也只有你能做到。”潘俊握着燕云的肩膀，在她耳边轻声说了几句什么。燕云显然一惊，痴痴地望着潘俊：“潘哥哥，这是真的吗？”

潘俊点了点头：“所以这件事只能由你去办。”

虽然燕云知道事情的严重性，不过说到要与潘俊分别，心中依旧不快，尤其是潘俊竟然要和时淼淼二人进入北平。她紧紧地握了握拳头，对旁边的龙青道：“咱们走吧！”

龙青向潘俊点头示意，带着欧阳燕云钻进了车子。燕云扭头向后张望的时候，潘俊和时淼淼二人早已经上了马。

两个骑马的青年出现在北平城门口的时候，已经是黄昏时分了。城门口站着戒备森严的日本兵，在城门边贴着几张画像，那画像上被通缉的正是潘俊。两人未驻足，快步走进北平城中。

城中的守备更加森严，所有过往的客商全都要搜身。两个青年脸色平和，牵着马跟在前面排队等待着搜身的人身后。

“走吧！下一个！”一个穿着一身伪军装束、身后背着一杆步枪、口中叼着烟的伪军，摆手让眼前一个挑着扁担的老头儿过去，接着搜查下一个人。在他们的身后是几辆摩托车，车上安放着重机枪。

“城里面的守备好像比之前更森严了！”一个青年在另一个青年耳边低低地耳语道。青年话音刚落，只见两辆轿车疾速向门口驶来，那些伪军和日本兵纷纷立正站好，在轿车的后面跟着两队荷枪实弹的日本兵。

黑色轿车在城门口停了下来，一个日本兵小跑到车前，原本排队检查的队伍也暂停下来。两个青年向轿车的方向张望，轿车挂着黑绸帘子，看不清楚里面坐着的是何许人。一会儿工夫，一个人从副驾驶的位置推开车门走了下来，这个人二十岁上下年纪，穿着一身合体的西装，头发油光可鉴，眉宇间却有几分脂粉之气。潘俊见这人似乎有些面熟，一时之间却又想不起究竟在何处见过。

从车上下来的年轻人说着一口流利的日语，眼前的日本兵频频点头，之后他从怀里掏出一张纸条递给那日本兵，日本兵回到了车里。车子缓缓启动，忽然那两个青年瞥见轿车上的黑绸窗帘动了动，一个中年女子出现在眼前。

“那个女人我见过！”身后的青年竭力压低声音。那车启动之后离开了北平城。

前面的青年点了点头，待那车走了之后，队伍依旧缓慢地向前蜗行着。

“你……”忽然，那个伪军对着那走在前面的青年大吼了一声，“过来！”

青年牵着马走了过去，只见那伪军上下端详了一下这个青年：“从哪儿来的？”

“山东！”青年微笑着说道。

“来北平做什么？”那伪军将目光移向了青年牵的那匹马身上的包裹。

“来探亲的！”青年毕恭毕敬地回答道。

“你这包裹里是什么东西？”那伪军说着，便向那包裹伸出手去，那青年眼疾手快立刻挡在他的前面，然后拉住那伪军的手，将事先准备好的东西塞进了他的手里。那伪军心知肚明，那张吊死鬼一般的脸也立刻出现了笑意。

“这里面是些细软，现在混口饭吃不容易，您行个方便！”青年赔笑着说道。那伪军低着头在青年耳边道：“最近不知道这些小日本抽的什么风，风声太紧。”接着退后两步说道，“下一个！”

“嘿嘿，他是我弟弟！”青年上前说道。

那伪军上下打量了一番站在他身后的青年，然后摆了摆手道：“走，走，走，后面的跟上，跟上……”

两青年这才牵着马向前走去，刚向前走了四五步，却听到一个日本人操着一口并不流利的中国话道：“那两个……牵马的……站住！”

两青年一听心下狐疑，难道被那日本人看穿了？走在后面的青年，早已将手伸进袖管。

谁知刚刚那个伪军屁颠屁颠地跑了过去，满脸堆笑道：“太君，太君，我刚刚检查过了，他们是良民！”说着，这伪军掏出几张票子递给了那个日本人，那日本人见到票子脸早已笑成了荷花一般，对两个青年摆了摆手，二人这才离开城门。

两人骑在马上经过琉璃厂来到了大栅栏西南的樱桃斜街上，这樱桃斜街两边完全是两个世界，一边是琉璃厂，另一边便是京城著名的八大胡同。

“潘俊，我们去哪里？”时淼淼见潘俊似乎正要进那八大胡同的巷道，于是勒马疑惑地问道。

“呵呵，你就跟着我走吧！”潘俊牵着马走到前面，来到百顺胡同，下了马，眼前一家青楼上写着“胭脂阁”三个字。他们立足未稳，只见几个“茶壶”已经走了出来，将他们二人手中的马匹牵走，道：“有客到……”

时淼淼涉世不深，但是也早就听闻这京城八大胡同的名号，谁知走进这院落才知，此处并不像自己当初所想的那般莺莺燕燕，虽然那些女子穿着极为暴露，但是也有几分文雅之气。

潘俊似乎看出了时淼淼的疑惑，小声道：“是不是和你想象中的妓院不太一样？”

时淼淼点了点头。

“这京城八大胡同也分上、中、下三等，这第一等便是如百顺胡同这般的妓院，一般以喝茶、填词、听曲为主业，还有个别名叫清吟小班。这里来的都是一些达官贵人，不同其他地方上来便是皮肉买卖。”潘俊说完，一个老鸨已经迎了上来。

“妈妈，给我们一个雅间，听曲儿……”潘俊将钱塞进那老鸨的手中，“越安静越好！”

老鸨眼睛一转，当然明白潘俊口中“安静”二字的含义，这上等妓院来的很多是显赫之身，如果让外人知道不太好，所以很多人喜欢“安静”一点儿的地方。老鸨带着两个人来到二楼靠西的一间房间坐定后说：“姑娘马上就来！”

“妈妈，不急，先给我们弄点儿吃的！”潘俊坐定之后道。那老鸨上下打量了时淼淼一番，然后会意地一笑，带上门闪身走了出去。这一笑却让时淼淼愣住了。

“她怎么用那种眼神冲着我笑？”时淼淼有些不解地望着自己这身男子装束，这时淼淼千容百貌的易容之术可是水系驱虫师的独家绝技，其中要理便是用一些虫毒涂抹在脸上。这些虫毒对身体无害，却可以使得脸型在短时间内发生变化，这千容百貌之术要根据不同的情况选择不同的虫子，如女扮男装之时嗓音亦会跟着改变。“难道她看出来了？”

“呵呵，时姑娘，你这千容百貌之术虽然精妙，但是这老鸨常年在妓院中与女人打交道，想必是逃不过她的眼睛的。”潘俊说着喝了一杯茶。原来，为了避免进入北平城遇上麻烦，两个人都易容了。

说话间，那老鸨已经吩咐人将饭菜送上，两人关上房门坐在桌前。这几天一直疲于奔命，很少有时间吃一顿像样的饭菜，此时他们早已饥肠辘辘。两人边吃边聊。

“潘俊，我有一件事不明白。”

“关于河箱是吗？时姑娘你有所不知，金顺手里的河箱可是非同寻常之物，相传那是关系到五大驱虫师家族秘密的一个重要线索。”

“这之前你好像从未提起过啊！”时淼淼越来越觉得，潘俊是个让人永远也猜不透他的心里究竟在想什么的人。潘俊举起一杯酒长叹了一口气，望着眼前的时淼淼。良久，时淼淼的身影开始在他的眼前晃动起来。

转眼，眼前便是一个破旧的院落，在那院落中间的一棵桃树下面有一口井。潘俊站在井口边，在他身边站着一个年过半百的老人，耳边响起了几声枪响。

“金世叔，你先下去！”潘俊见那日本鬼子越来越近，便拉着金无意道。

谁知老人却摇了摇头，脸上的表情异常平静，他是金系驱虫师的后人，北平城琉璃厂金无偿的同门师弟。这金系驱虫师因为常年研究金石毒虫之术，身体往往被毒虫所侵，鲜有后代，因此金系驱虫师在年轻之时便行走各地寻找继承者。他们的继承者必须是侏儒，而且每一代金系驱虫师只收两名弟子，在他们出师之前，两人都要进入金系密葬之中接受考验，最后只剩下一人，此人便是这金系的传人。

而金无意与金无偿二人，却情同手足，最后一关金无意更是主动让给了金无偿。他虽然失去了双腿，但戴上假肢亦是与真腿无异。

“潘俊，这五系驱虫师都与金家有着莫大的关联，木系所用独门暗器青丝，水系所用独门武器三千尺，均是出自金家之手。可是你知不知道，这五系驱虫师的秘密，也与金家息息相关？”金无意一边说着，一边坐在井口点上一袋烟，虽然外面枪声四起，但是他却依旧泰山崩于前而面不改色。

“嗯，但是不知有什么关联？”

“祖师爷在世的时候曾经与师父说过，为了固守驱虫师家族的秘密，将秘密分成了五份，分别由五大驱虫家族守护着，只有破解了每个家族之中的秘密，才能最终知道这驱虫师的含义。”老人吸了一口烟，轻轻地咳嗽了几声。

“金家的秘密就藏于河箱之中。”金无意叹了口气，“数百年来，金系家族的后裔不断地参详那河箱中所藏的秘密，却始终未有所得，最终也不了了之。只是前几年师兄忽然来信告诉我，那个河箱忽然不知去向，他怀疑是被那个叫金顺的徒弟偷了去。可是那金顺行踪飘忽不定，一直未曾找到，所以如果想解开金系驱虫师的秘密，就必须找回那个河箱。”说完，老人站起身来推了潘俊一把，将其推入井口，然后拼尽全力将井旁的一块青石板压在井口上。

时淼淼听完潘俊的叙述，若有所思地点了点头：“对了，你今天忽然返回茶楼是因为想起了龙青身上的伤吧？”

潘俊点了点头：“想必你已经猜到了！”说着，潘俊从怀里掏出一个古色古香的小木盒，那木盒是红木雕成的，上面有一个机巧的机关，在机关一旁还有一个小小的按钮，那按钮像是一个保险。打开按钮再按动开关，一根细丝便飞一般地从盒子中弹出，笔直地钉在门板上。

他站起身将那根细丝从门板上拔下，细细端详着道：“三年前的那个晚上，我在救治龙青的时候发现，龙青虽然身中五枪，但是那打枪之人的枪法实在不怎么样，并未伤及要害，只是龙青当时的表现却让我大出意料。我忽然发现他的颈脖处竟然有一处小小的伤口，伤口旁边的皮肤微肿。见此情景，我虽然不敢确定，但是结合当时他的状态极像是中了我家独门暗器青丝的毒，于是我拿来青丝的解药，果然立时便见好转。因为当时并未发现青丝，而且父亲曾经告诉我，青丝在这世界上只有潘氏一门会用，所以我并未多想。现在细想下来，这青丝早在三年前便有人会用了！”

“所以你想起龙青当年中了青丝的毒，这才匆忙返回茶馆想向金顺问个究竟？”时淼淼接过潘俊的话茬儿。

“没错！”潘俊打开盒子将那根青丝重新放入盒中，关上保险放入腰间。

“你觉得金顺今天说的话可信吗？”时淼淼有些质疑金顺的话。

“不管是不是真的，即便只有半点儿机会，我们也不能放过！”潘俊坚定地说道。

“对了，刚刚我们进城的时候，那个从车上下来的年轻人我认识。”时淼淼幽幽地说道。

“明月班！”两个人几乎是异口同声地说道。

“那车里的那个女人呢？”潘俊接着追问道。

“那个女人我也见过一次，上次在广德楼的时候，我亲眼看到那个女人在他们所请的那些日本高官之列。”时淼淼回忆着几天前在广德楼的遭遇。

“她究竟是什么人？”潘俊琢磨着。

正在此时，外面忽然乱了起来，接着响起一声枪响：“立刻给我包围这里，一个也不能放过，潘俊就在这里！”

听完这句话，潘俊和时淼淼均是一惊，两人对望了一下。难道他们的行踪暴露了？不可能。时淼淼对于自己易容的本事还是颇有几分自信的，不过听楼下的动静，宁可信其有，不可信其无。

随着那脚步声一点点地接近，时淼淼的手早已伸入袖口。

却说这火系驱虫师长期生活在干旱炎热的“火焰山”（今吐鲁番盆地北缘），此处崇山峻岭，寸草不生，人迹罕至。每每夏日，赤褐色山脊在烈日的照射下，砂岩灼灼反光，炙热的气浪滚滚上升，远远望去便如同红色的火苗在熊熊燃烧一般。

这里人迹罕至，然而就是在这样恶劣的环境中生活着一种凶残暴戾的动物——皮猴。皮猴浑身无毛，皮肤呈微褐色，状若猿猴，头小眼大，生着寸许长的獠牙。皮猴善于奔跑和土遁之术，白天藏于沙土之下，夜晚则出来觅食。它们对血腥味极为敏感，可以嗅到数十里之外的滴血之气。

因为火焰山位于古丝绸之路北道，因而当年经行商旅常遭其侵袭，顷刻之间数十人的商队便会被两三只皮猴血洗，只留下森森白骨，鲜有幸存者。因为往往受袭之时正值夜间，皮猴的身形又与人颇为相近，只隐约见到几个似人似鬼的鬼物倏忽而至，瞬间便血流成河，于是在《新唐书》中便有“丝绸北道，滴血引鬼”之说。从那之后的商队，每到此处便检查所有人，身上不能有任何伤口。

然而，就是这样一群嗜血成性的猛兽，竟然屈从于火系驱虫师的欧阳世家。欧阳世家的驱虫之术讲究“静、会、制”三字诀：所谓静，便是静观其变，察觉猛兽的性情；会，则是祛除猛兽心中的敌意，心领神会；而最难的便是制，要制伏野兽，使其服从你的指挥。

那花斑老虎被那突如其来的枪声一惊之下，原本就属于二把刀的欧阳燕鹰心中一时方寸大乱，退后几步。那花斑老虎一下子猛扑过来，欧阳燕鹰心想：“这下完了。”

正在此时，忽然传来一声低吼，这吼声如雷，就连那花斑老虎也是一愣，迟滞了进攻的锋芒。几秒钟之后，忽见一个黑色的庞然大物从一旁的草丛中蹿出，体形与猛虎一般无异，通体黢黑，头大如狮，颈毛与头浑然一体，深褐色吊眼炯炯有神，尾巴蜷曲在后并有力地摆动着，喉咙中发出阵阵低吼，怒目瞪视着眼前那只花斑猛虎。似狗非狗，段二娥从未见过这种怪物，而燕鹰却早有耳闻，这便是藏獒。

只见那藏獒立足未稳，便纵身向眼前的花斑猛虎扑了过去，动作敏捷，如一道黑色闪电直奔那花斑猛虎的喉咙而去，花斑猛虎连忙闪向一面。燕鹰一个骨碌从地上爬起，闪身到段二娥身边。但见那藏獒一击不成早已蓄势待发，未等花斑猛虎有所准备又是一击，这一次它扑在老虎背上，花斑老虎身体吃力，前腿离地重重地摔在了地上。藏獒还不罢休，依旧死命地在花斑老虎身上撕咬。

花斑老虎见势不妙，从地上翻起身来便向草丛中狂奔而去，藏獒亦不示弱紧随其后。直到这时才见一老一少，老人五十岁上下年纪，手中握着一杆猎枪，少年看起来只有十来岁的样子，一脸雀斑，从草丛中追上来。

“爷爷，你瞧……”少年指着地上那只花斑老虎留下的一摊血迹对老头说道。

老人点了点头，微笑着将欧阳燕鹰和段二娥二人打量一番道：“你们没事吧？”

段二娥痴痴地摇了摇头，刚刚那一幕确实将她吓得够呛。“多亏您出手相救，不然今天可就要命丧于此了！”欧阳燕鹰也是惊出了一身的冷汗。

“爷爷，我去追巴乌！”说完，那十来岁的少年便匆匆地向草丛之中追去，老人想要阻拦可是已经晚了，只能随他去了。

“你们怎么会到这里来的？”老人将猎枪的保险拉下，坐在二人对面，掏出一个葫芦，一仰头喝了一大口，然后递给望着自己的欧阳燕鹰，“喝一口，压压惊！”

燕鹰接过那葫芦，只觉得葫芦里的酒曲味极重，他仰起脖子喝了一大口，顿时觉得随着那酒的流淌，从嘴、喉咙，直到肚子都升腾起一股热气。他将葫芦递给段二娥，段二娥摆了摆手。燕鹰咽了咽口水，又仰起头喝下一大口，这次喝得太猛，因此剧烈地咳嗽了起来，老人见状不禁大笑了起来。

“你们要到什么地方去？”老人接过葫芦喝了一口。

“河南！”

“河北！”

两个人几乎异口同声地说道，只是两个人的回答却是南辕北辙，两人不禁有些愧疚地对视了一眼。

“呵呵！”老者似乎明白了什么，“如果去南边这条路确实是一条通衢，很少有小日本出没。不过这一带也不怎么太平，虽然日本鬼子不常来，但是这里山高林密常有土匪光顾！”

二人听完连连点头。

“就你们两个人？”

“不！”

“是！”

两个人再次几乎异口同声，回答依旧大相径庭。不过这次段二娥说的是实话，而欧阳燕鹰却说了假话。

“呵呵。”老人笑了笑。此时远处传来一阵脚步声，只见那个十来岁的少年跑在前面，一面跑，一面高声说道：“爷爷，那花斑老虎被巴乌咬死了！”那只名叫巴乌的藏獒紧紧地跟在少年身后，却也是浑身血污伤痕累累了。忽然欧阳燕鹰瞥见在那少年的脖子上挂着一个小小的物什，他轻轻地推了推站在自己身旁的段二娥，此时段二娥也注意到了小孩子胸口上的那个东西。

那东西不是别的物什，正是金系驱虫师所发明的明鬼。金系驱虫师崇尚墨家学派，而这“明鬼”二字也是来源于墨家学派的经典著作。而这明鬼的操作又极其精妙，与音律五行有着极大的联系。这少年看上去年纪不过十来岁的样子，难道他是金系驱虫师的后人？

“好好好！”老头摸着少年的头，只是他身后的藏獒似乎对眼前的两个人依旧充满敌意，不时地发出低低的吼声，似乎是在警示对方。

“天色不早了，这方圆四五十里是没有客栈的，如果你们愿意，今晚就到我家去住上一晚吧！”老人热情的态度让欧阳燕鹰和段二娥都感到几分羞愧，他们不假思索地点了点头。

老人的家距离这里有十几里的路程，在一个狭长的山沟之中，山沟里尚有几家住户。一路上，老人喋喋不休地向他们讲述了那村子的来历，那村子名叫将军圃，名字是根据一旁一座名叫将军岭的高峰取的。村子不过十几户人家，多以打猎为生，因为地处偏僻，所以日本人极少光顾。

几个人且说且走，不一会儿便来到了将军圃，这圃子依山而建，中间是一条干涸的河道。十几户人家建在半山腰上，老人的家位于其中最靠里的一间，一条羊肠小路直通到门口。

进门之后，小男孩将巴乌关进木笼中，然后将欧阳燕鹰和段二娥二人的马牵到屋后，最后又回到木笼，极为爱怜地擦拭着巴乌身上的伤口。

此时几个人早已坐定，这屋子里的摆设也极为简单：两个木柜，墙上挂着几张兽皮，还有老人的那把猎枪。

“爷爷，我去找几个人把那只花斑老虎抬回村子！”说完，少年笑眯眯地走到笼子前面喊了一声“巴乌”，那藏獒跟着少年走了出去。

“大爷，您孙子叫什么名字？”段二娥抢在欧阳燕鹰前面问道。

“呵呵，他……”老人叹了口气道，“不是我的亲孙子，是九年前我从山下捡来的弃婴！当时在他的襁褓上绣着一个大大的金字，我见那上面还绣着一条龙，于是就给他取了个名字叫金龙！”

“哦！”段二娥若有所思地望了欧阳燕鹰一眼。

“那只狗是藏獒吧？”欧阳燕鹰立刻问道。

“呵呵，没想到你还懂这个！”那个时代，藏獒在内陆还是很少见的，所以老人听欧阳燕鹰竟然能叫出名字便不禁有些惊喜，“嗯，早听人说这狗叫番狗，还有个名字就是藏獒！”

“不过，看这只藏獒的形貌已经略显龙钟之态，想必也是有些年纪了吧？”燕鹰虽然驱虫之术并未纯熟，但是这藏獒是西藏神犬的威名却早已听说，所谓“一獒抵九狼”，其凶猛程度便可见一斑。

“嗯，快九年了，当时这只番狗便趴在金龙的襁褓旁边！”老头说着点上一袋烟，一股青烟悠然地从口中吐出。忽然，燕鹰的眼睛盯住墙上挂着的一件物什拧起了眉头，他推了一下段二娥，指着墙上的那张图，段二娥见到那张图后也是一惊。

老头见这二人盯着墙上的那张图甚是出奇，于是笑道：“这图也是当年在金龙的襁褓中发现的。”老人站起身来，轻轻地抚摸着那张图。那张图上所绘的正是金家密葬的五关，从音壁、棋塔、虫海、勾崖，一直到纵横关，所有的机关均在那幅图上。段二娥与欧阳燕鹰二人都是刚刚从那密葬之中死里逃生，对其中的布置记忆犹新，此刻在这里看到，两人心中不禁又是一惊：“那金龙究竟是什么人，怎么这金家密葬的设计图会出现在他的襁褓之中呢？”

正在此时，外面忽然人声嘈杂了起来。这将军圃本也只有十几户人家，老人听那声音笑眯眯道：“肯定是金龙他们回来了！”

说罢带着二人走了出去，刚一出门便看到金龙带着巴乌走在前面，他身后跟着四个大汉，各人肩膀上扛着一根胳膊粗的木棍，中间用绳子将那花斑老虎抬起。

“爷爷，你瞧……”见老人出来迎接，金龙三步并作两步走上前去指着那花斑老虎，但见那老虎的喉管已经被撕开，脖子下面是一坨已经发黑的血渍粘连着绒毛。

老人摸着金龙的头点头微笑着，而欧阳燕鹰此时已经绕到金龙身后，目不转睛地盯着巴乌，巴乌一双褐色吊眼亦是紧盯着燕鹰。对视良久，忽然巴乌低下头“呜呜”地低吼起来，与之前的号叫不同，此刻更像是一个中年汉子的低声呜咽。

金龙和老人此时才发现，旁边这一人一犬，蹲在地上互相凝视。两人不明就里地对视了一眼，金龙便要迈步上前，却被老人拉住了，他似乎明白了什么。

巴乌的眼睛似乎被燕鹰摄住了一般，拼命地摇晃着脑袋，像是想要挣脱缰绳的野马一般，四腿在地上不停地挖着地面，顷刻间尘土飞扬。燕鹰屏住呼吸，他知道自己正在一点点地控制着眼前的这只神犬。忽然巴乌眼睛一翻，那只白眼球炯炯有神，燕鹰心知不妙，他早听闻这“白眼狼”一词来源于藏獒，因其一只眼球为白色，这时候便是它发狂之时，属于六亲不认，谁阻拦便是其敌人，就连主人也不例外。

巴乌白眼一翻，嘴唇微微上翘露出獠牙，俨然已经将燕鹰视若仇敌，不待燕鹰反应已经猛扑了上去。燕鹰连忙向后闪身，身后恰有一棵树，想也不想便爬了上去，匆忙间一个黑色物什落入草丛之中。金龙连忙上前，百般驱赶才将巴乌赶回院子之中的木笼里。

燕鹰浑身冷汗地从树上下来，咽了咽口水。正在此时，老人走到燕鹰身旁，用一种近乎仇视的目光上下打量着燕鹰。燕鹰心道自己似乎并未做出什么太出格的事情，老人怎么会用这种眼神看着自己呢？

“你们两个究竟是什么人？”老者拉住燕鹰问。虽然他年过半百，身体瘦削，但手上的力道极大，捏得燕鹰手腕“咯咯”作响。燕鹰强忍着疼痛望着老者，不知他为何这样问。那老者将紧握的左手移到燕鹰面前，缓缓地张开手掌，那只明鬼出现在他的眼前。

燕鹰连忙在身上上下摸索，这才想起刚刚丢掉明鬼一事。

“你们这次来是不是想带走金龙？”老人说到这里手上的力道渐消，顿了顿长叹了一口气，“我知道总会有这一天的，只是不知会来得这么突然，如果我早知道你们是来带走金龙的话，今天我就不会救你们了！”说完，老人将手中的明鬼丢给燕鹰，大跨步走进了院子。

燕鹰想上前解释清楚，他们此次来到这里完全是个巧合。可是老人似乎毫无理睬他的意思，他几次想要对老人解释，却发现老人的脸色始终是冷冰冰的。

虽然这将军圃的人常年以打猎为生，但是能猎到老虎仍然是一件十年九不遇的事情，因此村中之人自然全部聚集到了老人家中。几个脸色黝黑的彪形大汉，将那花斑老虎平放在院中的桌子之上。这时老人从屋中走出，熟练地挥舞着手中的短刀，刀尖在那老虎身上快速地游走，遇到四肢之处则小心翼翼，速度稍慢，而那刀尖只是没入寸许而已。大概一炷香的工夫，老人的额头已经溢出汗水，手中短刀一收，刀刃上只沾了少许血迹。

段二娥好奇地望着桌子上的那只花斑老虎，似乎未见与初始之时有什么变化。她看了一眼站在自己身旁的欧阳燕鹰，只见燕鹰也是一脸惶惑：那刀刃明明没入虎皮，为何拔出之时未见变化呢？

正在二人思忖之时，金龙笑眯眯地从屋子中捧出老人的那个酒葫芦递给他，同时接过老人手中的短刀。老人擦了擦手，打开葫芦大口地喝了两口，然后含住一口酒走向那桌子上的花斑老虎，往那老虎身上“噗”地一喷，一口酒全部淋在老虎身上，接着那老虎的身上便发出轻微的“哧哧”声，声音很清脆。燕鹰和段二娥二人屏住呼吸，眼睛死死地盯着眼前的那只老虎，只见老人微微笑着。

那声音越来越大，忽然“哗”的一声，那老虎从腹部裂开了，那虎皮像是被什么东西拉扯着一般崩开，一张完整的花斑虎皮被全部剥离下来，内脏和鲜血瞬间从内中流淌出来。

燕鹰不禁暗自叫好，这老者的刀法简直神乎其技，如非亲眼所见，实在难以置信。老者走到欧阳燕鹰面前，盯着燕鹰看了几秒，目光慢慢地柔和了下来，他拍了拍燕鹰的肩膀：“你们两个跟我来！”

燕鹰心下狐疑，却也不好再问，拉着段二娥随同老人走入屋中。见二人进来，老人回身在金龙耳边低声交代了几句，金龙皱紧眉头显然有些不解。交代之后，老者微微笑了笑，再次走进屋子将门闩上好。

段二娥疑惑地望着老者奇怪的举动，再扭过头看看燕鹰。燕鹰此时也是一头雾水，不知这老者葫芦里卖的什么药。只见老者带着二人走进屋子之中，让他二人坐在炕上，这才回身缓缓打开一口木箱。

“其实，我早已经想到会有这一天了！”老者一面在木箱中翻着什么，一面说道，“可是这一天来得太突然了！”

“大爷……”燕鹰站起身来，想向老人解释明白内中曲直，“其实我们不是……”

“唉，你们别说了！”这时老人已经从箱子中掏出一个黑色包裹，盖上箱盖后将包裹放在二人中间道，“这是当初发现金龙的时候他的随身物品！”

说完，老人将那包裹层层打开，里面是一个婴儿的襁褓，果如老者所说，在那襁褓之上绣着一个“金”字，在“金”字旁边飞舞着几条栩栩如生的巨龙。段二娥轻轻地抚摸着那襁褓，忽然她停止了手上的动作，然后又快速地在襁褓上摩挲着。

“怎么了？”

“这里面好像有什么东西！”段二娥一边说着，一边将那襁褓抚平，然后拉过燕鹰的手按在其中一处。燕鹰脸一红，段二娥却全然没有注意到，确实在襁褓的那一处似乎有一个手掌大小硬邦邦的东西。

“打开看看？”两个人几乎异口同声地说道，然后扭过头望着老者，似乎是在征得他的同意。老者想了几秒，然后点了点头，从一旁的针线盒里拿出一把剪刀。段二娥接过剪刀握在手里，长出一口气刚要落剪，只听远处传来一声枪响，那枪声在这狭窄的山沟中不断回荡。几乎是同时，村中的狗开始狂吠起来，此起彼伏。老人连忙走到门口推开门问：“出什么事了？”

他话音刚落，只见一个二十多岁的小伙子满头大汗地破门而入，一面跑，一面喊：“不，不，不，不，不好了！”

老人走下台阶来到那小伙子近前道：“慌慌张张的，咋的啦？”

“那，那，那，那马褡子来喊票了！”小伙子一面说，一面撸起衣服擦拭着脑门的汗水。老者一听，向后退了几步：“乡亲们，回去抄家伙！”老人喊得铿锵有力，下面的人也是个个高呼响应。

又是几声枪响，听那声音似乎越来越近了，老人拉着金龙回到屋子：“你们几个留在屋子里不要出去。”说完，摘下挂在墙上的猎枪便向外走。金龙跟上前去：“爷爷，我也要跟你一起去。”

老者扭过头摸了摸金龙的脑袋：“孩子，你和这两个哥哥姐姐在这里，一会儿我就回来了！”

金龙懂事地点了点头，老人这才关上门走到院外。老人刚走，燕鹰便在段二娥的耳边低声道：“我出去看看……”说完，燕鹰紧跟老人身后走了出去。

03

摄生术，青丝再夺命

天色渐晚，作为北平城最大烟花之所的八大胡同，此时早已经是灯火通明，热闹非凡，不管是三教九流，抑或是达官显贵，此时都聚集于此，只是这百顺胡同的胭脂阁却显得格外安静。

两队日本宪兵荷枪实弹地守在门口，院子中央鸦雀无声。这时，一个操着不太流利的汉语的日本人对身边的一个伪军道："消息确实吗？"

那伪军连连点头："刚刚那个人还和姑娘们说自己是潘俊呢，应该错不了！"

正在此时，一个赤裸着上身、穿着裤头、赤着脚的男人，被两个日本人从二楼架了下来，丢在那个日本人面前，那个人浑身发颤。

"把头抬起来！"那个日本特务踹了跪在地上的男人一脚，男人战战兢兢地抬起头。伪军扭过头对老鸨招了招手："那个自称是潘俊的是不是他？"

老鸨连忙点了点头："就是他！"

那日本人揶揄地躬下身子，一把抓住那男人的头发，从鼻孔中哼了两声："他？潘俊？"那日本人一甩手将那男子推倒在地，"你们这群废物……回去！"说完，从腰间抽出手枪照着那人的脑袋便是一枪。那人毫无防备，这一枪正中太阳穴，那人倒在地上，身体抽搐了两下，便不再动弹了。

那特务被骂得狗血淋头却不敢回声，只能咬了咬牙狠狠地瞪了一眼老鸨，又暗骂了一声前面的小日本，这才摆了摆手，让两个跟着自己的伪军将那具尸体抬出去。对于这一幕，潘俊和时淼淼二人在二楼的雅间中看得清清楚楚。

见那群日本人离开之后，二人才坐回到桌前，此时老鸨轻轻地敲了敲门。

“进来！”潘俊朗声道。

只见老鸨满面堆笑地走进屋子，而后向身后招了招手，跟在她身后的几个“茶壶”端来几个小菜。老鸨一面帮忙摆放碟子，一面和潘俊二人搭讪。

“对了，妈妈，刚才是怎么回事儿？”这次发问的是时淼淼。虽然她尽量让声音低沉一点儿，但老鸨瞥了她一眼，依旧抿嘴微笑了一下道：“唉，这年头乱，什么人都有。你瞧刚刚那个死鬼身无分文，还敢来老娘这里吃霸王餐，白叫了姑娘，最后还嚷嚷着自己是京城的潘爷。”

“哦？”时淼淼故作惊讶地瞥了潘俊一眼，脸上露出一丝笑意，“那后来呢？”

“嗨，看你们像是外地人！”老鸨将几个盘子摆放好，又挥了挥手让几个“茶壶”走了出去，却自顾自地坐在二人前面的椅子上，“潘爷是什么人啊？八岁开始便是个名动京城的角儿，这京城地界谁人不知？你们看这城南城北的虫草堂，就算是日本人也不敢动。潘爷是个什么样的人物啊？”

“听您这么说，我倒是想见识见识这潘爷究竟是个什么人物，不知妈妈能不能引见引见？”时淼淼调侃般道。

“这位客官，您可别取笑我老婆子了，听人说这潘爷深居简出，就是在京城之中的人见过他的，也不过寥寥数人而已。”老鸨说这话时眼中充满了仰慕之情，“我老婆子可没那个福气。不过刚刚那个人肯定不是潘爷，你是没看到那小子一副苦命相，生着一副吊死鬼的眼睛也敢冒充潘爷。”

“这么说，您早就看出他是个冒牌货了？”时淼淼越听越有兴致。

“我老婆子这半辈子见过走南闯北的人多了，没别的本事，就是练就了一双好眼神，这人是达官显贵还是三教九流，只要从我老婆子眼前一过，就能猜出个八九不离十！”老鸨一边说着，一边看了时淼淼一眼。

“您这么说，我倒是有些不信了。”时淼淼意犹未尽道，“您看看我对面这位是做什么的？”潘俊没想到时淼淼会忽然来这么一手，只见那老鸨盯着潘俊上下打量一番，良久之后才“嗨”了一声道：“这位先生目光清澈，多半不是经商为官的，细皮嫩肉多半未干过重活，应该是个富家子弟。”

潘俊听了老鸨的话不禁笑了笑。

“老婆子说得没错吧？”接着，老鸨又观察了一下潘俊，“如果真要说这位先生是做什么的嘛，十有八九是和我们京城潘爷一样是个行医的！”

这话一出口，时淼淼不免有些后悔，她抬头见潘俊倒是一脸淡定：“何以见得？”

“看你慈眉善目，少年老成，沉稳中略显书生气，呼吸均匀一定是深通养生之道，这么大年纪又深通养生之道的人，大概也就是行医的了！”老鸨说完笑道，“老婆子胡说的，胡说的，当不得真！”说罢起身要走，潘俊从怀里掏出几张票子放在桌前：“妈妈走好……”

那老鸨笑逐颜开，一把从桌角抽过那几张票子，点头哈腰地退了出去，将门从外面关上。

“没想到这个老鸨眼力真的不差！”时淼淼见那老鸨走远，便微笑着对潘俊说道。

“所谓三百六十行嘛，她们这些人整日与人打交道，自然练就了一双好眼力。”说到这里，潘俊的脑海中闪过一个人，那是鸡毛店的卞小虎。这个人称“笑面虎”的年轻人，也生得一双识人的好眼力，却为了掩护自己离开北平死掉了。

“那今晚我们做什么？”时淼淼见潘俊始终沉默不语便打破了沉寂说道。

“今晚？”潘俊笑了笑道，“休息！”

“啊？”这句话让时淼淼有些诧异，本以为潘俊今晚会有所安排，谁知竟然是这样一句。时淼淼越来越觉得，眼前这个只有二十来岁的年轻人实在难以琢磨，本来与冯万春约好前往安阳去寻找金顺，谁知却忽然折返北平，但见潘俊一副胸有成竹的样子，她也不便多问。

“你是不是准备调查你大伯交代你的那件事？”时淼淼见潘俊靠在椅子上双目微闭，知道其并未睡着。潘俊长叹了一口气：“时姑娘，你早点儿休息吧，我出去走走！”说完，潘俊披上衣服，推开门走了出去。

此时胭脂阁灯火通明，走廊中穿着各色服饰、操着不同地域口音的人来来往往，女子穿着淡紫色罗衫，外披一件薄如蝉翼的白色丝纱层缕，体态隐隐可见，穿梭于人群中，散发着阵阵清香。

耳边不时响起丝竹之声，如此的温柔之乡难怪无数英雄豪杰尽皆乐此不疲。

潘俊走出胭脂阁，站在百顺胡同之中，耳边响起时淼淼所说的话。在时淼淼离开北平之时，潘俊的伯父潘昌远为了引开日本人以身涉险，在临行之前在时淼淼耳边低声说了几句什么。

时淼淼在见到潘俊之后将那些话转告给潘俊，虽然身为木系驱虫师的潘俊一直沉稳，但听到时淼淼所转述之事，仍是心中一颤。而今天见到龙青之后，忽然想起三年前龙青曾经被青丝所伤，他便更加确信潘昌远所说的话了。如果想弄清楚究竟，潘俊知道他必须回到北平，去见一个人。

这个人性情古怪，昼伏夜出，极少与人往来，此人居住在北平城西北一隅。潘俊年幼之时曾听父亲提及此人，虽然只是寥寥数语，但印象极深。此人天生丑陋，加之常年不见阳光，皮肤惨白，与鬼神小说里的白无常一般无二，却有一副验尸的过人手段。在时淼淼转述的潘昌远的话中，便提到了此人。

潘俊走到百顺胡同街口。"先生要坐车吗？"一个拉洋车的凑到潘俊前面问道。

潘俊左右张望了一下，然后跨步迈进了洋车中坐定。

"先生您去哪里？"小伙子拉起洋车扭头问道。

"彰仪门。"

"好嘞，您坐好！"说完之后，小伙子拉起洋车便向彰仪门的方向而去。这彰仪门也叫广安门，是内城中唯一向西开的门，城楼形制一如内城，重檐歇山三滴水楼阁式建筑，灰筒瓦绿琉璃瓦剪边顶。由于其是进京要道，因此有"一进彰仪门，银子碰倒人"的说法。

洋车在北平城中飞奔着，半个时辰便来到了彰仪门。潘俊下了车，掏出钱给了那拉车人，然后缓步走到这彰仪门旁。只是那拉车人却站在原地迟迟不肯离去，潘俊心下狐疑，便扭过头望着那拉车人。

"小哥儿，你……"

"先生，有句话我不知当讲不当讲！"拉车的年轻人吞吞吐吐地说道。

"是我给你的钱不够？"潘俊问道。

"这倒不是……"年轻人凑到潘俊耳边说道，"不知您刚刚注意到了没有？这一路上我们后面都有人跟着！"

潘俊听到这话，不禁豁然一笑："呵呵，谢谢小哥！"说完，又掏出两块银圆塞在那拉车人手里。

"我不是要钱！"那拉车年轻人推搡着，"只是客人您要多加小心！"

"拿着吧！"潘俊将钱塞进年轻人手中，然后大踏步向彰仪门附近走去。其实潘俊早已经发现，自从他出了胭脂阁便一直有人在背后跟着自己，起初他以为那仅仅是自己的错觉，可是潘俊渐渐发觉，那人确实是冲着自己来的。

夜风已凉，乌云早已遮蔽了天空，潘俊走进彰仪门附近的一个深巷中，此间较之八大胡同要安静许多，几户人家的灯笼挂在门口。潘俊一面走，一面将手伸进腰间，走到一处灯笼前，潘俊忽然停住了脚步。

“朋友，跟了我那么久，是不是也该出来见个面了？”潘俊沉稳地说道。

在距离潘俊二十多米的巷口，灯笼的灯光未及之处缓步走出一个人来，漆黑的夜晚根本看不清此人长相，不过从身形判断他应该是个男人，年纪在四十岁上下。

“你是谁？”潘俊扭过头望着黑暗中的那个阴影说道。

那个人依旧站在远处，不向前亦不后退，更不回答潘俊的问题。潘俊见此情形便向前挪动了两步，那人亦向后退了两步。而潘俊向后退之时，那人又向前走了两步。

“你究竟是什么人？”潘俊见那人始终未回答，便扭过头继续向前走，此时他将手中的青丝握得更紧了。不过刚走出几步，那人便不知何时消失了。他究竟是什么人？潘俊在心中盘算着，又在巷子里绕了几个来回，这才出来。

在彰仪门外有一处荒废的宅子，这宅子看上去有些年头，尤其是那墙头上已经被半人来高的荒草淹没了。潘俊站在宅子外面，这宅子修建得颇具古风，只是那门上的漆早已脱落，一股冷风从中吹来，夹杂着新鲜的泥土气息，隐约还能闻到一股奇怪的味道。

这门口有三级台阶，潘俊缓步走上台阶，大门并未上锁。潘俊轻轻地将门推开，刚刚那股怪味更明显了，一股浓烈的夹杂着咸味的恶臭扑面而来，让人几欲昏厥。潘俊连忙以手掩面，里面的廊台上挂着数盏白色灯笼，在夜风中摇曳，灯笼中的烛火明明灭灭，颇有几分聊斋的味道。

潘俊径直向眼前的大厅走去，大厅里漆黑一片。潘俊从父亲那里听闻这个人行为诡异，也许这夜里不掌灯，也是其诡怪行为之一吧。潘俊一边想着，一边摸着黑向里走，忽然他的脚踝好像被什么东西死死地锁住了。

那东西颤了颤，潘俊连忙躬下身子，借着外面微弱的烛光隐约看见一个人趴在地上，身体朝里，头向外，他死死地扣着潘俊的脚踝。烛光太暗，潘俊看不清此人的长相，却能隐约听到那人艰难的呼吸。

“你是谁？”潘俊躬下身了扶起那个倒在地上的人。

“咳咳……”那人剧烈地咳嗽了两声，潘俊连忙抓起那人的手腕帮他把脉。

片刻之后，潘俊的脸色变得惨白，他连忙在那人的身上摩挲着。忽然那人颤颤巍巍地举起右手，气息奄奄道："别找了，这个在我手里！"

在那微弱的烛光下，那人的掌心缓缓张开，里面有一件如同绣花针般的物什在烛光下闪烁了一下。潘俊从那人的手掌上捏起那个物件，没错，这确实是青丝。在半个月前，潘俊还天真地认为，这种暗器是木系潘家的独门暗器，直到他在乱坟岗看到金顺的"家"里挂着的那幅青丝制造图才知道，原来这世界上会用青丝的绝不止潘家一门。

不过，让潘俊吃惊的是这暗器细如发丝，一般人根本不会注意到，这个人怎么会将其攥在掌心呢?

"年轻人，你是潘家的人？"那个人说着，又开始剧烈地咳嗽了起来。这机关盒中总共有十二根青丝，所淬之毒有六种，每两根的毒性相同。这毒药来自六种虫子，依照清朝六部命名为"春、夏、秋、冬、天、地"六虫。这六种毒的毒性各不相同，而其中最毒的一种便是这"地"字虫身上的毒。这种毒取自一种蜘蛛，只要一小滴便可以毒死数十头牛，因为其毒性太盛，原本制造出来是为了到危急关头留给驱虫师自己的。

中了这种毒的人，身体最初会麻木，之后开始呼吸困难，当毒性入脑之后会让人立刻失去说话的能力，最终窒息而死。因为原本出于"破釜沉舟"式的设计，所以此毒并未制造解药，中者必死。

"嗯，您是怎么知道的？"潘俊疑惑地问道。

"呵呵，我和你们潘家人打了一辈子交道，你刚刚给我诊脉的那套手法是潘家人独有的，这我怎么可能不知道呢？"虽然他的气息微弱，但说起话来逻辑很连贯，但这最后一句话似乎透露着几分悲凉。

"难道您就是父亲提到的那个验尸圣手？"潘俊惊讶地问道。

"呵呵，什么圣手？"他艰难地仰着脖子，似乎想咳嗽却用不上力气，潘俊知道那毒已经开始麻痹他的内脏了，连忙帮他敲击后背，那人这才咳嗽了出来，"你应该是潘俊吧？"

"嗯！"

"是不是昌远兄已经遭遇不测了？"那人说完后不禁自嘲般地笑笑。虽然是在黑暗中，但潘俊依旧能感到那人悲凉的神情。"潘俊，你，你……过去把这屋子里的灯掌上！"

“好！”潘俊连忙站起身，从口袋中拿出火柴。在那门口左面的一角有一个灯台，潘俊点亮那盏煤油灯，灯光并不能照得太远，但总算能看清楚那人的长相，果如父亲所描述的那样，此人面白如纸，相貌丑陋，五官极不协调，眼睛极大，而鼻子又很小。

“把这屋子里的灯都点亮！”那人半卧在门口道。

潘俊点了点头，手中捧着那盏灯在房间中寻找其他的灯盏，当他将这屋子之中十几盏灯全部点亮之后，才算是看清楚了这屋子的全貌。这屋子房梁极高，有三四根柱子支撑着房顶，四周的窗子早已经破损不堪，墙壁上悬挂着各色刀具。在那些刀具下面是一张八仙桌大小的木案，上面放着一只缺了一角的瓷碗，里面还剩有半碗米饭，前面是一碟咸菜。大厅的两侧整齐地排列着数十具尸体，在那大厅的正中央是一口棺材。刚刚那股恶臭便是从那些尸体身上散发出来的吧，潘俊实在难以想象一个人能与死尸为伍。

“潘俊，扶我起来！”

“好！”潘俊将手中的烛台放在桌案上，然后走过来扶起那人，将他扶到那口棺材旁边。那人扶住棺材站稳之后道：“打开棺盖！”

潘俊点了点头，稍一用力将那棺盖打开。奇怪的是当他打开棺盖之时，里面竟然传来一阵怪异的香味，然而这香味与屋子之中的恶臭混在一起的味道更让人恶心。

当他将那口棺材完全打开之后，发现里面竟然是一具保存完好且裸露着的女尸，潘俊疑惑地看了一眼那人，只见他指了指放在棺材旁一把锋利的短刀：“把她手臂划开！”

潘俊一愣，然后点了点头，拿起棺材旁边的短刀握在手里，却始终未敢下手。这棺材之中的女子面色红润，像是在熟睡一般。

“切……”那人命令道。

潘俊这才咬着牙将那短刀轻轻地刺入女子的左手臂，可让他吃惊的是，那女子手臂的皮肤被剥开，却并未见到一点血迹。随着潘俊的刀尖在那女子的手臂上滑动，女子手臂上的皮肤脆裂开来，几个圆润的犹如虫卵一般的东西从中掉落出来。潘俊一惊，那把刀突然从手中滑落。

“你……看见……了吧？”那人说话的时候，下巴一直在不停地颤抖着，显然他已经开始无法控制自己的嘴了。

“这是……”潘俊实在不敢相信他眼前看到的一切，“怎么会这样？这虫术怎么会忽然出现？”

“其实……其实昌远兄和我在一年前就已经开始注意这些尸体了！”他急促地呼吸着，竭力控制自己的下巴，“这半年……昌远……昌远兄说已经找到了些眉目。”他说到这里开始不停地流口水，嘴微张着，大口地喘着粗气，“他告诉我，如果他遭遇了……遭遇了不测的话……要将这件……这件事告诉你！”

“用青丝打伤你的是谁？”潘俊知道眼前这人的时间已经不多了，只见那人的嘴僵住了，舌头吐着，越来越多的口水从嘴里吐出来，眼睛上翻：“这……这……你……你……见……过。”这几个字几乎是从喉管喷出的一般，他的表情有些悲凉，眼睛中淌出一行清泪，停止了呼吸，那悲凉的表情麻木地挂在脸上。潘俊轻轻地拂过老人的脸，为老人合上双眼。他站起身来看着那口棺材之中的女尸，捡起滑落在棺材之中那把锋利的短刀，猛地刺透那几个虫卵。

一阵狂风袭来，将屋子中的灯全部熄灭了，一道惨白的闪电划过漆黑的夜空，将混沌的天一分两半，接着是一阵“隆隆”的雷声。硕大的雨点从天而降，一场罕见的暴雨席卷了整座北平城。

瓢泼大雨中的潘俊，像是丢了魂一样地走在北平的小巷之中，他在脑海深处一直不停地问着自己一个同样的问题：“那件事究竟是谁做的？”

潘俊知道刚刚他在那人家中所见的，正是木系秘不外传的虫术之一。这木系驱虫师除了有青丝之外，还有几种秘术都可以置人于死地，而其中最为阴毒的便是刚刚所见的虫术——摄生术。这虫术的名字源于养生之道，相传多年之前，驱虫师的妻子不幸病故，那驱虫师为了保持妻子尸体不腐败想尽了办法，最终发现一种蜂会将卵产在其他虫的体内，而被种下了虫卵的尸体，就会常年不腐败。于是他灵机一动便控制那种蜂将卵产在了亡妻体内，果见奇效。那驱虫师高兴之余，给这种蜂取了个名字叫姬蜂。可是好景不长，三年之后的一天夜晚，他回到家之后忽然发现妻子的尸体已经千疮百孔，而无数的姬蜂正在自己的房间之中乱爬。匆忙之间，他逃离了自己的家。半年之后，他生活的那个地方变成了一座死城，城中留下数以万计的白骨。

自此之后，摄生术虽然一直流传着，却成为木系驱虫师的禁忌。对于这种秘术，潘俊也只是在秘诀之中见过却不曾研习，这木系之中见过秘诀的，除了自己之外便只有早已身故的父亲了。那么，究竟还有谁会这种秘术呢？不，这个人不但会摄生术，还有青丝，他究竟是谁呢？

潘俊不知在雨中走了多久，终于回到了百顺胡同口。隐约可见前面一个人撑着伞在雨中张望，见到潘俊之后快步走了上来，那人正是时淼淼。她惊奇地上下打量着潘俊，想要说什么，却发现潘俊的眼睛里充满了从未有过的悲凉，于是便将所有的疑问都咽了回去。

躺在床上的潘俊终于觉得身体暖和了一些。他的衣服是时淼淼让“茶壶”帮忙脱掉的，此时时淼淼手支在桌子上托着下巴睡着了。潘俊平躺在床上圆瞪着眼睛望着床顶，日本人不择手段地将五大派系驱虫师聚集到了北平，究竟意欲何为？还有那三年前重伤龙青所用的青丝，究竟是出自金顺的手，还是哪个会使用摄生术之人的手？想到这里，潘俊顿时觉得脑袋传来阵阵痛感，应该是淋雨感冒所致。

他在床上辗转半晌，却始终毫无睡意。现在冯师父他们到什么地方了？从分手至今已经有两天了吧，按照路程算已经差不多快要到河北了吧？外面依旧电闪雷鸣，雨水打在瓦片上的声音让潘俊恍惚间有了些许睡意。夜里他梦见一个人，那人站在黑暗之中距离他不远不近，虽然看不清脸，但是潘俊知道那个人一直在黑暗中微笑，笑得很诡异……

“啪啪”，又是几声枪响，声音在山间回荡，周而复始，久久不肯消弭。这群土匪一共三十多人，其中十几个人骑着高头大马，为首的穿着一身黑衣，腰间别着两把王八盒子，其余的人手中也是各色火器。这群土匪煞有介事地围在村口。

“里面的人听着，识相的把值钱的东西交出来，不然有你们好果子吃！”一个小喽啰在前面号叫。却说当时这些土匪的日子，也好过不到哪里去，以前国民党时期还可以任意驰骋，但自从来了小日本之后，这些日本人为了便于管理开始“并围子”，即将几个小村子的人全部赶到一个大村子居住，然后在村子外面砌上高高的城墙。这样一来，这些土匪只能去一些山沟野地里捞一点儿油水。可今天他们却不巧遇上了这么一个猎户村。

那小喽啰耀武扬威地喊道：“这村子有活人吗？”最后一个“吗”字刚出口，便听“砰”的一声，那小喽啰顿时觉得脖子一凉，他摸了摸脖子竟然是血，这时他才感到一只耳朵火辣辣地疼。

开枪的正是金龙的爷爷，他一拉枪栓一枚弹壳弹出，再将子弹上膛，缓步向前走去。那喽啰伏在马背上捂着耳朵号叫着。

“老东西，你不想活了？”那土匪头子抽出腰间的王八盒子，却被他身边的一个土匪头子拦住了。他一愣，只见已经有二十几个汉子手中握着火器从各个院落中冲了出来，向老人身边围拢过去。

“哈哈，没想到还遇见硬茬子了！”那土匪头子讪笑着，脸上的伤疤也随之跳动，“老头，看你岁数也不小了，怎么就一点儿都不懂事呢？”

“老头，我们大当家的问你呢，放个屁啊！”另外一个喽啰大吼道。

“别，别，别他妈的吓到人家！”土匪头子大吼道，其实他见此情形心里早已经发怵，本来上山当土匪做这种打家劫舍的营生，也是把脑袋挂在腰上过日子，谁不想多活几年？原本只想找几个软柿子捏捏，没想到今天竟然遇到这么个村子，眼下也只求这些人不要太不开面，给自己一个台阶，人也就退了。

“老头，要不这样！”土匪头子趴在马背上向前说道，“你看我们兄弟下山一趟，总不能让我们白跑一趟吧？贼不走空啊！”这句话显然已经是让步了。那老者长叹了口气：“唉，村子里实在是拿不出什么值钱的东西！要不然……”老人想起那只花斑老虎，然后对身边的一个中年人耳语几句，那人听完之后有些惋惜，不过随后招了招手道：“你们两个跟我来！”

土匪头子见几个人离开，想必是去找贵重的东西了，那双三角小眼早已笑成了一条缝，暗想如果与这群猎户拼起来，自己虽然人多占据优势，但毕竟是一群乌合之众，那老头子刚才那一枪如此精准，真打起来谁胜谁负还真难以预料，即便是赢了也要损兵折将。

几个汉子气鼓鼓地来到老人的院子中间，将裂开的虎皮重新裹好，然后用绳子在老虎身上缚上几圈，正准备将老虎抬出，谁知金龙从屋子里冲出来拦住了道路。

“你们做什么？”金龙见几人要将那老虎抬走，心里怎么舍得。

“小龙，马褡子来喊明火，你爷爷让我们把这只老虎送给他们！”为首四十岁左右的汉子躬下身子抚摸着金龙的头说道，谁知金龙却一甩手道：“不行，这老虎是我们打到的，再说我还想用虎骨给爷爷泡酒呢！”说完，他便走上前去死死地抓住老虎身上的绳子，说什么也不肯放手。

燕鹰将这一切看在眼里，不免怒从心中起，这欧阳世家向来脾气火暴，燕鹰算是这家族之中脾气稍好的，他爷爷欧阳雷火的脾气，才算得上是达到了登峰造极的境界。燕鹰三步并作两步走到老人身边，未等老人反应过来，燕鹰已经一步跨到那土匪头子马下，顺势抽出短刀，闪电般地将刀插进那土匪头子所骑那匹马的胸口，那匹马闷哼一声扑倒在地。土匪头子对这突如其来的袭击毫无防备，一个踉跄随那马一起跌在地上。

说来他反应也算敏捷，刚一坠地就立刻从地上爬起，连忙伸手摸那藏在腰间的王八盒子，只是他忽然觉得脖颈一丝凉意，原来燕鹰早已转到他的身后，并将短刀抵在他的脖颈。

“好汉……好汉……”土匪头子见势头不妙，连忙双手举起，“咱们有话好好说！”

燕鹰瞥了一眼四周骑着马举着枪的土匪道：“让他们放下枪！”

“嗯，嗯！”土匪头子连忙点头，但那些土匪却始终举着枪瞄着燕鹰，土匪头子怒道，“他妈的，都是聋子啊？都给老子放下枪！快点儿……”

那些土匪这才将枪放下：“好汉，枪都放下了！”

燕鹰见所有人已经将枪放下，抵着土匪头子的短刀也稍微松了一些，他怒道：“你们这群人平日里气焰嚣张，我真想杀……”那土匪头子一听“杀”字连忙求饶：“好汉，大爷，有话好好说，有话好好说！”

刚刚的枪声早已将段二娥和金龙几个人引了出来，他们站在一旁。只见老人叹了口气，从人群中走了出来道：“放了他吧！”

“对，对，对！”土匪头子此时颇有几分泼皮相，“老人家说得对。”

燕鹰见老人既然开口，也便不能再继续执拗下去，只见他一手抓着短刀，一手在怀里摸索着，片刻掏出一支黑色短笛，短笛上只有两孔。燕鹰将短笛含在口中，立刻发出一阵轻微的响声，声音极低，站得稍远便听不见。只是当他吹响那短笛之时，村中猎狗都开始狂吼起来，声音此起彼伏地在山间回荡。燕鹰吹了几声之后将那短笛收好，旁边的人都好奇这年轻人为什么会有如此举动。

只一会儿工夫，远处便传来几声怪异的号叫，那声音如同夜鸮的狂笑一般，由远及近传来，奇怪的是那些之前狂吠的猎犬，竟然全部安静了下来。那声音越来越近，转眼之间已经到了近前。

只见三个形同猴子、浑身无毛的怪物从草丛中蹿了出来，眼睛极大几乎占据了半个脑袋，生着长长的獠牙，它们迈着八字步走到燕鹰身边，伸出火红的舌头在燕鹰的手上轻轻地舔了舔，然后恭敬地低下头退到一旁。

“你……下马！”燕鹰指着站在自己近前的一个土匪说道，那土匪早已被刚刚这三只庞然大物惊住了。见燕鹰说让自己下马，连忙下马，却不小心一下子从马上滚落下来，燕鹰不禁觉得有些好笑。

“让你们见识一下我的厉害，如果下次再敢来这个村，那这匹马就是你们的下场！”说完之后，燕鹰瞥了一眼站在身边的那只皮猴道：“奎娘……”

那皮猴心领神会般地一跃而起，恰如一道黑色闪电一般直奔眼前那匹马而来，只听“咔嚓”一声，那匹马未来得及哼一声脖子便被那皮猴折断，身体重重地摔在地上，鲜血立时从马的脖子处飞溅出来。

这一幕让在场所有人都不禁胆战心惊，连那老头也是一阵心惊，他再次上下打量了一番这个自己救回来的少年，又扭过头望了一眼站在段二娥身旁的金龙。金龙正望着站在燕鹰身旁的那几只皮猴发呆，他的眼神中流露出的神情，不知是羡慕还是惊讶，或者都有。瞬间老人做了一个决定，这个决定让他鼻子微微一酸。

奎娘攻击过后贪恋地伸出火红的舌头在爪子上舔了舔，然后退到燕鹰身后，另外两只皮猴嗅到那股血腥味后，口水从獠牙上缓缓地流淌下来。

“你看见了？”燕鹰推了那土匪头子一把道。

“是……是……是！”刚刚那一幕，早已将这土匪头子吓得魂飞魄散了，他身体微微颤抖着咽了咽口水，“好汉饶了我们这次吧！”

燕鹰这才放下手中的短刀：“滚……”那土匪头子如获大赦般作了一个揖忙向前跑，一个不慎跌倒在地，然后连忙爬起来上了同伴的一匹马，又作了一个揖：“撤……撤……”说完，这些马褂子逃命般地离开了将军囿，只留下两匹马的尸体。

燕鹰见那群响马已经走远，这才拍了拍手，扭过头在奎娘和另外两只皮猴的头上摸了摸，皮猴再次伸出火红的舌头恭敬地舔着他的手。片刻之后，燕鹰在那皮猴的耳边低语了几句什么，几只皮猴立刻跳了起来，其中两只一前一后地抬起那只被奎娘杀死的马一蹦一跳地跃入草丛之中，奎娘也紧随其后跟了过去。

这时燕鹰才长出一口气，扭过头望着那老者，心想自己赶走了马褂子，必然会受到老人的赏识。谁知老人却似乎并不领情，冷笑一声扭过头对乡亲们道：“大家散了吧！散了吧！”

众人听了老人的话纷纷散开，老人自顾自地向家中走去，燕鹰一脸无奈地看了段二娥一眼，不知自己是不是又做错了什么。只见金龙好奇地走了过来问道：“大哥哥，刚刚那个奎娘好厉害啊，能不能给我一只？”

燕鹰微笑着躬下身子：“好，如果你想学的话哥哥教给你！”

“金龙……”老人似乎听到了燕鹰的话，扭过头来脸色铁青地说道，“还不回家？”

老人膝下无儿无女，后来捡到金龙就对他倍加疼爱，平日里说话也从不大声，今天竟然性情大变地吼了金龙一句，金龙有些委屈地望着老人，只见老人头也不回地向院子里走去。

“爷爷今天是怎么了？”金龙根本不能理解老人此时的心境，“走吧，哥哥姐姐今天就住在我家吧！”

回到房间里，老人忽然拦住了燕鹰说：“跟我来！”燕鹰一愣，向段二娥点了点头，然后跟着老人走入院中，此时的院子里依旧可以闻到淡淡的血腥味。老人坐在一张椅子上拿起石桌上的那杆烟袋，点上之后自顾自地抽了起来，“今晚……你们带着金龙离开将军圃吧！”

“啊？”这话让燕鹰一惊，心道老人一定还在误会自己和段二娥是为寻找金龙而来的，他连忙站起身解释道，“大爷，其实……其实这件事您误会了，我们来到将军圃不是为了带走金龙，我们本打算去河南，却误打误撞地来到了这里！”

老人沉吟片刻，吐出一口烟，低垂着眼睛道：“你们今晚必须离开村子……”

燕鹰不解地望着老人，不明白老人为什么态度会变得如此决绝。

夏夜的将军圃三面环山，晚上微微有些凉意，在距离将军圃二十里的一棵树下坐着二十几个人，为首那人的腰间别着两把王八盒子，脸上有一道清晰的刀疤，那是十年前那个冬天他和以前的老大抢劫一对过路夫妻留下的。

至今，脸上的那道刀疤每逢阴天下雨依旧奇痒无比，也正是因为脸上这道伤疤才得来了“刀疤脸”的绰号。提起脸上的这道伤疤，他至今依旧记忆犹新，那年他刚刚来到山寨，山寨的土匪头子同意他入伙，不过要纳投名状。他冒着大雪在山下等了几天几夜，就在他饥寒交迫的时候，终于看到茫茫大雪中走来了一对夫妇，那女子怀里抱着一个襁褓，而男子驾着一辆马车，两人虽然在大雪之中却依旧有说有笑。

让他印象最深的是那对夫妇之中的男人竟然是一个侏儒，而他的妻子却长得亭亭玉立。见此情景，他心想这世道实在是不公平，偏偏其貌不扬的武大郎却娶了潘金莲，可怜他堂堂七尺男人，却不如那侏儒有艳福。想到这里，他握紧手中的步枪瞄准那个赶车的男人，只听“砰”的一声，这一枪正中那个男人的胸口，女人放下孩子惊慌失措地抱着自己的丈夫，紧张地捂住丈夫的伤口，可依旧止不住那从胸口汩汩淌出的鲜血，妻子望着丈夫，看着他渐渐断了气。

他这才从草丛中跳出来，女人完全沉浸在失去丈夫的痛苦之中，竟全然没有注意到身后的这个人。他从女人身后一把抱住她，谁知此时女人忽然清醒了过来，抽出丈夫腰间的一把短刀便向他划来，待他见到那刀光连忙向后闪身，不过为时已晚。

他觉得脸上一股凉丝丝的感觉，接着便是火辣辣的疼痛，他举起枪便要向那女人开枪，谁知他刚刚举起枪就见眼前一闪，一枚不知是什么的暗器忽然向自己射来，他连忙躲闪，这才避开。不过，他立刻瞥见一旁的襁褓，立即抢上前去抱住那孩子高高举过头顶，女人渐渐屈服了，开始央求他放过孩子，他微微一笑。

那个冬天的雪下得格外大，天地昏昏暗暗的，满眼白茫茫的一片，群山像是被披上了一件孝服一般，死寂、沉静。在那苍茫的大地上只有一个小小的黑点，那是一辆马车，马车前端的雪都被鲜血染红了。在马车上躺着一个女人，头发蓬松，衣服凌乱，她缓缓地从马车上爬起来，行尸走肉一般地擦干泪水，将车头上那具无头尸体平放在车上，赶着车消失在了茫茫大雪之中。

刀疤脸抽着烟抚摸着脸上的那道伤口，不知怎的，刚刚他的那道伤口又开始痒了起来。他狠狠地吸了一口烟，想起刚刚那一幕心中不免顿生怒火。

“老大，咱们什么时候受过这种气啊？”一个耳朵上缠着绷带的小喽啰凑到他跟前说道，“以前都是咱们欺负人，今天反倒被人欺负了！”

刀疤脸听了这话怒气更盛，他扔掉手中的烟蒂，狠狠地打了那个喽啰一个嘴巴，正好打在那只耳朵上，小喽啰疼得满地打滚：“老大……老大！”

“他妈的，老子上山这么久第一次受这窝囊气！”刀疤脸根本不是能咽下这口气的人，但是想起那青年人招来的三只怪物便心生畏惧。那怪物也着实厉害，力大无比，顷刻间竟然扭断了马脖子。

“可咱们这几个人谁能对付那几个怪物啊？”刀疤脸狠狠地说道。

“嘿嘿，老大，我倒是有个主意！”另外一个喽啰凑到刀疤脸的耳边轻声地说着什么。刀疤脸一听心中大喜，不禁笑道：“还是你小子他妈的鬼主意多，就这么办！”

说完，这群土匪上了马，向远处疾驰而去。

“您说什么？”燕鹰惊异地望着老者，心道：“这老头也太不识好歹了，明明自己吓退了那群马褡子，怎么现在反过来责备自己？”

“那群马褡子绝不肯罢休的，说不定明天就会找人回来报复。”老者盯着燕鹰说道。

“那我们就等他们来，来一个杀一个，来两个杀一对！”燕鹰有些气急败坏，他还是第一次听到这种说法，自己也算得上是行侠仗义了，不道声谢便罢了，反倒埋怨起自己了。

“呵呵，你们今天在这里，明天在这里，还能每天都在这里吗？如果那群马褡子一个月后来，将军圃怎么办？”老者的话提醒了燕鹰，他渐渐明白老者起初占据优势却依旧示弱的原因了。强龙毕竟压不过地头蛇，可是现在再说什么也晚了。

“那现在怎么办？”燕鹰忽然失了方寸。

“带着金龙离开这里吧！”老者恳切地望着燕鹰说道，“我想你和金龙带着同样的东西，想必应该是亲人吧？把他交给你们，我老头子也就放心了！”

“可是……大爷，你为什么不和我们一起走？”燕鹰知道自己闯了祸，只希望能够尽量弥补自己的过错。

老者摇了摇头：“我在这个圃子生活了几十年，舍不得这里的山水，还有我的那些乡亲。你们吃过晚饭就离开这里吧，走得越远越好。”说罢，老者磕了磕手中的烟袋，向屋子中走去。

正在此时，段二娥从屋子里匆匆跑了出来，手中紧紧握着一件物什，惊喜地说道：“你瞧这是什么？”

燕鹰接过段二娥手中的物什放在手中，这是一个方形的纸片，上面用血写着几个字：宫五、商二、角六。对于这个，燕鹰再熟悉不过了，这便是操作明鬼的口诀。

“这回好了！”燕鹰与段二娥相视一笑，两人走进屋中将这明鬼的操作之法大略地说给老者。老者虽然未能完全听懂，但是隐约知道这挂在金龙脖子上的东西是作为寻人之用的。

“金龙，想知道你父母在哪里吗？”燕鹰欣喜地说道，从小他父母便双双离去，因此提到寻找父母自然喜不自胜，如同要去寻找自己的父母一般，可是金龙的反应却让他大失所望。金龙抬起头看了一眼老者，然后摇了摇头：“他们已经不要我了，我还找他们做什么啊？”

“傻孩子，如果不是万不得已，谁舍得不要自己的孩子呢？”段二娥半蹲在金龙前面说道，“其实姐姐和你一样也是个孤儿，也是被爷爷收养的。但是我知道，父母当初离开我一定是有原因的。如果他们尚在人世的话，我真希望自己能尽孝道，哪怕是一天也好！”她说到这里眼睛已经湿润了。

谁知金龙却根本听不进去，一把拽下自己脖子上挂着的明鬼，扔给段二娥道：“你们想找就自己去找吧！”然后推开燕鹰跑向屋外，未等老人阻拦，金龙已经跑了出去，跑到屋子后面巴乌的笼子旁边轻轻地望着巴乌。巴乌似乎能明白主人的心境一般，亲昵地向金龙凑了凑，将头埋在主人的怀里轻轻地舔着主人的手背。

“这东西真的能找到金龙的父母吗？”老者还是有些不相信燕鹰的话。燕鹰很肯定地点点头：“只要那个人在附近，就一定能找到！”

“那快点儿试试吧！”老者催促道，只见段二娥轻轻叩击着手中的明鬼，一会儿工夫那明鬼竟然真的动了起来，老人的脸上露出一丝微笑，只见那明鬼一蹦一跳地向门外走去。

“你们跟紧它，我去叫金龙！”老者说着走到后面，只是此时金龙和巴乌早已经没了踪影，老者焦急地四处寻找着金龙，却始终没有找到他的踪迹。

却说燕鹰与段二娥二人追着那明鬼，一直向将军圃深处走去，明鬼的速度极快，再加上是天黑，二人唯恐失去了方向，因此寸步不离地追着那只明鬼。只是许久未见老者和金龙跟上，心中不免有些焦急。

“燕鹰，他们怎么还没跟上来？”段二娥一面盯着飞奔的明鬼，一面问道。

“要不然我去看看？”燕鹰向后张望着，此时天色早已暗下来，苍白的月光洒在远近的山脊上，折射出冰冷的光。山沟之中左面是阳坡，荒草低矮，怪石嶙峋，配上那苍白的月光显得格外瘆人。而那右面的阴坡树木繁茂，特别是越往里走，那林木越深，不时从中传出夜鸮凄厉的叫声。段二娥咽了咽口水：“你还是不要去了，实在不行，我们记下明鬼的位置再一起回去找他们！”

“嘿嘿，段姑娘是不是害怕了？”燕鹰坏笑着问道。

“这……倒确实有点儿！”段二娥从来便是有一说一的人，对于自己的恐惧也从不隐瞒。

眼看那只明鬼沿着崎岖的山路越走越远，身后的将军画已经完全模糊在视线中了。这条羊肠小径峰回路转，九曲十八弯，明鬼沿着小路蜿蜒而上，只见那条小路从半山坡陡然直下，明鬼一滑落入山涧之中，二人毫不迟疑地随那明鬼滑入山涧。时值盛夏，加上雨水充沛，山涧之中竟然有一条涓涓细流，明鬼穿过溪流进入对面茂盛的林木之中。

夜鸮的号叫时而如婴儿的大笑，时而如怨女的呜咽，夹杂着身边的虫鸣声，让人听了身上一阵阵发冷。那明鬼的速度渐渐慢了下来，想必是已经接近他们的目的地了。正在此时，段二娥忽然愣住了，一把抓住自己身后的燕鹰，指着眼前一个小小的黑影痴痴地说道：“燕鹰，你看前面……”

透过繁盛树木的斑驳月影，眼前一个矮矮的人正站在距离他们二十米开外的地方，那个人背对着他们，看不清楚他的脸。

04

鳌虎斗，喋血将军圃

一张精致的脸出现在潘俊的眼前，她穿着一身得体的旗袍，长发披肩，将手背在身后。午后的阳光洒在潘俊身上，让他觉得暖洋洋的。眼前的女孩开心地笑了笑，满眼都是阳光。

“小坏蛋，猜猜我给你带什么来了？”那女孩神秘兮兮地说道。

“蛐蛐？”潘俊操着一口稚气的北京话调皮地问道。

“就知道蛐蛐，不知道被骂了多少次还是蛐蛐！”女子教训道，“再猜……”

“快点儿拿出来嘛……”潘俊伸出小手撒娇般地拉着女孩的手臂，“这几天我都要憋死了！”

女子坏笑了一声，环顾四周，见无人这才将背在身后的手慢慢拿出来。她手中是一个精致的木笼，比鸟笼足足小了一圈，不过让潘俊惊喜的是里面竟然有一只巨大的蝴蝶。

那只蝴蝶生得漂亮极了，两只硕大的翅膀，上面的花纹让潘俊惊喜得大笑起来，连忙接过笼子：“这么大的一只啊？”

“嗯！”女孩微笑着在潘俊的鼻子上刮了一下，“喜欢吧？”

“嘿嘿，喜欢，喜欢！”潘俊两只小腿欢快地在椅子上乱蹬着，“这个是不是就是你说的阴阳蝶啊？”

“嗯！”女孩看着潘俊一脸笑意长出一口气，“小俊在家要听话，下次我回来还会给你带好东西的！”

潘俊听到此话后，两条小眉毛立刻立了起来："你又要走？"

女孩点了点头，在潘俊的脸上轻轻抚摸了一下。潘俊贪婪地感受着女子手指拂过自己脸颊的瞬间温柔，不知不觉两行泪水从眼眶中流淌了出来。时淼淼连忙缩回手，谁知潘俊猛然抓住她的手，几乎用尽了所有的力气，牢牢地握在手里，闭着眼睛，表情祥和，微微呼吸着。

正在此时，传来了一阵敲门声，之后那门被缓缓推开了，老鸨手中端着一个茶碗，里面是一碗气味浓重的汤药。

"公子，这药煎好了！"老鸨轻声说道。

"谢谢，您先放在桌子上吧！"时淼淼柔声说，她想掏出一些钱给老鸨，怎奈自己的手被潘俊牢牢地抓着，根本抽不出来。老鸨会意地笑了笑，然后关上门退了出去。

潘俊已经发了一夜的高烧，时淼淼醒来的时候发现潘俊嘴唇青紫，身体不停地颤抖，便连忙让人找来大夫。大夫说潘俊是受了风寒，开两服药服下便会没事。时淼淼这才放下心，她一直坐在潘俊的床前守护着他，只是潘俊却一直在呓语。这个平日里永远那么冷静、那么沉着的年轻人，也许只有在梦里才是最真实的，才能蜕去那层包裹得严严实实的外壳。

他在梦里不停地呼喊着"别走""我怕"，时淼淼坐在他的床前轻轻抚摸着他的脸，他的烧已经退了不少，此时看着他熟睡的样子真像是一个孩子，时淼淼的心里忽然产生了一种奇怪的感觉，她似乎有一种不确定的奢求，希望时间永远停留在这一刻。

潘俊的泪水再次从眼眶中淌出，他将时淼淼的手握得更紧了，用牙咬着嘴唇。时淼淼知道，他一定又在做噩梦了。

大雨滂沱，潘俊躲在门房里透过窗户的缝隙偷看外面站着的那个女孩，她早已经被大雨淋透，旗袍贴在身上。女孩跪在门口，不知是雨水还是泪水顺着女孩的脸流淌下来。

"败坏门风的东西！"潘俊的耳边响起一个严厉的声音。

那女子忽然扬起手，拼尽全力向自己的腹部捶去，连续数下之后，女子的下体流淌出一摊殷红的血迹，那血在雨水中渐渐稀释。女子靠着墙壁站起身来，两绺头发黏在脸上，她向门房的方向瞥了一眼，似乎察觉到一直注视着她的潘俊，眼里充满了歉意，然后一跌一撞地扶着墙消失在雨水中。

潘俊的牙齿在颤抖，他盯着那女子的身影，直到完全看不到才回过神来。在他旁边的桌子上摆放着一个精致的木笼，木笼里飞舞着一只硕大的阴阳蝶。这种蝴蝶，它的一对前翅与左后翅的翅脉、斑纹与翠凤蝶完全一样，而右后翅的翅脉、斑纹又与碧凤蝶完全一样。

他缓缓睁开眼睛，眼前一阵模糊，他有些分不清此时到底是梦境，还是现实，渐渐地他看清了眼前这个女孩是时淼淼。

“你醒了！”时淼淼柔声道，然后将一直被潘俊抓着的手从他手中抽出，脸上不禁一红。

潘俊也觉得有些尴尬，向外张望了一下道：“现在是什么时候了？”

“已经是下午了。”时淼淼刚说完，潘俊便立刻从床上坐了起来，顿时觉得脑袋一阵疼，但仍咬着牙下了床。

“你要做什么？”时淼淼问道。

“咱们得去裕通当，这件事不能耽搁！”潘俊说着，拿过床边的衣服穿上。

“可是你的病还没好啊！”时淼淼劝阻道。

“只是受了点儿风寒而已，不妨事，你忘了我是做什么的了？”潘俊微笑着说。时淼淼虽然想争辩，不过想想潘俊说的也有道理，他是名动京城的神医圣手，想必没有人比他更了解自己的病情了。

二人收拾完毕，潘俊和时淼淼拿起随身之物下了楼，潘俊找到老鸨，将几张票子塞给她道：“房间给我们留着！”

老鸨见到票子自然是笑逐颜开，连忙答谢：“爷，您放心！”然后扭过头对一个在二楼过道中的“茶壶”喊道：“六子，帮这位爷把房间拾掇干净！”

潘俊微微笑了笑，就带着时淼淼走出胭脂阁。二人这次并未叫洋车，而是径直向东安门内路北走去，好在从此处到东安门距离不算太远。

“你昨晚是不是梦到什么了？”时淼淼跟在潘俊身后问道。

“嗯？”潘俊隐约想起那个梦，“是不是我说什么了？”

“没有！”时淼淼摇了摇头，“对了，我们晚上还回胭脂阁？”

“呵呵，所谓狡兔必三窟嘛！”潘俊笑了笑，丝毫看不出此时的潘俊是一个有病在身的人。绕过几条大街之后，潘俊和时淼淼已经隐约见到裕通当栅栏门上那个铜质三面牌。牌面镂空，凿有云头、方胜、万字不断头等花样，形如挂檐，叫作“云牌”。

时淼淼左右环视，不远处便是一条繁华的大街，只是这当铺开的位置，却多少显得有些冷落。“这裕通当也算得上是京城的大当铺，怎么会开在这么个偏僻的地方？”

“时姑娘，这你就不懂了，一般来当铺的人除了贫苦百姓，其中也不乏一些落魄的富绅，这些人极看重面子，如果被人看到自己去了当铺，恐怕会羞于见人。如果开在闹市之中，便打死也不会去当铺，所以一般的当铺都开在距离闹市稍远的地界！”潘俊说完，又抬起头看了看天，“如果顺利的话，一会儿我们就可以见到燕云他们了！”

“咦？”时淼淼一直心中好奇，潘俊在茶楼旁究竟神神秘秘地对燕云说了些什么，以至于一直黏着潘俊不放的她，竟然会乖乖地跟着龙青离开，这件事一直让时淼淼想不通。“你究竟让燕云去做什么了？”

“呵呵！”潘俊叹了口气，“一件只有燕云能做到的事情……”

“燕云？”时淼淼觉得，比起现在来还是昏迷中的潘俊更可爱一些，此刻的他将自己的心藏得太深，让人无法揣测。

这典当行的门脸装点得颇为华丽，青砖漆成的上拱下方的门口，汉白玉台阶一共有八阶。潘俊带着时淼淼走进当铺之中，迎面是高出人半头的柜台，台上设有木栏，开一方形小口，内中坐着一个戴眼镜、看上去五十岁上下、头发稀疏、形容枯槁的头柜。那木栏左右各有一扇包着铁皮的小门，密密麻麻钉满铁钉，左面放着两张椅子，之间则是一个茶台。

那头柜似乎在柜台上忙碌着什么，见来人也不抬头，依旧自顾自地拨弄着手中的算盘。“要当东西？”头柜依旧没有抬头，“现在局势不稳，本当只收软硬货龙，好一点儿的彩牌子，或者黑牌子也收一些！”说完，他这才扭过头向窗口望去，只见潘俊手中拿出一张当票微笑道：“赎当！”

那头柜接过当票看了一眼，又扶了扶眼镜仔细看了一眼，之后上下打量了一番眼前的这个年轻人，脸上立刻露出了笑意：“哎哟，先生，这当票是您捡来的吧？”

“怎么？”潘俊脸上依然带着淡淡的微笑。

“我好像记得上次这个当不是您来的。”头柜摆出一副笑面虎的嘴脸说道。

“实不相瞒，上次那人从我手中偷了那东西，后来我抓到他一问，才知道已经被当到此处。”潘俊说完，四顾望了望。

“哦！”头柜夸张地恍然大悟般道，“那这样，先生您先到那边坐一坐，我让他们帮您查查！”他毕恭毕敬地站起来点头哈腰，然后冲后面高唱道：“破石出当！”里面应喝了一声。

潘俊坐在椅子上，时淼淼贴在潘俊耳边小声道：“他们这说的都是什么啊？”

“呵呵，时姑娘这你就不懂了，这些当铺的人都有自己的行话！”潘俊微笑着说，“为了不让外人知道他们在说什么！”

“刚刚说什么软硬货龙也是行话吧？”时淼淼确实是个聪明的女人。

“软货龙是银子，硬货龙是金子，彩牌子是古画，黑牌子是古字！”潘俊一一向时淼淼解释清楚。正在这时，里面的人又高喊了一句：“妙以！”

潘俊霍地从椅子上站了起来。

“怎么了？”时淼淼吃惊地望着潘俊道，潘俊没有回答。柜台上的头柜见潘俊听懂了那几句话，脸上的表情也焦急了起来，那“妙以”的意思便是“没有”。那么，究竟是什么人取走了河箱？

潘俊走到柜台前，眼神冰冷地望着头柜道：“当票可还未到期，算不得绝当，为何不知了去向？”

头柜被潘俊逼问得满头是汗，这些人都是些“眼观六路，耳听八方”的主儿，最善于察言观色，不但鉴定宝物有一手，也练就了一副识人的好眼力，他知道眼前这主绝不是平常百姓，必是不好惹。

正在这时，一个四十岁上下的男人左手握着把紫砂壶，右手攥着一串念珠缓步从里面走出来道：“这位先生要赎哪件当品？”

头柜听到这声音如获大赦一般地从椅子上下来，拿着那当票递到中年男人面前，那男人看见那张当票后脸上立刻堆满了微笑，忙叫人打开一旁的铁门走了出来。见到潘俊拱手道：“这位先生实在不好意思，来来来，赶紧上茶！”他说完，那头柜连忙走到后面端出茶具给潘俊倒上，然后点头哈腰地站在一旁。

“先生，您有所不知，您的那件东西现在在我们东家手里。老东家交代，如果这物品的主人来赎当的话，一定要亲眼见见！”那中年男人微笑着说道。

“不知贵东家是哪位？”潘俊此刻倒是对他们的这位东家充满了好奇，那个拿走河箱的人，究竟会是一个什么样的人呢？

“一会儿我备车带您过去！”中年男人说着，吩咐下面的人道，“快去备车……”

头柜慌忙点头，这北平城中大当铺的幕后东家不是官宦，便是显贵。他们要么手握大权，要么凭借祖上的功劳，一般人如何能支撑得住这么大的当铺？

片刻之后，一辆马车已经停在了裕通当门口，中年男人毕恭毕敬地走在前面。潘俊站起身，在时淼淼耳边轻声说了几句。

“不用我陪你去？”时淼淼听完潘俊的话，有些担心地说道。

潘俊摇了摇头：“记住刚刚我和你说的时间和地点，我也会准时到那里和你们会合的！”

时淼淼虽然有些不情愿，不过却知道潘俊这样安排必有深意。确实如此，潘俊无论如何也要得到那河箱，可是眼下却不知道裕通当的幕后东家是谁，如果这是一个陷阱，又何必搭上时淼淼呢？

潘俊想到这里叹了一口气：“如果我没有按时到的话，那你们就在天黑之前离开北平，到安阳与冯师父他们会合！”说完，他同那人一起钻进了门口的那辆马车之中。车夫扬起鞭子，在空中“啪”地响了清脆一声之后，马车快速地向西北方向驶去。

落下车帘，车中那中年男人又开始寒暄搭讪起来。潘俊谎称自己姓谢，办一点儿药材生意。而那中年男人自称姓佟，叫佟虎，锦州人，以前做些皮货生意，却不想被日本人抢了个精光。几年前流落京城，幸好东家收留了他，让他帮忙打理裕通当。

说起这裕通当，佟虎便来了兴致，如数家珍一般道：“不知您看过《红楼梦》没有？”

潘俊点了点头。

佟虎笑道：“那《红楼梦》中第五十七回中的恒舒当便是这裕通当的前身，后因时局动乱被我家东家盘下，这才改名为裕通当！”

“不知你家东家究竟是什么人？”潘俊再次问道。

“呵呵，一会儿见了您就知道了！”佟虎意味深长地笑道，“我们东家见到您那东西便一直在等着能见到本家一面，唯恐那‘端休’变成死当！”

潘俊知道这“端休”的意思是物件，也是当铺的行话。

那车在北京的大街小巷七拐八绕，因为挂着帘子，潘俊根本不知道他们行至何处。大约半个时辰的样子，马车忽然停了下来。

“先生，到了！”佟虎笑着站起身走下马车，然后撩开车帘。潘俊从车子

中走出，阳光有些刺眼，他定睛一看，此处正是北平城黑芝麻胡同。佟虎走在前面，此处是黑芝麻胡同

7号，此时门房早已经站在门前了。

“这里是？”潘俊驻足在门前惊讶地望着佟虎，只见佟虎一脸微笑道：“先生，您知道这里？”

“嗯，这是之前兵部尚书、四川总督奎俊的旧宅邸啊！难道你家东家住在这里？”潘俊心中对这个东家的身份更加好奇了，那人究竟是谁呢？

“嗯，先生果然是见多识广，这些都知道！”佟虎笑了笑躬身道，“您里面请……”

潘俊迈开步子向前走去，这官邸修建得颇为气派，登上台阶，跨过门庭，躲过影壁，左右观之，水榭廊台虽然已经有些破损，却依旧掩饰不住当年的恢弘威严之气。

“先生……”佟虎引着潘俊绕过几个走廊，终于走进内宅之中。那庭院巨大，在庭院中央放置着盆景假山。正在此时，一个穿着西装、戴着眼镜的三十岁上下的男人从内中走出，脸上露着笑意。见到潘俊，立刻上前握住潘俊的手道：“听下面的人说，这河箱的主人来了，实在是急不可待地想见先生一面！”

潘俊迎合着笑了笑问：“您是？”

“这位就是我们的东家！”佟虎介绍道。青年人接过话茬儿：“我叫爱新觉罗·庚年。”

“啊？”潘俊听到这个名字时有些诧异，不过心中隐隐明白了什么。

“先生屋里说话！”庚年说着，闪身让潘俊走在前面，然后吩咐下面的人去倒茶。潘俊进了屋子，见房间的摆设颇为古雅，墙上挂着的都是一些珍贵字画，在屋子一旁的架子上摆放着各色陶器，其中最惹人眼的便是居中的一尊唐三彩马，色釉浓淡有致，花纹流畅。

“怎么？先生识得这唐三彩？”庚年见潘俊端详着出神，于是问道。

“呵呵，这唐三彩虽然是难得的古物，不过摆在房间之中却不大合适！”潘俊说着，扭过头坐在一旁的椅子上。

“哦？”庚年不解地望着潘俊，“愿闻其详。”

“唐三彩虽然名贵，不过在盛唐之时却也属于冥器，只用于随葬品。”潘俊的话让庚年恍然大悟，连忙叫人将那唐三彩撤掉。

"先生是那河箱的主人？"庚年喝了一口茶问道。

潘俊点了点头道："听闻那只河箱在您的手里……"

"哦，确实在我手上，不过既然先生是那只河箱的主人，那您就应该是驱虫师的传人吧？"庚年的话让潘俊一惊。

"你怎么会知道驱虫师的事的？"

"呵呵，看来先生是默认了！"庚年上下打量着潘俊道，"只是不知先生是哪一派的传人？"

"既然您知道驱虫师的事情，那您猜猜我是属于哪一派的？"潘俊神色泰然地说道。

"京城名医，木系，潘俊！"庚年几乎是一字一句地说道，潘俊心中一惊。正在此时，外面忽然传来一阵嘈杂之声，潘俊心想莫不是中了对方的圈套，连忙将手伸进腰间，扣住"青丝"的盒子。却忽然发现自己身后不知何时多了一个大汉，一双如铁钳般的手早已将自己的手按在腰间。

屋外嘈杂之声渐盛，隐约能听到那嘈杂的声音中夹杂着流利的日语，潘俊心知不妙，但见那庚年微微笑了笑……

虽然时值盛夏，但这燕山山脉深处的将军圃，夜风袭来依旧有些寒意。夜鸮站在远处的山崖上不停地鸣叫，叫声凄厉、哀婉，像是个能预知厄运的瘟神一般。眼前的黑影在微微晃动着，身体不时地抽搐着。

明鬼放慢了速度，在草窝里缓慢跳动着，时不时地发出如螽斯般的叫声。段二娥和欧阳燕鹰两个人的眼睛，已经牢牢地被眼前的那个黑影吸引住了。正在这时，一个黑色的影子忽然从那黑影身后蹿了出来，直奔段二娥和燕鹰二人而来，那黑影移动的速度极快，倏忽间已经到了近前，在距离他们四五步远的地方停了下来，喉咙中发出"呜呜"的嚎叫。

"巴乌……"一个熟悉的声音从巴乌身后传来，那个黑影缓缓转过身，原来正是金龙。金龙见到段二娥和燕鹰两个人惊讶异常，快步走到他们近前："哥哥姐姐？"

"金龙？"段二娥和燕鹰对视了一下。

"你怎么会在这里？"

"你们怎么会在这里？"这三个人几乎是异口同声地说道，然后几个人全都沉默了。

“金龙，你怎么会来到这里？”段二娥沉吟半刻问道。

金龙以为他们发现自己失踪了，现在是特意来找寻他的，因此多少有些歉意道：“我……刚刚趁着你们不注意的时候，我就偷偷溜出来了，带着巴乌来到了这里！”

“这是什么地方？”燕鹰望着周围生长茂盛的树木问道，谁知金龙却一脸得意地说道：“嘿嘿，哥哥姐姐，这可是我和巴乌一起发现的一块宝地。”

“宝地？”段二娥和燕鹰一头雾水地望着金龙，只见金龙笑着说道：“你们跟我上来看看！”

这二人心下狐疑，跟着金龙向前走去。金龙带着他们走了几十步之后，他们顿时觉得附近更是寒气逼人，再往前走忽然眼前出现一眼清泉。泉池不大，只有一两米宽，泉水清澈，即便是在盛夏，那泉池的周围依旧挂满了霜花，在最外面的一圈落满了五颜六色的蝴蝶。而段二娥的目光却盯在了一旁的明鬼身上，只见那明鬼缓慢地向泉池而来。

“你们瞧……”金龙眉开眼笑地向两个大人展示着自己的发现。

“呵，这真是一块宝地啊，金龙你是什么时候发现的？”燕鹰摸着金龙的脑袋问道。

“七八岁的时候，一天晚上忽然找不到巴乌了，我就和爷爷分头在山里找，最后发现巴乌就蹲在这泉池边上，痴痴地望着泉眼。后来每次我不开心的时候，就带着巴乌到这泉池来，把所有不开心的事情都对着它说，这样心情就好了！”金龙蹲在泉池边上，眼神中流淌着一丝悲哀的神情，“其实……我也想去找自己的父母！”

燕鹰长叹了一口气。

“可是爷爷年纪大了，如果我离开了，恐怕爷爷会伤心，也许我再回来的时候，就见不到爷爷了！”金龙说着眼眶渐渐湿润了，“有的时候我会在梦里见到他们！”

“谁？”燕鹰问道。

“我爹娘。”金龙支着下巴，“虽然我不记得他们长什么样，但是我觉得我娘一定是一个特别特别好的人，就像隔壁的大娘一样，我爹也一定是一个像爷爷一样有本事的人！”

金龙从未离开过将军圃，也许在他心中爹娘的印象便是如此。

“肯定是的！”燕鹰每每听人提及爹娘，便不由自主地想起自己的身世，正在这时，那明鬼已经走到了泉池边缘，未等段二娥反应过来，明鬼已经纵身跳下。这明鬼是玉石打造的，入水之后立刻沉了下去。

“哎呀！”金龙见那只明鬼掉入水中不免惊叫一声，然后纵身跳入那小小的泉池之中。他虽然不喜人提及寻找父母一事，却知道这是父母留给自己最后的遗物，平日里视若珍宝，因此便不顾一切地跳了下去。

那汪潭水表面上看清澈无比，却深不见底，金龙进入潭水之中，顿时觉得泉水冰冷异常，如数不清的细针刺入皮肤，身上的热气像是被一只巨大无比的手一下子卷走了一样。

他圆瞪着眼睛，在泉池中搜寻着明鬼，终于发现明鬼就在他的身旁，虽然是近在咫尺，但身体早已经麻木得不听使唤了，他挣扎了几下，却始终距离那明鬼有一指远。渐渐地，他的意识模糊了，直到他感觉一只大手环住他的身体，才彻底失去了意识。

就像是做了一个长长的梦一样，金龙醒过来发现自己还躺在泉池边上，段二娥正掐着他的人中，表情焦急地望着他。“醒了，终于醒过来了！”段二娥激动地一把抱住金龙，泪水夺眶而出。

金龙刚刚寒透的身体，立刻有了一丝暖意，他幽幽地道：“娘……”段二娥听他这么叫，又将金龙抱得更紧了。

“那只明鬼怎么会进入泉池呢？”燕鹰一面拧着衣服，一面打着寒战说道，“这是什么鬼地方啊，大夏天的竟然……竟然……”未等说完，又是一个喷嚏。

“我们快点儿回去吧，不然你们两个都会着凉的！”段二娥说着抱起了金龙。金龙却一挣扎从她的怀里挣出：“不，我要下去找那只明鬼！”

“你这傻小子，这泉眼深不见底，进去了恐怕就出不来了！”燕鹰揉了揉鼻子，几个喷嚏下去，鼻子还是有点儿酸。

“那是我爹娘留给我唯一的东西，你们不是说那个东西，也是找到他们的线索吗？”金龙说着又欲跳下。这次燕鹰眼疾手快，一把抱住金龙：“你小子嚷嚷什么？再吵我真把你丢进去！”

“哼……”金龙努起嘴，对燕鹰的话根本就听不进去。

“你们别闹了，听……”段二娥眉头紧皱侧耳谛听着，“这是什么声音？”

燕鹰也怔住了，他放下怀里的金龙，却始终拉着金龙的手臂。那声音如同敲破的鼓一般，“哐哐哐”之响不绝于耳，紧接着地面一阵剧烈的颤动，那原本蹲在树枝和山崖上哀鸣的夜鸮受了惊吓，“腾”的一下从树林中飞出，接着更多的飞鸟也赶集似的飞出了树林。

一直站在一旁的巴乌也忽然站起身，低着头，喉咙中发出“呜呜”的声响。震动持续片刻之后，那“硿硿硿”之声渐渐消弭，谁知这时巴乌却站在泉池边，对着泉眼狂吠了起来。

段二娥好奇地走上前去，只见刚刚那一汪清泉之上，此时浮着一个硕大的黑乎乎的东西。燕鹰放开金龙，抽出短刀砍断一旁如一根小孩胳膊粗细的树枝，将那黑乎乎的东西拉到泉池边上。

那东西外面是一床破旧的被子，恐怕是因为在水中浸泡的时间过长，以致外皮已经破损不堪，露出里面的棉絮。燕鹰丢下手中的树枝，用力将那东西提起放在泉池一边。那东西的中间用一条结实的绳子捆绑着，燕鹰又抽出短刀将那绳子割断。绳子应声而断，被子也随之敞开，一具无头侏儒的尸体立刻出现在几个人的面前。

金龙连忙将头埋在段二娥的怀里，段二娥也感觉胃里一阵阵痉挛，只有燕鹰强忍着走到那具尸体旁边。突然发现，那只明鬼正挂在那具尸体的手指上，而在尸体的旁边还有一个精致的檀木盒子，盒子的做工极为精巧。燕鹰将明鬼从那人的手指上取了下来，然后揣进怀里，之后小心翼翼地从那具尸体身边拿过那个盒子。

正在此时，将军圃的方向传来了一声枪响，几个人心头一惊，接着便是隐约的犬吠声。

“将军圃出事了，咱们快回去！”说完，燕鹰将盒子递给段二娥，自己则背上金龙，几个人向将军圃的方向飞奔而去。

越是接近将军圃，那枪声越是密集，那枪声之中似乎还夹杂着人们的呼喊声。燕鹰一面跑，一面在心中暗骂自己的鲁莽，以致给将军圃招致这样的厄运。这山涧距离将军圃有十几里的山路，走了四五里，燕鹰便累得气喘吁吁，满头大汗了。他放慢了脚步，正在此时金龙忽然大叫道：“火……圃子着火了！”

暗夜之下，浓烟滚滚，火光冲天，那火光中时不时地传出机枪扫射的“嗒嗒”声，燕鹰心下更急，急忙加快脚下的速度。

在那滚滚的浓烟之中，站着上百个小日本鬼子，还有二十几个土匪。刀疤脸在一个日本翻译耳边轻轻地说着什么，那个翻译点了点头，小声地在日军那个小队长的耳边叽喳了几句。

“皇军问你，这里真的有人会控制那种凶悍的大猴子吗？”日本翻译一副趾高气扬的样子说道。

“嗯，我见过，那个老头子就知道他们藏在什么地方！”刀疤脸指着金龙的爷爷说道。那个日本人似乎能懂得一些中国话，指着那个老头问：“他？”

“嗯，嗯！”刀疤脸肯定地说道。

日本人在翻译耳边说了几句什么，只见那个日本翻译走到老人面前道：“皇军说你只要说出那几个会控制猴子的人的下落，就放了你们全村的人！”

老人扭过头看了看已经被卸了武器困在一间小屋子里的乡亲们，叹了一口气，“扑通”一声跪倒在地道：“乡亲们，我老头子对不住大家啊！”说完之后猛然上前一步，躲过旁边几个小鬼子的刺刀，闪到那个日本头头身后，顺势抽出短刀在那日本鬼子的喉咙上轻轻一抹，鲜血瞬间从鬼子的脖子里喷射出来。然后他立刻转到另外一个日本兵身边，如法炮制，另外一个日本兵连忙双手按住脖子倒在了地上。

就在老人准备袭击第三个人的时候，那个日本翻译掏出手枪对着老人的胸口就是一枪，老人身体向后退了退，手中握着短刀：“狗……狗日的……小鬼子！”说完，老人便倒在了血泊中。

那日本翻译见自己的长官已经倒地，怒从心中起，恨向胆边生，立刻命令那些日本兵点着了房子。这还不解气，又将那刀疤脸等二十几个人全都绑了起来。在村民的号叫声中，日本人还在用机枪扫射着。

待到确定所有人都已经死了之后，这些日本鬼子才押着那二十几个人离开了将军圃。血腥味、浓烟味、烧焦的尸体味，一股脑儿地冲进燕鹰的鼻孔，他们赶到的时候，大火已经渐渐熄灭了，偶尔从火堆中发出“噼里啪啦”的声音。

眼前的一切惨不忍睹，苍白的月光下满地的血迹和弹壳，那房子的屋顶早已被烧得坍塌了，屋里全是被烧得蜷曲的尸体，有些尸体的骸骨已经全部裸露在外面了。燕鹰看了一会儿，胃里一阵剧烈痉挛，“哇”的一声吐了出来。金龙淌着眼泪在那些烧焦的人中找寻着爷爷的尸体。

而巴乌则嗅着味道向一旁冲去，在老人的尸体前面狂吠着。金龙似乎听懂了巴乌的意思，立刻站起身来向巴乌的方向冲了过去，果然见爷爷正趴在地上，他的身下是一摊尚未完全干涸的血迹。

“爷爷，爷爷！”金龙艰难地抱起老者，燕鹰和段二娥也奔了过来。燕鹰在老人的脖子上按了按，无奈地对段二娥摇了摇头。金龙痛苦地抱着老人，泪水像决了堤的洪水一般流淌。

“爷爷，都怪我，都怪我，我不该一个人溜出去。”金龙愧疚地说道。

“段姑娘，你照顾好金龙！”说完燕鹰站起身来，狠狠地咬着嘴唇，刚要走却被段二娥一把拉住了：“你要做什么去？”

“我去给老人报仇！”燕鹰甩开段二娥的手臂道。

“你别再这么冲动了，燕鹰！”段二娥大声喊道，“你这样去不叫勇猛，叫鲁莽！如果当初你不逞强的话，恐怕也不会落到现在这个地步！”段二娥的话深深地刺痛了燕鹰，他“啊”的一声蹲在地上，不停地抓着自己的脑袋，似乎只有将自己的头皮都抓掉，心里才会舒服一些。

金龙是在段二娥的怀里哭着睡着的，这个从小没有享受过父母的温暖又失去了唯一亲人的孩子，此刻双手紧紧抓着段二娥的衣服，就像是抓着最后一根救命稻草。他的泪水已经哭干了，但眼角依旧留着泪痕。

燕鹰一个人在山边挖了一个大坑，从老人家中拿来一副草席裹在老人身上。忽然他盯住了老人手中的那把短刀，那短刀极为普通，却被老人用得出神入化。他费尽力气将老人紧握着短刀的手掰开，放在一旁之后才将老人埋葬。本想给老人立一块碑，可直到此时他依旧不知道这个老人姓甚名谁。

他回来的时候已经是早晨了，金龙还在段二娥的怀里熟睡，昨天哭了一夜，他真的累坏了。燕鹰与段二娥小声商量了一会儿，决定带着金龙一起去安阳。其实燕鹰一直在心中疑惑一件事，就是那具无头的侏儒尸体，如果猜测不错的话，应该就是那只明鬼所要找寻的人，他究竟是谁？或许就是金龙的父亲也说不定。想到这里，他觉得应该回去将那具尸体安葬了，于是便趁着金龙还在酣睡中独自一人来到了那个泉池边。可让燕鹰惊讶的是，泉池边空空如也，不要说那具尸体，就连捆绑着那尸体的绳子也不见了。

燕鹰多少有些气馁起来，金龙早已经醒了过来。让燕鹰惊讶的是，这个小孩子似乎比自己想象中坚强得多，已经不哭不闹了，当燕鹰提及准备带他一起走的时候，孩子也只是微微点了点头。

此处距离安阳还有一大段的路程，现在又在此处耽误多时，恐怕要让冯万春在前面多等一些时候了。

“燕鹰，冯师父有没有和你说过去做什么了？”段二娥拉着金龙问道。一路上金龙始终一言不发，总是冷冷地望着燕鹰。燕鹰长出一口气摇了摇头：“他只是说有些事情没有处理完，让我们先到石家庄去。”

燕鹰见段二娥不再说什么，百无聊赖地拿出在无头侏儒身上发现的那个盒子。这个盒子有一尺多长，半尺多宽，从外面看未见丝毫缝隙。整个盒子浑然一体，轻轻晃动似乎里面是实心的，燕鹰摆弄半晌，却始终参不透其中究竟有何奥秘。

“你手里的是什么？”段二娥望着燕鹰手中的那个盒子。昨晚段二娥的注意力最初全部被泉池中浮出的尸体吸引住，后来便是金龙爷爷的死，直到此时她才看清楚眼前这个盒子。

“昨晚上的那个啊！”没等燕鹰说完，段二娥已经凑到近前，她目光如炬地打量着那个盒子，盒子上奇怪的花纹似乎具有某种魔力一样将她深深地吸引住了。

“段姑娘，你怎么了？”燕鹰见段二娥惊恐的神情，不禁好奇地问道。

“呵呵……”段二娥似笑非笑地说道，“燕鹰，这东西我见过！”

“你见过？”燕鹰的嘴吃惊地微张着。

05

旧相识，终已阴阳隔

“没错！”欧阳燕云坐在北平城南距离城门只有几百米的一家茶楼中，喝了一口茶说道，“潘哥哥就是让我见他去了！”

这间茶楼分上下两层，茶楼在北平城中算不得大，人也并不是很多。这个年月里平常百姓能勉强糊口，已经算是不错的了，不过依旧稀稀落落的有几个人。茶楼中有一对爷孙，爷爷拉着三弦，孙女唱着京韵大鼓的名段《大西厢》，女孩子唱得时而一板三眼，时而一板无眼，平腔、高腔、落腔、甩腔，无不到位。欧阳燕云与时淼淼二人坐在二楼靠近窗子的位子上，燕云放下茶碗透过窗子向外张望着，在不远处隐约可以看见鬼子的岗哨。

“他现在人呢？”时淼淼低声说道。

“死了！”燕云没好气地说道，瞪了时淼淼一眼，然后扭过头继续望着窗外。

“你……你亲眼看到的？”时淼淼希望把这件事情弄个清楚。燕云扭过头微笑着说道：“这回你开心了吧，我不但看到了，还是我亲自下的手！”

时淼淼长出一口气，两个时辰之前，潘俊在离开裕通当的时候伏在她耳边让她到此处来等燕云，果然在她来到这里一个多时辰之后，一辆黑色的轿车便停在了茶楼的门口。

时淼淼认得那是龙青的轿车，接着车门打开了，燕云从车子上下来，神色有些惊慌地走进了茶楼，来到二楼见到时淼淼便坐在了她的对面。时淼淼一询问才知道，潘俊让龙青带着她去见子午了，时淼淼这才明白潘俊所说的只有燕云可以办到是什么意思，因为子午喜欢燕云，这所有人都看得出来的。

燕云望着窗外渐渐西沉的太阳，心中有些不耐烦，楼下那对爷孙已经唱了几段曲子了，从《大西厢》到《祭晴雯》《黛玉悲秋》，女孩唱腔娴熟，驾驭这些曲子游刃有余，却听得燕云心中更加烦躁了。

“潘哥哥究竟做什么去了？”其实燕云望着窗外便是在等着潘俊的出现，但时淼淼并未告诉她潘俊此时的处境，怕燕云头脑一热再惹出什么祸来。

眼看太阳渐渐西沉了下去，天边已经被染成了殷红的一片，时淼淼长出一口气，霍地从椅子上站起身来，道：“伙计结账……”

燕云扭过头不解地望着时淼淼：“可潘哥哥还没来呢！”

时淼淼没有理睬燕云，掏出钱递给伙计之后拿起行李道：“是你潘哥哥告诉我的，如果太阳落山之前他还没有回来的话，我们就要立刻离开北平城！”

“你胡说……”燕云忽然道，“潘哥哥怎么会丢下我们呢？”

“呵呵，你如果不信的话，就在这里继续等吧！”说完，时淼淼拿着行李向楼下走去，燕云望着她的背影狠狠地咬着嘴唇，从椅子上站起身来，极不情愿地跟在时淼淼身后下了楼。时淼淼微微一笑，只是这笑意隐藏得太深，让人不易察觉，就像她此时也极为担心潘俊的安危。如果潘俊让她陪同的话，哪怕是上刀山下火海，她也愿意同赴，可是她把这种担心却隐藏得那么深。

走出茶楼后，时淼淼不自觉地向左右张望了一眼，盼望着奇迹的出现。只是那些奇迹似乎永远只存在于故事中，时淼淼又叹了口气，无比失望地迈开步子正要向前走，忽然身后驶来一辆黑色轿车。

时淼淼和欧阳燕云二人都愣住了，站在茶楼门口望着那辆车快速地驶来，然后在她们面前停了下来。从车上下来一个陌生的男人，那个男人上下打量了她们一番问道：“请问二位是不是谢先生的朋友？”

“是！”

“不是！”

时淼淼知道潘俊化名姓谢，而欧阳燕云却毫不知情，两个人对视了一眼。那个人似乎明白了什么，微微一笑道：“二位上车吧！谢先生在城外等着二位呢！”

说到这里，欧阳燕云似乎也明白过来了，她连忙点了点头，那人拉开后面的车门，燕云欢快地跳了进去。时淼淼虽然心中疑惑，不过那人既然说是去城外，再加上燕云已经上了车，自己也只能硬着头皮上了车，不过从上车那一刻起，她的手便始终按在袖口的三千尺上了。

车子缓缓发动向南门驶去，渐渐地接近了日本人的哨所。一个日本兵走到前面拦下轿车，只见那个人从怀里掏出一个牌子，那日本兵立刻挺直腰板行了一个军礼，然后挥舞着手，让另外两个日本兵将挡在前面的路障抬走。男人回到车子之中，车子缓缓地驶出了北平城。燕云扭过头望着那高大的北平城，心中隐约有种落寞，来的时候一行三人，而现在爷爷死在了日本人手中，弟弟燕鹰也与自己分开了。

北平城……

天色已经擦黑儿，车子在大路上疾速行驶着，在前面的一个岔路口忽然转向了一条幽深僻静的小路。汽车在崎岖不平的小路上颠簸着，又走了大概半个时辰，车子才缓缓地停了下来。

“二位可以下车了！”男人扭过头对她们说道。

时淼淼和燕云打开左右两门，刚一下车便见到不远处站着两个人，在他们的身后拴着三匹马。虽然光线有些暗，但是燕云还是一眼便认出了潘俊，飞也似的向潘俊奔去。

“潘哥哥……”燕云停在潘俊面前，见他微微笑着，燕云一把抱住了潘俊，眼泪从眼眶里“哗哗”流淌而出。燕云从小生活在新疆，不像中原女孩那般害羞，此刻她像是受尽了委屈一样，身体不停地颤抖着。

“好了，燕云，没事了，都过去了！”潘俊无奈地拍着燕云的肩膀说道。

时淼淼缓步走过来，终于看清了与潘俊在一起的另外一个人的样子。他不是别人，正是潘俊他大伯潘昌远唯一的徒弟——管修。

世间的事情有时候就是这么难以捉摸，往往在你身处绝境之时，便也是柳暗花明之日。这句话用来形容潘俊当时的处境，确实再恰当不过了。

就在他听到外面传来一阵嘈杂的脚步声的时候，潘俊心想自己一定是掉进了陷阱，于是将手缓缓按在腰间，却不知此时身后已经站了一个人，那人将手按在了潘俊的手上。

潘俊慌忙扭过头，让他惊喜的是眼前这个人竟然是管修。潘俊疑惑地瞪着管修，心中更是大为不解，管修怎么会出现在这里呢？

“小世叔，跟我来！”说完，管修向庚年点头示意了一下，带着潘俊向屋后走去。显然管修与庚年应该是熟悉的，只是管修又怎么会出现在这里呢？他跟着管修走过屋后长长的回廊，这是这个宅子的二进院。这二进院中假山林立，怪石成群，园中有水，池水清澈广袤。池中建有一双层楼亭，拱形石桥与之相接，池中遍植荷花，每一处无不看出主人之别具匠心。

管修带着潘俊通过拱桥，来到湖心中的双层楼亭，拾级而上，从此处可观这座宅子的全貌。

“管修，你怎么会在这里？”潘俊坐在二楼的椅子上询问道。

“小世叔，您有所不知，这爱新觉罗·庚年与我是同学！”于是管修便将与庚年以前交往之事悉数告诉了潘俊。

原来这爱新觉罗·庚年的父亲便是清末三亲王之一的爱新觉罗·奕劻，当年在慈禧太后罢免了恭亲王奕䜣之后，爱新觉罗·奕劻便接任了总理各国事务衙门大臣，最后避居天津。而这庚年便是其第三子，年少之时曾拜于康有为门下，后到日本求学，恰好与管修同校，因为志趣相投便成为至交。而今天管修在此处遇见潘俊，却完全出于偶然。

潘俊听完不禁点了点头。

“那关于驱虫之术？”潘俊狐疑地说道。

“呵呵，小世叔，其实这驱虫之术，我也是从庚年口中得知，回国之后才投在师父门下的！”管修的话让潘俊更是一头雾水了。

正在这时，庚年端着几杯清茶从楼下走了上来，满脸微笑地说道：“呵呵，潘爷，您可是贵客，早就想去登门拜访您，但是出于一些原因一直未敢轻易登门。”

“您客气了！”潘俊接过茶碗，那茶清香雅韵，入口甘甜，回味无穷，真可谓“七泡余香溪月露，满心喜乐岭云涛”。

庚年见潘俊喝了一口茶，便道：“您稍等！”

说罢，庚年走到这二楼一角，从内中搬出一个木梯，将木梯靠在墙脚然后拾阶而上。在屋顶上轻轻敲击几声之后，屋顶上的一块木板便“隆隆”打开。庚年从里面拿出一个一尺见方的檀木盒子，那檀木盒子做得十分精巧别致，周身除了雕花图案竟然找不出丝毫缝隙。

庚年将那盒子抱在怀里，然后又在墙壁上轻轻敲击几下之后，房顶上的木板又合上了，外人根本看不出有什么异常。

他从木梯上小心翼翼地走下来，然后将抱着的那个檀木盒子放在潘俊旁边的桌子上，打趣道：“潘爷，您验收一下您的当！”

说实话，这河籍潘俊也只是前几日才从金无意口中得知，更未见过。不过眼前这东西看上去却精巧得很，可这就是那只河籍吗？

庚年似乎看出了潘俊的疑惑，于是说道：“当时那人来当此物之时我恰好在当铺之中，他不知用什么办法将其打开，从中拿出一节翠玉制成的尺子。我知道这件东西与驱虫之术有很大关联，恐其遗失便将其藏于家中，现在总算是可以将其交给适当的主人了。”其言下之意恐怕早已知道潘俊并非这河籍最初的主人。

“多谢！”潘俊拱手道，“只是我有一事不明！”

“呵呵，我知道潘爷心中之惑！”庚年坐在管修旁边，掏出一根烟点上道，“潘爷是想知道我如何会得知驱虫术之事，对吗？”

潘俊点了点头。

“恐怕我知道的远比潘爷您知道的要多！”起初潘俊觉得庚年这句话多少有些托大，不过当他听完庚年的讲述之后，忽然觉得自己身为木系驱虫师的君子，竟然对于这驱虫之说只知其一，却不知其二。

那将近两个时辰的讲述，让潘俊似乎开了许多窍，日本人迫不及待地想得到五系虫师的秘术，原来是另有原因的。

“潘爷。”庚年说完，站起身来望着亭外道，“时局险恶，政府无能，官商勾结，贼寇入侵，内忧外患。如果让日本人得到驱虫秘术之中的秘密，那后果更是不堪设想。因此，还望潘爷能妥善保管好这些器物，千万不能给日本人得去！”

潘俊听完这话点了点头，虽然他对前朝清宫中人颇多抵触，但是这个庚年却让他心里有了些感慨。

“潘爷，我还有一事相求！”庚年说着瞥了管修一眼，管修微微点了点头。

“有事不妨直说！”潘俊看这二人一副讳莫如深、难于启齿的样子说道。

“潘爷，实不相瞒，眼下我和管修在秘密做一件事情。”庚年在潘俊耳边轻声说道，“不知潘爷是否知道李士群这个人？”

“李士群？”潘俊对这个人早有耳闻，此人臭名昭著，早已经投靠了日本人，还在日本人手下的特高科开设了一个所谓“76”号，专门从事保护汉奸卖国贼和暗杀一些爱国人士的勾当。

“对，我们接到了上峰的指令，在上海那边的人会除掉这个大汉奸。”说到这里，庚年脸有难色，“终于想到一个借刀杀人的办法，借日本人之手除掉李士群。不过李士群是暗杀的行家里手，却找不到一种毒药既无色无味，又能置他于死地，而不在当时立刻发作！”

“呵呵！”潘俊微微笑了笑道，“我知道有一种毒可以办到！”

“愿闻其详！”庚年惊喜地望着潘俊，等着潘俊接下来的话。

“河豚。此物身上诸多地方都是剧毒无比，以卵囊和肝脏的毒性最强，肾脏、血液、眼、腮、皮肤次之。如果想要达到你刚刚所说的效果，以上各处均不能用，只能用其鱼卵。将其晒干之后研磨成粉即可。”

“谢谢潘爷！”为难庚年数天的问题，竟然就这样被潘俊解开了，他自然喜不自胜。潘俊看看时间，忽然想起与时淼淼的约定。

正在此时，管修走上前来在潘俊耳边轻轻地说了句什么，潘俊面露喜色：“真的？”

管修点了点头：“一会儿我带您去看他！”

“好！”潘俊爽快地答应了，不过却又怕耽误了与时淼淼的约定，于是便将约定一事告诉了管修，管修微微一笑：“这个简单！”

管修与潘俊辞别了庚年之后，由后门离开了黑芝麻胡同7号，过了两条街便见那里停着一辆轿车，管修和潘俊上了车之后便来到城东的东交民巷，在其中一座欧式建筑前面停下了车。

这里是北平城的使馆区，虽然日本人占领了北平气焰嚣张，但是相对来说东交民巷还算是个安全的所在。管修带着潘俊来到这座宅子的二楼，推开门，发现一个人正躺在里面，那人正是潘俊的大伯，管修的师父潘昌远。

只是让潘俊揪心的，却是此时潘昌远早已经昏迷不醒了。潘俊轻轻按住潘昌远的脉，那脉象轻按可得，重按则减，表面上看是内伤久病，因阴血衰少、阳气不足、虚阳外浮所致，实则是中了青丝那“地”字虫毒，现在能保住性命已属奇迹。可是连潘俊也不知这毒应如何破解。

“管修，”看了一会儿潘俊说道，“这里安全吗？”

“小世叔您放心吧，这里是德国使馆，日本人是不敢轻易进来抓人的！”管修颇为自信地说道。

“那就好。”潘俊总算是松了一口气，“大伯中的毒，一时我也想不出破解之法，还要暂且留在这里麻烦你照顾一番。我现在必须去和时姑娘她们会合，如果真如庚年所说这虫族秘术关系到国家兴亡的话，那便是死也不能让日本人得逞。”

“嗯，您放心吧，小世叔，我会好好照顾师父的。”管修点了点头道，“您自己也要多加小心，日本人为了得到驱虫之术会不择手段的。”

潘俊点了点头，又回头看了一眼躺在床上熟睡中的潘昌远，然后拉开门走了出去。

夜已深沉，晚风吹过微微有些凉意。燕云此刻已经止住了哭泣，擦了擦眼泪。管修走到潘俊身边，从怀里拿出一件物什递给潘俊道：“小世叔，这是庚年给您的，有了这个就能让你们畅通无阻了。”

潘俊接过那张纸看了看，微笑着将其揣进怀里，之后便将管修拉到一旁，轻轻地在管修耳边说了几句什么，管修听得眉头紧皱：“小世叔，您放心吧，我会照办的！”

“嗯！”潘俊拍了拍管修的肩膀道，“就送到这里了，你也回去吧！”

管修点了点头，转身钻进了车里。车子发动，潘俊一行人望着管修开着车缓缓离开，直到管修的车完全消失在夜色之中，潘俊才带着欧阳燕云和时淼淼二人上了马，一路向南而去。再次回到他们之前救过那个女孩的村子之时，村子早就空空如也，所有人似乎一夜之间从人间蒸发了一般。

潘俊见天色已晚，便在老人家中住下。是夜，潘俊躺在床上辗转反侧，脑中不停地回荡着庚年所说的话。一个月之前，潘俊的生活还异常平静，可是自从他去见了冯万春之后，所有的事情便开始如洪水猛兽般地向他猛扑过来。

起初冯万春只是告诉他，那驱虫家族的秘密关系着所有驱虫师的命运，而如今听了庚年的一席话之后，潘俊隐约觉得这个秘密也许关系着国家的兴亡。他实在无法安睡，终于从床上坐了起来，外面的月光很亮，月华如水地洒在对面的房顶上，如同下了一层厚厚的霜。

潘俊披上衣服，盛夏之夜，外面的夏虫烦躁不安地鸣叫着。他走出屋门见一个人正痴痴地坐在一旁的磨盘上注视着前方，他一眼便认出那个人是欧阳燕云。

“燕云……”潘俊小声地说道。

燕云扭过头冲着潘俊微微笑了笑，但燕云始终是一个不会掩饰感情的女孩，满心的落寞都如实地写在了脸上。

“是不是因为了午？”潘俊坐在燕云旁边开门见山地问道。这话一出口燕云沉吟了片刻，然后轻轻地点了点头：“潘哥哥，你会不会弄错了？”燕云瞪着一双天真的大眼睛望着潘俊，虽然她心里清楚那是不可能的，但依旧希望能从潘俊的嘴里听到那句话。

“傻丫头，其实我和你一样，起初根本不相信子午是内奸！”潘俊叹了口气，“或许是不愿相信他是内奸吧！”

“但是……”燕云没有继续说下去，只是又叹了口气，“其实我一直把子午当成自己的弟弟一样看待，却没想到最后真的是这样。”

“好了，傻丫头去睡觉吧，明天还要赶路呢！”潘俊站起身来伸了伸腰，忽然感到脑袋一阵剧烈疼痛，他强忍着痛楚，唯恐被燕云看出来。

“对了，潘哥哥，有件东西是子午让我带给你的！”说着，燕云将一封信递给了潘俊，“他让我将这封信在一个没人的地方亲手交给你，说信里面的内容可能对你有用！”

潘俊接过那封信，拍了拍燕云的肩膀，极为勉强地笑了笑，便自顾自地回到了屋子中。刚一进屋潘俊便浑身无力地趴在床上，他比谁都了解自己的身体，也知道自己之所以昨晚上高烧不止绝不是因为风寒，但是他却不知道这种感觉竟然来得如此之快。

他靠在墙上，豆大的汗珠雨水般从头顶上落下来，身上如同有千万只蚂蚁在钻噬一样难受。片刻工夫，潘俊的嘴唇已经变成了青紫色，他蜷缩在炕上，身体剧烈抽搐着。这种感觉持续了半个时辰左右才慢慢消失，此刻潘俊的衣服已经完全被汗水沁湿了。他不停地喘息着，然后点亮煤油灯，展开子午留给自己的那封信。

子午的信只有短短几句，然而却看得潘俊心惊肉跳，他此刻有些后悔，但是已经于事无补了，只希望能早点儿赶到安阳。潘俊长叹了一口气，又将从庚年手中取来的所谓的河箱放在灯前面。

这盒子做工极其精巧，潘俊凑到灯台下细观之。这木盒之上画着数十个黑白圆圈，细数黑色圆圈二十个，白色圆圈共有二十五个，看似毫无规则地排列在这盒子的四周。潘俊将盒子翻转过来，这盒子的下方亦是由黑白圆圈组成，不过较之上面则要规则得多，此面亦是黑色圆圈二十个，白色圆圈二十五个。潘俊望着这两幅图，不禁心中感叹这盒子制作者的良苦用心。这盒子其上为洛书，其下为河图，其中涵盖五行、星象、阴阳之变化。

但是如何打开这个盒子，却又让潘俊犯了难，虽说看透了这盒子之上图案的意思，可如果说开启这盒子恐怕还有些困难。潘俊望着那盒子出神，片刻之间似乎明白了什么，用手指在盒子上的黑白圆圈上轻轻敲击了几下，只听那盒子中传来“咔嚓”一声响动，潘俊嘴角露出一丝微笑，谁知未等他的笑容完全消失，忽然一根细小的钢针从盒子上的小孔喷射出来，直击潘俊面门。潘俊连忙躲闪，那枚钢针擦着潘俊的额头飞过，钉在他身后的墙上。潘俊静待片刻，见那盒子似乎没有再次发出暗器的可能，这才缓缓扭过头，之前那钢针已经没入墙中大半，只留少许露在外面。

烛光下那钢针身上闪烁着淡蓝色的光晕，应该是淬了毒药。潘俊从怀里掏出一块手绢，小心翼翼地将那根钢针从墙里拔出，此时他才发现原来那钢针足有一指长，比青丝稍粗，却比青丝坚硬得多。

潘俊暗叹这盒子里的机关着实厉害，如这般细小的钢针也能被弹射进墙里。见天色已晚，潘俊也渐渐有了些许睡意，他将木盒收拾停当放在一旁，之后便和衣而卧。

在隔壁房间的燕云依旧无法安眠，她一直在床上辗转，子午悲怆的笑意始终浮现在她的脑海深处。

“燕云姐，对不起！”只是几天的时间，子午便消瘦了许多，他被龙青关在北平城外北面一个废弃的仓库之中，这个仓库平日里是龙青一伙人用来存储洋酒和走私军火的地方。

将地上的两个大木箱搬开后掀开地板，下面便是一条通道。这原本是一个酒窖，龙青从小家境贫寒，成了大混混之后唯恐别人在后面说三道四，于是对洋货倍加推崇。虽然有些附庸风雅的意味，但他却并不觉得，尤其是对于洋酒更是情有独钟，因此才在这个仓库中修建这么一个酒窖。当潘俊问他是否可以将一个人藏在一个隐秘之处的时候，龙青便立时想到了这个酒窖。

在酒窖之中有一个小屋，铁皮包成的木门紧闭着。龙青掏出钥匙打开铁门，子午正躺在床上，龙青闪身让燕云进去之后，自己则关上铁门站在外面和几个手下抽起了烟。

子午听到有动静便立刻起身，当他见到欧阳燕云的时候心里猛然一沉，连忙将脸别到身后。

“子午，潘哥哥说的是不是真的？”燕云走到子午身旁说道，子午蜷缩着身子将头埋在枕头下面。

“那个一直将我们的行踪告诉日本人的是你？”燕云见子午不说话，又接着问道。

这时子午霍地从床上站起来，“扑通”一下跪在欧阳燕云的面前：“燕云姐，我对不起你，是我害了欧阳老伯！”

燕云顿时觉得天昏地暗，眼前一片漆黑，她扬起手重重地打在子午的脸上。子午一个趔趄倒在地上，然后又立刻跪好低着头道：“燕云姐，如果你打我能消消气的话，那你就打死我吧！”

燕云再次扬起手，但看到子午的样子却将手缓缓地放下了，冷冷道：“子午，我真的看错你了！”

“我真不明白，你们日本人为什么要来侵犯我们，为什么要揪着驱虫师不放！”燕云想起爷爷，眼泪不禁夺眶而出。

“姐，说实话，我也不懂，你的这些问题我也经常问自己。”子午咬着嘴唇低声说道，“可是我想不出答案，我几岁便和同伴离开了故乡，被送到中国东北，举目无亲，很多同伴都被冻死或者饿死了，活下来的寥寥无几。很多时候我都希望自己有一天能回到日本，可是……可是建立大东亚共荣圈是天皇的信念。”子午咬着嘴唇说道，“能为天皇尽忠是所有日本军人的荣耀。”

“呵呵，荣耀？”燕云冷笑着说道，“如果你们的天皇让你去杀自己的父母，你们是不是也会无条件地服从啊？”

子午沉吟片刻叹了口气：“也许吧！”

“你们中毒不浅啊！”燕云忽然觉得眼前的这个青年与之前自己所认识的那个心地善良的子午简直判若两人。

沉默，两个人都保持着沉默，良久之后，子午才缓缓地抬起头说道：“小世叔他们还好吗？”

“亏你还记得潘哥哥。”燕云心酸地说道，“潘哥哥察觉到你是内奸之时本可以杀了你，却一直交代时淼淼将你毫发无伤地带出北平城。就在我来之前，潘哥哥还特意交代让我给你带来了这个！”

说罢，燕云将手中提着的包裹放在子午面前的那张桌子上，打开包裹里面竟是一壶酒，还有一个食盒。燕云打开那个食盒，里面的食物燕云从未见过，一个个的小圆卷，外面是一层海带，里面包裹着米饭，其间夹杂着一些不知什么肉。

子午抬起头看着桌子上的食物，眼睛里灼灼放光，他像是饥饿了几日的人一样向桌子猛扑过去，捏起一个放在嘴里，闭着眼睛咀嚼了起来，一个下口又捏起两个放在口中，不停地嚼着。然后他打开一旁的酒壶，对着壶嘴仰起脖子一口喝下。浓浓的“米味”，浓醇、淡雅，夹杂着那寿司的味道，子午一面缓慢地咀嚼回味，一面淌下两行泪水。

站在一旁的燕云看着子午一面吃着奇怪的食物，一面流着眼泪不免好奇，她刚刚的责怪何其严厉，子午都并未落泪，没想到吃一点儿东西竟然会让他热泪盈眶。

过了良久，子午才又喝了一口酒道：“姐，你是不是觉得我很好笑啊？”

燕云只是站在一旁冷眼旁观，并未回答。

“呵呵，我的家乡在京都附近的伏见，这种酒便是当地特产的月桂冠。我是从小闻着这种酒的香味长大的，还有这些寿司。”子午望着桌上摆放的寿司说道，“这是家的味道！”

“替我谢谢小世叔。”子午抱着那酒壶说道，“子午对不起他，我也真的希望自己只是子午。”

“潘哥哥还让我问你一件事！”欧阳燕云忽然想起了潘俊的嘱托，“你究竟知不知道那个黑衣人的事情？”

子午微微摇了摇头：“我的任务是潜伏在冯师父的门下，寻找时机盗取土系驱虫师的秘术，与其他人都无往来的！”

“你真的不知道？”燕云似乎有些不信。

“姐！”子午一字一句地说道，“我是永远不会欺骗你的！”

“那……我走了！”燕云说罢便向门口走去，却被子午一把拉住了：“姐，求你一件事！”

“什么？”燕云冷冷地说道。

“杀了我！”子午正色道，“为欧阳大伯报仇！”

燕云流着泪说：“好！”

一个时辰之后，子午被龙青的车子送到了北面的一个乱坟岗中，燕云一直坐在子午身旁，两个人一路上没说一句话。下了车已经是深夜了，此时天空狂风大作，风中飞舞着雨丝。燕云让龙青和他手下等在车了旁边，自己押着子午走进乱坟岗中，此处荒草蔓延，狂风吹过发出一阵阵鬼哭狼嚎般的叫声。

子午跪在燕云面前微闭着眼睛，他的头发在风中微微颤动着。

“姐，把这封信交给小世叔，我想会对他有帮助！”子午说着，从怀里掏出一个信封递给欧阳燕云。

燕云接过信，手中却握着手枪对着子午的脑袋始终按不下扳机。

“姐，如果有下辈子的话，我真希望能一直陪在你身边……”他的话还未说完，便听到“啪”的一声枪响，子午应声倒在了地上，眼睛微微闭上，口中还回味着月桂冠和寿司的味道……他回家了！

燕云想到这里又辗转了起来，她从小到大已经习惯了直来直去，心里哪怕有一丝不快也要立刻吐出来，只是这次却再也无法如之前那般泰然了。

“燕云……”时淼淼在燕云的耳边轻轻说道。

燕云听到时淼淼的声音心中却更加不悦，于是佯装睡着却不理睬她。时淼淼微微一笑，仰起头望着外面的月光，她一直未曾睡着，从晚上见到潘俊后，时淼淼便注意到潘俊似乎有哪里不对劲，可是硬要找出不对劲的地方，她又说不出个所以然来，只是心中忽然惴惴不安起来。

同样惴惴不安的，还有距此百里之外的另外一个人。燕鹰将两匹马拴在路旁的大树上，段二娥手中捧着那个盒子坐在树荫下，眼睛盯着盒子上的花纹。这个盒子上亦是刻满了黑白圆圈，只是上面的圆圈规则，下面的圆圈不规则而已。

“姐姐，这是什么啊？”金龙抱着巴乌站在一旁好奇地问道。

“河洛箱。”段二娥抬起头勉强微笑了一下说道。

“河洛箱？”这个词燕鹰闻所未闻，他坐在段二娥身边，看着段二娥如同一个神婆一般指尖掐算着，口中默念着什么口诀。燕鹰看了竟忍不住笑了起来：“难道这东西真能给念开？”

段二娥依旧皱着眉头算着什么，偶尔捡起一根小木棍在地上横着画上一道，一会儿又竖着画上一道。燕鹰偏着脑袋看着地面上那些无规则的线，心想这金系驱虫师不过就是摆弄些器物而已，比不上火系驱虫师可以控制那些大型动物，只是他掌握得并不娴熟而已。

过了大约一个时辰，段二娥终于抬起头，长出一口气说道：“还是不行！”

“怎么了？”燕鹰见段二娥一脸窘态，问道。

“如果爷爷在这里的话，一定能参透其中的玄机！”段二娥咬着指甲，眉头拧作一团，“我可真是蠢，爷爷曾经和我说过方法的，怎么就给忘记了呢？”

“没事，没事的，段姑娘。”燕鹰见段二娥那副痛苦的模样有些心疼，“不要着急，总会想起来的，再说这里面究竟有什么东西谁也不知道啊！”

“虫器。”段二娥幽幽地说道，“爷爷曾经说过金系驱虫师有两件宝物，一直都是秘不外传的，称之为虫器，虫器被分别装在两只河洛箱中。两只河洛箱看似相同，但实际上差别却极大。这河洛箱上下两面分别画着的是河图和洛书，如果河图图案在上那么就是河箱，如果洛书图案在上则是洛箱！”

燕鹰拿起那个盒子上下看了看，奇怪道：“怎么分辨这两面哪边是上，哪边是下呢？”

“呵呵！”段二娥微笑着说道，“这便是河洛箱的技巧之处了，在这盒子的一面有一处极小的记号，但是一般情况下是看不到的！”

“哦？”燕鹰的好奇心完全被段二娥吊起来了。

“只有在夜晚才能看到！”段二娥会心地一笑，但是燕鹰却更捉摸不透了：倘若在白天都不易察觉的记号，如果到了夜晚又怎么能看得到呢？只是看段二娥一脸自信的样子，他也只能静观其变了。

“哎，我真是不明白，为什么你们金系驱虫师的先人鼓捣出来的东西都这么稀奇古怪！”燕鹰捉摸不透便发起了牢骚，说着便在那河洛箱上轻轻叩击着。谁知段二娥脸色大变，一把将燕鹰手中的河洛箱推到一边，那河洛箱尚未落地，就见一根钢针从箱子的底部喷了出来，速度极快，如果不是段二娥刚刚那一推，恐怕燕鹰此时已经一命呜呼了。

“唔……”燕鹰一阵胆寒，“这东西好厉害啊！”

“爷爷曾说，虽然他们深受墨家思想的影响，讲究非攻、仁爱，但是这河洛箱却是其中唯一一件能瞬间置人于死地的器物。因为其中藏着一个巨大的秘密！”段二娥一边说着，一边从地上抱起那个盒子，擦掉上面的土递给燕鹰，“把它装起来吧！”

燕鹰此时却如同眼前放了一个烫手山芋一般，不知如何下手去拿。

“哈哈！”段二娥爽朗地笑道，“只要你不乱敲上面的黑白圆圈就不会发生意外的！”燕鹰听了这话才将河洛箱接过来捧在怀里，走起路来都战战兢兢的，唯恐会忽然射出一根毒针。燕鹰将河洛箱小心翼翼地放在马背上的口袋之后，总算是松了一口气。

“天色不早了，咱们今天还能走一段路！”段二娥说着，将金龙抱上自己的马，然后自己也跳了上去，一行人沿着小路一路南下。这道路崎岖不平，因此他们每天也走不了多少路。

06

入虎口，邂逅梦中人

相对他们来说，潘俊一行人倒是要惬意得多，手中攥着管修拿来的路条，再加上时淼淼精湛的易容术，一直沿着大路直到保定都未有人拦截。过了保定之后，潘俊等人便离开了大路，事前管修曾告诉潘俊，这张路条只能保证他们在北京附近不被盘查，出了北京之后局势便更加混乱了，这张字条自然也就失去了效力。

潘俊三人在傍晚时分来到位于凤吊山脚下一处名叫“朋来客栈”的地方打尖儿住下。这朋来客栈是家荒山野店，客店不大，分前后两进，均是两层建筑。平日里住的多是一些来往于南北的垛子商人，因此狭小的院落中摆放着各色货物。

潘俊他们来到此处之时，所有的客房均已住满，正在潘俊一行人准备转身离开之时，一个留着锅盖头、肤色黝黑的矮胖子笑呵呵地走上前来道：“爷，我们这店里倒是还有一间上房。”

“哦？”燕云怒道，“你这矮胖子，既然有客房为什么还打发我们走？”

那矮胖子搔了搔头：“姑娘，我这开门做生意哪有生意上门不做的道理，只是那间上房有点儿邪！”矮胖子把这个“邪”字咬得格外重。

“你倒是说说那客房究竟有什么邪门的？”燕云和掌柜的话很快引来一群好事者的围观，他们三三两两聚在这几个人的周围，等待着掌柜说出那所谓的“邪”究竟指的是什么。

掌柜的见如此多的人在一旁围观显得有些局促，他又搔了搔锅盖头说：“姑娘，是这么回事，那间屋子在多年之前曾经住过一对夫妇，那对夫妇给我留下了极深的印象，因为那对夫妇中的丈夫是个侏儒，个子刚刚够到这桌沿，那女子长得却极为漂亮。”说到这里，那矮胖子的眼睛中闪过一丝惊艳的神情。

“后来呢？”燕云坐在潘俊身旁有些不耐烦地说道，“您这掌柜的怎么和说书的一样丢起包袱来了？”

矮胖子掌柜连忙赔笑道：“姑娘听我慢慢说啊！”他又看了看周围穿着各异的看客道，“大家都坐下慢慢听！”

“那是十年前的冬天了，我记得那年冬天的雪下得特别大，鹅毛大雪下了几天，那几天的客人也少，他们是晚上来此投宿的，对了，那女人还抱着一个襁褓。虽然这对男女外表极不相配，但看上去却非常恩爱。他们当天晚上就住在那间上房中，当天夜里倒是相安无事，不过那女子几天之后又回来了。她披散着头发，身上满是血迹，她还要住在那间屋子里。我出于好意便让她暂且住下。谁知这一住却种下了祸根！”矮胖子惋惜地叹了口气说道，“第二天早晨，我发现那女子竟然在房间里自尽了。”

“这也没什么嘛！”燕云早已经听得不耐烦了。

“开始我倒是和姑娘一样，并未觉得有什么异常，怪事是后来发生的！”说到这里，矮胖子咽了咽口水，“后来我照常开店，只是不久之后又有客人住进了那间房间。第一夜无事，等到第二日已经日上三竿，我见客人始终没有出来便去敲门，门从里面反锁着，我叫了叫见里面依旧没有反应心知不妙，于是让伙计和我一起把门撞开。谁知门一撞开，眼前的情景把我和伙计立刻吓坏了！”

“怎么了？怎么了？”燕云终于提起了兴致。

“前晚住进来的夫妇早已经不见了！”矮胖子皱着眉头说，“地上只有一摊血迹和两具白骨，地上甚至连一片肉也没有！”他说到这里，谨慎地咽了咽口水。

“只剩下两具白骨？”这次说话的是潘俊，时淼淼注意到潘俊起初听到这个故事，只是淡淡地微笑着，当矮胖子提到只剩下两具白骨的时候，他的表情忽然认真了起来。

矮胖子早已看出他们三人之中这潘俊的城府最深，见他竟然也对这个故事如此好奇，于是便接着说道：“没错，只剩下两具白骨！可是那天晚上住在他们隔壁的客人却未听到一声喊叫，或者是异常的声音！”这矮胖子越说越玄乎，想必其中不免有添油加醋的成分。

“后来我便报了官，几天之后来了两个探员，他们起初并不相信我所说的，于是两个人便住进了那间客房。当天晚上我和内人一夜未睡，一直和几个伙计坐在楼下，手中拿着家伙，准备只要那雅间里稍有动静便冲进去。又是一夜无事，清晨我们推开雅间的门，几乎是一模一样的情景，地上又是一摊血迹，两具白骨。”矮胖子说得口干舌燥，饮了一口茶接着说道，“后来我请了道士，那道士说原来住在这屋子之中的那对夫妻都是死于非命，鬼魂一直留在那个雅间中，可是那对夫妇的怨气太重，他的法力有限，只能贴上镇妖符，不要再让人居住便好！”

“就这样？”燕云意犹未尽地问道。

“是啊！”矮胖子搔着脑袋，“就是因为那屋子里有不干净的东西，所以才不敢让你们住下！”

“掌柜的，多少钱？我们今晚就住在那间房子里了！”潘俊忽然站起身说道。本来燕云已经被吊足了胃口，唯恐潘俊不同意，谁知潘俊这次竟然主动说了，自然喜不自胜。

“钱不钱的倒也无关紧要，不过在场的各位给做个见证，如果明天出了什么事情，千万别怪在我的头上啊！”矮胖子煞有介事地说道。

一旁看热闹的人都抱着看热闹的心态点了点头。说完，那掌柜的掌着灯带着潘俊一行人来到了二楼靠西的一个雅间门口，那雅间上的锁已经生锈了，锁上还贴着一张镇鬼符，看来掌柜的所言非虚。

掌柜的掏出钥匙拿下那把锁，一推开门一股陈腐的味道立即从里面冲了出来，燕云不禁连打了几个喷嚏。这房间因为很久无人居住已经落满了灰尘，潘俊四下打量了一番，一张床，一张桌子，两把椅子，还有一些简单的摆设。然后他径直走到窗前，推开窗子，一股新鲜的空气立刻从外面吹了进来。潘俊向外张望了一下，在那窗子正对面不远处有一棵已经干枯的老槐树，他不禁微微笑了笑。

掌柜的在离开之前再三叮嘱，如果有万一的话他不负任何责任。待掌柜的走了之后，时淼淼凑到潘俊跟前道：“你真相信那掌柜的所说的话？”

潘俊望着门口轻轻摇了摇头：“虽然他所讲的恶鬼作祟之说是假，不过那白骨应该不会是假的！”

“哦？”时淼淼疑惑地望着潘俊，“如果真的有白骨，难道不是……”

她的话未说完，只见掌柜的轻轻敲了敲门，潘俊道：“进来吧！”

那矮胖子满脸堆笑地走进来：“怕几位晚上饿，特意让厨房给做了夜宵！”说完，矮胖子向空空如也的床上瞥了一眼说道，“一会儿我让小二拿一床新的铺盖来！”他说着瞥了潘俊一眼，见潘俊始终微闭着眼睛轻轻闻着那茶的味道，似乎并未理会他在说什么，于是向时淼淼和欧阳燕云二人点了点头退了出去。

“潘俊，你是不是察觉到了什么？”时淼淼凑到潘俊的耳边小声说道。

这时门又被推开了，小二弯着腰抱着一床干净的被褥出现在门口，他走到床前将床铺好之后笑着退了出去。

燕云赶了一天的路，早已经累得精疲力竭了，见到那铺好的软绵绵的床便向床边走去。

“等等……”潘俊忽然叫住燕云，然后站起身来端着茶水缓步走到床边，将那茶水一股脑儿地全部泼在了床上，燕云和时淼淼一脸惶惑地望着举动怪异的潘俊。

过了片刻，潘俊说道：“你们看……”

只见那被潘俊用茶水湿透、原本洗得干干净净的白色褥单竟然变成了淡黄色。二人看了床单更是不解。

“怎么会变成这样？”燕云抢在时淼淼前面问道。

月影晃动，这凤吊山中清风徐来，朋来客栈中所有的客房都已经熄灭了烛火，唯独那二进院的一间小屋子中依旧人影晃动，矮胖子摸着锅盖头坏笑着：“这回又捞一笔！”

“掌柜的您为什么看中他们下手呢？”小二一面摩拳擦掌，一面问道。

“呵呵，你没看见那姑娘骑的那匹马吗？那可是万里挑一的良驹啊！”矮胖子第一眼看到潘俊一行人，眼睛便从未离开过燕云胯下的那匹飞鸿，“还有他们背的行囊！”

“哦！”小二恍然大悟般地竖起大拇指，“掌柜的就是掌柜的，果然厉害！”

“你小子还得多学几年！”矮胖子说着几乎都要笑出声了。

“对了，掌柜的，那药放了这么多年还能用吗？”小二担心地问道。

“放心吧，前几天我还特意试了试！”矮胖子笑得两只小眼睛早已眯成了一条细缝。

“这会儿也差不多了吧？”小二向窗子外面张望了一下道，“三更了！”

“嗯，我估计那些小虫子已经办完事了。”矮胖子说完带着小二道，“走！”

二人蹑手蹑脚地来到潘俊等人的门前，轻轻一碰门，那门竟然没有上锁，二人摸黑走进房间。窗子大开着，两人一前一后缓慢地向床边走去。正在这时，他们身后的房门忽然被关了起来，屋子里的灯也紧跟着被点亮了，只见潘俊正坐在椅子上低着头，脸上挂着笑意。他们刚一转身，时淼淼和燕云就出现在了他们的身后。这两个人见再无退路，立刻跪在地上磕头求饶。

潘俊站起身道："我只问你们三个问题，如果让我听出来有虚假的地方，"潘俊指了指那张床，"你们会用的，我也会用！"

"爷，爷，您说，您说……只要小的知道的，一定如实相告，绝不敢隐瞒啊！"矮胖子"咣咣"在地上磕头道。

"你真的见过那对夫妇吗？"潘俊第一个问题便让矮胖子一愣，他踌躇了一会儿，侧着脸点了点头："他们两口子确实住在这间屋子！"

"然后呢？"潘俊追问道，"是不是你们两个人害死了他们一家三口？"

"不，不，不！"矮胖子连忙摆手否认，"我晚上所说的大多都是实情，只是……只是……"

"只是什么？"潘俊有些焦急地问道。

"那女子再次回到旅馆的时候确实只是她一个人，我当时询问她丈夫的下落，谁知她却瞪了我一眼，我也不便再问，于是就安排她住在了这里。第二天早起的时候，她便早已没了人影！"矮胖子回忆道。

"那这是谁教你的？"潘俊指着那张床，矮胖子立刻明白了："这也是那女子教的。他们第一次来的时候，她的丈夫与我还算谈得来。我们这里每到夏天便会有白蚁作祟，那女子便将一包药递给了我，说可以将那药倒在地上，四周用火围成圈，这药可以将那些蚂蚁尽数引来，这样便可以避免蚁患了。"

"后来你发现这东西果然有效，接着你又发现成千上万只蚂蚁可以瞬间将一个人变成一堆白骨而不留丝毫痕迹！"说话的是时淼淼，起初她一直站在矮胖子身后，此时缓步走到他的面前，那矮胖子听到这里早已经大汗淋漓了，似是而非地点着头。

潘俊坐在椅子上，心中却如翻江倒海一般，过了一会儿他幽幽道："你们走吧！"

矮胖子和小二一听，连忙千恩万谢地磕头，起身见燕云横眉冷对地站在门口，二人战战兢兢地避开燕云从门角溜了。

待他们走后，燕云“哼”了一声。她关上房门轻轻地说道：“潘哥哥，还真是让你猜对了，这里果然是一家黑店，不过我怎么就没看出来呢？”

“你见过有哪个店主会故意在大庭广众之下讲个发生在自己客栈的鬼故事来吓唬客人的？”时淼淼坐在潘俊旁边道，“他那样说不过是看透了你的心思，知道把那个故事说得越是离奇恐怖，你就越是想一探究竟，这就中了他们的圈套。他再三说万一遇到意外概不负责，如果咱们今晚真的死在这里，明早变成一堆白骨的话，那么这掌柜的便可以堂而皇之地对别人说他再三劝说，而我们依旧不听，最后落得这样的下场，也只能是我们自认倒霉了！”

燕云虽然听得明白，但这话从时淼淼口中说出，她心中依旧不快。她支着下巴坐在潘俊面前的椅子上，问：“潘哥哥，你是怎么知道他们用的伎俩的？”

潘俊笑了笑：“其实那本来便是木系驱虫术的入门之学——诱虫术。这间屋子坐西朝东，你看看窗外！”

燕云站起身伸长脖子向窗外眺望，时淼淼也向外望去。过了一会儿，燕云一脸失望地说道：“外面黑乎乎的，什么也没看见啊！”

“那棵老槐树？”时淼淼盯着不远处的那棵老槐树说道。

“嗯！”潘俊点了点头，“本来对那个掌柜的描绘我只是怀疑是蚂蚁作祟，不过当我看见那棵枯死多年的老槐树之后便确信无疑了！”

“那诱虫术是什么意思？”燕云两条柳眉拧在了一起。

“其实是一种药。”潘俊解释道，“对每一种虫所用的药材都不一样，比如对蚂蚁所要用的药材必须甜味极重，这种诱虫之药平时储藏不会招致蚂蚁，但是如果被人放在被褥之中，人一旦躺上去必然发热，那药的甜味便会伴随着热气飘出数里，将数里之外的蚂蚁全部引来，而那人便会被蚂蚁活活咬死！”

“不过……不过人被蚂蚁咬噬的时候难道不会疼吗？疼的话一定会大叫的！”燕云一个问题接着一个问题地问道，未等潘俊开口，时淼淼便微笑了起来，燕云极不耐烦地瞥了她一眼道：“时姑娘，你笑什么？”

“呵呵，燕云我问问你！”时淼淼显得颇有耐心地说道，“你和你爷爷一行人从新疆来到北平一定住过很多客栈吧？”

“当然了，不然我们睡在什么地方？”燕云和时淼淼说话总像是吃了枪药一般。

“那你一路上见过哪家客栈的掌柜的会殷勤到晚上给客人免费送上一餐夜

宵呢？”时淼淼的话让燕云努起嘴想要反驳，但仔细想来确实似乎没有人送过夜宵，这才恍然大悟，“原来这……”燕云指着还放在桌子上的茶和糕点。

潘俊点了点头：“这里全都被他们下了迷药，这就是那些人被活生生地咬死也没有发出一点儿声音的原因！”

“这些人实在是太可恶了！”燕云狠狠地敲了一下桌子。

“不仅如此，”时淼淼站起身走到门口，“刚刚咱们在这房间里说话那么大的动静，隔壁的人竟然没有一点儿反应，说不定他们也被下了迷药！”

“这种人死不足惜。”说完，燕云便从椅子上跳起来向门口走去，却被潘俊喝住：“你做什么去？”

“我去杀了那两个人！”燕云向来疾恶如仇，敢作敢为。

“不可。”潘俊厉声道，“咱们现在要尽快赶到河南与冯师父他们会合，不能在路上再生事端耽搁时间了。”潘俊想到庚年的一席话，顿然觉得心头一沉，也许他的话的真伪，也只有金系的君子金无偿知道了。

燕云听了潘俊的话，这才愤愤地坐回到椅子上。

“你们在屋子里休息一下，我出去透透气！”潘俊说完，便站起身推开门走了出去。

“时姑娘，你有没有觉得潘哥哥有点儿反常？”燕云虽然对别的事情大大咧咧毫不顾忌，但是对潘俊却颇为上心，平日里潘俊遇见诸如今晚所谓客房闹鬼之事必定会选择离开，而今天却主动要求住下，硬生生蹚这浑水，“他是不是有什么心事啊？”

“可能吧！”时淼淼早已注意到，潘俊自从那个大雨瓢泼的晚上回来之后便一直忧心忡忡，虽然表面上看不出有什么变化，但时淼淼隐约觉得潘俊心里一直在矛盾着什么，或者与掌柜的所说的那个女人有关，瞬间时淼淼做了一个决定。

凤吊山虽然地处北方，但极为难得的是这里的山竟然如桂林一般绮丽瑰伟，远处的山峰如刀劈斧砍一般兀自从地上冒出来，四面均是光秃秃的崖壁，崖壁上偶尔能看到数处黑压压的洞穴。

在朋来客栈不远便有一条大河缭绕于山间，此时蒸腾起缭绕的水汽，将远近的山峰装点得如同人间仙境一般。潘俊轻轻推开朋来客栈的大门走了出去，夜晚的湿气很重，打在身上一会儿便会化成露珠。潘俊脸色煞白，嘴唇青紫，刚关上大门便差点儿痛倒在地。他强忍着疼痛又向前走了几步，浑身再无力气，身上所有的关节都传来阵阵酸痛，喉咙干燥，连眼角也有磨痛之感。

他坐在距离朋来客栈数丈外的一块石板上，剧烈的疼痛让他几欲昏厥，身体像是一会儿被丢进了冰窟窿，一会儿又被扔进了太上老君的八卦炉中。太快了，实在是太快了，潘俊心中暗想。

眼前的景象渐渐模糊了下去，他觉得眼皮越来越沉。只是一瞬间，刚刚那种感觉就像是被抽走了一般荡然无存了，只是左手腕依旧隐隐作痛。潘俊轻轻撩开衣服，在左手手腕往下一寸左右的地方有一处指甲盖大小且尚未完全结好疤的新伤口。

潘俊将衣服捋下叹了一口气，正在这时，他听到不远处朋来客栈的门轴发出一阵轻微的“吱呀”声，他回过头借着朦胧月色隐约看到一个影子鬼鬼祟祟地牵着一匹马从客栈里走了出来，四周打量一番，见左右无人这才关上院门，蹑手蹑脚地牵着马走出百步后翻身上马扬尘而去……

傍晚时分，两匹马出现在距离石门城门十几里的地方，欧阳燕鹰一行人整整走了一个下午，总算是隐约看到那座被称为“火车拉出来”的城市了。燕鹰心中一直思忖着一个问题，那就是这石门现下依旧在小日本手里，这两个人带着一个孩子当然并不扎眼，最扎眼的便是跟在他们身后的那只藏獒——巴乌。

“金龙……”燕鹰勒住马道，“咱们商量点事儿！”

金龙坐在段二娥马前别着头望了燕鹰一眼，这孩子一路上未与燕鹰说过半句话，恐怕他还在为爷爷的惨死迁怒于燕鹰呢。

“能不能把巴乌暂时留在城外？”燕鹰脸上微笑着与金龙商量道。没想到金龙将小脸往旁边一扭，根本不理燕鹰这茬儿。燕鹰见自己热脸贴在了人家的冷屁股上，心中多少有些不快，却又不好动怒，于是接着道，“你瞧巴乌这体态，这气势，一般的狗哪比得了？万一要是被哪个小鬼子看上了牵了去，你舍得吗？”

虽然金龙对燕鹰颇多不满，但是这几句话却着实打动了金龙。金龙想了想道：“好吧，只是把巴乌放在什么地方？而且……”金龙面露难色道，“而且巴乌只吃我喂的食物，别人给的它是绝不会吃的！”

“其实我们在石门也不会停多久，多说一两天的时间，我想巴乌就算是不吃不喝也没问题吧！”燕鹰提议道，“至于放在哪里？”他向四周打量了一番，见不远处有一个农家便笑着说道，“咱们先把巴乌寄放在村子里，等我们离开石门的时候再带上它，怎么样？”

金龙咬了咬嘴唇，过了片刻才点了点头。

那农家从未见过如此大的一条狗，如果不是燕鹰多给了几张票子，是死活也不会答应的，最后终于同意将巴乌寄放在他家的地窖之中。金龙将巴乌带到地窖里，这地窖不算太大，满地都是稻草，燕鹰和段二娥站在地窖口看着金龙紧紧地抱了巴乌一会儿，然后将地上的稻草抱到地窖一角，为巴乌简单做了一个窝。

“巴乌，你要等我回来！”金龙又抱着巴乌道，“现在爷爷也走了，在这世上我只剩下你一个亲人了！”那巴乌似是能听懂主人的话一般，喉咙里发出“呜呜”的哀鸣，段二娥见此情形不禁眼眶一阵湿润。

将巴乌安排停当之后，天已经擦黑儿，这三人才快马加鞭向石门赶来，趁着城门未关之时进入城中。

与北平相似，这石门的城门边依旧驻扎着日本人的哨所，几个伪军背着手一脸严肃地盘问过往行人，其森严程度绝不逊于北平。因为这石门是南北交通的要塞，军事地位显著，当年日军进攻之时将华北将近三分之一的兵力驻扎于此，所以伪军也不敢怠慢。

只是燕鹰三人并不显眼，所以进城也未遇到什么阻力。进入石门后，燕鹰便向人询问布叶街的所在，那人详细叙述了一番，燕鹰虽未记清但是已经大抵知道应该如何走了。

这夜间的石门颇为热闹，各色的人行走于街市之间，变戏法、唱大鼓、卖膏药者云集于街道两旁，树林掩映之间尚有数家茶座。燕鹰牵着马带着段二娥一行人一面打听，一面寻找冯万春之前交代的旅店所在。

大约半个时辰之后，他们出现在布叶街口，远远便能看到一个匾额上书“聚贤客栈”四个鎏金大字，燕鹰微微笑了笑道：“前面终于到了！”

来到客栈，燕鹰叫小二开了两间上房，然后将那马匹牵到后面的马圈之中，之后小二引着段二娥和欧阳燕鹰进入客房之中。燕鹰此时早已经饿得前胸贴后背了，于是吩咐小二做几道可口的饭菜。

“冯师父还没有来吗？”段二娥见小二已经走了出去，将门推开一道缝向外张望着。

“嗯，应该是的！”燕鹰倒上一杯茶自顾自地喝了起来。

“你知不知道冯师父究竟去哪里了？”段二娥坐回到椅子上问。燕鹰拿起茶壶给段二娥倒了一杯水，同时摇了摇头说："他只说有些事情要去办，让我们到了石门之后就来这聚贤客栈等他！"

说话间小二敲了敲门，燕鹰应了一声，那小二将几盘热气腾腾的菜摆在桌子上道："看几位风尘仆仆的像是从外地来的。"

"嗯。"段二娥接着说道，"来这里寻亲的！"

"哦！"小二一面摆放着几个菜，一面点头道。

"对了小二，这石门有什么好玩的吗？"燕鹰有些好奇地问道。

"呵呵，这您算是来着了！"小二笑眯眯地说，"听说最近华北影院正上映周旋主演的有声电影《西厢记》呢！"

"电影？"燕鹰从未听过这个词，不禁更加好奇。

"嘿嘿，这您就不知道了，和看大戏一样！"小二说着搔了搔脑袋，"其实我也没看过。"

段二娥觉得这小二有些可笑。

"好了，几位客官慢用。"说完，小二退了下去。

"段姑娘，不然我们晚上去看看那个什么什么电影吧？"燕鹰一面提议，一面吃着饭菜。

"呵呵，晚上我给你看个更好玩的东西！"段二娥一边说着，一边冲着狼吞虎咽的金龙笑了笑道。

吃过晚饭之后，段二娥让伙计找来一块大木板，伙计虽然不明就里，却还是送来了一块废旧的桌板。段二娥让燕鹰将门关上之后掏出匕首，然后在那桌板的正中央钻出一个手指大小的洞。金龙和燕鹰二人又是好奇，又是不解："这丫头究竟在鼓捣什么东西呢？"

一会儿工夫，段二娥已经是香汗如雨，她放下手中的匕首微笑道："成了！"

"什么成了？"燕鹰走到桌子旁边，拿起那块木板左看右看也没看出个所以然来，"段姑娘，你说的那个比电影还好看的，不会就是这块钻了洞的木板吧？"

"呵呵！"段二娥笑了笑，低头对金龙说，"小龙想不想看姐姐给你变个戏法？"

金龙欢呼雀跃，拍着手道："好哇，好哇！"

"嗯！"接着，段二娥从包裹中将那个河洛箱拿了出来放在桌子上，燕鹰下意识地向后退了两步，正所谓"一朝被蛇咬，十年怕井绳"啊。"燕鹰，你过来把这块木板立在桌子中央！”

燕鹰走过去按照段二娥所说将木板立住，然后段二娥又对金龙说：“小龙，你去把烛台拿过来！”金龙听话地双手将蜡台捧在手里端到段二娥近前。段二娥微笑着说：“金龙，你向后退三步，然后把蜡台正对着我手里的河洛箱！”

金龙点了点头，向后退了三步靠近门口。随着金龙一步步地后退，在他对面的墙上出现了一个巨大的黑影，而且他越是向后退，那个黑影就越大，金龙惊喜地笑道：“姐，我看到了！”

随着那黑影不断地放大，隐约可以看到黑影的一面似乎有一个小小的缺口。段二娥放下手中的盒子，然后招手将金龙唤到近前，她对着蜡烛一看，这一面正好是河图，不禁欣喜地笑道：“这个盒子是河洛箱里的河箱！”

燕鹰此时手中依旧握着那块木板，他怎么也想不明白，为什么中间隔着一块木板，在这木板的后面竟然能看到那个清晰的黑影。

“太神奇了！”燕鹰啧啧称赞道，“没想到你们老祖宗还有这般本事啊！”

“这算什么啊？这河洛箱机关的设置才算得上是精妙，不过我一时也打不开！”段二娥一脸窘相道，“总是觉得哪里不对！”

“应该是口诀不对！”一个声音从门外传来，接着房门被推开了，走进一个三十多岁的中年汉子，他肤色偏黑，脸上线条刚毅。

“冯师父！”燕鹰和段二娥异口同声地叫道。

来人正是冯万春，他大跨步走进房间，顺势将房门关上，拿起桌子上的河箱道：“我小时候就听父亲提到过，这五系驱虫师之中，以金系驱虫师机关之术最为厉害，而最为精妙的便数这河洛箱了。”

“哦？您知道河洛箱？”段二娥见冯万春轻轻抚摸着那河箱问。

“只是听说过一些，后来也曾在金无偿师父那里见到过。”冯万春望着河洛箱道，“这河洛箱的开启之术，只有金系的两个弟子知道，别人即便是听到也是学不会的！”

“嗯。”段二娥点了点头，“爷爷曾经说河洛箱是先人依据河图和洛书经过多年研究制成的，这上面的黑白圆圈便是启动的开关，要按照口诀依据五行方位以及所对应的音律轻轻叩击才会打开，如果稍有失误便会喷出毒针致人死命！”

“是啊！”冯万春叹了口气。

“段姑娘，你这么聪明怎么会忘记了口诀呢？”燕鹰稍有埋怨地说道。

“其实口诀我倒是记得，只是你有所不知，爷爷说这河洛箱的开启口诀是会随着节气和星象的变化而变化的，这变化足有上千种之多，他所传授给我的也只是其中最基本的口诀。”段二娥的话让燕鹰越听越是糊涂。

“好了，先不说这个了。”冯万春放下手中的河箱问道，“这个孩子是……”

“恐怕是金家的后人，只是不知道他的父母是谁！”说完，燕鹰指了指挂在金龙脖子上的明鬼。冯万春盯着那只明鬼点了点头。“那就让他和我们一起去河南吧，也许金无偿能揭开这个孩子的身世之谜。”冯万春说完站起身来，“你们也早些休息吧，明天早晨我们起程去河南！”

燕鹰和段二娥两人双双点头。这一夜，金龙一直睡在段二娥房中，他安详地享受着段二娥温暖的怀抱。

艳阳高照，段二娥帮金龙洗了脸之后来到隔壁的燕鹰门前，轻轻在门口叩击了两声，却并未见内中有人回应。正在这时，小二在下面喊道：“姑娘，那位客官今晨已经离开了！”

“啊？”段二娥一脸诧异地望着楼下的小二。

“他给你留了一封信！”说着，小二从柜台下面拿出一封信小跑着来到段二娥身边，将一个信封递给了段二娥，“那位客官天刚亮就起来离开了！”

段二娥点头，一面拆信，一面向自己的房间走去，信上的内容很简单：段姑娘，我要去处理一些事情，安阳见！段二娥拿着那封信推开了冯万春的房门，冯万春看完信不禁狠狠地敲了一下桌子道：“燕鹰没有说他要做什么去吗？”

段二娥皱着眉头想了想，忽然一个危险的念头闪过她的脑海：“他会不会回了将军圃？”

这话一出口，冯万春不禁狐疑道：“回将军圃？”

“嗯，我们就是在那里遇到金龙的！”段二娥说到这里脸色已经微变。

冯万春越听越糊涂，拉着段二娥道：“你倒是详细说说，你们在将军圃究竟发生了什么事情？”

段二娥咬了咬嘴唇，将巧遇金龙爷孙二人，一直到金龙爷爷惨死在日本人刀下前后详细陈述了一遍。冯万春一面听，一面皱着眉头，当他听完之后，自顾自地在房间中踱了两圈，忽然止住脚步，“啪”地狠狠地拍了一下桌子道：“不好……”

一阵疾驰的马蹄声从路边的小径传来，落在草窝中的蟋蟀被马蹄扬起的一块石子击落在地，幸好未伤及要害，立刻一蹦一跳地钻进了更深的荒草中。马上的少年神色平静，呼吸均匀，双腿夹着马肚一路狂奔。

其实燕鹰心里始终放不下的，便是因为自己的鲁莽而被害死的金龙爷爷，如果不是为了护送段二娥和金龙二人，他当时便会去找那些小鬼子去为金龙的爷爷报仇了。现在终于找到了冯万春，燕鹰也算是松了一口气。他一夜未睡，天刚蒙蒙亮便起身离开了。

待段二娥去找他的时候，他早已经到了数十里之外，燕鹰快马加鞭地向将军圃的方向奔去，路上只是稍微歇息了一下，吃了几口干粮喝了几口水而已。当他来到将军圃附近的时候，已经接近傍晚，晚霞满天，如同火烧一般。燕鹰勒住马，从马背上跃下走到大树前，轻轻抚摸着粗壮的树干，这便是他们与金龙爷孙邂逅的地方。

燕鹰的脑海中又回想起那晚将军圃所见的一幕，坍塌的房子里横七竖八地躺着数十具烧焦的尸体，其中不乏妇女和孩子。燕鹰似乎隐约听到他们在烈火之中的哭泣和哀号，而鼻子里仿佛又闻到那股浓重的尸体烧焦的味道，他胃里不禁泛起一阵剧烈的痉挛。

他狠狠咬着牙，重重地一拳打在树上，接着又骑上马，猛地夹了一下马肚子，那匹马长嘶一声向将军圃飞奔而去。这一路上燕鹰心中一直在思忖那伙土匪和日本人的来历，思前想后却始终理不出个头绪来，便只得再返将军圃。他记得那群土匪曾在将军圃留下两匹马，而那皮猴的鼻子极灵，想必一定可以嗅着那马鞍上的味道找到那群土匪的老巢。

想到这里，他又夹了一下马肚子：“驾……”此处距离将军圃不过十余里，那匹马飞奔而至，远远地，依稀可以看到将军圃低矮的民房，只是此时的将军圃早已经物是人非了。燕鹰骑着马缓缓前行，忽然一束火光从将军圃升起，燕鹰立刻勒住马，只见那火光只是亮了一下便立刻熄灭了。他心中暗自庆幸，难道将军圃中尚有幸存者？他刚要拍马前行，不禁又犹豫了起来，当天晚上他趁着金龙睡熟之时找遍了将军圃，不要说人，即便是牲畜也被日本人杀死了。这火光……

燕鹰将马拴在道路一旁的树下，摸了摸腰间的短刀，趁着月色悄悄潜入将军圃。此时的空山幽谷静悄悄的，只有夏虫不厌其烦地鸣叫着，周围更显幽静。燕鹰一路小跑而来，他伏在圃子旁边的荒草丛中观察着周围的动静。忽然又是一道火光从墙角的方向而来，忽明忽暗，犹如萤火虫一般。

“啪！”声音不大，但清脆，只见那明明灭灭的火光立时掉在了地上。“谁他妈让你抽烟的！”一个汉子说道。

“嘿嘿，实在忍不住就叼了一根！”另外一个人答道。

“告诉你们，都他妈小心着点儿。”刚刚那汉子声调稍微提高了一点儿说道，“老大说那臭小子知道老头子死了，肯定会回来找咱们报复的，咱们就给他来个瓮中捉鳖！”

“可是……那小子会招那怪物啊！”一个声音忧心忡忡道，“咱们这几个人还不够给那几个怪物塞牙缝的，这不是明摆着让咱们送死吗？”

“你懂个屁！”那汉子怒骂道，“你看见那小子手里的哨子没有？那些日本人说只要不让那小子吹哨子怪物就不会来，而且……咱们还有秘密武器！”

另外几个人恍然大悟般“哦”了一声。

燕鹰虽然隔着十几米却听得清楚，他牙齿咬得“咯咯”作响，心道：“如果就这几个人不用召唤皮猴想必也能摆平，只是不知道他们口中所谓的秘密武器究竟指的是什么。管不了那么多了，先制伏这几个人再问出那些日本人和刀疤脸的下落。”于是他蹑手蹑脚地摸到那几个人身后的巷子中，屏住呼吸小心翼翼地抽出腰间的短刀，又在地上摸了摸捡起一块石子，轻轻向自己身后掷去，那石子不偏不倚正打在一旁的树上，发出“啪”的一声。

“谁？”几个土匪警觉地站起身向四周望去。

“刚刚你们有没有听到动静？”刚说话的那个土匪问道，“你……去看看！”

“我？”燕鹰虽然看不见他们的表情，但不难猜测出那个土匪吃惊的样子，“咱们一起过去看看吧？”

“他妈的让你去你就去，怎么那么多废话啊。要是个大姑娘，你不是比谁跑得都快吗？”这句话引得一旁的人一片小声哄笑。

“去就去，说不定还真是个大姑娘呢！”那个人一面站起身扛好枪，一面道，“到时候你们可别和我抢……”

那个人转过墙角向前面望了望，只看到一棵大树正要扭头，忽然嘴被人捂住，脖子一凉，像是一片雪花从脖颈掠过，接着鲜血从脖子中喷涌而出，想要叫嘴却被人捂得严严实实的，一会儿工夫便无力地倒在了地上。

燕鹰将那人小心地拖进一旁的草丛中，又来到转角处守好。

过了片刻，他们始终未见那个土匪回来，领头的那个道：“他妈的这小子究竟做什么去了，这么久也不见回来？”

“说不定是真的遇见个大姑娘，自己在那里享受呢！”另外一个起哄道。

“可不是嘛，现在这年头兵荒马乱的，见到个娘儿们不容易，不行，不能让这小子吃了独食，我去瞧瞧！”刚刚起哄的那个人站起身将枪放在地上，大大咧咧地走来，刚一转过拐角便被燕鹰一刀毙命。

又过了一会儿，那领头的见这两人都没回来，心中疑虑顿生：“不好，他们可能出事了！走，咱们过去看看！”

他这话刚一出口，便见一个黑影从拐角处走出，那黑影低着头，右手握着一把短刀。几个土匪你看看我，我看看你，都咽了咽口水正要动手，只听一阵奇怪的笛声从那黑影口中传出，原来燕鹰出来之时早已将那笛子含在口中了。

笛声毕，燕鹰趁那几人还未反应过来，一个箭步冲上前去，手中短刀顺势抵住最前面那人的脖子。白光一闪，短刀已经迫近到第二人的面前，那人连忙闪身向后退，混乱中开了一枪，“啪”的一声枪响在空山之中回荡。余下两人早已吓得屁滚尿流，燕鹰见那两人向两旁而去亦不追逐。正在此时，他的耳边又传来一阵笛声，这声音与自己的笛声相似，却显得有些尖锐。

燕鹰一愣，他依稀记得爷爷多年前曾经和他说过，这火系驱虫师数百年前便分成两派，一派是住在新疆“火焰山”附近的欧阳家，另外一派则远走日本，最后定居在富士山附近。虽然两家人都会操纵皮猴，但欧阳家族主要强调自身的修养，皮猴作为辅助，而日本那支则更强调对皮猴的控制，因而他们手中的皮猴相对体格更健壮，也显得更生猛。只是燕鹰却从未见过，他犹豫间那笛声已然停歇，而奎娘带着另外两只皮猴也咆哮着赶到了燕鹰身边。

奎娘一如既往地伸出火红色的舌头，在燕鹰的手背上轻轻舔着，接着后面的两只皮猴也重复着奎娘的动作。就在此时，山野间又传来了一阵皮猴的咆哮声，那声音越来越近，似是正向他们的方向而来。奎娘似乎察觉到了危险的迫近，它挡在燕鹰的前面，小脑袋上的那双大眼睛圆瞪着正前方。

那声音在快要接近燕鹰附近的时候忽然消失，几只皮猴分三面将燕鹰围在正中间，忽然一个黑影从对面的房顶上猛冲下来，直奔站在燕鹰前面的奎娘。奎娘毫不示弱，双脚蹬地一跃而起，与那黑影打成一团。

直到此刻燕鹰才发觉，那只皮猴比奎娘足足高出一头，身体呈青褐色，獠牙粗大尖锐，一只爪子已经深深嵌入了奎娘的左肩。奎娘吃痛地低吟一声，张开嘴向另外一只皮猴咬去。那皮猴的反应极其灵敏，脑袋一偏，双腿蹬在奎娘腹部一下子弹到数米之外，奎娘的身体重重地摔在燕鹰面前。

燕鹰长这么大还是第一次见到奎娘被打败，他心疼地望着奎娘，刚要上前相助，谁知又从左右两侧跳出两只皮猴，与刚刚那只相似，只是体形稍小一点儿。它们几乎是同时从左右两侧发动了攻击，来势汹汹，一直护在燕鹰身边的两只皮猴毫不畏惧，迎敌而上，几只皮猴在燕鹰身边展开混战。

虽然那两只皮猴比燕鹰的皮猴相对强壮，但燕鹰的皮猴一时之间也未落下风，只见身边黑影晃动早已分不清敌我了。燕鹰迈步走到奎娘身边，它左肩受了重创，鲜血汩汩地从伤口中流淌出来，发出淡淡的腥臭味。

奎娘一双大眼睛圆瞪着燕鹰，十分惹人爱怜。这皮猴是母系群居动物，与蚂蚁极为相似的是，一个种群之中只有一只母性皮猴，其繁殖期非常短，每三年一次，每次都在深冬季节。因为皮猴身上无毛，如果在寒冷之地很容易被冻死，所以一直生活在炎热的沙丘地带。皮猴一胎多子，但只能活下三个，其他的不是被饿死，便是被同胞兄弟活活咬死，这是因为皮猴身上只有三个乳头，且皮猴从小领地感就极强，一旦咬住其中一个乳头，便不允许其他兄弟再吃，否则便是一场残杀。

皮猴所生之子全部为雄性皮猴，更为奇特的是，皮猴这种动物如果其种群之中的母性皮猴暴亡，不久之后便会有雄性皮猴变成母性皮猴，这便保证其种族可以绵延不绝。

这奎娘比燕鹰年纪还大，算得上是燕鹰的长辈，平日一直保护燕鹰。而如今……燕鹰伸出手，奎娘伸出舌头轻轻地舔着，像是受到了极大的安慰。忽然眼前的那只皮猴一跃而起直奔燕鹰而来，燕鹰怒不可遏，刚抽出短刀，那皮猴便已然奔到面前，他顿时觉得手臂一阵发麻，手中的短刀也同时落在地上。那只皮猴立刻伸出爪子向燕鹰的面部而来，燕鹰见无路可退，心中一阵绝望，不想自己竟会死在这皮猴手中。

谁知那爪子刚刚碰到燕鹰的脸，那皮猴小小的脑袋上竟然伸出一只爪子，它的身体微微颤抖了两下，抓向燕鹰的爪子无力地垂了下去。原来刚刚奎娘趁着那只皮猴不注意的时候忽然发起攻击，用尽全力将爪子插进了那只皮猴的脑袋中。

燕鹰一见得救心中大喜，谁知另外两队胶着在一起的皮猴忽然伸出一只爪子直刺奎娘的胸口，奎娘狂吼一声，血液便从它的胸口喷了出来。燕鹰躬下身子以迅雷不及掩耳之势捡起地上的短刀用力一挥，将那条尚在奎娘胸口中的胳膊切断，奎娘这才重重地摔在地上。

燕鹰丢下手中的短刀扑在奎娘身上。奎娘的身体剧烈地颤抖着，一双大爪子在燕鹰身上轻轻地抚摸着，努力地张开嘴，吐出火红色的舌头，燕鹰连忙递过手背，奎娘用力伸了伸舌头，身体忽然停止了抽搐。

“回来！”正在这时，在燕鹰对面出现了三个穿着中山装的男人，看样子都是二十几岁，其中一个男人高吼一声之后，两只皮猴立刻脱离了战斗回到他们身边。

“你们……”燕鹰站起身来，他的两只皮猴虽然不落下风但也是伤痕累累，而对面的两只，一只失去了一条胳膊，另外一只也受了重伤。

“你叫欧阳燕鹰对吗？”其中一个日本人操着一口并不流利的汉语说道，“我们找你很久了！”

“去你妈的小日本！”说着燕鹰便向前冲了过来，谁知刚走了两步自己的身体便像是被吸住了一样一点点下沉。他曾经见过这种驱虫术，只见自己脚下的地面开始下沉，身体随之向下滑动，他连忙扭过头道，“回去！”

那两只皮猴对视了一下，然后抱起奎娘的尸体三跳两跳离开了。燕鹰微微地闭上眼睛，他数日之前见过这种虫术的厉害，这陷阱是土系驱虫师用一种名叫蚁狮的东西制造出来的，不要说人，即便是马掉入其中也会被蚁狮啃成白骨的。

脚下的陷阱越来越大，越来越深，他的身体完全没入陷阱之中，已经无法呼吸了，眼前渐渐地陷入了一片漆黑。

“啊？”段二娥吃惊地望着冯万春道，“不……不会那么严重吧？”

“十之八九。”冯万春叹了口气说道，“燕鹰现在去就等于自投罗网，他们知道你们肯定会回去报仇，一定已经张开网在等着你们了！”

“那怎么办？”段二娥悔恨地咬着嘴唇。

“你和金龙在这里再住一天，我这就去找燕鹰，希望能追得上他！”说完，冯万春拿起帽子走出了屋子。

一会儿工夫，冯万春骑着快马离开了客栈，段二娥手把着窗棂暗自祈祷：“燕鹰千万不要出事。”

“嘿嘿，太君我就说这小子肯定会来的！”燕鹰觉得脑袋一阵阵疼痛，他幽幽地睁开眼睛，眼前的光线很亮，似乎还有几根黑色的柱子，在那柱子外面晃动着几个人影。又是一阵剧烈的痛感传来，燕鹰缓缓地闭上了眼睛。

“他刚刚是不是醒了？”那个日本翻译自从队长被金龙爷爷杀死之后便暂时代替队长发号施令，本来他已将“刀疤脸”押解回来，后来“刀疤脸”出了个主意——瓮中捉鳖，日本翻译这才饶了他一命。这次他见燕鹰已经被擒获，原本悬着的一颗心总算是落了地，心想这日本人以后应该不会迁怒于他了。

“没……没有吧……”“刀疤脸”看了一眼燕鹰。此时，他正被关在距离将军圃二十几里之外的一个小日本据点中的监牢中。

“你们……”那个日本翻译对旁边的两个日本兵说道，“把他抬到我的房间去！”

两个日本兵“哈哈”笑了一声，打开牢门一前一后进去将燕鹰抬了出去。这却让“刀疤脸”大为不解，却又不敢开口问，过了一会儿说道：“太君，我可以走了吗？”

“还不行……”那日本翻译摇了摇头道，“你……留下来帮我！”说完，那个日本翻译自顾自地向自己的房间走去，“刀疤脸”站在后面小声咒骂着却也没有办法。

燕鹰再次醒过来的时候，发现自己正躺在一张床上，环顾四周，在他一旁是一张桌子，桌子的后面挂着“膏药旗”，还有一把日本军刀。他撑着身子爬起来，觉得浑身酸痛。正在这时，一个日本军人推开房门，端来一些酒菜放在燕鹰对面的桌子上，然后向他行了个礼便退了出去。

燕鹰心里好生奇怪，这些小日本是不是吃错药了？燕鹰下了地，他不知此时已经是第二天的中午了，整个人都已经饿得饥肠辘辘，看着桌子上的饭菜也不管什么三七二十一了，狼吞虎咽地吃了起来，酒足饭饱之后燕鹰又坐回到床上。

片刻之后，那个日本军人推门走了进来，看到杯盘狼藉的桌面微微笑了笑，将碗碟收拾好之后准备离开，却被燕鹰叫住了：“嘿，你……你们准备什么时候动手，最好快点儿，爷爷我已经等不及了！”

那日本军人行了个礼退了出去，燕鹰嘴里咒骂着趴在床上。正在这时，他的耳边隐隐传来一阵轰鸣声，燕鹰从床上爬起来向外望去，只见两辆黑色轿车正缓缓驶入，那轿车的后面跟着两辆大卡车，车上站着几十个荷枪实弹的日本兵。车子停下之后，那些日本兵纷纷从车子上跳下来排成两排，燕鹰不禁有些好笑，心想：“娘的，杀我用不着这种阵势吧？”

想到死，他还真是有点儿怕，他忽然想起姐姐来，想起了母亲，他拿出一直揣在怀里的明鬼，放在掌心轻轻摩挲着：“明鬼啊，明鬼，恐怕我这辈子都不能再用你了！”燕鹰说到这里轻轻在明鬼身上叩击了几下，谁知那明鬼竟然一下从他的手中跳了出去，直接跃出了窗口。

这明鬼一直被燕鹰视若珍宝，见它竟然从窗口跳了出去，如果不是窗子上有护栏，他恨不得随着明鬼一起跳出去。他忙冲到门口，但是那门已经被日本人从外面锁上了。

轿车的车门被那个日本翻译殷勤地打开了，一个三四十岁的中年女人从内中缓步走出，刚迈出一步，只见一个黑点从上面飞了下来，中年女人向后退了一步，只见那物什落在地上发出“啪”的一声轻响，就裂成了两半。她身后的保镖连忙走了过来，她挥了挥手。

那日本翻译躬下身子刚要捡那物什，谁知女人却轻喝一声：“慢……”她看着地上被摔裂的翠绿色有些像蟋蟀一般的明鬼，躬下身子将那碎片小心翼翼地拾起放在手绢里，然后道：“他在哪里？”

“在佐藤队长的房间里！”日本翻译毕恭毕敬地说道。

“我要先见见他！”女人说完，便跨步向面前的三层楼里走去，剩下日本翻译和随从面面相觑。虽然早些时候便接到电话，交代他们要好好对待那个会操纵皮猴的少年，还特意让几个人先行到此帮他们，却始终猜不透上峰究竟在想什么。不过，他们见那中年女人走了进去，也颇为无奈地跟在了后面。

刚进楼梯便听到楼上传来一阵剧烈的撞门声，那中年女人停了一下便快步向楼上走去，后面的人紧跟其后。来到三楼佐藤小队长的房门口，那敲门的动静更大了。

“他妈的小日本，快点儿开门让老子出去！”里面的人大吼道。

女人站在门口沉吟片刻，扭过头问道：“房间钥匙呢？”

日本翻译连忙从守卫手里接过钥匙递给了那名中年女子，她接过钥匙犹豫了一下，将钥匙插进了插孔，里面的人似乎察觉到有人在开门，于是停止了吵闹。女人的手轻轻转动了一下，只听“咔嚓”一声，里面的人立刻将门拉开，一个箭步从门口冲了出来，然而立刻就被几个日本兵拦住了。

“都他妈的让开，让老子出去！”燕鹰大骂道。

“天惶惶，地惶惶，我家有个夜哭郎……”那女人轻声说道。燕鹰听到那声音停止了动作，将头压得极低。“路过行人念三遍，一觉睡到大天亮……”燕鹰心中默念着，淌下了一行热泪。

女人走到燕鹰身后轻轻拍了拍他，燕鹰转过身见女人手中托着那已经裂成两半的明鬼，他抬起头注视着眼前的女人。周围的人都用一种好奇而惊讶的眼神望着这个青年还有那个四十岁左右的中年女子。

07

鬼传说，雾锁凤吊山

山高林密，水汽缭绕，这水汽落在草叶上形成一颗颗沉甸甸的露珠，三匹马从旁边急驰而过，那露珠受到震颤滚落在地。

“潘哥哥，怎么了？”燕云骑在马上一面揉着眼睛，一面问道，“怎么忽然要趁夜离开客栈啊？”

“我刚刚出去的时候，见那掌柜的骑着马偷偷摸摸地离开了客栈，想必是去找人了。”潘俊说着让马放慢了速度。

“潘哥哥什么时候胆子小起来了？”燕云满不在乎地说道，“区区几个毛贼咱们三个还对付不了啊？”

潘俊微微一笑并未回答，骑着马继续前行，其实他是真的有些怕，尤其是看到子午的那封信，便更迫不及待地想赶在冯万春等人之前到达安阳，否则……他不敢想下去了。也许不会那么糟吧，子午信中所写不过是猜测而已，不管怎么样还是先赶到安阳再说吧！

想到此处，潘俊轻轻在马背上拍了一下，那马便狂奔了起来。燕云此时也来了精神，赶上潘俊道：“潘哥哥，咱们赛赛谁跑得快！”说完，燕云吹了一声口哨，飞鸿长嘶一声，扬起如钵大小的前蹄在地上猛蹬一下便向前狂奔而去，飞尘扬起。待潘俊想要止住燕云之时，她早已经奔出二三里了。

时淼淼拍马上前与潘俊并驾齐驱：“你是不是有什么心事？”

“嗯？”潘俊放慢速度盯着时淼淼。

“那天在胭脂阁你高烧不止的时候，曾经一直不停地在喊着一个人的名字！”时森森说到这里望了潘俊一眼，却见他的表情没有丝毫变化。

“那……应该是个女人吧？”时森森顿了顿说道，潘俊长叹了一口气没有说话，时森森接着说道，“我想今天你起初听到掌柜的所说的话，就已经猜到他口中那个骇人听闻的故事说的就是诱虫术了吧？据我所知，诱虫术是只有木系家族才有的闭门之术，想必便是因为这个你才决定留下静观其变吧？”

“唉！”潘俊长叹了一口气说道，“时姑娘果然聪明。”

“你这话不像是夸我。”时森森顿了顿，轻咬嘴唇，脸上掠过一丝羞涩道，“她……对你很重要吧？”

潘俊的手紧紧握住缰绳，脸上露出一丝痛苦的表情，那双幽怨哀伤的眼睛再次浮现在他脑海深处。

“咱们快点儿赶路吧！”潘俊的话音刚落，只听密林深处传来一个汉子的吼声。“你们走不了了！”汉子的话掷地有声，接着两旁的树林骚乱了起来，马蹄声、嘶鸣声，受惊的飞鸟惊叫着从密林深处腾空而起。潘俊和时森森对视一眼，黑乎乎的树林中有数十个身影不停地晃动着。

片刻之间，十几匹马、三十几个人已经将潘俊和时森森围在了中间，他们样子彪悍，手中的武器也各式各样：王八盒子、三八步枪、洋炮，甚至还有人手中提着大刀。而为首的则是一个三十五六岁、个子不足五尺、光头油面的胖子，他端着手中的枪指着潘俊道：“你小子今儿哪儿也去不了了！”

“呵呵！”时森森瞥了眼前这群人一眼，手轻轻按在三千尺上，“我们想走，凭你们拦得住吗？”

那土匪头子见说话的是个女子，用枪口搔了搔头，伸长脖子细细观察了时森森一番道：“嘿，今天还真来着了，这小娘们儿长得还真是俊俏啊！”

“当家的，那就抢回去做小！”他一旁马上的一个小头目道。

“去去去……”土匪头子瞪了那个头目一眼道，“这……得做大！”他色眯眯地望着时森森说道。

他的话音刚落，只见时森森的手轻轻一抖，一道白光闪过，三千尺已经从她的袖口抖出。那土匪头子按说也算是个眼疾手快的人，心知不好连忙低下头，只听耳边“嗖”的一声，再回头一看，身后那个骑在马上的头目的胸口正在喷血。

他咽了咽口水：“等等等等……那……那小妞，你懂不懂江湖规矩？话刚说到一半你就动起手来了！”时淼淼听见这话心中不免有些好笑，这土匪打家劫舍竟然在此讲起江湖规矩来了。

那土匪见时淼淼将手按在马上才一面回头，一面直起身子喊道：“那个……崽子把人给我带上来！”

不一会儿工夫，两个土匪押着燕云从前面缓缓走来。潘俊心里有些后悔，燕云为了和自己一起走已经将召唤皮猴的笛子放在自己这里了，否则凭借着那些皮猴这几个土匪算得了什么。但见燕云似乎并未受伤，他心里才总算是好受了一些。

在燕云的身后，那个朋来客栈的掌柜的也骑着马跟了过来：“老大，就是他们三个！”

“那……那马呢？”土匪头子见他们只把燕云押了过来便问道。

“这小蹄子见中了我们的埋伏就吹了一声口哨，那匹马跑得太快，我们追了半天也没追上。”胖掌柜的解释着。

“废物……”土匪头子骂道，“这丫头是你们的人吧？”

潘俊点了点头：“不知当家的想要些什么？”

那土匪头子摸着脑袋想了想，又将潘俊一行人上下打量了一番道：“这年头出来都是为了混口饭吃，不过……”

正在这时，土匪头子身边的一个人在他的耳边轻轻耳语了几句，只见那土匪头子一愣，吸了一口冷气道：“嘿，你这么一说我看着倒还真像啊！”

“是啊，当家的！”这两个土匪小声嘀咕着，虽然听得不算清楚但隐约也能听到一些。那人在他耳边说完，土匪头子清了清嗓子，谨慎地瞥了时淼淼一眼，见她的手始终紧握着缰绳这才说道：“要不然这样吧，你们和我上山住两天如何？”

“上山？”潘俊知道这上山便是绑票，但他们并不知道自己的来历，为何要来这一手呢？

“怎么样？”土匪头子见潘俊思忖片刻便有些不耐烦地问道。

“如果我们不去呢？”时淼淼神色镇定，语气冰冷地说道。

那土匪头子听到时淼淼的话后下意识地低了一下头：“嘿嘿，这位姑娘，虽然我不知道你用的是什么暗器，不过我们也不是吃素的。”他扭过头对身后一个高瘦的土匪道，“炮头，让他们也见识见识！”

他的话音刚落，只见那个炮头猛然抽出腰间佩枪向天空鸣放两枪，枪声在这山谷之中显得格外响亮，惊魂甫定的飞鸟再次被惊起，扑腾着从草窝间腾空而起。只见那炮头扬起手中佩枪又是“啪啪啪”三枪，三只飞鸟应声落在了地上。

这动作一气呵成之后，他将枪瞄准了燕云的脑袋。潘俊和时淼淼都未想到这土匪堆里会有这样的神枪手，顿时也是一惊。

“这回您看呢？”土匪头子扬扬得意道，“是跟着我们走，还是让这小丫头魂归西天？就看您的决定了！”

燕云两腮气得鼓鼓的，心想：“如果那笛子在的话，顷刻之间就让你们这群人见鬼去。”但此时此刻她却无能为力。

“好！”潘俊长出一口气道，“我随你们去，不过你要先放了她们两个！”

“潘俊！”

“潘哥哥！”

燕云和时淼淼简直不敢相信自己的耳朵，不禁异口同声地叫道。只见潘俊微微摇了摇头，这两人想着潘俊心中一定是有了打算的。

那土匪头子又搔了搔脑袋道：“人我是可以放了，不过……要等你先跟我进了山寨再说！”这土匪头子早已经吃过时淼淼的苦头，所以绝不敢轻举妄动。

“呵呵！”潘俊微微笑了笑。

正在此时，一个崽子骑着一匹快马从对面飞奔而来，他一脸血污，见到那土匪头子便结结巴巴地说道：“当……当家的，不好了……小……小日本趁着咱们刚刚不在偷袭了山寨，现在……现在正向这边来了！”

“你他妈的说什么？”那土匪头子一听日本人抢占了山寨，立刻揪住那崽子的领子道，“日本人偷袭了山寨？那咱们那几十口呢？”

“他们……死的死，逃的逃！”那崽子也就十七八岁的样子，此时更是泪流满面。

“不可能，绝不可能！咱们刚刚出来不到一个时辰，山寨地势险要，日本人绝不可能在这么短的时间内就抢了山寨。”那土匪头子说到这里一把将崽子丢在地上，掏出腰间的佩枪，“你再他妈的敢胡说八道，老子就毙了你！”

那崽子被土匪头子推了一个倒栽葱，立刻爬起身来道：“是真的，当家的，是真的！”

“你他妈再敢胡说，这里距山寨不过十余里，难道鬼子用的都是他妈的无声枪吗？这么近一点儿动静都没有听到！”土匪头子已经拉开了保险。

“他们是从后山爬上山寨的，还没等我们反应过来，家里剩下的那十几号人的枪就已经被缴了！”崽子哭诉着，“他们缴了枪之后，便将山寨所有的人都捆绑了起来……接着……接着……”他说到这里脸上露出极度恐惧的神情。

“你他妈的倒是说啊！”土匪头子急忙催促道。

“他们……他们都是恶鬼！”崽子大号着，“他们把所有人都绑起来，然后用刺刀在那些人身上乱戳，乱捅！”

土匪头子顿时觉得眼前天旋地转。“你是说山寨里所有的人吗？”这次说话的是另外一个头目。

“是……”崽子喘息着，“女人和孩子，还有那十几号兄弟都被他们用刺刀捅死了！”

“你呢？那你怎么没死？”土匪头子从马上跳下来，狠狠地拉着那崽子的领子道，“怎么就你一个人逃出来了？”

“我……我是趁乱从寨子里摸出来的！”那崽子说完，像是泄了气的皮球一般倒在了地上。

“他们有多少人？”土匪头子问道。

“少说也有一百多人！一半的人从后山爬上来，还有一半的人是寨门打开之后从前面进去的！”崽子有些急切地说道，“他们现在正在向这边来！”

“当家的，咱们怎么办？”另外一个头目询问道。

“杀回去！”

“杀回去！”

未等这土匪头子开口，身后数十个土匪便举着枪高喊道，其中一个嗓门大的喊道：“掌柜的，以前咱们和小日本算是井水不犯河水，现在这群狗日的已经打上门了，咱兄弟可不愿意做缩头乌龟！”

“是啊！杀回去！”这群土匪听说老巢被端了后个个群情激奋，恨不得立刻杀回去与小鬼子血拼。

“他妈的，老子豁出去了！”那土匪头子狠狠啐了口唾沫说道，“都给老子上马，咱们会会这群小鬼子去！”说完之后他先跳上了马，虽然这土匪头子个子不算高，但动作倒是挺利落的。

谁知他刚牵着马转身，却被潘俊一把拉住了，那土匪头子挣了两挣，发现对方臂力甚大，立刻扭过头怒目相视：“你他妈做什么？”

“你觉得就凭你们这几十个人能打得过那群日本人吗？”潘俊紧紧抓着那个土匪头子说道，“他们既然攻打你们的山寨，而且向这个方向而来，必定事先做了周密的准备，你们现在回去不等于是自投罗网吗？”

那土匪头子一愣，又用力地挣开潘俊的手：“老窝被人家烧了，还不吭不响，连个屁都不敢放，那以后还怎么在这地界混啊？说出去都让人笑话！”

“呵呵，难道你的面子比你这些兄弟的命都重要吗？”时淼淼冷笑着说道。

“你个娘们儿懂什么？”一个崽子瞥了时淼淼一眼说道。谁知他的话音刚落，时淼淼的手微微一抖，一根三千尺从衣袖中抖出，紧紧地“粘”在那崽子的步枪上，紧接着清脆的“咔嚓”一声，那步枪的枪筒和枪身已经裂成了两半。崽子一惊之下将坏枪丢在了地上，这一幕让在场的人都是一惊，没想到这美艳的女子出手竟然如此之快。

土匪头子咽了咽口水，正在他思忖的时候，旁边一个人说道：“掌柜的，这位先生说的也有几分道理啊，君子报仇十年不晚，咱们这样去真的是白白送死，以后想报仇也没机会了！”

土匪头子再次上下打量了一番眼前这个二十几岁的年轻人，微微点了点头：“那你说我们现在怎么办？”

“避其锋芒！”潘俊一字一句地说道。

一会儿工夫，潘俊与这一干土匪已经行至朋来客栈附近，时淼淼与燕云同乘一骑。直到此时潘俊才知道，那土匪头子号称“钻地龙”，名吴尊，刚刚用枪的那人是山上的炮头。这土匪一般有所谓“四梁八柱”，四梁分为内四梁和外四梁，合称八柱。这炮台便属于这内四梁之一，主要执行家法，首要条件便是“管直”（枪法准）。

这一路上吴尊始终时不时地盯着时淼淼看，似是唯恐她什么时候心情不悦忽然抽出那袖中藏着的暗器一般。谁知他们刚刚透过迷雾隐约看到朋来客栈，便看到客栈门口出现了二十几个黑影。

“等等！”吴尊忽然喊道，“你们看看前面那些是不是日本人？”

他的话音刚落，似乎前面那些人也发现了不远处的他们，未等吴尊回答耳边便听到一声枪响，只是那人的枪法实在欠些火候。

“他妈的这群小日本也忒嚣张了！”虽然那一枪并未伤及任何一人，但是吴尊依然掏出佩枪道，“兄弟们，下马准备，现在咱们是被这群小日本围住了，左右是个死，那就他妈死得爷们点儿！”

本来这群土匪就窝了一肚子的火，一听前面是日本人，哪里还管它三七二十一，纷纷下马将枪上膛，匍匐在地开始拼命地向对方发起攻击。当然对面的人也毫不示弱，一瞬间枪声四起，在这狭长的山谷之间此起彼伏。一些原本投宿在朋来客栈之中的客商均被这突如其来的枪声惊醒，慌不择路地从后门奔出，也顾不上货物就仓皇逃命去了。

潘俊、时淼淼、欧阳燕云伏在吴尊旁边，潘俊一直有些不解，这一路行来从未遇见日本人的据点，这些日本人怎么会忽然出现在朋来客栈呢？

正在这时，他们身后也传来了一声枪声，那枪声之中还夹杂着马蹄声，这声音正在快速地接近。

“当家的，咱们被前后夹击了！”一个崽子伏在吴尊耳边焦急地说道。

“他妈的，兄弟们给我冲！”吴尊虽然身材矮小，但此时脸上却颇有几分英雄之气，他拉住马一纵身跳了上去。此时东方刚刚现出鱼肚白，原本弥漫在眼前的浓雾也渐渐消散，吴尊终于看清对面那二十几人的样子，他连忙命令手下停手并大喊道：“对面是什么人？”

对面的人似乎也发现他们面前的这群人有些怪异，于是停止了射击问：“你们是哪个部分的？”喊话的是一个中年男人。吴尊一听这声音眼前一亮，不禁大笑着说道：“孙队长，我是吴尊！”

这话一出口，对面原本匍匐在地的一个穿着一身民国军官衣服的人站了起来，道：“吴当家的！”

吴尊这时也站起身来，其他的土匪随着吴尊纷纷站起，均是松了一口气，跟着他向朋来客栈走去。

两人一见面不禁叹道：“这真是大水冲了龙王庙啊！”只是那孙队长打量了潘俊一行人一眼，有些奇怪地问道：“您是……”

这话还未说完，只听他们身后又传来了几声枪响，枪声是从他们后面传来的。孙队长惊异地望着吴尊道：“后面还有人？”

“是鬼子！”吴尊扭过头，此时已经隐约可以看到一大队鬼子兵正在向这个方向疾奔而来，前面是鬼子的骑兵，粗略估计不下四五十人，后面还有一大群鬼子的步兵，距离此处不过数百米远。

吴尊手下不过三十几人，而孙队长手下也不过二十余人而已，这一群人在鬼子面前明显有些势单力薄，那鬼子兵快速地向这边行进，想要逃脱似乎已经不可能了。潘俊忽然说道：“先让所有人都进客栈！”

吴尊与孙队长对视一眼，均点了点头，立刻下令所有人下马冲进客栈。此时的客栈早已人去楼空，胆小的商人早已被起初的几声枪响吓得魂飞魄散作鸟兽散了。他们进入朋来客栈立刻将门紧闭，几个土匪崽子手握着步枪把守在门口，余下诸人全部退到了客栈里面，从二楼向外张望。

只见那群日本人迅速将朋来客栈包围起来，此时才算真的看清这些日本人的数量，不下二百人。他们里三层外三层地围在朋来客栈外面，似乎并没有进攻的意思。

“这群日本鬼子究竟想做什么？”吴尊伏在窗口探头向外望着问道，等了半天却没有人回答。他扭过头见孙队长正上下打量潘俊一行人，不禁快步走上去说道：“老哥，刚才我说的话你听到了没？这群小日本把咱们围在这里却不进攻，究竟想做什么啊？”

“哦？”此时孙队长才缓过神来。

“你过来瞧瞧，这群日本人的举动真是太奇怪了！”孙队长跟着吴尊走到窗前，只见那群日本人退到距离客栈十几步远的地方，将客栈围了个水泄不通，似乎并未接到进攻的命令，因此只是站在门口似乎在等待着什么。

“确实有些奇怪，你仔细看看，围着咱们的这群日本兵的皮都不太一样啊！”孙队长弓着身子看了半天，“他们好像在等什么人……”

“当家的，当家的！”说话的是朋来客栈那个矮胖的掌柜的，他此时站在吴尊身后，忽然指着那群日本兵中一个穿着便装的年轻人道：“那个……那个是我的小二啊！”

“什么？”吴尊扭过头一把拉住矮胖掌柜的衣领道，“我他妈的算是明白了，原来这奸细是从你这里出来的，老子他妈的毙了你！”

矮胖掌柜的一脸无辜地“扑通”一下跪在地上道：“当家的，我也是才知道，实在不知道这个狗日的什么时候成了日本人的走狗了！”

“等等……”潘俊走上前来阻止道，“现在即便杀了他也是于事无补，而且我相信他的话，不然他现在一定不会和咱们一样被困在这客栈中了！”

“我说你还真觉得自己是个人物啊？”吴尊怒气冲冲地将枪指向潘俊说道，“我告诉你刚才那是走投无路，现在我执行家法你也想来干涉，你算老几啊？”

潘俊微微笑了笑，这时孙队长一步跨了过来，夺了吴尊手中的枪说道：“你小子发什么神经啊？你知道他是谁吗？”

“他……”孙队长这句话着实将吴尊问住了，他那双小眼睛滴溜溜乱转了几圈，伸出手示意孙队长过来，然后伏在其耳边小声地说了几句什么。孙队长越听越诧异，最后嘴不禁微微张开了：“真有这事？”

吴尊连连点头：“这事小弟怎么可能骗你啊？”

“你啊，真是鬼迷心窍！”孙队长拍了吴尊的肩膀一下说道，“老弟啊老弟，今天你还真是被那些人摆了一道！”

孙队长说完便拉着吴尊走到潘俊面前，并且极为恭敬地说道：“老弟，记不记得几年前你曾问我你身上所中的毒，这世上有没有人能解，我当时和你说如果真的有人可以帮你解毒的话，那么恐怕只有一个人了！”

“记得，记得啊！”吴尊激动地说道，“当时大哥说京城有个潘爷深居简出，虽然年纪不大，但是深通医道，只是……”吴尊似乎有些明白了孙队长的意思，又仔细地上下打量了潘俊一番道，“这位难道是……”

“当然了，这位就是京城名医潘俊潘爷啊！”孙队长拱手道。

“啊？”吴尊诧异的表情挂在脸上，不置可否地打量着潘俊，又半信半疑地指着潘俊问孙队长，“这……这位是潘爷？”

孙队长点了点头：“我骗你干吗？”

只见吴尊脸上的表情又是惊讶，又是疑惑，又是惊喜，又是悔恨，一步上前紧紧抓住潘俊的手说道：“潘爷，小的实在是有眼不识泰山，冒犯了您啊！”

潘俊微笑着摇了摇头，瞥了一眼尚跪在地上的那个矮胖掌柜。吴尊立刻明白了潘俊的意思，扭过头在矮胖掌柜的身上踢了一脚说道：“你他妈还跪着干什么？真的等老子一枪崩了你啊？”

那矮胖掌柜的一骨碌从地上爬起来战战兢兢道：“谢谢当家的，谢谢当家的！”

“还不谢谢潘爷？今天不是潘爷在这里，我他妈就一枪毙了你！”吴尊在那矮胖掌柜的身上又是一脚。

“谢谢潘爷！”矮胖掌柜作揖道。

“你起来吧！”潘俊瞥了一眼那矮胖掌柜的说道，“只是我还有一件事想问你！”

整整过去了大半天的时间，从早晨一直到午后，那些日本人始终围在朋来客栈外面，却没有任何进攻的迹象，似乎一直在等待着什么。潘俊将那矮胖掌柜的叫进一间雅间，在里面单独说了半个时辰有余，矮胖掌柜的才满头大汗地从里面走出来。站在外面的吴尊早就等得有些不耐烦了，见矮胖掌柜的出来便急切地询问道："潘爷找你有什么事？"

还未等那矮胖掌柜的回答，潘俊便推开门走了出来。吴尊见潘俊出来，立刻毕恭毕敬地作揖道："潘爷……"

"吴当家的，你随我进来！"潘俊说着转身走了进去。

吴尊笑眯眯地跟在潘俊身后走了进去，潘俊让吴尊坐在椅子上，伸出右手将手指轻轻地按在吴尊的脉上，时不时地轻轻按动他的脉搏。吴尊一直提心吊胆，他自从中毒之后，数年找了无数的所谓名医，最后却都束手无策，这唯一的希望便寄托在这位京城名医身上了。这几年他整日思忖着能到北平去一次，寻这名医为自己祛毒，只是：一来他担心这所谓京城名医未必可信，不去还能心存幻想，如果去了也是束手无策，那么连最后的希望也破灭了；二来便是因为这毒不发作和正常人无异，一旦发作便像是变了一个人，身体和关节像是有无数的虫在啃食一般难受。

潘俊给他把脉的时候一直微闭着眼睛，吴尊那双眼睛却一直注视着潘俊的表情，可是他发现根本不可能从他的脸上读到任何信息。过了有一炷香的工夫，潘俊才睁开眼睛。

"潘爷……"吴尊见潘俊睁开眼睛连忙问道，"我这毒是……"他本想说这毒是否还有救，但是却始终不敢说出这个"否"字。

潘俊站起身走到窗口，窗外依旧是那些荷枪实弹的日本兵，他沉吟了片刻。这片刻可算是折磨死吴尊了，他焦急地站在潘俊身后，却又不敢继续询问，唯恐潘俊的话会让他仅存的希望一下子破灭。

"吴当家的，你能不能讲讲你中毒的经历？"潘俊忽然开口说道。

吴尊心想："这潘爷也真是与之前的那些'名医'大不相同，把脉之后不说自己是否有救，却询问起中毒的经历来了。"

"这件事说来话长。"吴尊叹了口气说道，"这事发生在三年前，当时听说日本人有一批物资要从此处经过。说来自从日本人来了之后，他妈的过往的客商少了大半，我们平日里也经常偷袭这些日本人的物资队，也算是为抗日做点儿贡献。不过说来也奇怪，一般日本人的物资都从大路通过，我们经常要翻山到公路上伏击。这次得到的消息却是日本人的一个小队要从这边的小路经过，既然肉已经到了嘴边就没有不吃的道理，于是我便和兄弟们开始准备偷袭日本人的那个物资小队，可是……”

吴尊说到这里，表情忽然变得异常痛苦，也许是那夜偷袭的过程太过残忍了吧。

原来当天晚上吴尊带着手下弟兄早早埋伏在小路两旁，这地界四面环山，山势陡峭，只有这中间的一条路，倘若鬼子的物资队果真从此处通过的话，便一定会中埋伏。当天晚上依旧大雾弥漫，人趴在草窝之中一会儿身上便被水汽打湿了，等了几个时辰却始终未见一个人影。

吴尊开始怀疑这消息的可靠性，不过那传信之人颇有些威望，于是便耐着性子命手下人与自己一起继续等待。话说这时间一刻刻地过去，夏天又是夜短天长，眼见东边已经隐约变红，人困马乏之时，他们的耳边传来了一阵脚步声。

脚步声一起所有人立刻来了精神，都圆瞪着眼睛盯着眼前的小路。大概一炷香的工夫，一小队穿着黑色上衣乔装打扮的日本人出现在视野之中，吴尊数了数，有十一二个人。他们身后是一辆马车，那马车上用一块黑布覆盖着什么物什，黑布上则用绳子捆绑得结结实实。

吴尊舔了舔嘴唇，心想自己手下四五十号人，眼前这十来个人根本不在话下。当那些日本人走近之时，他猛然放了一枪，那些日本人都是一惊，只是出乎意料的是他们并未如吴尊想象的那般惊慌失措，十几个人立刻围在马车旁边，掏出手枪警戒地向四周瞭望。

枪声便是土匪进攻的信号，四五十个土匪忽然从草窝之中跳出，向那十几个人发动进攻。那十几个人以马车为掩体，躲在马车后面开枪。这群日本人似乎经过特别的训练，枪枪打头，几乎一枪一个，还未靠近马车吴尊便损失了十几个弟兄。

吴尊心里骇然，不管是这群日本人的身法还是枪法，都与之前遇见的那些大为不同，不过现在已是骑虎难下，只能硬着头皮往上冲。幸好手下有几个枪法极佳的炮头，自己这一方虽然是死伤过半，总算是人多占据了优势，日本人算是都被干掉了。

他笑眯眯地走到那驾马车前面，从一个崽子的手里接过一把匕首，刚要割断绳子，忽然自己的脚像是被什么东西缠住了一样，他一激灵向后退了一步，只见一个受伤的日本人紧紧地抓着自己的脚踝，口齿不清地说道："不要碰……"吴尊哪里管得了这么多，掏出枪照着那日本人的脑袋便是一枪，之后拿起匕首将绳子割断，几个崽子跳上车将那块黑布翻开，让他们倍感失望的是，里面竟然是一块巨大的锈迹斑斑的铁板。

"当家的，这块铁板不会是金子做的吧？"一个崽子一边说着，一边轻轻地敲了敲那块铁板，发出"硿硿"的声音。

"我看不像！"吴尊跳上马车细细地观察着那块铁板，铁板有三尺长，三尺宽，上面有两个小小的凹槽。"他妈的这群日本狗弄的这叫什么玩意儿，竟然还当个宝！"

虽然不知这铁板究竟有何妙用，不过吴尊这个人是个宁滥勿缺的主儿，好歹这东西也是折了十几号弟兄换来的，就这样白白扔掉太过可惜，于是他命人将那辆马车赶回了山寨。

却说那块铁板被吴尊运回山寨之后，便搁置在柴房之中不再过问。半月之后，一日一个自称龙青的人带着手下十几个人忽然来到山寨之中，攀谈中吴尊得知这龙青此行目的便是那块生锈的铁板。吴尊也是个老江湖，本以为那东西是废铁一块未放在心上，既然龙青特意为那块铁板来此，便只当是送一个人情给他。谁知就在龙青将那铁板运走的当天晚上，吴尊忽然觉得身体不适，便急忙找来郎中，那郎中唯唯诺诺地告诉吴尊他中毒了，却不知究竟中的是什么毒。当天夜里吴尊的病情忽然严重了起来，整个人癫狂起来，遇人便疯狂地扑上去，在人身上胡乱啃咬，几个人也制不住他，而第二天早晨起来他又和常人无异。

吴尊将自己的遭遇详尽讲述一番之后望着潘俊，只见潘俊一直背对自己望着窗外。过了片刻，潘俊才转过身："你是说三年前带走那块铁板的是龙青？"

"嗯！"吴尊连连点头，"后来我还特意派人到北平打听过这个人，据说这个人确实有些来头。"

"三年前，龙青。"潘俊缓缓地坐在椅子上，口中咀嚼着这几个词。忽然他一抬头，正好与吴尊四目相对。

"潘爷……"吴尊的笑容尴尬地挂在脸上，"我这毒……"

"哦！"潘俊这才回过神来，"你身上的毒倒是没有大碍。"说完，潘俊从口袋中掏出一粒药丸递给吴尊道，"这颗药分两半，一半用温水服下，另外一半化掉之后敷在肚脐上，三日内必好！"

吴尊听完这话，如获至宝般接过那粒药丸，小心翼翼地揣在怀里，又轻轻拍了拍，这才抬起头问道："潘爷，您还有什么吩咐吗？"

"你先出去吧！"潘俊坐在椅子上轻轻挥了挥手，吴尊笑眯眯地退了出去，轻轻关上房门。潘俊坐在椅子上，连续几天发生了太多的事情，刚刚那个吴尊所中之毒，毫无疑问依旧是青丝上面的毒药，只是毒性不同而已。现在似乎所有的事情越来越复杂，三年之前龙青与吴尊都中过青丝之毒，而将这两个人联系起来的，却是吴尊口中那块其貌不扬锈迹斑斑的铁板。

铁板？这个词瞬间闪过潘俊的脑海。几天前，没错，就是几天前，霍成龙在临死之前曾经与他提起过，在日本人的军械库中确实见到过一块铁板，难道这二者是同一件物什吗？

潘俊觉得自己的脑子越来越乱，眼睛微闭，心中默念起《道德经》，这是木系潘俊的必修课，每每心绪不定之时他便会默念此经，渐渐地，他的心终于再次平静了下来。

青丝、摄生术、龙青、吴尊，还有那块铁板，这每一个词的背后究竟隐藏着一段怎样的故事呢？

忽然外面传来一阵喧闹声，潘俊缓缓地睁开眼睛，刚一推门燕云便撞了进来，额头上满是汗水地说道："潘哥哥，你快过来看看！"说完也不管旁人，拉着潘俊直奔窗口。此时孙队长与时淼淼正站在窗口两侧向外张望，见潘俊走来，孙队长让出自己的位置小声说道："潘爷，你瞧，那边又来了一队日本人！"

潘俊微微点了点头，透过窗口向外望去，就见在通往前面的路上果然有一队日本人正小跑着向这个方向而来。这队日本人有三四十人，后面是一辆马车。吴尊大叫起来："他妈的这群狗日的东西究竟想做什么？"

"当家的，你看那车上不是咱们的人吗？"矮胖掌柜指着窗外小路上那辆马车上的人说道，其他人也顺着矮胖掌柜手指的方向望去，只见那辆马车上居然坐着三四个穿得花花绿绿、衣衫不整的女人。

"他妈的小日本！"吴尊暴跳如雷地指着窗口说道，"兄弟们跟我冲出去！"

话毕，吴尊抽出腰间佩枪怒气冲冲地要向楼道冲去，谁知却被潘俊一把拉住。吴尊扭过头一脸不解地望着潘俊，只见潘俊点了点头道："先看看这些日本人究竟想做什么！"

"兄弟，先听潘爷的！"孙队长拉住吴尊的手，从他手里将那把枪夺下来。

只见那群日本人来到朋来客栈前面，将那辆载着四个女人的马车停在门口。这时一个鬼子队长模样的人走到朋来客栈前面，对身边的那个店小二小声说了几句什么，那店小二点了点头，说道："掌柜的、吴当家的，这位山田队长有话要和你们说！"

"少他妈的来这个，有屁就快点儿放！"吴尊怒不可遏地站在窗口，也不像之前一般顾忌日本人的枪口，大声地说道。

店小二又在那鬼子队长耳边轻轻说了些什么，接着又大喊道："吴当家的，山田队长说了，只要您交出这店里的那三个人就放了你们，咱们井水不犯河水！"

"井水不犯河水？你问问小日本偷袭了老子的山寨，杀了老子的人，这也叫井水不犯河水？"吴尊扯着嗓子大喊道。

"山田队长说之前多次邀请吴当家的合作，只是当家的您却一直不从，山田队长这才迫不得已出此下策。您看，太君已经将您的家眷全都带来了。"店小二说着，指了指车上的几个女人。

"当家的，救救我们啊！"女人的双手被绑在后面，头发凌乱地呼喊着说道，"当家的……"

吴尊望着那几个女人，扭过头在那光头上狠狠地挠了几把，原地转了几圈走到窗口说道："小日本有什么事情冲着老子来，有本事别对女人动手！"

"吴当家的，山田队长说了，只要您交出现在在店里的那几个人，皇军不但会放了这些女人，山寨也会还给您。如果您乐意，皇军愿意与您合作。"店小二的话彻底激怒了吴尊。

"放你姥姥的臭狗屁！"吴尊大骂着左右环顾了一下，从一个崽子的腰间抽出一把手枪，照着那店小二就是一枪。谁知那店小二早有准备，这一枪只打在了他旁边的石头上。

"吴当家的，您别敬酒不吃吃罚酒，现在你们已经被两百名皇军重重包围了，里面的那三个人与您非亲非故，何必为了他们几个自寻死路呢？"刚刚那一枪那店小二虽然躲了过去，但始终心有余悸，因而说话的时候眼睛不禁一直盯着吴尊手中的枪。

"当家的……"一个女人大喊道。吴尊怔了一下，望着那个女人叫道："月红！"

“当家的！”女人嗓子嘶哑着叫道，“山寨上上下下几十口都被小鬼子杀了，他们死得惨啊！这群小鬼子知道你不肯就范，才先偷袭了山寨用我们来威胁你。当家的，你口口声声和我们说你是个爷们儿，是纯爷们儿，今天怎么了？怎么手软了？让一群日本鬼子吓住了，还是见到女人的裤裆就走不动路啊？”

“我……”吴尊明知道这叫月红的女人是在激自己，却也被气得浑身颤抖，牙齿咬得“咯咯”作响。

“别唯唯诺诺的像个娘们儿。”女人声嘶力竭地喊着，“你如果和这些日本鬼子勾结，那我月红就算是变成鬼也不会放过你！”说完，女人霍地从马车上站了起来，一纵身向骑着马站在自己一旁的山田队长扑去。那山田队长怎会想到这女子忽然来这么一手，根本毫无防备。月红这一扑是奔着山田队长的耳朵去的，她一口咬住山田的耳朵，凭借着自己身体巨大的下坠力，只觉口中一阵咸腥味便倒在了地上，将一只耳朵从口中吐出。

那山田骑在马上双手抱着血流如注的耳朵，口中“叽里呱啦”地乱叫。几个日本兵快速聚拢了过来，然后将月红架起，月红大声喊着：“吴尊，你个孬种还不如个娘们儿，别说老娘跟过你，算是老娘瞎了眼，如果你还算是个爷们儿的话，就别让老娘死在日本鬼子的枪下！”

吴尊咬了咬牙，忽然抽出手中的枪瞄准月红的脑袋就是一枪，月红张着嘴却没有发出任何声音，脸上却露出一丝笑意，一串眼泪从她的眼角流淌下来。这一枪可吓坏了车上的其他女人，她们尖叫着，哭喊着。

“兄弟们给我听好了，先把这群乱叫的女人给我通通杀掉！”吴尊说完又是一枪，这一枪又是不偏不倚地打中了车上女子的脑袋，那女人还在哭喊全然没有注意，接着枪声便如雨点般响起，那些日本人立刻匍匐在地开始还击。

客栈中只有四五十人，客栈外面则是数倍于自己的鬼子，枪声在这山水之间不停地回荡着。

“潘爷，您不会用枪，和两位姑娘暂且跟着掌柜的到后面歇息。”孙队长带着潘俊几个人走到后面说道。

潘俊摇了摇头，刚刚吴尊杀妻那一幕让潘俊的心久久不能平静，木系驱虫师崇尚道家的中庸思想，因此才能在其他几系驱虫师家族日渐没落之时始终屹立不倒。从前潘俊一直坚信这种中庸是在韬光养晦，可今日今时，他忽然觉得那只是一种苟延残喘罢了。

“给我一把枪！”时淼淼镇定自若地对孙队长说道。

“您？”孙队长显然不太相信自己的耳朵，只见时淼淼表情冰冷、语气平缓地重复道：“给我一把枪！”

孙队长这才掏出自己的佩枪递给时淼淼，时淼淼接过枪在手上轻轻掂了掂：“镜面匣子！”然后瞥了潘俊一眼便走了出去。外面日本人的火力很猛，原本一直把守在院子门口的土匪都已经退到了屋子中。吴尊亲自上阵，站在门口的墙边向外射击。

由于占领了院子，日本人在墙上硬生生地挖了几个洞，将重机枪架在洞口处向客栈中疯狂扫射，火力压制。吴尊等人的火器与日本人的火器，根本不能相提并论，只能在机枪换枪筒的间隙向外射击，火力自然大打折扣。

他狠狠地咬着牙，心中的怒火却无法发泄，只能看见墙上的火舌在不停地喷射。忽然有人从他身后射出一枪，那枪法极准，此处距离墙壁有六七十米，那子弹竟然不偏不倚地打进了机枪眼中，那机枪一下子哑了火。

吴尊不觉大叫：“炮头，好枪法！”

谁知那炮头说道：“这枪不是我打的！”

吴尊一愣，连忙扭过头，只见时淼淼正站在自己的身后，身体快速地移动，又是“啪啪啪”连着三枪，原本架在墙壁上的那四挺机关枪全部哑了火。吴尊来不及叫好，立刻带着弟兄向外疯狂射击。

外面枪声不断，而潘俊与欧阳燕云还有孙队长他们一直坐在里面的雅间之中。外面的枪声时而密集，时而稀疏，燕云早已经按捺不住，在屋子里打起转来：“潘哥哥，把笛子给我，我去召唤皮猴！”

潘俊抬起头看了看一脸自信的孙队长道：“孙队长，谢谢你们的援手！但是我真不希望这么多人为了我潘俊白白送了性命！听这枪声，恐怕吴当家的手下已经死伤过半了，继续僵持下去的话，恐怕最后大家全部会命丧于此啊！”

“潘爷，”孙队长微笑着说道，“再稍等片刻，再稍等片刻！”

“嗯？”潘俊不解地望着这个三十岁上下、皮肤偏黑的中年男人，觉得他似乎有些面熟。他似乎发现了潘俊在看着自己，笑了笑。

正在此时，吴尊从外面走了进来说道：“他妈的，这群狗日的开始放火了！”

“啊？”潘俊与孙队长都是一惊，显然孙队长未预料到日本人会来这一招。

“你们跟我到楼上看看！”说着，吴尊带着三个人来到了楼上，几个人躲在楼口旁的窗子边上，只见那群日本人拿着两把喷火枪正在向朋来客栈喷火，火红色的火舌在这漆黑的夜晚显得格外可怖。

不大会儿，汽油味、焦煳味一股脑儿地从窗口冲了进来。

“怎么办？”孙队长有些焦急地看了看表，“再有一个小时，不，半个小时就足够了！”

“孙哥，什么一个小时半个小时的？”吴尊见孙队长焦急的模样不禁问道。

“哎，说什么都来不及了！”孙队长拍了吴尊一把说道，“兄弟，现在咱们还有多少人？”

“算上咱们几个，现在能动的也不超过二十个人了！”吴尊的话让孙队长的脸色一下子沉了下去，他紧紧地咬着嘴唇沉吟片刻，忽然一拳打在墙上说道：“就这些人，咱们给潘爷杀出一条血路，送他们出去！”

“好！”吴尊点了点头，正在此时，外面的日本人忽然叽里呱啦地大叫了起来。潘俊和几个人好奇地走到窗口，谁知刚一靠近窗口，一枚黑色的物什便向他们猛冲了过来，潘俊眼疾手快，急忙将几个人压倒在地，那物什速度极快地从窗口冲进来直接撞在对面的墙上。潘俊扭过头向身后搜索，只见身后的墙上有一摊小小的血迹，而在那墙角处缩着一只已经撞死的鸟。潘俊将那只鸟捧在手中，瞥了一眼身旁的这几个人，几个人也惊讶地望着他。

忽然，一个崽子气喘吁吁地从楼下跑上来，他的脸早已经被烟熏得黑一块红一块了，他停在吴尊面前剧烈地咳嗽着，断断续续地说道：“当……当家的，鸟……鸟……”

“什么鸟？”吴尊抓着那崽子的肩膀用力地摇晃着说道。

“一大群，一大群鸟，铺天盖地的！”崽子的脸上表情复杂，惊恐、喜悦交织在一起。

潘俊听到这里低下头推开窗子，只听窗外确实传来“叽叽喳喳”的鸟叫声，而那原本朦胧的月光此时更显得昏暗，远处刀劈斧剁般的山间，无数的鸟从中飞出，铺天盖地般笼罩在这朋来客栈上空，犹如一大团乌云。

“孙大哥，你听没听说过这凤吊山的传说？”吴尊望着天上的那些鸟说道。

“嗯！”孙队长幽幽地说道，“以前听人说起这凤吊山里住着大群的凤凰，可不知为什么每到夏秋季节这些凤凰便会在夜晚冲入人家，这凤吊山便是由此得名！”

“对啊！”吴尊痴痴地望着漫天飞舞的鸟说道，全然忘记了此时这朋来客栈正在燃烧着熊熊大火，巨大的火舌如同黑暗中的怪兽一般，一点点地吞噬着客栈。

忽然，又是一只鸟从空中直扑下来，潘俊连忙躲闪，接着第二只，第三只……越来越多的只有拳头大小的鸟儿，如同飞蛾扑火一般冲进朋来客栈这座熊熊燃烧的烈火之中。

外面的日本人开始狂乱地向天空放枪，但是那些飞鸟像是早已经做好了涅槃的准备一般无所顾忌，它们眼里只有那熊熊燃烧的烈火。日本人慌了，他们开始怀疑自己的对手究竟是什么人，何以召唤来如此多的飞鸟前来助阵。

半个小时，这半个小时里日本人的枪声由强变弱，最后消弭在飞鸟的叫声之中。这半小时是完全属于那群涅槃的凤凰的，熊熊的大火并未让它们有一丝畏惧，在飞鸟扑火之下，那火势渐渐消减了下去。

直到大火完全扑灭，那群飞鸟才全部散开，又消失在了远处的山间。日本人这才回过神来，而此时他们的耳边却传来了一阵马蹄声，一条长长的火龙从小道上蜿蜒而来，当前的几个汉子大声喊道：“谁敢动我家潘爷……”接着，整个队伍都在山中大喊道：“谁敢动我家潘爷……”声势之大响彻山谷，日本人见势头不妙连忙撤退。接着，又是一阵雨点般的枪声在这山谷中回荡。

持续了整整一夜的枪声渐渐消失，最后只剩下七零八落的响声。东方渐渐泛出鱼肚白的时候，潘俊等人才从已经烧得残破不堪的朋来客栈走出。此时的朋来客栈早已经换了一副模样，灰溜溜的墙上满是枪眼，在客栈之中散落着上万只鸟的尸体，浓烟早已散尽，但依旧能闻到一丝焦煳的气味。

一阵马蹄声从远处传来，停在朋来客栈门口，外面的人轻轻一推门，那扇早已经摇摇欲坠的木门轰然倒在地上，激起一片尘土。一个汉子腰间插着两把佩枪出现在门口，阳光洒在那汉子的脸上，有些刺眼，一时之间潘俊根本看不清汉子的长相。

只见那汉子在门口驻足左右张望了一会儿，急切地说道：“我家潘爷在哪儿？”

未等潘俊说话，他身后的孙队长早已经走上前去说道：“大哥，潘爷在这里啊！”

那汉子听到这个声音，三步并作两步跨上前来，上下打量着潘俊，此时潘俊也看清了那汉子的模样，微微笑了笑。

“潘爷，还记得咱不？”那汉子紧紧握着潘俊的手说道。

“孙石，孙当家的！”潘俊在半个月前曾经救过此人一命，恍然间他扭过头再看那个孙队长，脑海中立刻闪过他的模样，原来他一直看这个人面熟的原因，便是当时这个孙队长的打扮像是一个随从，而今天却是一个国民党军官的打扮。

“哈哈……”孙石大笑道，“没想到潘爷还记得咱！”

“多谢孙当家的出手相救！”

“潘爷你太客气了！”孙石握着潘俊的手走到里面的屋子说道，“潘爷您有所不知，在您来之前我们各大山寨便得到了消息，说是潘俊离开北平，他身上携带着关于驱虫师家族宝藏的秘密。我担心潘爷这一路上有危险，于是便让兄弟在这一路上寻找您的踪迹！”

潘俊此刻才明白，原来孙队长之所以那么自信满满，就是因为这孙石已然早有了安排。

“多谢，多谢！”潘俊起身作揖道。

“哎……潘爷，我这条命是您救回来的，就算是一命抵一命也是应该的。而且您那辆车的草药不知救了多少人，您说这话就是看不起我孙石是个土匪！”

“怎么会？如果没有您出手相救的话，恐怕我今天也做了这日本人的刀下之鬼了！”潘俊微笑着说道。

“潘爷，此地不宜久留，您还是先随我到山寨细谈吧！”孙石担心日本人会忽然集结部队反扑回来。

潘俊叹了口气说道：“恐怕这次不行了，我还有一些事情要赶去河南，只怕在路上耽搁的时间太长了。”

“哦！”孙石点了点头，眉头紧皱着思量片刻说道，“也好……”然后冲身后的一个崽子喊道：“去把我的短枪拿来！”

那崽子听后立刻从门外孙石的马上拿出一把手枪，那是一把左轮手枪，被擦拭得一尘不染，崽子恭恭敬敬地将手枪交到孙石的手中。孙石接过枪后在手上掂了掂说道：“潘爷，我知道你不会用手枪，不过这把枪你随身带着，这附近山头的大小土匪都认识这把枪，谁都会给我孙石几分薄面，你带着它保你一路上畅通无阻！”

潘俊又惊又喜地接过那把枪递给一旁的时淼淼，站起身与孙石道别，孙石虽然再三挽留却还是被潘俊谢绝了。刚一出门，燕云便站在门口吹了一声口哨，不一会儿工夫只听一阵马蹄声，几匹高头大马从林子中冲了出来，停在众人面前。燕云笑眯眯地骑上马，潘俊和时淼淼也双双上马，与孙石道别之后沿着前面的小路向河南而去。

08

山穷处，柳暗桃花源

这一路上燕云一直眉头紧锁，忽然她开口问道："潘哥哥，昨晚上那群鸟是不是你家的驱虫之术？"

潘俊微微笑了笑然后摇了摇头，其实起初潘俊也感觉那些鸟来得颇为怪异，却始终想不明白，后来看见这陡峭的山势和那蜿蜒于山间的大河，恍然明白了什么。

"是啊，虽说火系可以控制动物，但是却没有人可以一下子控制这么多的鸟冲向火海啊！"燕云自言自语道。

"燕云，任何驱虫之术都不能做得如此完美！"潘俊停下马淡淡地说道，"只有……"

"什么？"燕云好奇地望着潘俊，时淼淼也有些奇怪。

潘俊笑了笑指着远处的大山说道："只有它们能啊！"

"你说那山？"燕云听了潘俊的话更加疑惑了。

"你们都见过每年秋天会有成群的鸟向南方飞吧？"潘俊自顾自地说道，"很多大型的鸟因为没有天敌，所以喜欢白天向南飞，而大多数小鸟唯恐天敌的伤害只能选择在夜间飞行，而白天它们便栖息在这山中。这些鸟在夜晚飞行的时候只能靠着月光引路，昨天晚上大雾弥漫，月光暗淡，那些鸟恐怕是将着火的朋来客栈当成了云雾缭绕的月光了，因此才会毫不顾忌地冲进火海之中啊！"

对于潘俊的解释欧阳燕云听得似懂非懂，她不明白为什么那些鸟每年都一定要飞往南方，只是潘俊说了她便认为那必然是真的。而时淼淼却在心中暗叹，眼前这个二十来岁的年轻人竟然能看出如此玄妙的东西，心中对他更加赞许。

他们一路行了三四十里，却依然没有走出小路，忽然他们身后传来一阵马蹄声。潘俊和时淼淼都是一惊：难道是土匪，抑或是别的什么人？这段时间他们经历的事情太多了。

那马蹄声在山中回响着，眼前横亘的大山似乎将那阵急促的马蹄声折射到了距此百里之外的将军圃。随着马蹄声越来越近，转眼之间两匹马已经出现在了将军圃前面。冯万春拉住缰绳，坐在马上向四周眺望，忽然草丛中的一匹马跃入了眼帘。他向身后的段二娥招了招手，然后骑着马走进草丛。

“冯师父，这马确实是燕鹰的！”段二娥将手中的缰绳递给金龙，自己从马上跳下来牵着那匹马说道。

“你们先在这里等着，我到里面看看！”冯万春说完在马屁股上拍了两下，那匹马向将军圃狂奔而去。段二娥轻轻抚摸着那匹马，她已经担心了整整一天，本来昨日发现燕鹰失踪，冯万春便想出城来找，谁知刚走到城门口，却听闻石门监狱发生了越狱事件，因此城门早已关闭，无奈之下他们只得在城中又等待了一日，第二天早晨才匆忙离开石门，赶到将军圃的时候已经接近中午了。

大约半个时辰之后，冯万春骑着马从将军圃中奔出，此时他脸色凝重，在段二娥前面勒住马说道：“唉，恐怕咱们真的是来晚了，这村子里一个人也没有，只有几摊血迹！”

“啊？”段二娥惊叫着说道，“那燕鹰呢？”

“村子里有打斗过的痕迹，恐怕他这次是真的中了日本人的埋伏！”冯万春说到这里狠狠地攥着拳头，“潘俊把你们交给了我，唉……”

“那咱们现在怎么办？”段二娥虽然平日里颇为冷静，但此时早已经乱了方寸，只求冯万春能想出个办法来。

“你们两个先在这里等一会儿，我到附近打探一下，希望能找到燕鹰的下落！”他的话音刚落整个人忽然怔住了，他侧着耳朵眉头微皱。

“怎么了？冯师父！”段二娥见冯万春一脸严肃，于是问道。

“一人一骑！”冯万春一字一句地说，说完向远处望去，只见燕鹰骑着一匹马已经出现在路口，此时正快速地向他们的方向狂奔而来。

“那……那不是燕鹰吗？”段二娥简直不敢相信自己的眼睛，原本她以为燕鹰中了埋伏必死无疑，此时燕鹰竟然活生生地出现在自己的面前，心中不禁一阵狂喜。

转眼间，燕鹰已经大汗淋漓地奔到他们面前，他的马上挂着一个包袱，那包袱下面已经被血染红了。他来到众人面前跳下马，脸上的表情亦是万分诧异：“你们……你们怎么会在这里？”

他的话还未说完，只觉得脸上一阵火辣辣的疼痛，接着是段二娥那双怒气冲天的眼睛。“你……为什么打我……”燕鹰诧异地望着段二娥，段二娥喘着粗气，却始终一句话也没说。

“燕鹰，你是怎么回来的？”冯万春望着毫发无伤的燕鹰问道。

“哦！”燕鹰抹着脸将目光从段二娥的方向移到了冯万春身上，“我来这里是为了给金龙的爷爷和乡亲们报仇，正好遇到了那群土匪，于是就尾随他们上了山。”说着，燕鹰将马背上的那个包裹解下来扔在地上说道：“金龙，你瞧！”

他将包裹打开，里面竟然是一颗血淋淋的人头，这人头不是别人的，正是那土匪头子刀疤脸的。金龙有些害怕地将头别向一边，燕鹰笑了笑将人头包裹起来说道：“本来我想将这个人的人头带回来祭奠金龙的爷爷，然后再去石门找你们，谁知你们已经赶来了！”说完，燕鹰憨憨地笑了笑，又瞥了一眼段二娥，只见她的目光已经柔和了下来，正在上下打量着自己。

“哦！没受伤就好，没受伤就好！”冯万春总算是长出了一口气道，“那咱们就祭奠完金龙的爷爷再向安阳进发，恐怕这个时候潘俊他们早已经到了！”

一行人来到金龙爷爷的墓前，这一路上段二娥始终与金龙同乘一骑，远远地跟在燕鹰身后。燕鹰时不时地扭过头看一眼段二娥，她却立刻将头别向一边。这一切都被冯万春看在眼里，他不禁微微笑了笑。

祭奠结束之后，冯万春便叫金龙与自己同乘一骑，他骑上马轻轻地拍了一下马背之后，那匹马飞也似的向前面冲去。段二娥瞥了燕鹰一眼，刚要上马却被燕鹰拦住，他抓着段二娥的手说道：“对不起，是我太莽撞了！”

段二娥的手被攥在燕鹰的掌心，心中忽然有种奇妙的感觉，她的脸唰的一下变得绯红。过了好一会儿，她才将手从燕鹰的手中抽出，低声说道：“没受伤吧？”

燕鹰见段二娥已然不再生气，连忙满含笑意地用拳头捶了捶自己的胸口说道："没有，你瞧……"

段二娥拦住燕鹰，含情脉脉地道："快上马吧，一会儿又落在冯师父的后面了！"

"好！"说完，两个人双双上马追赶冯万春。行了数里隐约看到冯万春的身影，燕鹰这才轻轻地拉了拉缰绳，那马减了些许速度，段二娥见燕鹰减了速度，自己也将速度放慢了许多。

"怎么了？"段二娥见燕鹰低着头欲言又止的样子便问道。

燕鹰叹了口气说道："在我杀死刀疤脸之前，听到了一些关于金龙的事情！"

"金龙？"段二娥来了兴致，因为金龙的身上也有一只明鬼，所以段二娥对其倍加疼爱，一听说是关于金龙的事情，段二娥立刻神情专注了起来。

"嗯！"燕鹰轻轻地拍着马背与段二娥并排前行，"刀疤脸在临死前说他曾见过一个婴儿的身上带着一只明鬼。"

"那婴儿的父母呢？"段二娥追问道。

燕鹰低着头沉默片刻说道："刀疤脸说十年前的那个冬天，他为了上山当土匪的投名状在山下等了数日，终于见到一家三口驾着马车而来，他见左右无人便起了歹意，一枪便杀了那赶车的男人，后来又用那孩子要挟车上的女人，将她侮辱之后，才带着男人的头颅回到了山上。"

"那么说，金龙应该是那对夫妇的孩子了？"段二娥若有所思地说道，"那后来呢？金龙的母亲呢？"

燕鹰摇了摇头："刀疤脸说他离开的时候那女人还一直在，后来就再也没有见过了。至于金龙的父亲，恐怕咱们用明鬼在那溪泉旁边所找到的那具尸体就是吧！"

段二娥微微点了点头，抬起头望着前面冯万春与金龙的背影，眼睛中闪烁着一丝晶莹的液体。

"燕鹰，谢谢你！"段二娥忽然之间的话让燕鹰一愣，他扭过头奇怪地望着段二娥。

"谢谢你为金龙报了仇！"段二娥说完，轻轻拍了一下马背，跟上了前面的冯万春，两人说了几句话之后，段二娥将金龙抱到了自己的马上。燕鹰微微笑了笑，此刻他心中更是翻天覆地。他掏出怀里已经裂成两半的明鬼叹了一口气，然后扬起手运足了力气将明鬼掷入草丛中，这才轻轻地拍了拍马背，跟上了前面的人。

一行人从将军圃赶到石门外面的农家将巴乌接出来，巴乌见到主人，在地窖中欢蹦乱跳地摇着尾巴，金龙抱住巴乌轻轻地抚摸着。接出巴乌，冯万春才带着这行人继续向南而去，当天晚上他们便在邯郸城外的一个农家投宿。睡至半夜，段二娥忽然被一阵笛声吵醒，她起身见一旁的金龙正紧紧地抱着自己的胳膊睡得正香，于是轻轻地将手从金龙的手臂中抽出，披上外套走了出去。

外面月华如水，夜风夹杂着淡淡青草的芳香，香气从身边吹过，让人有种迷离的感觉。段二娥在门口站了片刻，见一个人坐在对面的房顶上，身边还有两三个形同鬼魅的怪物，她知道那是燕鹰在召唤皮猴。她在门口站了一会儿，其中一只皮猴似乎察觉到了她的动静，向这边望了望，燕鹰也随着那皮猴的目光向段二娥望了过来，然后轻轻地在皮猴耳边说了什么，皮猴就顺从地离开了。

段二娥见皮猴离开才向前走去，穿过一道门，前面的院子里摆放着一架梯子，她沿着梯子走上去。燕鹰在房顶伸出手拉住段二娥，二人并肩坐在房顶上。

“段姑娘，你有没有想过有一天会遇见你的父母？”燕鹰望着远处的月亮说道。

“很小的时候想过，总是想母亲会是一个什么样的人，父亲是一个什么样的人，但是现在……”段二娥低下头沉默了一会儿说道，“现在已经淡忘了！”

“如果有一天你发现你的亲生父母还活着，会不会立刻去找他们？”燕鹰这个问题像是在问段二娥，更像是在问自己。

“会啊！肯定会立刻去寻找他们！”段二娥有些向往地说道，“如果他们现在还健在的话，我一定会一直守在他们身边，一刻也不想离开！”

燕鹰听了段二娥的话微微笑了笑，然后又沉默了。

“听燕云姑娘说你陪着爷爷来中原不就是为了寻找你母亲吗？”段二娥忽然想起燕鹰以前经常将这件事挂在嘴边，而这次回来却一次也未曾提起过。

“嗯！”燕鹰含含糊糊地回应道，“不说这个了，听冯师父说再有一两天就到安阳了，到了之后我想和姐姐说自己先回新疆了，你……”燕鹰咬了咬嘴唇说道，“你愿意和我一起去新疆吗？”

段二娥微微笑了笑，站起身道：“天色不早了，早点儿回去休息吧，明天还要赶路呢！”

“可是……你还没回答我的问题呢！”燕鹰见段二娥准备下去追问道。

"呵呵，如果能将金龙托付给金家人的话，我倒是真想去新疆看看！"段二娥说到这里脸色早已绯红，只是背对着燕鹰他看不到而已。她顺着梯子快步走下直奔房间，空留燕鹰一人坐在房顶上端详着月亮问："姐姐，如果是你，你会怎么选择呢？"

燕云忽然打了一个寒噤，然后将衣服往身上裹了裹，这座破庙不知荒废了多久，虽然草草收拾了一下，依旧能闻到一股呛鼻的发霉的味道。

"嘿嘿，师叔您感冒了？"吴尊一面往火堆里加了一把柴火，一面问道。借着火光，燕云见吴尊长得圆头圆脑的，再加上那一双小眼睛颇有些滑稽，不禁微微笑了笑道："你还没拜师成功呢，怎么就叫我师叔了？"

吴尊瞥了一眼坐在燕云旁边的时淼淼小声地说道："嘿嘿，精诚所至，金石为开嘛，还希望师叔你能多给我美言几句啊！"

"我？"燕云诧异地撇着嘴，又瞥了一眼时淼淼，这吴尊若是想拜潘俊为师，自己倒还说得上话，关键是现在吴尊偏偏想拜那个冷冰冰的时淼淼为师，自己本来便和她不和，哪里能说上半句话啊？"我劝你还是出去求求潘哥哥吧！"

吴尊连忙点了点头，刚要起身却见时淼淼已经睁开了眼睛："求谁也没用，我不会收你为徒的！"

"师父，嘿嘿，您别那么绝情嘛！"吴尊向前凑了凑，见时淼淼眉头微皱，又连忙向后退了两步说道，"师父，我虽然资质愚钝，但是您那几手枪法确实让我折服，您就收下我吧！"

"你还要我说几遍才能听懂啊？"时淼淼有些不耐烦地说道。

"师父，您别生气，别生气！"吴尊笑眯眯地赔着笑脸说道，"我先出去透透气，您二位先休息一会儿！"说完，吴尊站起身向庙外走去。潘俊此时正坐在门口。他浑身大汗淋漓，刚刚那一阵痛感较之以往有增无减。吴尊坐在潘俊身边叹了一口气说道："潘爷，您能帮我说说情吗？"

潘俊扭过头望着吴尊说道："你为什么执意要拜时姑娘为师呢？"

"哎，您有所不知，这么多年我自诩枪法虽然算不得天下第一，也说得上未逢敌手，昨天晚上看见师父她老人家那几枪我才知道，原来真是人外有人天外有天。你们走了之后，我便将剩下的人交给了孙当家的，然后一路追赶你们而来！"吴尊说着，掏出手枪轻轻擦拭着，"谁知师父她怎么也不肯收我为徒啊！"

“呵呵，没想到吴当家的对枪如此痴迷，好，我便帮你求求时姑娘，不过丑话说在前面，我去了也不一定行啊！”潘俊说着站起身拍了拍吴尊的肩膀，吴尊立刻笑逐颜开地点了点头。谁知潘俊一回头，便见时淼淼早已站在他们身后，冷冷地望着眼前这两个人。

“时姑娘，吴当家的一番诚意……”

“别说了，我不会收的！”时淼淼未等潘俊说完便打断了他的话说道。

“师父，您就收下我吧。”吴尊跪倒在时淼淼的面前哀求着，谁知时淼淼冷冷地笑了笑转身回到了庙中，空留潘俊与吴尊二人面面相觑。

接下来这一路，，吴尊一直跟着潘俊等人，他这人虽然以前当过土匪，但此时却如同一个小跟班一般，对潘俊、燕云，尤其是时淼淼倍加照顾。往往是他骑着马跑在前面探路，待潘俊一行人赶到之时，他早已将客栈打点好了。潘俊和燕云都对吴尊赞许有加，只是时淼淼却似乎始终对吴尊毫无好感。

安阳地处河北与河南交界处，因为手中拿着孙石的枪，因此路上虽然遇见几拨土匪，但并未出任何事情。两天之后，一行人终于来到了安阳境内。

“师父，你们慢行，我先去前面看看这附近有没有打尖儿的地方！”吴尊说着拍马向前而去，虽然时淼淼始终不承认他这个徒弟，但他对时淼淼却倍加尊重。只见他骑着快马顷刻之间便消失在了小路的尽头，潘俊这才扭过头对时淼淼说：“时姑娘，你是不是能考虑考虑……”

“不能！”时淼淼的语气毫无回旋的余地，接着她头也不回地骑着马紧跟了上去。

“嘿，这个人怎么这样？整天一副冷若冰霜的模样，我看那吴尊也真是贱命一条，热脸去贴人家的冷屁股，最后人家还是一点儿情面都不留！”燕云见时淼淼对吴尊的态度，压抑不住心中的怒火说道。

“燕云，别这么说，恐怕时姑娘是有难言的苦衷吧！”潘俊深知，在这五系驱虫师之中，唯独木系与水系的规矩最严，早就听闻这水系驱虫师历代只有女子，即便是诞下男婴也会被放入水中溺死。

“苦衷，就她有苦衷啊？瞧她那样子，好像全世界都欠她的一样！”燕云说话的声音越来越大，时淼淼忽然勒住缰绳止住马，扭过头望着燕云。

燕云这姑娘的脾气秉性是吃软不吃硬，这火系家族的暴躁脾气在她身上体现得淋漓尽致。她见时淼淼冷冷地望着自己也不甘示弱，催马上去正对着时淼淼道："我说的就是你，怎么样？有本事你杀了我！人家吴当家的大小也是个山大王，对你恭恭敬敬的，你还摆起架子来了！"

时森森嘴角微微上扬哼了一声："如果你可怜他，就让他拜你为师吧！"说完，时森森扭过头在马上轻轻拍了一下，那马狂奔着向前而去。

燕云瞪着时森森远去的背影，努起嘴来诺诺说道："如果他真愿意拜我为师，我倒是乐意教他一些火系虫师的绝技！"

潘俊笑了笑，与燕云并驾齐驱而去。

这天傍晚，一行人终于来到了安阳城北距离县城十余里的武官村。远远地便见村口矗立着一人一骑，燕云一眼便认出眼前之人并非旁人，而是潘俊的家仆潘璞，于是立刻在马上拍打了几下，飞鸿嘶鸣一声向前狂奔而去。到潘璞前面，燕云猛地拉住缰绳，飞鸿前脚在空中踢了两下之后停在了原地。

"潘璞叔，您怎么会在这里？"燕云既惊讶又开心，这一路行来总是危机四伏，此刻终于遇见一个熟人，心中自然痛快了许多。

"呵呵，少爷让我提前来这里等你们！"潘璞微微笑着牵住了飞鸿的缰绳。

"冯师父他们来了吗？"燕云从马上跳下来满脸欢喜地问道。

潘璞摇了摇头，此时潘俊与时森森一行人已经来到了近前，潘璞连忙上前帮潘俊止住了马道："少爷，一切都准备停当了！"

潘俊点了点头问："冯师父还没来吧？"

"还没有，不过算时间如果路上没有出意外的话，应该在这一两天便到了！"潘璞一面说着，一面望着早已经跳下马满脸堆笑牵着时森森马的吴尊。

"好，那咱们先回去再说吧！"潘俊招呼所有人跟着潘璞向武官村内走去。这武官村位于安阳城北，早年间多是一些贩卖药材皮货的商人在此安家，因而村子并不大。这村子三面环山，山势颇为险要，中间有一条干涸的河床，恐怕只有在雨季之时才会涨满水。一行人随着潘璞沿着河床而上，穿过数十户人家的村落，一直向内走去。

离开人家行走数里之后，小路开始沿着右面陡峭的山坡蜿蜒而上，道路狭窄得只容一人一骑单行而过，越往上走山势越险，道路也越窄。燕云坐在马上向左侧望去，不禁感觉到一阵眩晕，就连脚也阵阵发麻，此处距离谷底少说也有百丈之深，如若这马忽然惊住，必定会坠入山谷之中摔个粉身碎骨不可。

道路一直蜿蜒直至山顶，转过山头眼前的景色竟然峰回路转，在这山中竟然藏着一个小小的山坳。山的那边是光秃秃、怪石嶙峋的山坡，而山的这一边则古木参天，绿树成荫，虽只是一山之隔，却如同两个世界。众人驻足在山顶之上无不惊诧。

在那苍翠的林木之间，隐约可见一座依山而建的二进院落，在山顶与院落之间搭建起一座悬空的吊桥，这桥横空而建，桥身距离谷底少说也有百丈之深。走在桥上，微风吹过那桥面便开始“吱呀”作响，让人有种提心吊胆的感觉，唯恐山风骤然而起将那桥吹塌。

这桥从山顶直通向院落门口，院门前有两棵参天古树，潘俊一行人在古树前面下了马。潘璞连忙走上前去，轻轻推开那扇被漆成红色的大门。燕云走在后面环顾四周，忽然觉得眼前的精致与京城的双鸽第似乎有几分相似之处。时淼淼见燕云迟迟不走，便抢在她的前面迈进了宅子之中。

这第一进的宅子正中种着一棵高大的古松，粗略估计也有上百年的历史了，淡淡的松油味弥漫在宅子之中。潘璞带着几个人走进正中的大堂，大堂里的摆设倒是与北平城中的双鸽第一模一样。

“潘哥哥，这个宅子怎么和京城中的双鸽第如此相似？”燕云望着屋子内的摆设问道。

“欧阳姑娘您有所不知，虽然这两处宅子有些相似，不过那双鸽第却是依照着这座宅子而建的啊！”说话的是潘璞，“按理说这才算得上是潘家的祖宅。听祖辈人说潘家最早便一直生活在安阳，后来才被皇帝赏识入了京城，但潘家老人住惯了老宅子，于是便依着这宅子的模样在京城修建了双鸽第！”

燕云听完潘璞的介绍点头称“是”，坐在潘俊旁边的椅子上。

“大家赶了几天的路都累了吧，先随潘璞去休息吧。我们暂且在此间休息几天，等冯师父他们到来之时再作打算！”潘俊朗声道。

几个人随着潘璞走了出去，潘璞给他们一一安排了房间之后才回到正厅之中。此时潘俊正焦急地等待着潘璞，一见他走进来便急忙上前一步说道：“事情查得怎么样？”

潘璞贴在潘俊的耳边轻轻地说了几句。潘俊脸色骤变：“真有此事？”

潘璞点了点头道：“千真万确，少爷。”

潘俊低着头在大厅内缓慢地踱着步子，眉头微颦。忽然他觉得胸口一阵剧烈的疼痛，那痛感瞬间袭遍全身，豆大的汗水倏地便从他的额头冒了出来，他觉得浑身酸软无力。潘璞连忙扶住潘俊，惊异地望着他问道："少爷，您是怎么了？"

"先……先扶我进密室！"潘俊忍着身上的剧痛一字一句地说道。

潘璞点了点头，这房子的构造与北平城中那座双鸽第毫无二致，在正厅一旁有一个暗格。潘璞轻轻按下机关，暗格轰然敞开，潘璞将潘俊搀进密室。这密室只有一两丈宽，里面的摆设极为简单，一张泛黄的画像，下面是供桌，再下面是一个蒲团，在蒲团旁边的书架边上摆放着一张床。

潘璞将潘俊放在床上，只见潘俊躺在床上双手紧紧抓着床单，手背早已被汗水打湿，他的脸青一阵红一阵。潘璞站在旁边焦急地搓着手，急得如同热锅上的蚂蚁。大概一炷香的工夫，潘俊终于长叹了一口气，此时他的衣服早已被汗水湿透。

"少爷……"潘璞端了一杯水递给潘俊，潘俊接过水喝了一口，顿时觉得身体轻盈了许多。

"少爷，您这是……"潘璞接过茶碗无奈地说了句，"您这是何苦呢少爷……"

"你看出来了？"潘俊有气无力地说道。

"嗯，是啊，少爷。"潘璞低垂着头又倒了一杯水递给潘俊，"少爷，你怎么会……唉。"

"潘璞叔，你应该还记得我姐姐吧！"潘俊此时已经渐渐恢复了体力，说起话来自然也有力得多。

"唉，我怎么会忘记媛小姐呢，不过老爷曾经严令所有人都不准在您面前提起关于她的任何事情！"潘璞低着头痛苦地回忆着。

"我记得姐姐离开的那年我刚好过完八岁生日，姐姐从外面回来的时候给我带了一只很大很美的蝴蝶！"潘俊回忆着，正如当日他在胭脂阁的那场梦境一样，潘俊的脸上露出一些宽慰的神情，过了片刻他的眉头忽然拧紧，"可是后来却不知她为何中了摄生术，被父亲驱逐出了潘家大院。父亲曾经说过摄生术是木系驱虫师的禁忌之学，中者无救，而且那虫在成年之后会泛滥成灾。不过我却一直隐隐觉得姐姐还活着，她一定还活着。父亲过世之前便将所有摄生术的虫卵毁掉了，直到大伯让时姑娘给我传话，说他近半年一直在调查一件事，那件事与摄生术有关。如果他一旦遇到不测，便与北平章仪门那件作联系，而当我到达之时件作早已死在青丝之下，我见到那棺椁之中藏有一具女尸，那女尸便死于摄生术。”潘俊说到这里，眼前开始模糊起来。

外面电闪雷鸣，潘俊手中握着短刀，轻轻将那女子的手臂割开，并未见到半点儿血迹，取而代之的却是数枚如同珍珠般大小的虫卵。摄生术无解，摄生术无解，他口中一直默念着这句话，然后将手中的短刀扬起，轻轻地在自己的手腕上割下一刀，将那枚虫卵按进了自己的体内。

他不相信这摄生术真的无解，他相信姐姐还活着，依旧活着。

“糊涂啊，少爷，您真是糊涂！”潘璞抱着头痛哭道，“少爷啊，摄生术自来无解，难道您不知道吗？中了摄生术的人少则一个月，多则三个月便会被虫噬而死啊！”

“我何尝不知啊？”潘俊淡淡地笑了笑说道，“父亲过世之前，我亲眼看到他将所有的虫卵都焚毁了。现在过去了十几年，摄生术再次出现了，那么这个世界上除了我姐姐之外，不可能还有别人拥有虫卵。既然她没有死，那么她便一定找到了什么破解摄生术之法！”

“而且，北平已经开始出现死于摄生术的人了，如果摄生术无解的话，那么我活下来又能有什么意义啊？”

“少爷……”潘璞用手擦了擦眼泪说道，“你错了，媛小姐确实在十几年前便死了！”

“不可能，那这摄生术的虫卵是谁带来的？”潘俊盯着潘璞说道。

潘璞一直低垂着脑袋，身体微微颤抖着：“媛小姐是我亲手所葬！”

这话一出口，潘俊的身体马上剧烈地颤抖了起来，他一把抓住潘璞的手：“潘璞叔，你抬起头。”潘璞微微将头抬起来，与潘俊四目相对又连忙躲闪开。

“你看着我！”潘俊有些愤怒道，“你告诉我，你刚刚和我说的究竟是不是真的？”

“少爷！”潘璞一下子从椅子上滑落，跪在地上闷声闷气地痛哭道，“老爷生前曾经让我在他面前立下重誓，无论何时都不要将这些事情告诉任何人，更不可以告诉你！”

“潘璞叔，你告诉我都是什么事情，你们究竟对我隐瞒了多少事情？”潘俊向来冷静，此时此刻却再也冷静不下来了。

“少爷，小姐离开的时候你还小，很多事情你都不知道。”潘璞被潘俊扶起来坐在床头娓娓说道。

潘俊的姐姐潘苑媛比潘俊整整大了十岁，在潘俊出生之前，潘家几个男孩子相继夭折，当时重男轻女的思想极为严重，所谓“不孝有三，无后为大”。潘俊出生的时候，母亲便见了大红，因此潘俊从未见过母亲的模样。父亲虽然对潘俊疼爱有加，但他终年在外奔波，因此潘俊从小便与相差十岁的姐姐相依为命。

到潘俊七岁那年，情窦初开的潘苑媛竟然喜欢上了北平城中一个著名的戏子。那戏子长得秀气俊朗，大潘苑媛五岁，但两人一见面便情投意合，不久之后潘苑媛便与那戏子住在了一起。潘家在北平城中当属大户人家，而那戏子属于三教九流之人，这门不当户不对立刻遭到了潘俊父亲的反对。

不过潘苑媛自小性子刚倔，宁死也要与那戏子在一起。潘俊的父亲虽然起初态度坚决，但依旧是爱女心切，最终也是勉勉强强答应了这门婚事。谁知就在潘苑媛兴高采烈地为即将到来的饱经磨难的婚姻准备之时，那戏子竟忽然提出要与潘苑媛分手。

潘苑媛万念俱灰，回到家后便将自己紧锁在房门之中，整日无精打采。正所谓福不双至，祸不单行，就在她心灰意冷的时候，竟然发觉自己有了喜脉。这未出门的大家闺秀竟然有了身孕，很快便在下人之间传开了，也很快传到了潘俊父亲的耳中。

他连夜返回家中，一见女儿走路姿态便已经猜出一二。他怒不可遏地将潘苑媛叫到房中训斥一番，并让她立刻服用堕胎药。谁知潘苑媛却抵死不从，最后冲进父亲的密室将那虫卵倒入自己的口中。

潘俊的父亲深知，这摄生术的虫卵一旦在人体内孵化开来必定会招致灭城之祸，于是他气愤地将这个不肖之女赶出了家门。在一个大雨滂沱的夜晚，潘苑媛跪在自家门前，大雨将她整个人都打湿了，她在潘府的门口一直跪到午夜才冒着大雨离开了北平。

潘俊的父亲知道中了这摄生术之毒的人往往会在三个月内死去，中者无救，如果蔓延开来后果将不堪设想，于是便私下命潘璞等人追查潘苑媛的下落。终于，他们一路赶来，发现潘苑媛独自一人回到了安阳的旧宅子。

潘璞立刻向潘俊的父亲禀报了此事，潘俊的父亲前思后想，最后咬了咬牙道：“我不能因为自己的女儿累及全城百姓！”说完之后，他拿出一个纸包将其递给了潘璞。潘璞跟随潘俊的父亲数十年，对这纸包里的物什当然心知肚明，这里面是用丹顶研磨成的粉，剧毒无比，一旦入口便会置人于死地且无药可救。潘璞双手捧着那包丹顶“扑通”一声跪在潘俊父亲面前苦苦哀求，潘俊的父亲亦是左右为难，如果这摄生术真的泛滥了，恐怕将会是他一生铸成的无法弥补的大错，最后他还是咬咬牙摆了摆手。

潘璞虽然有些不甘心，但是老爷的命令却不敢不从，于是便偷偷潜回潘家老宅。谁知聪明绝顶的潘苑媛早已发现了潘璞的行踪，出乎潘璞意料的是，潘苑媛竟然主动将潘璞引进宅中，潘璞一直在潘俊父亲出门的时候照顾他们兄妹，这潘苑媛一口一个潘璞叔，叫得潘璞心中酸痛无比，不禁潸然泪下，将老爷的话一五一十地都说与了潘苑媛。

潘苑媛听完潘璞所说，微微笑了笑，然后斟了两杯酒道：“潘璞叔，父亲让您拿来的丹顶呢？”

潘璞一愣，早已知道这个倔强的姑娘在想些什么，他立刻推诿道：“小姐，我潘璞一生未做过对不起老爷的事情，今天我破个例，你走吧！”

“呵呵，我走了你回去怎么和父亲交差！”潘苑媛释怀地笑了笑，伸出手说道，“潘璞叔，给我吧！”

潘璞这才迟疑着将揣在怀里的那包丹顶递给潘苑媛，潘苑媛接过丹顶，一面将纸包打开，一面说道：“潘璞叔，您是看着丫头和弟弟长大的，丫头知道自己做错事了，我瞎了这双眼睛看错了人。不过丫头在临走之前还想求您一件事！”听到这里潘璞早已经泪流满面，他颤颤巍巍地说道：“小姐，你说，别说一件事，就是一千件、一万件，只要小姐说了，我就算是上刀山下火海也要帮你做到！”

潘苑媛微微笑了笑，眼泪夺眶而出，滴落在酒杯之中：“潘璞叔这是哪里话，其实也没有那么严重。我弟弟刚一出生母亲就过世了，他一直与我相依为命，如果我死了，只怕弟弟以后会更加孤单。潘璞叔，您答应我，帮我好好照顾弟弟。”

潘璞听完哽咽道：“小姐您放心，就算您不说，我潘璞也会这样做的。如果我潘璞以后做一件对不起小少爷的事情，愿遭天谴！”

潘苑媛满意地眯着眼睛，几颗眼泪再次从眼眶中滚落下来：“谢谢潘璞叔，丫头的第二件事也希望您能答应！”

“小姐，您说吧！”潘璞抹着眼角的泪水说道。

“我死了之后，希望潘璞叔将我埋在一个风景秀丽且偏僻的地方！”潘苑媛将那盛着丹顶的纸包丢在一旁。潘璞点了点头："小姐放心，潘璞一定会给你选一个好去处！"

"谢谢潘璞叔！"说完之后，潘苑媛拿起酒杯，将那掺着丹顶的酒一饮而尽，然后剧烈地咳嗽了两声，嘴角溢出一丝血色，她望着潘璞，似笑非笑的表情僵在了脸上。

潘璞讲完事情的始末之后已是老泪纵横。潘俊一直不停地摇头："不可能，你说姐姐是被你毒死的？绝不可能！"

"少爷，我对不起你！"潘璞"扑通"一声再次跪倒在地，这个突如其来的打击对潘俊来说实在太重，让他一时难以招架。

潘俊只觉得胸口翻江倒海，脑子一阵阵地眩晕，他不停地喘息着，胸脯快速地上下起伏。忽然他紧紧抓住潘璞的双肩道："你记得姐姐埋在什么地方吗？"

潘璞愣了一会儿，之后连忙点了点头："那个地方我一辈子也不会忘记的！"

"带我去！"潘俊的语气中毫无退让的余地，与潘俊在一起这么久，潘璞还是第一次见到潘俊如此方寸大乱。潘璞点了点头，扶着潘俊下了床，两人一前一后离开了潘家老宅。

走出潘家老宅之时已然夜幕降临，潘璞在前面带路，潘俊一手按在胸口上气喘吁吁地跟在后面。木系潘家所研习的驱虫之术最讲究的便是中庸，所谓泰山崩于前而岿然不动。为了让后代能做到此种地步，从小潘家人便使用一种名叫心斋的药物，这种药物药性奇特，对于心态平和之人不但可以强身健体，更能延年益寿，而对于那些性子火暴之人，则如同毒药一般。

此时潘俊心绪难安，那体内淤积多年的心斋之毒开始发作，让他胸口憋闷，嘴唇发紫，眼冒金星。他连忙在心中默念《道德经》，一会儿工夫，心中总算稍微平静了，胸口亦不再那般憋闷。

潘璞带着潘俊沿着院落左面的一条蜿蜒小径向后面的山顶而去。这条小径，常年无人行走，原本并不宽敞的道路，此时更被漫过腰间的荒草覆盖住了。潘璞在荒草丛中拨出一条路向山顶走去，他们二人在小径中走了大约半个时辰，潘璞忽然在一片开阔地停下了脚步。

此处距离潘家老宅有一里之遥，在潘家老宅正上方，从此处便可以看清潘家老宅的全貌，此时袅袅的炊烟从潘家老宅升腾起来。潘璞指着眼前的那片开阔地道："少爷，小姐就埋在这里！"

潘俊循着他手指的方向望去，只见在这半山腰的地方有一处小小的平台，上面的草较之四周的荒草要稀少得多，明显是有人特意打扫过。在那平台的中央还有一个小小的坟头，坟头旁的荒草有被烟熏的痕迹。潘俊瞥了潘璞一眼问：“这……”

“此前每年路过安阳的时候，我便会回到这里来祭拜一下小姐，这些年从未间断过！”潘璞深深地叹了口气，“无论如何，小姐最后还是死在了我的手中，不过……”潘璞摇着头说道，“少爷，小姐本不该死啊，我给她的那包丹顶其实早已被我换掉了，可是小姐吃了之后竟然……”

潘俊叹了一口气，无力地坐在姐姐的坟前，这么多年他一直在暗中寻找姐姐的下落，而且他始终坚信姐姐没有死，她一定还活着，哪怕是此刻他正坐在姐姐的坟前依旧不肯相信这个事实。

沉默良久，他忽然站起身来，抽出腰间的那把短刀，开始发疯一般地挖着姐姐的坟头。潘璞连忙上前阻拦，可是潘俊哪里肯听他的，一把将潘璞推倒在地：“别拦着我！”

潘璞倒在地上痴痴地望着潘俊，见他一下一下地将那土包上的土挖开，自己也从地上爬起来站在潘俊对面，然后赤手空拳地陪着潘俊挖起了那座坟包。不一会儿工夫，两人的手都已经被土包上的沙石划破，却没有一个人停下。

那土包本也不大，这两人在上面挖了半个时辰，终于将土包全部移开，一口已经腐败的棺椁出现在两个人面前。潘俊瘫在地上，后背、额头满是汗水。他爬到姐姐的棺椁前面，轻轻拂去上面的尘土。十年的时光，那棺椁上面生了很多植物细小的根系，如蛛网一般密布在棺椁上面。潘俊将棺椁上面的物什清扫一空，却始终有些犹豫是否打开棺椁。

“少爷……”潘璞见潘俊犹豫不决便说道，“打开吧！”

潘俊点了点头，二人一前一后分别用手抠住棺材上盖的前后两处，稍一用力这早已腐败的棺盖便被两人撼动了。潘俊给潘璞使了个眼色，两人再一用力，只听“啪”的一声，腐败的棺盖被二人从棺材上搬了起来。那棺盖一起来，两人向内中一望都是一惊。

植物的根系早已钻进了棺椁之中，白色的细丝在棺椁之中密密交织，棺椁里面的被褥早已腐败，一见光便化作了灰尘，让两人更加惊异的是里面竟然空空如也，只在那棺椁下面有一个容得一人进入的洞口。

被盗了？

这个危险的念头瞬间闪过潘俊的脑海，他顾不得许多立刻跳入棺椁之中。棺椁下面的那条隧道极深，阵阵寒气夹杂着湿润的水汽从内中透出，让潘俊不寒而栗。

“怎么会这样？”潘璞大惊失色地说道。

“你确定姐姐被你葬在此处吗？”潘俊一面向洞口内中眺望，一面问道。

“绝对不会错，我当时就把小姐葬在这里了！”潘璞望着棺椁下面的洞口说道，“只是当时却没有发现有这么一个洞口啊！”

“潘璞，带了火折子没有？”潘俊向那洞口扫视一圈说道。

“少爷，难不成您要下去？”潘璞一面掏着火折子，一面问道。

“别问那么多了！”潘俊有些不耐烦地接过潘璞的火折子说道，“如果我半个时辰没有出来的话，你就到山下去叫人！”

未等潘璞答应，潘俊已然将火折子揣在怀里，口中衔着那把短刀，将身体小心翼翼地顺进了那洞口。潘璞趴在棺材旁边焦急地望着潘俊，只见他眉头微皱忽然又松开，渐渐地整个人都消失在了洞口。

潘璞这才上前站在洞口前面喊道：“少爷，你小心点儿！”

“没事，这里面有台阶！”潘俊小心翼翼地摸着洞口四壁，脚下踩到了什么坚硬的物什，他躬下身子，忽然脚下一滑重心倾斜，整个人如同坐在一个斜坡上一般快速地下滑。潘俊心想：“这下完了，下面不知会是什么东西。”

潘俊两手在四周的墙壁上乱抓着，只感觉四周都滑溜溜的，根本没有着力的地方。下滑了一段，他的手忽然抓住了一根绳子，这才止住了身体下滑的趋势。他一手抓紧绳子，另一只手从怀里掏出火折子，放在嘴边轻轻吹了一下。火折子亮了起来，潘俊向下一看，不禁倒吸了一口冷气，此时潘俊正坐在一个下滑的坡道之上，再向下数米便是密密麻麻倒立的木桩。

潘俊心中暗自庆幸，如果不是这根绳子，恐怕自己今天便要命送于此了。他向四周扫视一番，发觉在木桩一旁有一块不大不小的空地，他大略记住了位置，然后熄灭火折子。深呼一口气，猛一用力向前一冲，身体便冲了过去。谁知这绳子因为年久早已腐败，他这一用力那绳子竟然“啪”的一声断成了两截。潘俊心头一凉，冷汗瞬间便从脊背冒了出来。身体凭空下落，虽然有一些向前的趋势，但潘俊心知这力道不足以让自己跳出那用倒立木桩制成的陷阱。

只听“咔嚓”一声，潘俊的脚先着地，几根木桩竟然被他的力道折断了。潘俊止住身子，幸好脚下的木桩亦应该是多年前之人所为，因此早已腐烂，否则身上必定被戳出几个窟窿来。

他在洞中经历的这一切，上面的潘璞虽然不知，但这声音却听得清楚，他心急如焚地向内中喊道：“少爷，您没事吧？”

潘俊掏出火折子轻轻吹亮之后说道：“没事，你放心吧！”说完，他拿着火折子向四周张望，这地道下面的空间极为宽阔，如同一个小小的暗室一般。他小心翼翼地向前挪动着身子，唯恐这里面另有陷阱。走了几步，他发现在这暗室之中竟然有一张桌子，桌子上摆放着一盏煤油灯。潘俊又惊又喜，只怕这煤油灯中的油早已挥发掉了，他试探着点亮了煤油灯，谁知他一点，那煤油灯竟快速地燃烧起来，原来在其下面接着一根长长的陶瓷管子，那管子环绕在这暗室的周围，火光沿着煤油灯的灯口快速燃烧起来，犹如一条火蛇一般，瞬间整个暗室便都被照得如同白昼一般。

此情此景潘俊有些熟悉，半月之前他与段二娥、欧阳姐弟在那金家的密葬之中也曾见过这样的暗道机关，只是这机关如何会出现在这里？正在潘俊百思不得其解的时候，他的目光忽然被眼前的几张图牢牢地吸引住了。

在那桌子一旁的墙上挂着几幅已经泛出绿毛的挂图，图纸上的内容让潘俊一时之间瞠目结舌。墙上一共挂着五幅图，这五幅图的内容正好对应着金家密葬之中的五个关口：音壁、棋塔、虫海、勾崖、纵横。在这每一关的下面，都详细地画着这关卡的暗道机关。

潘俊轻轻地舔了舔嘴唇，他看完那几幅图又向一边望去，在这暗室的更深处有一张床，床上的被褥早已发霉，发出一股难闻的味道。潘俊心中暗想：“难道这里便是金无偿另外一个徒弟金银的住所？只是看样子已经有太久无人居住了，那么金银究竟去了哪里？”

潘俊一面想着，一面在屋子里寻找着什么，忽然他的目光被床头的一幅字画吸引住了。他连忙上前两步走到那幅字画前面，那字画上的字体潘俊再熟悉不过了，正是姐姐潘苑媛所书。他惊喜若狂地在这暗室中叫道：“姐，你在不在啊？”

暗室里的回音不停地回荡在潘俊的耳边，却始终无人应答。一直守在洞口的潘璞听得分明，他急切地问道：“少爷，小姐在里面吗？”

“不，只是这里有她写的字！”潘俊将那幅字画从墙上摘下来，小心翼翼地折叠好放在怀里，对上面的潘璞说道，“潘璞叔，你先下山去帮我找一根绳子，这暗室好像只有上面这一个出口。”

“哦，好好好，少爷您稍等一下啊！我马上回来！”潘璞说完向四周望了望，此时天色早已黑了。他站起身，刚刚两个人拼命挖开这墓地的时候倒是没觉得累，此时反而觉得浑身酸痛，但他也顾不得那么多了，沿着来时的小径匆忙向山下奔去。

且不说潘璞是如何回到潘家旧宅的，便说这潘俊见潘璞离开，又轻轻按了按自己怀里的那张潘苑媛的墨宝，在这暗室之中四处打量着，希望能在这个暗室之中找到更多姐姐活着的证据。只是他煞费苦心地在这里又寻找了一圈，却始终未发现任何新的东西。潘俊有些疲惫地坐在那张木床上，胸口此时已然不像起初那般憋闷，却依旧有些难受。他双眼微闭心中暗念《道德经》，谁知他的耳边忽然响起一阵轻微的脚步声，那声音极近，从那脚步声判断，绝不是潘璞。

潘俊心知这必是冯师父教给自己的土系驱虫师的八观之术，他竖起耳朵几乎能听见那人的喘息声，他蹑手蹑脚地从床上站起向那声音的方向走去，忽然那脚步声似乎就在自己的身边停止了。他猛然睁开眼睛向头顶上的洞口望去，只见一个黑影倏地消失在了洞口。潘俊向上喊道：“谁？谁在上面？”却始终没有人应答，潘俊再次在心中默念《道德经》，耳边却始终没有出现任何声音。

潘璞拿了绳子匆忙从老宅子中奔出，他刚一出门恍然间眼前闪过一个黑影，他定睛望去却发现什么也没有，心中虽然诧异，但此时送绳子要紧，便也没有多想，就向山顶而去。

09

金枝颤，国破山河在

两人回到宅子中时已经是深夜了，他们刚一跨进宅子的大门，便发觉有个人站在门口，潘俊一下子便认出那人是时淼淼。

“时姑娘，你怎么会在这里？”潘俊勉强从嘴角挤出一丝笑容说道。

“等你……”听了时淼淼这话，潘璞识趣地向时淼淼点了点头，将绳子背在身后走进了老宅子。此时，燕云和吴尊二人正坐在正厅聊着什么。

“等我？”潘俊望着潘璞的背影渐渐走远疑惑地问道。

“潘俊，有些事情我想还是说明白了比较好！”时淼淼从潘俊身边走过，一直走到宅子门口的那几棵参天古松旁。

“我不太明白时姑娘的意思！”潘俊站在时淼淼身后说道。

“哎，潘俊，我希望你能把所有想做的事情都告诉大家，不要让大家像个没头苍蝇一般跟着你到处跑。本来与冯师父约好来安阳，可是你却没有和我们商量就自己去了北平，而你对北平发生的事情一直讳莫如深。”时淼淼口气冰冷却步步紧逼，“来到安阳你也从未对大家说过你的计划，我们这样没头没脑的究竟要到什么时候？”

“呵呵，时姑娘原来说的是这件事！”潘俊微微笑了笑说道，“我想冯师父他们这两天便会到了，等他们到了我便将所有的事情都告诉你们！”

时淼淼听了潘俊的话，盯着他看了良久，然后叹了口气，语气也柔和了下来说道：“潘俊，别怪我，对于驱虫师家族的事情，我一点儿也不想参与，我现在唯一想做的事情就是早日为母亲报仇！”

“时姑娘，你的心情我能理解！”潘俊知道，时淼淼之所以卷入这场风波，全部是因为她的母亲，水系前一任的君子便死于这青丝之下，虽然他几经周折终于使她相信，这世界上除了潘俊之外还有其他人会用青丝，但至今为止却始终未能找到杀死时淼淼母亲的真凶。

回到正厅内，潘璞正在与燕云叙旧，这燕云是个话匣子，遇见熟人便滔滔不绝地说了起来，将这一路上所经历之事一股脑儿地讲给潘璞。潘璞倒有些心不在焉，他一直关心着另外一件事。

直到将近午夜的时候大厅中的人才散去，潘俊走进自己的房中，将那张姐姐的墨宝展开放在桌子上，上面的几个字是如此熟悉。她一定还活着，只是她现在身在何处呢?

潘俊端详了一会儿，将墨宝小心地折叠起来放在书架上，然后打开了窗子，今晚月朗星稀，四周群山的轮廓在天际间显得格外清晰。他长叹了一口气，仅仅一个月的时间发生了太多的事情：逃离北平，来到安阳，追查金系驱虫师下落。这所有的事情就像是一个颇具传奇色彩的故事，只是这故事多了几分悲壮。他微微笑了笑，正在这时一个黑影从他眼前掠过，潘俊心头一惊。燕云忽然出现在了窗口，她笑眯眯地望着潘俊说道：“潘哥哥，你在想什么？”

未等潘俊说话，燕云已然从窗口跳了进来，轻轻拍了拍身上的尘土。

“燕云，这么晚你怎么还不休息？”潘俊见燕云大摇大摆地走到自己的床前坐了下来便问道。

“嘿嘿，睡不着啊！”燕云上下打量着潘俊的房间说道，“不知为什么，这几天我心里总是惴惴不安的，好像有什么事情要发生一样！”

“可能这段时间发生的事情太多，有些神经紧张了吧！”潘俊说着，走到桌子前面坐在椅子上，“要不要我给你开几味有助睡眠的药啊？”

“别，别，别，我还用不着那东西！”燕云的双腿从床上跳下来说道，“潘哥哥，其实我一直都想问你一件事！”

“嗯？”潘俊微微地皱着眉头望着燕云道，“什么事？”

“嗯……”燕云咬了咬嘴唇，平日里这姑娘说话从不避讳，今天忽然见她吞吞吐吐，倒是让潘俊有些好奇。

“什么事，你说吧，如果我知道的话一定会告诉你！”潘俊鼓励道。

燕云又咬了咬嘴唇："其实是关于子午的，我记得当时子午给了我一封信，可是我一直不知道那封信上究竟写了些什么内容！"

潘俊释怀地笑了笑："你说这件事啊？"

"嗯！"燕云难得表情认真地盯着潘俊说，"当时他把信交给我的时候，和我说一定要亲手把这封信交给你，在此之前不准任何人看！"

潘俊在怀里摸了摸，掏出子午的那封信递给燕云说道："信你可以看，不过你看完之后里面写的任何一个字都不能泄露出去！"

"啊？"燕云又惊又喜，她起初只是想来问问，谁知潘俊竟然将信递给了自己，她犹豫着接过那封信，"里面写的东西很重要吗？"

潘俊点了点头。

燕云拧着眉头想了一会儿，轻轻地将那封信展开，一双大眼睛注视着信上的那几行字，看完之后不禁大张着嘴，一脸惊讶地望着潘俊道："子……子午在信上说的是真的吗？"

潘俊摇了摇头："宁可信其有，不可信其无！"

燕云忽然惊叫了起来："如果他说的是真的话，那我岂不是又做错事了？"

潘俊微微笑了笑："没事的，记住这信上的内容不能和任何人说。"

燕云将信小心翼翼地放在潘俊的案前，点了点头："我绝不会和任何人提一个字的！"

"对了，潘哥哥，下午潘璞叔给我们安排房间的时候特意叮嘱我们，千万不准去二进院落，为什么？"燕云这丫头的好奇心似乎比任何人都要强。

潘俊心头微微一颤，脸上的表情却依然平静："那里是家族的禁地，只有木系的君子才可以进去，其他人是禁止入内的！"

"哦！"燕云似懂非懂地点了点头，本来火系欧阳家族规矩极少，可自从到了北平，燕云忽然觉得自己倒像瞬间变成了傻子，各种各样的规矩冲进脑子，她不懂却只能对这些规矩敬而远之。

潘俊不知睡了多久，恐怕是这将近半个月的时间里睡的时间最长，却是最累的一次。各种怪异的梦冲进脑海，他醒来的时候阳光已经透过纸窗射了进来，暖暖的，让人有种慵懒的感觉，他心想如果这样的日子能一直持续下去该有多好。他贪恋地在床上翻了个身，恍惚间又睡着了。

再醒来的时候，这老宅子忽然热闹了起来，一个熟悉的声音传进他的耳朵。

"潘俊，我们来了！"这声音正是土系驱虫师君子冯万春的，潘俊一个骨碌从床上坐起来，赤着双脚迎了出去。冯万春见潘俊如此狼狈，不禁停在他前面大笑道："哈哈，看来潘爷也有不修边幅的时候！"

"冯师父说笑了，快快快，快请进来，我现在日盼夜盼，就希望你们能平平安安地到达安阳！"潘俊向他身后望了望，见燕云此时正拉着燕鹰的手上下打量着，而段二娥的身边则多了一个十来岁的小男孩，还有一条与那孩子个子差不多高的巨犬。

"那是……"潘俊指着一直拉着段二娥手的怯生生的小男孩问道。

"哦！"冯万春扯着嗓门说道，"这个说来话长，潘爷我们这一路是又渴又饿，你总不能让我们站在门口和你说吧！"

潘俊自觉有些失礼，连忙拉着冯万春的手将其带入正厅，然后吩咐潘璞让厨房准备饭菜。这几个人坐定之后，感叹这两队人马总算是全部顺利到达了安阳。

潘璞一面在厨房中奔波，一面忙于给这几个后来的人找住处。这宅子虽大，但是住的地方并不多，最后只能安排三个女子住在一间屋子，燕鹰与金龙和吴尊住在一起，冯万春与潘俊住在一间房子中。

晚餐极为丰盛，一群人围拢在桌子前面，席间大家各说路上所见趣事，只有时淼淼与燕鹰一直保持着沉默。时淼淼自顾自地吃了一些之后便离开了座位，而燕鹰一直坐在燕云身边偷偷地望着周围的人，似乎在寻找着什么。

酒过三巡，菜过五味，冯万春已经喝得醉醺醺的不省人事，潘璞与吴尊二人将其架到潘俊的床上，刚一离开便听见冯万春如雷般的鼾声，吴尊不禁窃喜道："看来今晚有潘爷好受的了！"

潘璞笑了笑，跟着吴尊走了出去。这酒席尚未散去，吴尊与燕鹰也喝了不少，却始终不忘时不时地用余光瞥一眼一直面无表情的时淼淼。

晚饭之后，潘俊让他们各自回到房中休息，余下的事情明日早晨再作商议。吴尊和燕鹰早已烂醉如泥相拥着走进了房间，而燕云也是一脸兴奋地拉着段二娥走进了房间。唯独时淼淼始终坐在远处，直到潘璞将餐具撤下之后才站起身来。

"时姑娘……"潘俊叫住了时淼淼，她扭过头微微笑了笑说道："还是明天再说吧！"说完，她便自顾自地离开了厅堂。

潘俊见所有人均已离开便匆匆走进房间，刚刚冯万春在离席之时曾有意无意地在潘俊的肩膀上轻轻地拍了一下，旁人恐怕不觉，但冯万春曾将土系秘术亲口传授与潘俊，因土系驱虫师经常于暗穴之中行走，往往说话不便，于是便发明了一些手势。潘俊心知冯万春假意喝醉，实是不想别人听到他们谈话。

他刚一进房间，便发觉冯万春已然坐在了桌子前面，见潘俊进来拱手道："席间有些话不方便说，所以才出此下策！"

潘俊微微笑了笑说道："不知那件事冯师父是否查到些端倪！"

"嗯！"冯万春点了点头，"诚如潘爷所料，只是时间急促，一时间还无定论啊！"

"唉！"潘俊听完这话脸上毫无喜色，更多的是忧虑，"我倒希望冯师父回来告诉我，我的猜测全是错的！"

"潘爷小小年纪却料事如神，冯某佩服！"冯万春这句话确实是发自内心。潘俊摆了摆手。

"对了，与段姑娘在一起的那个孩子真的是金系的后代吗？"潘俊这一晚上目光始终未曾离开过金龙，他隐隐觉得这孩子的来历非比寻常，只是碍于当时人多不便多问。

"唉，这孩子在我回来的时候便已经在了！"冯万春叹了口气，从椅子上站起来说道，"听燕鹰和段姑娘说他确实是金家的后代。不仅如此，他还有一只明鬼，我想这足以证明他的身份了！"

"嗯！"潘俊若有所思地点了点头，"只是不知他究竟是谁的后人。"

"恐怕这件事只能找金无偿给咱们答案了！"冯万春踱到潘俊身边说道。

潘俊点了点头。

"潘俊，我听燕云这丫头说你们这一路上也遇见了不少事啊！"那燕云吃饭之时口中便未曾停过，将那凤吊山万鸟袭朋来客栈之事说得天花乱坠。潘俊微微笑了笑，然后将事情的前后因果讲了一遍。

说完之后，冯万春诧异地望着潘俊："真有此事啊？"

"嗯，我之前曾经看过一些这方面的典籍，并非如燕云所说的那般神秘！"

"哦！"冯万春若有所思地点头，双手抱住肩头，点上一根烟望着窗外。

而在隔壁的房间中，另外一个人亦是双手抱肩，一双眼睛盯着窗外的月亮发呆，此人正是欧阳燕鹰。席间他一改常态，一直沉默寡言，时不时看一眼口若悬河、滔滔不绝的姐姐，心中却复杂至极。

自从来到潘家老宅，燕鹰便一直闷闷不乐，这一切都被段二娥看在眼里，她隐隐觉得燕鹰似乎在隐瞒着什么。他并不像潘俊那样有极深的城府，即便胸中翻江倒海，脸上依旧是面不改色，所有事情已然写在了燕鹰脸上。

“咚咚咚！”一阵轻微的敲门声传进了燕鹰的耳朵，他向床上扫视了一下，见吴尊与金龙都已睡熟，便蹑手蹑脚地走到门口小声说道：“谁啊？”

“我！”门外传来了段二娥有些沙哑的声音，这一路上段二娥偶感风寒，虽然无甚大碍，但喉咙却有些沙哑。潘璞在晚饭前特意给段二娥熬了一碗药，她喝下去之后顿时好了大半。

燕鹰再次扭过头，见床上的吴尊已经响起了平稳的鼾声，这才轻轻地将房门拉开走了出去。见段二娥手中抱着一个用黑布包裹得严严实实的盒子，他便好奇地问道：“段姑娘，这么晚你找我有事？”

段二娥的脸一下子红了起来，微微低下头道：“我……想问问你今晚喝多了没有。”

“呵呵！”燕鹰自觉胸口一阵暖意，他微微地笑了笑道，“只是头稍微有些晕，没事的！”他的目光再次落到段二娥怀里的盒子上，“这么晚你抱着这个出来做什么？”

“哦！”段二娥像是忽然想起了什么，抬起头说道，“我刚刚是想看你喝醉了没有，如果没事的话，陪我去将这个交给潘俊哥哥！”

“为什么？”燕鹰不解地问道。

“我想潘俊哥哥那么聪明，想必知道打开这个盒子的方法！”段二娥从门缝向屋内看了看说道，“可能里面有关于金龙身世的东西吧！”

燕鹰亦是向门内望了望，沉吟片刻点了点头说道：“好吧！”说完，他将门紧闭上，随着段二娥走过房门外的甬道，向潘俊所住的房间而去。

一阵轻微的敲门声从门口传来，潘俊对冯万春做了一个噤声的动作，冯万春点了点头从窗口移到床边。

“潘俊哥哥，你睡了吗？”段二娥轻声问道。

“是段姑娘啊？”潘俊说着瞥了一眼冯万春，他已经倒在床上佯装熟睡了。潘俊下了地穿上鞋走到门口，推开门见燕鹰与段二娥站在门口，段二娥的怀里紧紧抱着一个黑布包裹的盒子。

“怎么了？段姑娘有什么事吗？”潘俊好奇地望着站在门口的两个人，段二娥与燕鹰对视了一下：“潘俊哥哥，能找个安静的地方说话吗？”

潘俊愣了一会儿点了点头，带着两个人来到大厅，在背面靠近书架的墙壁上轻轻叩击几下，暗门缓缓打开：“进里面说吧！”

三个人分前后鱼贯而入，潘俊最后走进，又在机关上按动几下，暗门缓缓关闭。段二娥环顾了一下这间密室，然后径直走到床边，将一直紧紧抱在怀中的那个用黑布包裹的盒子放在床上说道：“潘俊哥哥，这个东西是我和燕鹰循着金龙身上的明鬼发现的！”

说着，段二娥轻轻地将盒子上的黑布拆开，一个上面画着黑白圆圈的木盒呈现在潘俊的眼前。潘俊一惊，三步并作两步走到床前轻轻抚摸着那个木盒说道：“段姑娘，你知道这是什么吗？”

“嗯！”段二娥点了点头，“爷爷在世的时候曾经和我说过关于河洛箱的事情，他说河洛箱是金系驱虫师的祖先依照河图和洛书制作而成的精巧机关盒，这个盒子中装着金系驱虫师不传的宝贝。”

“嗯！”潘俊点头。当时离开道头村的时候，金无意确实对自己说过这河洛箱中的物什，还有关于金系驱虫师的命运，却因为时间紧迫未像段二娥说得这般透彻。

“听爷爷说打开河洛箱有两种办法：一种是河洛箱拥有者根据自己的需要设定的方位，这是最简单、最直接的方法，可是眼下谁也不知道这河洛箱上一代的拥有者是谁。还有另外一种方法打开，这种方法是金系驱虫师通用的口诀，不过只是个口诀，因为河洛箱会随着时节变化，其自身的机关也会随之变化，因而想要用这种方法打开它几乎是不可能的！”段二娥有些失望地说道，“这河洛箱本应该有河箱和洛箱两个，但现在我们仅找到了一个而已！”

潘俊听完段二娥的话笑了笑：“你们等等！”说完，潘俊急匆匆按下机关打开暗门走了出去。在密室中的两人不知潘俊究竟作何打算，面面相觑。大概过了一炷香的工夫，那道暗门再次打开，潘俊手中抱着一个与床上那盒子几乎一模一样的箱子出现在两人面前。

段二娥不可思议地望着潘俊道：“潘俊哥哥，这应该是河洛箱中的洛箱吧！”段二娥接过潘俊手中的洛箱，修长柔嫩的手指在箱子上面轻轻游走，她的手指在靠近箱子中间的部位停了下来，抬起头满脸笑意地说道，“没错，这确实是洛箱！”

“你爷爷在我们临行之时曾经和我说这洛箱遗失多年，我当时猜想这箱子恐怕是在金顺手中，我将他捉来一问，发现这箱子果然在他的手里。只是当时他已将箱子当了出去，几经周折才将这河箱拿到！”潘俊长话短说地将这河箱的来历大致说了一遍。

“原来是这样啊！”段二娥的眼睛始终盯着那两只箱子，只是燕鹰一直站在一旁冷眼视之，始终一句话不说。

“对了，段姑娘，燕鹰，我一直想听你们说说发现那孩子的过程。”潘俊让燕鹰坐下，自己则站在一旁说道。

“哦！”段二娥咬了咬嘴唇，将在将军圃发生的事都一五一十地与潘俊说了一遍，大约过了多半个时辰，段二娥才长出一口气，“事情的经过就是这样的！”

“哦！”潘俊若有所思地皱着眉头，“听你们这样说，看来金龙确实是金系的后代，可是他怎么会被人遗弃在将军圃那个荒山之中呢？”

“哦！对了，还有一件事！”段二娥指了指燕鹰道，“燕鹰，你不是说金龙的父亲是被那个叫刀疤脸的土匪头子所杀吗？”

燕鹰点了点头：“确实，当时我审问刀疤脸的时候他是这样说的。他说十年前曾经为了投名状在将军圃附近的大山之中杀了一个侏儒，还侮辱了他的妻子！”燕鹰说道，脑海中的记忆渐渐断裂成无数的碎片。

幽暗的地牢中挂着几盆篝火，地牢中的光线随着那篝火的闪烁而明明灭灭。刑房中弥漫着一种刺鼻的焦灼味和一种恐惧的不安，让人刚一进入便觉得心情沉重。这间刑房有十米长、八米宽，一进门对面的墙上摆放着各种折磨人的刑具，斧钺、刀、锯、钻、凿、鞭，一应俱全，应有尽有，在那刑具旁边是一张铁椅子，铁椅子后面挂着几条锁链。此刻椅子上正坐着一个半死不活的人，满是血污的脸上有一道深深的伤疤，他上身赤裸，胸口处有一道刚刚被烫烙过的痕迹，即便是在此时，还在散发着难闻的焦煳味。

燕鹰站起身来缓步走到那人的面前，见他已然昏死过去，便从旁边的木盆中舀出一瓢冷水，用力将水全部泼在那人的身上，原本昏死的人一激灵醒了过来，剧烈的疼痛立刻让他叫苦不迭。

“大爷，大爷您饶命啊！”刀疤脸声嘶力竭地呼喊着。此刻他怕了，他真的怕了，汗水和尿早已经将裤子打湿，左眼微闭着，干涸的血迹将眼皮和眉毛粘连在一起。

“现在你知道怕了？”燕鹰俊眉冷对，牙齿咬得“咯咯”作响，“你闯进将军圃的劲头哪儿去了？”

“不敢，不敢……”刀疤脸狼狈地说道，“早知道您在，无论如何我也不敢冒犯您的虎威啊！”

“呵呵！”燕鹰冷笑着向后退了退，在燕鹰的身后是一个火炉，炉火正熊熊燃烧，在那炉火上面放着一个已经被烧得通红的烙铁，燕鹰刚刚便是用这把烙铁将刀疤脸烙得晕死过去。此刻他再次拿起烙铁吐了一口口水，只听“吱啦”一声，水汽瞬间被烤干了。

此时，那声音在刀疤脸看来比鬼哭狼嚎更加瘆人，他不禁打了一个寒噤，身体下意识地向后退了退，但此时整个人都已经被锁链绑在椅子上，如同粽子一般，想躲也躲不掉。

“大爷，大爷，您放过我吧！”刀疤脸剧烈地喘息着，看着燕鹰悠闲地摆弄着手中的烙铁。

“放过你？”燕鹰像是在自言自语。

“对了，对了大爷，您放过我吧，有一件事您一定很想知道！”刀疤脸忽然想到与燕鹰在一起的那个小孩子。

“哦？”燕鹰似笑非笑地说道，“我真不知道你还有什么事情能让我有兴趣的！”

“有，有，这件事您一定有兴趣！”刀疤脸抓着那根救命稻草说道，“您一定不知道那个和您在一起的小孩子的父母在哪里！”

这话一出口，燕鹰眉头微皱，手轻轻一放，烙铁“啪”的一下掉入火炉之中，溅起几粒火花，他将自己的椅子转过来，手支在椅子的靠背上顶着刀疤脸问道：“你知道金龙的身世？”

“嗯，嗯！”刀疤脸见自己的话果然引起了燕鹰的兴趣，连连点头道，“主要是我认识那孩子脖子上挂着的那个东西！”

“你是说明鬼？”燕鹰想起自己最初注意到金龙，也是因为金龙脖子上挂着的明鬼。

“对，和刚刚金先生给您的那只一模一样！”刀疤脸点头说道。

“好，那你倒是说说，不过……”说到这里，燕鹰侧过头看着旁边那一排刑具说道，“这里的新鲜玩意儿可真是不少，如果我发现你有一句隐瞒的话，我便让你将这里所有的刑具都试一遍！”

刀疤脸咽了咽口水：“如果我告诉您，您能不能放我一条生路？”

“那就看你说的是不是令我满意了！”燕鹰从旁边的桌子上拿过一把顶端带着弯钩的刑具轻轻敲了一声，那东西发出“当”的一声。

刀疤脸将如何枪杀金龙父亲，以及用还在襁褓之中的金龙要挟其母就范之事一五一十地讲给了燕鹰：“我将那女人丢在一旁，拿出刀将那个侏儒的脑袋砍了下来，谁知正好看到那个……哦，那个明鬼！”刀疤脸讲完以后见燕鹰始终盯着墙角，“大爷……我讲完了！”

燕鹰此时长出一口气微微点了点头，然后从椅子上站起来随手将椅子的方向扭正，走到一旁的刑具架前上下打量着，似乎在寻找着什么。忽然燕鹰的目光盯住一个小小的刀片，那刀片外形如同一个小铲子，却异常锋利，燕鹰将那刀片拿下来轻轻吹了吹刀刃，走到刀疤脸面前。

“大爷，你说过如果我全部告诉你的话，就会放过我的！”刀疤脸不知燕鹰究竟要做什么，咽着口水盯着燕鹰手中的刑具。

“我是说如果你说的让我满意的话，我就会放过你！”燕鹰说着猛地出手，拿刀直奔刀疤脸两腿之间刺去，只听刀疤脸惨叫一声，一摊血水已经渗透他的裤子快速流淌出来，燕鹰这才将刀片拔出轻声说道，“可是你的话让我不满意，很不满意！”说完将手中的刀片扔掉，又到刑具架上寻了另外一把刑具……

“燕鹰……燕鹰，你怎么了？”段二娥拉了一把走神的燕鹰。燕鹰一激灵，见潘俊一直注视着自己，才接着说道：“那刀疤脸说他杀死的那个侏儒应该便是金龙的亲生父亲吧，至于那个被他侮辱的女人，从那之后他便再也没有见过！”

“哦！”潘俊听完燕鹰的话点了点头，但他隐隐地感觉燕鹰有些奇怪，“也许现在所有的谜都只有找到金无偿才能得到答案！”

“嗯，是啊！”段二娥应和道，“不过，潘俊哥哥你现在打探到金无偿的下落了吗？”

潘俊点了点头：“我已经派潘璞打探过了，他确实在安阳城中！”

段二娥微笑着望了燕鹰一眼：“那咱们什么时候能见到他？”

潘俊叹了一口气：“想要见到他恐怕要大费周折了！”潘俊沉吟片刻幽幽道，“无论如何我们也要见见他！”

“好了，时候不早了，你们这几天赶路也累了，早点儿回去休息吧！”潘俊看了看时间，此时已经二更天了。段二娥和燕鹰点了点头，她刚要转身，忽然停住了脚步，望着潘俊欲言又止地咬了咬嘴唇。

“怎么了，段姑娘？”潘俊见段二娥颇为犹豫，于是问道。

段二娥瞥了燕鹰一眼说道：“潘俊哥哥，有一件事我不知道应不应该和你讲，或许燕鹰也和我的感觉一样！”

“哦？什么事？”潘俊见段二娥犹豫的样子，心想她所说之事必定极为严重。

“关于冯万春冯师父！”段二娥顿了顿说道，“自从潘俊哥哥让我们分头来河南之后，那几天时间里冯师父忽然失踪了，他在临行之时告诉我和燕鹰自己去前面打探，然后在石门会面。可是我总觉得冯师父在秘密地做一些不为人知的事情！如果是我多心自然是好，可万一……”段二娥说到这里见潘俊一直皱着眉头，便将后面的话全部咽了回去，“燕鹰，你是不是和我感觉一样？”

“这……”燕鹰迟疑了一下说道，“恐怕真是段姑娘你多心了，我想冯师父去前面探路自然有他的道理，再说咱们不是刚到石门冯师父便找上门来了嘛！”燕鹰的话让段二娥极为诧异，她盯着燕鹰，而燕鹰似乎一直在有意地回避着她的眼神。

“嗯，段姑娘所虑有理！”潘俊拍了拍段二娥的肩膀说道，“你们两个早点儿回去休息吧！”

段二娥这才与燕鹰一起离开了潘俊的密室，两个人刚一出正厅，段二娥便停下了脚步。燕鹰向前走了两步，察觉到段二娥一直站在自己身后冷冷地望着自己。

“燕鹰，你这是怎么了？”段二娥不解地盯着燕鹰的背影说道。

“没什么！”燕鹰闭着眼睛狠狠地咬着嘴唇，尽量装出一副冰冷的语气说道。

“可是我觉得你最近好像变了一个人一样！”段二娥上前两步走到燕鹰面前说道，“我知道你和我的感觉一样，冯师父离开的几天难道你不怀疑吗？可是你为什么在潘俊哥哥面前那样说呢？”

燕鹰低着头微微地喘息着，段二娥双手抓住燕鹰的肩膀说道：“燕鹰，还记得在密葬中的时候吗？我们早已经历过了生死，究竟发生了什么事情，你能不能告诉我？燕鹰，你看着我的眼睛，将所有的事情都告诉我可以吗？”

谁知燕鹰忽然像被激怒了一般一把将段二娥推开，用力的瞬间燕鹰便已经开始后悔了。燕鹰这一下的力道虽然不大，但段二娥却从未想到燕鹰会如此对待自己，她根本就毫无防备，她的身体顺着燕鹰力道的方向向后猛冲过去，后脑勺重重地撞在了甬道的立柱上，段二娥只觉得天昏地暗，眼前一黑竟失去了知觉。

燕鹰心头一慌，根本没想到这一推会如此严重，他上前两步抱住段二娥轻轻叫道："段姑娘，段姑娘！"

过了良久段二娥才缓缓睁开眼睛，她的后脑还在阵阵作痛，见燕鹰抱着自己便拼命地摆动双臂挣扎。谁知燕鹰却越抱越紧，任凭段二娥如何挣扎也始终不肯放手，直到段二娥觉得自己有些累了停止动弹，燕鹰才将紧抱着的手臂稍微松了松。

"唉！"段二娥叹了口气说道，"燕鹰，不管在你身上究竟发生了什么事情，你记住我们始终是在一起的！"

燕鹰身体微微颤抖着点了点头，段二娥轻轻拉开燕鹰的手站起身来，用手扶住额头，嘴角轻撇。

"对不起，段姑娘！"

段二娥摇了摇头并未回答，沿着甬道径直向前走，刚走出几步，燕鹰忽然追了上来在段二娥的耳边轻轻说了几句什么，段二娥微笑着点了点头说："好！"说完，段二娥轻轻地揉着后脑勺走进了房间。

燕鹰望着段二娥远去的身影，一层薄薄的愁云悄悄地笼罩在胸口。他环顾了一圈见四周无人，这才迈着步子向宅子门口走去，却始终未发觉在黑暗处藏着一双眼睛，已将刚刚发生的一切尽收眼底。

轻轻推开那扇红漆大门，门轴发出轻微的"吱呀"声，燕鹰在门口站了一会儿，夜风从前面不远处的溪流方向吹过来，带着淡淡的水汽和青草的芳香，夜鸮在这山坳之中不厌其烦地鸣叫着，宛若婴儿的哭泣般让人有种不寒而栗的感觉。朗月之下的参天古松拖着长长的影子直至宅门，一瞬间燕鹰竟然有种自己此时身处午后的感觉。

不过他马上清醒了过来，他漫步走向通往对面山顶的那座吊桥，随同潘璞进来的时候，燕鹰便被眼前的这座横架于两山之间的吊桥震惊了，且不说这吊桥的长度，单单这高度就会让所有看到它的人感到一阵心惊肉跳。

这吊桥的始点是对面的山顶，而终点则是这边山坳之中凸出的一个平台，二者之间至少也有百十来丈，即便是这吊桥距离谷底最浅的地上也有数十丈之高。

因而即使是一阵微风吹过，站在桥上的人也会觉得吊桥颤抖得很厉害，唯恐忽然坠下，不过就是这种心惊的感觉让燕鹰迷恋不舍。他经由前面的小径走上那座吊桥，站在桥中央，夜风时而从桥下直冲而上，时而横穿桥身，陈旧的铁链在夜风中发出冰冷的撞击声，燕鹰张开双臂身体靠在吊桥一旁的铁索上，想象着如同夜鸮一般翱翔于这夜晚的天际。

片刻之后，燕鹰睁开双眼从怀里抽出一根短笛，将短笛放在口中，一串奇异的音律从燕鹰的口中传出，这音律燕鹰吹得有些滞涩。曲毕，一会儿工夫，燕鹰的耳边传来了一阵“呜呜”的号叫声，那声音像是从极远的地方传来一般，在群山之间飘忽不定，如同夜里哭泣的鬼魅。不一会儿工夫，两三个巨大的黑影就出现在吊桥的另一端，燕鹰叹了口气坐在吊桥上，背靠着一根绳索。

脚步声响起的时候，燕鹰向潘家老宅的方向瞥了一眼，见一个女子正站在小路前面左顾右盼，他一眼便认出这人正是自己的姐姐欧阳燕云，几乎是在同时，燕云也看到了坐在吊桥中央的燕鹰。她三两步便跑到桥头，望着下面黑压压的谷底和眼前夜风中摇晃的吊桥，燕云停住了步子：“燕鹰，你这么晚跑到吊桥上做什么？”

原来刚刚燕鹰追上段二娥，便是求她转告燕云自己会在门口等着她，段二娥轻轻将燕云推醒，将这些话告诉了燕云，燕云心想：“这臭小子究竟又在搞什么？”虽然是这样，毕竟燕鹰是自己的亲弟弟，她还是披上外套来到了宅子外面，直到看见那个坐在吊桥上的黑影，心知定是燕鹰，这才急忙跑了过来。

“姐！”燕鹰见到欧阳燕云从桥上站起来，深深地吸了一口气说道，“你过来！”

燕云来的时候见到那谷底，便觉得身上的鸡皮疙瘩一阵阵地往外冒，现在这深夜根本看不见谷底，她刚看到那黑漆漆的谷底便心惊肉跳了，哪里还敢走上去？

“燕鹰，你发什么神经啊？”燕云怒道，“快点儿给我过来……”

“姐，奎娘死了！”燕鹰说“奎娘”两个字的时候，泪水一下子从眼角奔涌而出，奎娘惨死在自己面前的那一幕，他始终无法忘怀。

“什么？”燕云简直不敢相信自己的耳朵，她抬起头望见在那吊桥对面站着的三只皮猴，“傻弟弟，你尽说笑，你前面那不是奎娘吗？”

燕鹰低着头轻轻地摇了摇：“姐，奎娘真的死了，它是为了保护我才送命的！”

燕云见燕鹰低着头泪流满面，不像是骗自己，但眼前那三只皮猴却又是怎么回事？

“燕鹰，你过来跟姐姐说说奎娘究竟是怎么死的。”燕云招手对燕鹰说道。

燕鹰擦着眼泪从吊桥中央一步步地向燕云的方向走过来，刚到燕云身边，便紧紧地抱住燕云泣不成声地说道：“姐，咱们走吧，咱们回新疆吧，好吗？”他哭泣着，身体跟着剧烈地颤抖着。

燕云轻轻地拍着弟弟的后背，其实她何尝不想尽快回到新疆呢？在新疆的时候，她从未想过人心会如此复杂，并不是所有人的笑脸都是开心的表现，现在她必须要学会从那些人的笑脸中看出他们内心最恶毒的想法。

“乖弟弟，告诉姐奎娘是怎么死的。”燕云柔声对燕鹰说道。

“姐，我为了替金龙的爷爷报仇，独自一人去寻找刀疤脸，本想返回将军匾去寻找线索，谁知却中了埋伏……”燕鹰靠在姐姐怀里，将那天晚上在将军匾发生的事情悉数说了一遍。燕云听完拧起眉头说道：“你不是说自己闯入了刀疤脸的山寨吗？”

燕鹰痛苦地摇了摇头：“姐，那是我说给他们听的！”

欧阳姐弟俩从小便与奎娘生活在一起，感情早已超过人和动物了，此时听到奎娘真的死了，燕云不禁也淌下泪来。忽然她像是想起什么一样推开弟弟，柳眉微颦着说道：“那……你既然中了埋伏又是怎么出来的呢？还有……”燕云指着对面的三只皮猴，手指颤抖着说，“那三只皮猴是怎么回事？”

“姐！”燕鹰的喉结微微颤动了一下说道，“我见到妈了！”燕鹰这句话让燕云的身体猛然一颤，她一把抓紧弟弟，盯着他泪水蒙眬的眼睛。燕鹰确定般地点了点头，微微闭上双眼，两滴滚烫的泪水从他的眼角滑落，正如那天晚上一样。

“天惶惶，地惶惶，我家有个夜哭郎！”那个四十几岁的女人哽咽地低吟着，原本一直挣扎着的燕鹰忽然停住了动作，泪水毫无来由地盈满了眼眶：“路上行人念三遍，一夜睡到大天亮！”他嘶哑地说道，缓缓扭过头，那女人伸过手展开，那枚碎裂成两半的明鬼便出现在燕鹰的面前。

周围诸人奇怪地盯着这一少一老，一男一女，燕鹰望着眼前的女人，分明有几分熟悉之感，而眼前中年女人的眼里也盈满了泪水。

“燕鹰……”女人含着眼泪微笑着叫道。

“你是……”所谓梦里寻她千百度，蓦然回首，那人却在灯火阑珊处。眼前这个女人无数次闯进燕鹰的梦中，几乎占据了他所有的记忆，他曾无数次设想过与她见面之时会是什么情景，却从未想过会在此处相遇，“娘”这个字在燕鹰的身体里被积压了十几年，被无数次地演练，而此时此刻这个字却毫无修饰，但足以感天动地。

“燕鹰！”女人向前一步紧紧抱住燕鹰，轻轻抚摸着他的脑袋，这一幕几乎出乎在场所有人的意料，所有人都震惊了，除了一直躲在角落中那个脸上有一道丑陋伤疤的土匪。此时他手心出满了汗，他蹑手蹑脚地贴着墙面小心翼翼向外走，谁知一个不小心竟然“哎哟”一声从楼梯上跌了下来。

所有人都将目光移到了他的身上，只见他连忙从地上站起来，满脸堆笑，摆着手说道：“没事，没事！”正要一瘸一拐地向下走，却被燕鹰喝住了：“站住……”

刀疤脸一听不好，头也不回地向下猛冲，可他却忘记这是什么地方了，刚跑出几步便被三五个日本兵拦住了去路，将其架了回来。

“娘，这个人害死了我的救命恩人，你能不能把他交给我处置？”燕鹰扭过头望着母亲说道。

燕鹰母亲微微点了点头朗声道：“这是我儿子欧阳燕鹰，以后谁敢动我儿子一根寒毛便是与我金素梅为敌！”这金素梅虽是一介女流，但这几句话却说得颇有气势，旁边的日本人连连点头口呼“哈一”！

“先把他关起来！”金素梅说完，拉着燕鹰走进了佐藤小队长的房间。母子二人一别数年，金素梅离开新疆欧阳家的时候，燕鹰还是个乳臭未干的孩童，而如今已长成一个大小伙子。燕鹰更是好奇母亲身为一个中国人，何以能让这些日本人如此服服帖帖。

金素梅见燕鹰一脸狐疑，早已猜到他在想什么了：“儿子，你是不是好奇母亲为什么能在日本人中有如此威望？”

燕鹰点了点头。金素梅微微笑了笑，说道：“孩子，如果让你跟我在一起你愿意吗？”

燕鹰一时之间未明白金素梅的意思，他有些疑惑地说道：“和母亲一起？帮日本人吗？”

"哈哈！"金素梅听完燕鹰这句话禁不住笑了起来，轻轻地在燕鹰的鼻梁上刮了一下说道，"我的小儿子可真傻啊，现在母亲只不过是在利用这群日本狗而已，一个弹丸小国整日痴迷于做大国梦会有什么前途？"

"利用这些日本人？"燕鹰重复着母亲的话，更不解母亲这句话究竟是什么意思。

"对！"金素梅坐在燕鹰身旁搂着他的肩膀说道，"这些日本狗一厢情愿地以为用武力便可以征服中国，殊不知那弹丸岛国的所谓大和文化如何能与我华夏泱泱五千年的文化相提并论？但是这些人也有一个好处，当他们把幻想当成事实的时候便会变得疯狂，因为只有在他们疯狂的时候，我们才能利用他们，只有在内忧外患之时，那个东西才会出现！"

"哪个东西？"燕鹰望着得意的母亲，眉头皱紧，"是什么？"

"驱虫师家族的绝密，那是一个可以颠覆历史的秘密。"金素梅说到这里便站起身向窗外望去，"相传这个秘密只有在天下动荡之时才会出现，得之便可以得天下！"

"啊？"燕鹰从未听说过这些事，他诧异地望着母亲，心中有些怀疑眼前这个女人究竟是不是自己日思夜想的母亲。燕鹰清楚地记得，自己小的时候每晚睡觉前便会啼哭不止，因此还看过很多医生，最后所有人都束手无策。母亲来自中原，一日傍晚，母亲从书房中走出，手中拿着几张纸，上面密密麻麻地写着字。母亲抱着燕鹰将那些纸贴在道路两旁的书上，一面贴，一面教燕鹰："天惶惶，地惶惶，我家有个夜哭郎，路过行人念三遍，一夜睡到大天亮！"说来奇怪，自从那时开始，燕鹰便每晚都不再哭闹了，直到母亲离开之后，燕鹰还会在每晚睡觉之前口中默默念着那几句话。

"燕鹰，你是我唯一的儿子！"金素梅抓住燕鹰的手说道，"如果你不帮母亲的话，便没有人会帮母亲了！"

"可是……可是我不知道怎么才能帮您啊！"燕鹰吞吞吐吐地说道。

金素梅凑到燕鹰耳边轻轻对他说了几句，燕鹰的脸色大变，当金素梅说完之后，他的嘴巴大张着："妈妈，您说的一切都是真的吗？可他们都是好人啊！"

"哼！"金素梅鼻息微动，"那是因为他们还不知道这几大家族真正的秘密罢了！"

"母亲，我不能这样做，即便我想，姐姐也不会同意的！"燕鹰以姐姐为借口推诿道。

“我的傻孩子，你和燕云都是我的亲生骨肉，如果不是这样的话，你们恐怕早已经不在人世了！”金素梅最后几个字说得极其冰冷，让燕鹰心头猛然一颤。

“那……让我想想吧！”燕鹰咬了咬嘴唇说道。

“好，如果你想好了就按照妈妈说的去做！”金素梅轻轻地在燕鹰的额头上吻了一下说道，“明天早晨你就离开这里去找他们吧！”

“嗯！”燕鹰点了点头，金素梅还要与燕鹰说些什么，谁知这时却响起了一阵敲门声，金素梅立刻绷住脸冷冷道：“进来！”

只见那日本翻译推开门站在门口行了一个礼，腰杆挺得笔直地说道：“金先生，有您的电话！”

“是谁打来的？”金素梅轻轻地帮燕鹰舒展着衣服，冷冷地问道。

“是松井司令！”日本翻译回答得干净利落，金素梅将手按在燕鹰的肩膀上，沉吟片刻后从怀里掏出一支笛子递给燕鹰说道：“儿子，我听他们说奎娘死了，妈妈将这个送给你，如果有意外的话它会保护你！”说完，金素梅在燕鹰的脸颊上吻了一下，随那日本翻译走出了房间。

10

黑影现，森森潘家宅

燕鹰说完这些觉得口干舌燥，因为刚刚的哭泣令自己的脑袋有些微痛。燕云听着弟弟的话一直沉默着，过了片刻她才说道："她一次也没有提起父亲吗？"

燕鹰摇了摇头说："没有！"

"呵呵，一夜之间忽然离家出走，一去十几年。她从来没有想过给这个家带来了什么。"燕云说到这里眼泪早已滚落下来，"她的心里从来只有她自己，父亲为了寻找她几近疯狂，最后因终日酗酒自杀而死，这一切她都不曾想过。"

"姐，你别说了！"燕鹰哭泣着说道。

燕云站起身来叹了一口气说道："爷爷是死在日本人手中的，这个仇我一辈子也不会忘记，想让我和日本人同流合污，呵呵！"燕云冷笑了两声接着说道，"除非我死！"

她的话音刚落，忽然潘家老宅的方向传来一阵犬吠声，燕鹰知道那正是巴乌的声音，两人一起向潘家老宅的方向张望，忽然一个黑影从眼前闪过，飞过潘宅院墙一骨碌坠入院子外面的荒草丛中消失了。

"走，咱们去看看！"燕云一把抓住燕鹰的手，快速地向那片荒草丛奔去。他们刚到潘宅门口，便见段二娥与时淼淼两个人已经夺门而出，他们几个人对视了一下。

"往那个方向去了！"燕鹰见姐姐盯着时淼淼的眼睛简直要冒火，于是连忙说道。

话音刚落，时淼淼便抢在前面向那片荒草丛中奔去，燕云也毫不示弱地紧随其后，段二娥一只手还按在脑袋上，恐怕刚刚撞的那一下确实不轻。燕鹰抱歉地向段二娥点了点头，跟在姐姐后面向那片荒草丛奔去。

当潘俊和冯万春、潘璞来到门口的时候，只见段二娥一个人站在那里，其余三人早已消失在了草丛之中。

“怎么回事？”冯万春一面穿着外衣，一面问道。

“刚刚我和时姑娘在房间里睡觉，忽然察觉窗口闪过一个黑影，巴乌立刻狂吠了起来，于是我和时姑娘就追了出来，正好遇见燕云和燕鹰两个人，他们好像也看到了那个黑影，三个人已经追过去了！”说着，段二娥指了指眼前的那片草丛，潘俊顺着她手指的方向望去，不禁皱了一下眉头。

正在这时，燕鹰、燕云、时淼淼三人气喘吁吁地从荒草中走了出来。

“找到了吗？”段二娥走上前去向燕鹰问道。

燕鹰无奈地摇了摇头：“我们跟上去，可山上的草太茂盛了，不要说人，连个鬼影子都没见到啊！”

“时姑娘……”潘俊见时淼淼自顾自地向宅子中走去不禁叫道，“真的是个人影吗？”

时淼淼不置可否地拧起眉头，潘俊似乎明白了什么便不再追问，时淼淼自顾自地回到了房间之中，余下几个人也都回到了房里。

只有潘璞一直跟在潘俊身边，走进正厅时，他悄悄在潘俊耳边说道：“少爷，昨天晚上我回来拿绳子的时候也见到了一个黑影！”

“嗯！”潘俊点了点头，他想起他在洞穴之中见到的那个黑影，可那个黑影究竟是什么人？潘俊忽然怔住了，脑海中闪过一个人，难道是在北平城中频频出现的那个人？他似乎一直在跟着自己，自己的一举一动都被他看在眼里，可是他究竟是什么人呢？

关于那个黑衣人潘俊始终猜不透，他总是时隐时现，似敌非敌，似友非友，与他保持着一段不远不近的距离。他叹了一口气，阵阵刺痛再次从关节处传来，潘俊连忙打开密室，独自忍受着千虫啃食的滋味。当这一切结束之后，他将那河洛箱放在一旁，自己靠在墙上和衣而卧。而这一晚失眠的人大有人在，燕云始终望着窗外的月亮，无论如何也睡不着，无数的念头涌上心头，越想整个人似乎越精神。后背渗出的汗水已经将薄薄的睡衣打湿了，燕云索性从床上坐起来，轻轻推开窗子，月朗星稀，山中的那轮明月此刻显得出奇大，一个巨大的光晕笼罩在月亮周围，“月晕而风，础润而雨”，这是燕云小的时候母亲告诉她的，这么多年过去了屡试不爽。

“为什么？”燕云的耳边响起一阵轻微的呼喊声，她猛然一颤，扭过头见睡在一旁的时淼淼喉结微动，身体瑟缩着，被子已经被她踢开，“这一切是真的吗？”时淼淼带着哭腔呓语道，燕云又是一惊。她沉吟片刻，轻轻挪动身子将时淼淼身上的被子向上拉了拉，忽然一件物什从时淼淼的衣服中滑落，她定睛一看，眼睛像是被什么东西电了一下，冷汗倏地从她的后背冒了出来。

“月晕而风，础润而雨”，远在千里之外的北平城东一个四合院里，金素梅披着外套，双手抱在胸口，站在窗前望着被一个巨大光晕笼罩着的月亮轻轻说道，“要起风了！”

“金先生，您多穿一点儿衣服，免得感冒！”在金素梅的身后站着之前一直监视潘俊的那个黑衣人，此刻他穿着一身中山装，头发油光可鉴，身体笔挺地站在金素梅身后数步远的桌子旁边。

金素梅将衣服裹了裹，说：“哎，罗秀，这些年你一直在我身边，从东北一直跟到北平，难为你了！”

黑衣人听了这话有些感激地说道：“我的这条命是金先生您给的，能为金先生办事是我罗秀前世修来的福气，罗秀赴汤蹈火在所不辞！”

金素梅将窗子轻轻合上，迈步走回到桌子前面，坐在椅子上看了一眼站在一旁的罗秀说：“坐下吧！”

罗秀愣了一下，从身后拿了把椅子坐在金素梅的对面。借着烛火金素梅望着罗秀的脸，竟然不知不觉地淌下泪来。

“金先生……”罗秀跟随金素梅足有十年之久，眼中的金素梅早已是巾帼不让须眉，从未见她落过一次泪，任何时候她都能泰然处之，只是此刻金素梅忽然落泪，让罗秀一时有些不知所措。

“没事！”金素梅摆了摆手，罗秀这才试探着问道：“您是因为燕鹰的事情吧？”

金素梅长叹了一口气：“十余年再次见到他们，唉……”

“金先生，前些日子您让我化装成黑衣人暗中跟踪潘俊一行人寻找的那个姑娘莫非是……”罗秀忽然想起半个月之前那鸡毛店中所发生的一幕。

金素梅点了点头：“她是燕鹰的姐姐，叫燕云，现在也该到出嫁的年纪了！”

罗秀不再说话，低着头用余光盯着眼前这位四十来岁却风韵犹存的女人。十年前的那年秋天，罗秀跟随剧团远赴沈阳演出，他与剧团中一个名叫殷然的花旦青梅竹马，本想赚些钱两人就成婚。谁知命运却和他开了一个不大不小的玩笑，当天他们演出之时，一个喝得醉醺醺的日本兵忽然冲上台去，抱住殷然又亲又抓，剧场瞬间乱作一团。

罗秀从小也学了些武戏，有几分身手，一怒之下他拿起一根手臂粗细的木棍便向那日本兵砸去。日本兵见势不妙，一闪之下这一棒却砸在了殷然的头上，瞬间殷然的鲜血溅了一脸。殷然望了一眼罗秀便倒地气绝而亡，那日本兵见此情景站在一旁哈哈大笑。

罗秀怒起，再次向那日本兵砸去，谁知那日本兵早已将枪口对准了他的脑袋，手指抵在扳机处。千钧一发之际，一个穿着披风的女人忽然从椅子上站起来，走到那日本兵前朗声道：“住手！”

日本兵哪里肯听，一脚将罗秀踢倒在地踩在脚下，枪口对准那女子胸口。谁知这女子毫无惧色，目露寒光。正在此时，一队日本宪兵从外面奔进，本来那日本兵自觉眼前的女人必死无疑，谁知那些日本宪兵竟然站在女人面前恭敬叫道：“金先生……”

那日本兵见势不妙，立刻扔掉手中的枪跪倒在地，那女人走到罗秀面前将他搀起道：“你想报仇吗？”

罗秀此时怒不可遏，恨不得现在便食其肉、寝其皮，听了这话连忙点了点头，他目光如炬地望着眼前这个女人。女人说完，从怀里掏出一把手枪打开保险递给罗秀：“会开枪吧？”说完，女人戴上帽子便径自离开了剧场。

只听“啪”的一声从剧场中传来，女人的脚步微微停滞了一下，嘴角露出一丝诡异的微笑，接着她身后传来了一阵匆忙的脚步声。罗秀追上那女人，满头是汗地“扑通”一下跪在女人面前说道：“金先生，谢谢您的大恩大德，我愿意跟随在您的身边！”

金素梅轻轻抬了抬帽檐，瞥了一眼跪在眼前的罗秀，轻声问道：“你叫什么名字？”

“罗秀！”罗秀坚定地说道。

“枪归你，你归我！”说完，金素梅迈开步子向前走去。罗秀将那把手枪放在怀里随她而去。

这十年来，罗秀一直陪在金素梅身边，鞍前马后，饮食起居，照顾得无微不至。金素梅是一个城府极深之人，脸上永远挂着一种神秘的微笑，鄙夷、可怜、憎恶，所有的情绪都掩盖在那微笑之下。

只有今晚，那用微笑制成的神秘面纱似乎荡然无存了。罗秀长出了一口气，金素梅吸了一口气，将眼角上的泪痕擦拭干净说道：“让你办的事情办得怎么样了？”

“一切都安排妥当了。”罗秀做事金素梅向来不会问第二次，不过只有这件事除外，她似乎对这件事格外在意，在意到需要反复过问每一个细节的程度，唯恐发生任何纰漏。

“好！”金素梅轻轻地揉了揉额头，“天色不早了，你先去睡吧！”

罗秀站起身向金素梅鞠了一躬然后退了出去，金素梅在桌子前面坐了片刻，就走到床边拿起电话在上面拨了几下，听筒里传来了长长的等待音。

片刻之后，电话那边响起了一个男人的声音：“喂！”

“真抱歉这么晚给你打电话！”金素梅柔声说道，电话那边的人愣了一下，忽然咆哮了起来，大声说道：“你说的我都照办了，你究竟想怎么样？”

“我只是想和你谈谈！”金素梅耐着性子，尽量保持语气平和地说道。

“别再做梦了，现在都什么时代了？你也该是醒醒的时候了！”对面的男人语气平和了许多，“驱虫家族的秘密如果真的可以改变历史的话，前面那么多的先人早已经做到了，哪里会等到现在呢？”

“唉！我今天不想和你说这件事！”金素梅语气疲惫地说道，“我只想打电话告诉你，一切小心吧，松井老家伙已经开始注意你们了！”

“什……什么？”男人显然没料到金素梅会这样说，不禁有些诧异，他停了一会儿说道，“我们？我们指谁？”

“呵呵……”金素梅淡淡地笑了笑，“我知道我无法劝阻你，正如你无法劝阻我一样，但是你一定要小心，现在日本在战场上屡屡受挫，他们眼下唯恐手中的几个大城市出现骚乱，所以会对一些盯上的人下手。”

“为什么要和我说这些？”男人的语气中有些感激。

“你好自为之吧！”说完金素梅挂断了电话，她打这个电话之前便想了很久。她伸手从怀里掏出一块凤雕玉佩，这玉佩做工精湛，图案栩栩如生，宛若一只凤凰展翅腾空，在烛光下散发着柔和的光，白如凝脂。金素梅轻轻抚摸着玉佩叹了一口气，站起身来向外面走去。

这四合院虽然深处北平城东错综复杂的街巷之中，但四周的守卫却极其森严，她披了一件衣服，轻轻推开房门向一侧的偏门走去，偏门之处有两个站岗的日本兵见到金素梅立刻挺直了身子。金素梅径直走入院落中，推开房门，里面亮着一盏灯。

金素梅进了房间轻轻将房门关上，在房间左边的床上躺着一个一直昏迷不醒的人，此人身上的伤势早已见好，却始终沉睡不醒。金素梅站在那人的床前，拳头紧握，牙齿咬得“咯咯”作响，不过一瞬间，她却松开拳头叹了口气，坐在床边望着眼前的人拧着眉头自语道：“其实我早该杀了你们，不过幸好老天有眼，你们得不到的，我马上就要得到了！”

说完之后，她站起身来走到一旁的墙边，墙上挂着一幅唐伯虎的《山路松声图》的临摹本，她轻轻将那幅画拨到一旁，在画后面有一个小小的暗格，她将暗格打开，从内中捧出一个盒子轻声说道：“如果我不在新疆待那么多年，恐怕真的无法拿到这火系虫师的秘宝！”

金素梅痴痴地抚摸着眼前的箱子，盯着躺在不远处床上的那个人微微笑了笑，她真想让床上那个人看看此刻自己的笑是多么得意，可是那人却一直沉睡着。半个月之内她寻了无数名医，所有人的回答都一样，此人身体早已经恢复，却不知什么原因始终无法醒过来。

她叹了口气，将装着秘宝的盒子小心翼翼地放进暗格之中，迈步缓缓地走了出去。在她关上房门之后，床上那个人的手指轻微地颤抖了一下……

一阵尖锐的鸣笛声刺破了北平城中的宁静，一辆黑色的轿车疾速向北平城东而来，前面两辆摩托车上分别架着一挺歪把子。车上坐着一个五十多岁鬓角有些斑白，却精神矍铄的日本男人，他便是在日本的那支火系君子，名叫松井尚元，而在副驾驶的位置上坐着的一个二十多岁的年轻人，便是他的孙子松井赤木。两人目光中充满了怒气，向北平城东的这座四合院驶来。

轿车停在门口的时候，守在门口的日本兵快速地走到轿车前面，极为恭敬地打开了车门，那个五十多岁的男人，从车上下来打量了一下四周的环境，对那个日本兵“叽里咕噜”地说了几句日语，那日本兵小跑着回到了四合院中。

一会儿工夫，那个日本兵从里面小跑着出来推开了门，松井尚元抻了抻衣角，随着那日本兵走了进去。

在金素梅的那间卧室中，日本兵端来一套茶具，松井尚元与松井赤木坐在桌子对面，金素梅拿起一壶水不紧不慢地刷洗着茶具。

“不知松井先生这么晚来这里究竟有什么事？”金素梅目不转睛地望着眼前的茶具，将茶具刷洗干净之后，她捏起一旁的茶，往茶壶中放入一些茶叶。

“呵呵，我们今晚来这里不是与金先生探讨茶道的！”松井尚元语气有些怨愤地说道。

“哦？”金素梅瞥了一眼松井尚元，又将目光汇聚在茶具之上，“松井先生不是一直以儒雅君子自居吗？这茶道更是您的得意之处，今晚怎么会不谈茶道呢？”

“哼！”松井赤木忽然拍了一下桌子，放在他前面的茶杯被他这么一震掉落在地上，发出清脆的“啪”的一声，随后裂成了数片，“为什么潘俊他们去往河南你得到消息却密而不报？”

金素梅瞥了松井赤木一眼，冷冷地笑了笑：“松井先生，这里可不是北平宪兵司令部，如果你想发脾气的话，我想你找错地方了！”她的话音刚落，一把匕首已经插在了桌子上，距离松井赤木的手掌只有毫发之遥。

松井尚元拍了拍松井赤木，然后说道：“金先生请您原谅，赤木他也不是有意冒犯您的！”

金素梅将茶壶盖打开放在一旁，慢条斯理地拿起水壶轻轻地将水注入其中，盖上盖子，又在茶壶外面轻轻浇了一遍热水。“我已经将潘俊的行踪上报给天皇陛下了，如果你们有什么不解的地方，可以去向他询问！”

松井尚元虽然知道金素梅这句话是推诿之词，却始终奈何不了她，只是淡淡地笑了笑道：“金先生，如果您掌握了潘俊的行踪可否告诉我们？我们也可以助您一臂之力！”

金素梅瞥了他一眼，对松井赤木说道：“呵呵，看来你要学的东西还很多。”然后扭过头对松井尚元道：“如果有需要的话，我会找您的！”

“嗯，时候不早了，金先生早些休息吧！”松井尚元说完，站起身给松井赤木使了一个眼色，两人这才离开屋子。

金素梅倒了一杯茶，色泽翠绿，香气浓郁，轻酌入口，甘醇爽口，饮后感到太和之气弥漫齿额之间，此无味之味，却也是至味。

落日平台上，春风啜茗时。
石阑斜点笔，桐叶坐题诗。
翡翠鸣衣桁，蜻蜓立钓丝。
自逢今日兴，来往亦无期。

金素梅站在窗口口中轻吟着，望着松井祖孙离开不禁微微冷笑。松井尚元与松井赤木回到了车里，松井赤木怒气冲冲地说道：“爷爷，这个女人也太嚣张了！”

松井尚元心中亦是怒气冲天，虽然他是火系驱虫师，但是多年来松井尚元一直想改变火系驱虫师那种怒气冲天的性格，因此自从年轻之时，他便开始研究茶道以求修身养性，自以为修养已然与圣人无异，其实也不过如此。

“可是现在咱们却拿这个女人没有什么办法！”松井尚元叹了口气说道，“开车！”

“我一直不明白她究竟是什么人。”松井赤木扭过头望着一直闭着眼睛眉头紧锁的松井尚元说道。

“野心家！”松井尚元一字一句地说道，车子快速在北平城中穿行，车外那轮明月的光晕已经渐渐消弭，微风轻轻吹过。果如燕云所料，真的起风了。

11

寻明鬼，穴居毒狼蛛

而燕云此刻的双眼却直勾勾地盯着时淼淼身下之物，借着窗外的月光，燕云见那东西黑乎乎的，此刻竟然在时淼淼身下爬行着，燕云惊叫一声，拿起枕头将那东西扫到了地上。

段二娥闻声立刻爬了起来，月光下见燕云脸色惨白地指着地面，段二娥立刻明白了过来，连忙起身将自己身旁的灯点上。灯亮之后，只见地上趴着一只硕大的蜘蛛，那蜘蛛见光之后立刻停止了动作，如同死了一般停在地上不再动弹。

段二娥生性胆子不大，见到蜘蛛自觉冷汗阵阵，浑身鸡皮疙瘩瞬间冒了出来。她咽了咽口水，小心翼翼地走到那蜘蛛前面，只见这只蜘蛛有拳头大小，身体和步足密生黑、白及棕色绒毛。头胸部呈梨形，前部隆起，中间有黑白相间的辐射状斑，两侧呈黄白色。腹部是椭圆形，背面密布黑色小斑点，中间有黑褐色的心脏斑。段二娥从未见过如此奇特的蜘蛛，她抬起头看了一眼欧阳燕云，只见燕云痴痴地望着那只蜘蛛不可思议地说道：“这……这里怎么会有这种蜘蛛？”

“燕云姐，你见过这种蜘蛛吗？”段二娥见燕云一副惊恐的表情不禁问道。

段二娥话音未毕燕云已经跳上床，时淼淼此时眼睛依旧微微闭着，她轻声在时淼淼耳边叫了两声：“时姑娘，时姑娘！”可是时淼淼像是根本听不见一般，表情痛苦地瑟缩着身体，仿佛极冷一般。燕云立刻将时淼淼身上的被子除去，然后将时淼淼的上衣轻轻撩开，将她翻转过来，忽然她的目光盯住时淼淼后背上那两个小小的血点，血点周围的皮肤已经变成了紫黑色。

"段姑娘，你快去叫潘哥哥！"燕云一面说着，一面趴在时淼淼的身上用嘴用力地吸住那两个小小的血点，顿觉口中一股腥臭味，嘴唇一阵麻麻的感觉，她起身"哇"的一声将毒血吐到外面。她抬头看见段二娥此时怔怔地看着自己，不禁有些焦急地说道："段姑娘，快点儿，快去叫潘哥哥，迟了恐怕就来不及了！"

段二娥这才转身推开门，跌跌撞撞地向正厅奔去。

燕云又将嘴贴在时淼淼的后背上用力地吸了一口，这蜘蛛的毒性极强，燕云吸了两口之后觉得口唇火辣辣地疼，她轻轻擦了一下嘴唇，谁知此时嘴唇已被那蜘蛛之毒腐蚀破裂，渗出血来。

"啊……"这时，时淼淼终于长出一口气，燕云见这方法果然见效，立刻将嘴唇再次贴在时淼淼的后背上又吸了一口，这次吸出来的毒液已经少之又少。时淼淼挣扎着转过身子，微微张开眼睛盯着满嘴是血、嘴唇已经微微肿起的燕云叹了口气说道："欧阳姑娘，你这又是何必呢？"

"呵呵！"燕云笑了笑觉得自己的嘴唇又麻又疼，整张嘴似乎已经不属于自己了一般，"你还是少说话为好，以免这毒随着血液走遍你全身，那时候就是神仙来了也救不了你了！"虽然当时燕云嘴上却依旧不肯放过时淼淼。

"如果……如果我死了的话！"时淼淼断断续续地说道，"燕云应该高兴才是！"一直以来，时淼淼都叫欧阳燕云为欧阳姑娘，此时她忽然改口叫她燕云，这让燕云觉得有些不习惯。

"一码归一码！"燕云将时淼淼的衣服穿好后说道，"我只是不喜欢你和潘哥哥在一起而已，其实对你这个人……"燕云顿了顿接着说道，"再说如果没有你和我抢潘哥哥的话，也少了不少趣味！"

时淼淼从嘴边挤出一丝微笑却不再说话，她微微闭上眼睛，一行细密的泪水从她的眼角缓缓地流淌下来。燕云见时淼淼忽然流泪慌忙问道："时姑娘是不是很疼？"

时淼淼摇了摇头，胸脯微微起伏着。燕云这才放下心来，将时淼淼的被子拉过来盖在她身上，忽然她觉得脑袋一阵眩晕，身上有些麻木的感觉："时姑娘，你一定没见过这种蜘蛛吧！"燕云挣扎着说道，她的声音微弱得时淼淼根本听不到，只见燕云靠在后面的墙上说道，"这种蜘蛛叫穴居狼蛛，以前在新疆的时候……那时候我曾经见到有人被咬伤……被咬伤之后，别人就是这样把中毒之人身体中的毒吸出来的！”倦意越来越重地压过来，燕云恍然间回到了新疆，那光秃秃的山岭，远处悬浮着的热浪，灼灼反光的砂岩，她的脸上露出一丝安详的表情。

潘俊推开门的时候见时森森躺在炕上人事不省，而燕云的嘴唇高高隆起靠着墙坐在时森森的身旁也是不省人事。段二娥轻轻地拽了一下潘俊的衣角，指着地面上那只依旧一动不动的蜘蛛，潘俊顺着段二娥手指的方向望去不禁大惊失色。他立刻拉过时森森的手臂，手指按在时森森的手腕上，时森森的脉迟而有力，一息不足四至，兼有滑、涩、细等脉象，此乃是阳不胜而阴气血寒所致，想那蜘蛛之毒必定属寒。

他又凑到燕云的身边，按住其手腕，燕云脉象与时森森无异，只是稍轻而，见燕云口唇肿胀破裂已略知一二。他把完脉沉吟了片刻说道：“段姑娘，幸好燕云将时姑娘体内的毒素吸了出来，不然恐怕真的没救了！”

“嗯！”段二娥点了点头，“潘俊哥哥，现在要怎么做？”

“这种穴居狼蛛毒性极强，一般的药物根本无法解毒。”潘俊沉吟片刻说道，“只能开一服药先给她们二人服下，以帮助她们排除体内的残毒！”说完，潘俊从怀里拿出一块布罩在穴居狼蛛的身上，将其包裹好之后拿在手中说道，“你先在这里照顾她们，一会儿我让潘璞将药送来！”

“嗯！”段二娥点了点头说道，“那她们什么时候能苏醒过来？”

潘俊摇了摇头：“恐怕要一两日的工夫吧！”说完便走了出去。

潘俊开了方子，吩咐潘璞照着方子拿药熬好之后送至女眷的房间，自己则回到了密室之中将那穴居狼蛛放在桌案上。那狼蛛常年生活在荒草丛中的地下巢穴，毒性极强，只要一滴毒液便可以将一头牛毒死。潘俊曾经听父亲说起过这种蜘蛛，父亲告诉他在为数不多的蜘蛛中，这狼蛛属于可以驯服的那种，它们可以成为杀人的利器，早期的木系驱虫师曾经用其身上的毒制成“化尸水”，只要将人身上拉出一道血痕，将蜘蛛毒做成的药水滴在上面，一两个时辰之后，那尸体便会化作一摊血水。

不过让潘俊大为不解的是，这种穴居狼蛛一般只有新疆、西藏、内蒙古、甘肃等少数地区才有，它是如何出现在中原之地的呢？他细细地观察着眼前的这只狼蛛，眼前的这只狼蛛忽然像是被激怒了一般猛然向潘俊的脖子扑来，潘俊眼疾手快地向后退了两步，狼蛛一击未成便快速地向床边爬去，潘俊连忙用布将那狼蛛盖住，然后抓起来拿过一个盒子将其放入其中。

潘俊这才长出一口气，不过刚刚那一击潘俊却看得清楚，它一定是经人专门训练过，否则不会直奔喉咙而来。一旦那蜘蛛咬中了喉咙，毒素立刻便会麻痹喉咙令人窒息而死。但是究竟是谁控制了这只蜘蛛？又为什么会忽然袭击时淼淼呢？潘俊百思不得其解，此刻他更关心时淼淼与燕云的伤势，虽然与段二娥说她们会在一两天之内苏醒过来，其实他心中也并非那么自信，毕竟这种蜘蛛他从未见过，对其毒性也不是很清楚。

时淼淼与欧阳燕云中毒的事情不胫而走，一大早燕鹰与吴尊等人便到房中看望两人，得知她们虽昏迷不醒但性命无碍，这才放下心来。燕鹰始终牢牢地抓着姐姐的手，偶尔瞥一眼躺在燕云一旁的时淼淼，不停地喘着粗气。潘俊进来时，燕鹰上下打量了他一下，潘俊鼻孔微微颤抖了两下。

整个上午燕鹰都守在姐姐的身边，他与燕云的感情早已超越了姐弟，燕云从小如母亲般地照顾燕鹰，此刻他宁愿躺在床上昏迷不醒的是自己，而不是燕云。在潘俊、吴尊都走了之后，燕鹰站起身狠狠地关上房门，“啪”的一声惊得段二娥身体猛然一颤。

“燕鹰，你怎么了？”段二娥望着满脸怒气的燕鹰说道。

燕鹰望着躺在姐姐身边的时淼淼说道：“哼！为什么让姐姐帮她吸毒？为什么吸毒的人不是潘俊？”燕鹰狠狠地咬着牙说道，“只有我姐姐会那么傻，不顾性命地去救这个冷冰冰的女人，人家潘爷的命太值钱了，怎么会舍得呢？”

“燕鹰，不是那样的。”段二娥争辩道，谁知燕鹰根本听不进去，冲着段二娥说道：“段姑娘，你不要再替他说话了，我早就看透他这种人了！”

“燕鹰，你能不能冷静一下？”段二娥抓着燕鹰的肩膀说道，“你怎么能这么说潘俊哥哥呢？”

“怎么不能说？”燕鹰大吼道，“该冷静的是你啊，段姑娘你想想，我们经历的这所有事情的罪魁祸首是谁？如果没有潘俊家的青丝，我们也不会和爷爷来到中原，那样的话爷爷也不会死，还有奎娘。而你呢？如果不是潘俊将厄运带到了道头村的话，恐怕你们现在依旧安静地生活在那个小村子里！”燕鹰的话像是触痛了段二娥的某根神经，她缓缓地坐在炕边，一切像是放电影一般一幕幕从她眼前闪过。

“段姑娘，等姐姐醒过来，你陪我一起回新疆吧！”燕鹰忽然拉住段二娥的手柔声说道，“那里的人不会像他们一样嘴上一套心里一套，更不会将自己伪装在一张假面具之下！”燕鹰说着，望了一眼沉睡中的时淼淼。

“嗯！”段二娥点了点头，含情脉脉地望着燕鹰。他将段二娥揽入怀中，段二娥身上淡淡的幽香让他一时之间有些心猿意马，他轻轻凑到段二娥的嘴唇边，段二娥微微地闭上了眼睛……

在正厅之中，潘俊、冯万春、吴尊均皱着眉头，屋子里死气沉沉的，只有一只知了在院子中的一棵树上不厌其烦地聒噪着。

“潘俊，现在这两个丫头都中毒了，恐怕寻找金无偿的事情要往后拖一拖了！”冯万春惋惜地说道。

潘俊沉吟片刻抬起头道：“冯师父，恐怕我们没有那么多时间了。”说着，潘俊从袖口中拿出一个信封递给冯万春，冯万春疑惑地接过信封，从中拿出那封信，还未看信上的内容，冯万春便早已认出那信上的笔迹，正是出自自己的不肖之徒子午的手笔。

“这封信……”冯万春有些恼怒地说道。

“冯师父，你先看信上的内容！”潘俊知道，冯万春一直对子午的事情耿耿于怀，不过此时却不是纠结于那件事的时候。

冯万春点了点头，展开信，信上写着：“陷阱，勿往安阳！”

看完信，冯万春立刻将那信收了起来，看了一眼潘俊，见他始终皱着眉头，便说道：“这个不肖之徒写的未必是真的啊！”

“哎，起初我也对子午所说的话将信将疑，不过这一路上尤其是在凤吊山的经历，让我一点点地相信了！”潘俊说到这里，抬起头对一旁的吴尊说道，“吴当家的，我记得你第一次见到我们三个人的时候，曾经说过我们很像某人是吗？”

吴尊听到潘俊叫自己连忙点了点头，用少有的严肃表情说道：“潘爷说得没错。在您到达凤吊山的前几日，便已经有人暗中通知各大山寨说可能近期会有三个人从这条小路经过，那个人还大致描绘了你们的模样，而且告诉我们在你们的身上藏着驱虫师宝藏的地图，所以一见到你们，我便认出来了！”

“真有此事吗？”冯万春听完吴尊的话不禁惊慌地问道。

吴尊点了点头。

“冯师父，我们离开北平之时才将人分成两队，现在那个人竟然知道哪三个人一起走。”潘俊不可思议地说道，“这件事太可怕了，他们像是对我们的行踪了如指掌。”

“是啊。”冯万春掏出一根烟衔在口中，吴尊连忙掏出打火机给冯万春点上，冯万春微微一笑。

“所以这一路上我一直惴惴不安，唯恐你们在我们之前抵达而落入陷阱之中啊！”潘俊长叹了一口气说道，“吴尊，我有一件事想让你代我走一趟！”

吴尊点了点头：“潘爷只管说，只要用得上我吴尊的地方，我吴尊没有二话！”他拍了拍胸脯，潘俊凑到吴尊耳旁轻轻地说了几句，吴尊听完笑道，“放心吧潘爷，那我先走了！”

吴尊走后，冯万春走到潘俊身边道：“潘俊，你这葫芦里究竟卖的什么药？既然知道来安阳是个陷阱，为什么不在我们会合之后就离开啊？”

“哎，冯师父，一言难尽啊！”潘俊说着便轻轻地打开了密室的门，“咱们进去说话吧！”

冯万春跟着潘俊走进密室之后，潘俊将密室的门紧锁上这才说道：“在你们离开之后我便二返北平，你知道我遇见了什么人吗？”

“哦？”冯万春见潘俊一脸神秘，不禁摇了摇头。

“爱新觉罗·庚年！”潘俊长叹了一声说道。

“他？”冯万春从未听过此人的名讳，但既然出自潘俊之口，必定是与潘俊明知是陷阱依旧留下有着某种关系。

“嗯！”潘俊微微点了点头，“他是爱新觉罗·奕劻的小儿子。”

“哦，爱新觉罗·奕劻这个人我知道！”冯万春又点了一根烟娓娓道来，“他是奕䜣之后的总理大臣，不过他与这件事有什么联系？”

“因为当天在他的官邸所说的那番话！”潘俊眉头皱紧，“还记得我第一次见到冯师父之时，你曾对我说金无偿知道一个驱虫师家族的秘密，那个秘密关乎几乎所有驱虫师的命运！”

“嗯，对！”冯万春吐了吐粘在嘴角的烟丝说道，“这件事的起因完全是个偶然，今年开春我潜入长春关东军总部发现了一封密函，那密函是华北日军总司令冈村宁次亲手签发的。当时我挟持了一个日本兵，让他将那封密函读给我听，谁知听完我才知道，这些日本鬼子在秘密策划一个阴谋，密函中说这金系驱虫师家族掌握着一个重大秘密，密函中严令让金系驱虫师人间蒸发。我忽然想起当年父亲在世的时候曾经和我说过，五系驱虫师均与这金系驱虫师有密切的关联，一旦金系驱虫师覆灭，那么驱虫师家族也便覆灭了。可就在我准备将这个信息送出去的时候，不想却被捕入狱！”

“呵呵。”潘俊沉静地笑了笑，“恐怕那个秘密不仅仅关乎所有驱虫师的命运。”潘俊的语气与当天的爱新觉罗·庚年简直一模一样。

坐在爱新觉罗·庚年院子后面人工湖中的那两层楼阁之中，爱新觉罗·庚年似笑非笑地望着潘俊说道：“恐怕我知道的关于驱虫师的秘密，要比潘爷您知道的多得多！”

“愿闻其详！”潘俊拱手道。

“潘爷，这驱虫之术古已有之，却从未被古人记录在册。”爱新觉罗·庚年坐在潘俊面前，拿起茶碗呷了一口茶说道，“潘爷可知为什么？”

“父亲过世之后，我也一直在寻找这驱虫之术的根源，可最后却发现古人对于驱虫之术似乎毫无记载！”潘俊可谓是学贯古今，根本不让任何当代大儒，但身为木系驱虫师的君子，他却始终找不出任何关于驱虫师的记录，“这所有典籍之中唯一对虫的介绍便只有中医之中了！”

“对。”爱新觉罗·庚年赞许地说道，“只有在中医之中将天下之虫分为金木水火土五行，而这五系虫师便是由此而来！”

“那也不对啊！”潘俊疑惑地望着爱新觉罗·庚年，“中医之中对五虫的分类是：毛虫，有毛之虫三百六十，而麒麟为之长；羽虫，有羽之虫三百六十，而凤凰为之长；倮虫，倮之虫三百六十，而圣人为之长；介虫，有甲之虫三百六十，而神龟为之长；鳞虫，有鳞之虫三百六十，而蛟龙为之长。这毛虫属木，羽虫属火，倮虫属土，介虫属金，鳞虫属水，这与当年驱虫师家族的所驱之虫迥然不同，怎么会是源于此处呢？”

“呵呵，这就是驱虫师先人的高明之处。”爱新觉罗·庚年幽幽说道，“他们故意将五虫家族打乱，便是为了不让人轻易地知道驱虫师家族的秘密。二者看似毫不相关，但除了分法不一样之外，虫依旧是那些虫！”

“你口中所说的驱虫师家族的秘密究竟是指什么？”潘俊越听越觉得离奇。

“还是刚刚的那个问题，潘爷，”爱新觉罗·庚年似乎颇为得意地说道，“既然这五虫早已有之，为何经史典籍之中却只字未提呢？”

潘俊微微摇了摇头。

“只因一个禁忌！”爱新觉罗·庚年长出一口气说道，“潘爷，其实在皇家之中一直流传着一句话：遇战乱，虫师出，得虫者，得天下，三十年，必易主！

“这句话的意思是每逢天下大乱，或者纷争四起之时，驱虫师便会出现，而得到驱虫师家族秘密之人便可以得到天下，只是这天下会在三十年之后易主。便是这易主，让所有的帝王对之敬而远之！”

“真有此言？”潘俊简直不敢相信自己的耳朵。

“嗯！”爱新觉罗·庚年缓缓点了点头说道，“潘爷，时候还早，如果您想听的话那我再给您讲几件事吧！”

“好！”潘俊此时觉得自己宛若一只井底之蛙，这惊世之言却从未听到过。爱新觉罗·庚年喝了一口水，之后所说的事情是潘俊万万也不曾想到的。

大唐初年，唐高祖李渊初建国号根基尚不稳定，但那时北方突厥却兵强马壮，一度曾从北方官道一路打到距离长安城池十余里的驿站，最后唐高祖李渊只能屈尊进贡，这才使得北方得以安定。

而到了唐太宗李世民执政之初，国力稍有改善，但前朝沉疴一时之间却很难改变，当此之时突厥军队亦在北方骚扰不止，经常祸乱北方边境。李世民对此深恶痛绝，却只能韬光养晦。直到国力日渐强盛之时，唐太宗才开始征讨突厥。

突厥一直生活在北地，以游牧为生，这个民族彪悍异常，对大唐虎视眈眈，因此早有准备。李世民御驾亲征却不想祸起萧墙，所谓大军未动而粮草先行，李世民起初并未曾想到这场大战会持续如此之久，再加上运粮队被突厥偷袭，导致几十万大军的粮草岌岌可危。

当时原本运粮的官道早已经被逃荒的难民拥堵得水泄不通，从长安到北地原本半个多月的行程，当时即便是两三个月也走不到，而且路上还时常会遇到突厥部队偷袭。眼看粮草殆尽，军心必定大乱，如若不退兵必然会造成哗变，而如果退兵的话，那么之前所有的努力都会化为乌有。

在这千钧一发之际，一个自称彭越的驱虫师来到李世民的军营之中。他刚来到寨门口，只听李世民在营房中喊道：“有高人来也！”外面的护卫不明就里，谁知李世民早已经披着衣服出了帐门，果然见一个鹤发童颜之人站在门口。

李世民恭敬地将其请入帐中，只见帐篷之内有数百只蚂蚁整齐地排列成四个字：“送粮人至。”李世民见此人虽然年过古稀却依旧精神矍铄，不禁问道：

“不知先生有何办法运粮于此？”

“不知陛下需要多少粮食？”老者恭敬道。

“三十万石足矣！”李世民伸出手说道。

“不知陛下需几日运达？”老者再次问道。

“实不相瞒，军中之粮只够半月之用！”

李世民此言一出老者起身便向外走，李世民连忙拦住道：“先生何故欲走？”

“陛下不以实相告，老朽留在此处亦无益处啊！”老者淡淡地说完，迈步便要向外走。

李世民连忙抓住老者的手臂：“粮草之事实属军中机密，不得已而谎称半月！”李世民沉吟片刻说道，“也罢，军中之粮现只够两日使用，这绝无欺骗！”

老者听完哈哈大笑起来，说道：“既然如此，陛下需几日将那三十万石粮食运抵于此？”

“当然是越快越好！”李世民扶着老者坐在椅子上说道。

“好，陛下今晚命军士将粮仓立在据此向南两里之外之处，四周架起火把，明日必然会有三十万石粮食出现在粮仓之中！”老者笑着捋了捋胡子，“不过，陛下要答应我两件事！”

“如果真有三十万石粮食，别说是两件事，即便是千件万件朕也答应你！”李世民对于翌日现粮之事终究有些怀疑。

“第一件便是陛下命所有军士今晚不论听到粮仓出现什么声音都不要惊慌，更不可近观；第二件便是不可将此事说与外人！”老者这两个要求并不过分，于是李世民听完便照老者所说，当天下午命人在南面两里之外建了一座足以盛下三十万石粮食的粮仓，四周全部点上火把。

当天下午老者便告别离去，李世民一直对于老者的话心存怀疑，这世上能做到此种地步的，除神仙之外再无常人了。他疑惑地在营帐中一直等到子夜，却并未发现有任何动静，如若有人运三十万石粮食必定是车马喧哗，而此时耳边只有呼呼的风声。他心中焦虑，想派人前去查看，转念又想，既已经答应老者不去探查，如若去了岂不食言？于是便一直在营帐中忐忑不安。

子夜刚过，忽然外面阴风骤起，旗帜飞扬，一个士兵忽然匆匆从门外跑来跪倒在地说道：“启禀陛下，南面的粮仓之处传来震天的叽喳之声，唯恐是突厥偷袭来了！”

李世民心想必定是那老者的运粮之术，于是当即下令所有人严阵以待，不可迈出寨门半步，违者立斩不赦。这道严旨立刻在军营之中传播开来。李世民走到营帐外面，只听那叽喳声果然是从南面粮仓传来的，这声音一直到东方放出亮光才结束。李世民立刻亲率兵马赶至前方的粮仓，远远地只见粮仓前面的草地早已被踩踏得如同一条通衢大道一般，道路上满是细小的脚印。他来不及细观直奔那粮仓而去，只见粮仓之中已经盛满了粮食，足足有三十多万石。他不禁仰天长叹道："真乃神人也！"

正在此时，一个士兵匆匆而至，他气喘吁吁地跪倒在李世民面前道："陛下，刚刚得到线报，昨夜有数十万只老鼠忽然从京城向此处狂奔而来，今晨在官道和草丛之中发现很多老鼠的尸体。"说着，那个士兵将一个已死去的老鼠捧在手心，李世民见那老鼠虽已死去，但是老鼠的口却被撑得比身子还要大，他命人将老鼠的嘴撬开，不禁一惊，满满一嘴的粮食从老鼠的口中掉了出来。

他一面命人将粮草运入寨中，一面带着人马向官道而来，只见一路上的老鼠尸体有上千只，道路两旁的草丛早已被成群的老鼠踩踏得四处倒伏。当他大败突厥之后，便四处寻找那老者，只是那老者早已不知所终。他只记得此人是一个驱虫师，并且也遵循之前承诺不将此事昭告天下，只是在临终之前将此事密告于李治。

"真有此事吗？"潘俊完全被这个故事吸引住了，虽然他自认博古通今，但今日爱新觉罗·庚年所说之事，却让他一夕之间变成了井底之蛙。

"是啊。"爱新觉罗·庚年讲完喝了一口水说道，"潘爷，这些东西即便是在皇室之家也属秘中之秘，更何况是你们了！"

"简直不敢相信！"潘俊摇着头说道。

"呵呵，那么接下来这件事就让你更觉得难以置信了！"爱新觉罗·庚年说道，"历史上有一位载入史册的驱虫师，只是从未有人提过他驱虫师的身份！"

"谁？"潘俊不禁问道。

"淮阴侯韩信！"爱新觉罗·庚年肯定地说道，"韩信是驱虫师的后人，也是当时驱虫师秘密唯一的继承人，他曾忍受胯下之辱。起初身为楚国人的韩信，曾一度投靠西楚霸王项羽，只是韩信备受排挤，无人重用，最终韩信弃项羽而投奔刘邦。

"项羽入咸阳之后，便将刘邦赶至汉中盆地，这汉中之地欲往中原却被秦岭所阻，而项羽又将旧时秦地封给章邯、司马欣、董翳（意）来钳制刘邦，因此刘邦虽有往北之心，却苦于无能为力。正是此时韩信向刘邦献出了‘明修栈道，暗度陈仓’之计。

“其实当时出汉中入中原之路有四条，第一条，子午道（时称蚀中道），也就是汉王进入汉中时走的道，此路便是那明修栈道之处。第二条，褒斜道，也就是当年秦惠文王取蜀之道，此路距离中原较近，也是通秦岭两麓的要道。第三条，祁山道，此道是由汉中西至甘肃略阳后，折向西北，经下辩、西县，北入甘肃天水的陇西地区，再越过陇山东下关中。三国时诸葛亮数次北伐于魏，用兵祁山，走的就是此路。第四条，傥骆道，始通于三国，是穿越秦岭、连通关中与汉中最近捷的古道路。唐代德宗、僖宗避兵火，均经由此路至汉中。但此路却‘屈曲八十里，九十四盘’，非常险仄。而最后韩信走的，却是当时根本不存在的一条陈仓小路。但纵观史书，世人只知韩信暗度陈仓，只知诸葛孔明二出祁山之时走的是此路，却无人知晓韩信如何得知此路的。”爱新觉罗·庚年说到这里微微笑了笑说道，“其实在韩信暗度陈仓之前，那陈仓小路根本不存在！”

“不存在？”

“是啊！”爱新觉罗·庚年说到这里甚为激动，“其实在韩信拜将之前便已经暗中探访了这汉中四周的山势，他要为汉王刘邦选择一条通往中原的捷径，这条捷径第一必须要快，第二能够出奇制胜。最终，他将那条即将开辟的道路选在了陈仓这个地方。而这次他所用之术亦是家传驱虫之术，用数以万计的蚂蚁将那条本不存在的道路开拓了出来，这便是军事史上的奇迹‘明修栈道，暗度陈仓’中陈仓古道的来历。”

“这还不止，当项羽被困于垓下之时，韩信又巧妙地运用驱虫之术驱使蚂蚁在项羽的营帐中排布成一个‘亡’字，摧毁了项羽最后一点儿卷土重来的信心！”爱新觉罗·庚年接着说道，“借助驱虫之术，韩信几乎成为当代名将，不过这驱虫师的秘密还是不胫而走，被刘邦所知。刘邦想得到这驱虫之秘，却发现韩信始终守口如瓶，最终刘邦便以谋反之名将韩信招入长乐宫内被吕后所害。从那之后，刘邦唯恐天下还有驱虫师后人，便四处派人搜查。不仅如此，所有关于驱虫之术的文字，也全部被焚毁！”

爱新觉罗·庚年说完之后，潘俊却陷入了沉思。若如他所说，掌握了驱虫师的秘密便可以操纵万虫的话，也许真的可以颠覆所有的历史，那么日本人之所以如此渴望得到那个秘密，便也顺理成章了。

记忆一点点地冻结成冰，潘俊将那天之事一口气诉与冯万春，发觉冯万春一双眼睛始终盯着正前方，手中的烟早已烧净，只剩下地上的一堆烟灰。

“冯师父！”潘俊轻声叫道，此时冯万春才回过神来，只觉手指一痛，连忙将手中的烟蒂弹到地上。

“你相信爱新觉罗·庚年的话吗？”这句话潘俊是在问冯万春，又像是在问自己，这一路之上潘俊一直不停地问自己这个问题。他知道木系驱虫师可以控制蚂蚁，但是至多不过千余，火系驱虫师可以控制老鼠，但最多也不过成千上万。

“得虫者，得天下！”冯万春朗声大笑道，“现在我倒是对这驱虫师家族的秘密更加好奇了，我想看看究竟是一个什么秘密可以有这么大的作用！”

“是啊，所以我才会执意留下来。”潘俊踌躇了一会儿说道，“冯师父，子午信上所说的十有八九便是真的，所以我希望你能带着时姑娘和欧阳姐弟离开此地。”

“你这小子当我是什么人？我冯万春还真没怕过什么，若是说死也应该早就死了，这条命活一天就算是赚了一天！”冯万春这几句话说得颇有些英雄气概，“你放心，如果真有得天下的好事，我不会和你争的！”

潘俊知道这是冯万春的笑谈：“我知道冯师父早已将生死置之度外，但太多的人在此处只能是白白送命而已！”

“呵呵，潘俊啊潘俊，你真是聪明一世糊涂一时啊！”冯万春叹息道，“既然我们已然落入了陷阱，那么这么多人走了他们肯定会马上动手，到那时恐怕连见金无偿一面的机会都没有了！”冯师父这话说得不无道理，他早已看出潘俊一副既来之则安之的神情似是已然想出了办法，现在没说这个恐怕是还对自己的办法没有十分的把握而已。

“好吧！”潘俊终于释然地抬起头说道，“如果你们真的要留下来的话，就必须得按照我所说的去做！”

“嗯！”冯万春早已领教过这个年轻人惊人的智谋和胆识了，他微微点了点头。

走出密室的时候，吴尊早已满头大汗地坐在正厅之中，潘璞正在给吴尊斟茶攀谈着什么，见潘俊、冯万春二人走出来，潘璞和吴尊两人都站起身来。吴尊从口袋中掏出一封信递给潘俊道：“果如潘爷所料，这封信昨天便到了！”

“好，辛苦了！”潘俊拍了拍吴尊的肩膀说道。吴尊咧开嘴一笑道：“我先过去看看师父！”说完吴尊便走出了正厅。冯万春望着吴尊离开的背影说道：“嘿，潘俊，时丫头有没有答应吴尊拜她为师啊？”

“应该还没有！”潘俊也觉得这吴尊虽然身上依旧有些匪性，但人却直爽，心直口快。

“嗯，我想这小子一辈子也不可能投到时丫头的门下了！”冯万春收回目光，一面掏着烟，一面说道。

“哦？”潘俊坐在冯万春旁边的椅子上，“精诚所至，金石为开嘛，我想吴尊的诚意早晚有一天会打动时姑娘的！”

“嘿嘿，这个我倒是可以和你打个赌！”冯万春坏笑着说道，“我保证时丫头不会收他！信不信？我拿一百万和你赌！”

“为什么？”潘俊好奇于冯万春竟然如此肯定。

“嘿嘿，先别问，你就说敢不敢打赌吧？”冯万春此时笑眯眯地叼着烟，如同顽童一般盯着潘俊说道。

“好，既然冯师父这么有兴致，我就凑这个彩头！”潘俊笑着说道。

“来来来，潘璞你要不要也下一注啊？”冯万春对潘璞招了招手说道。潘璞端着茶壶走过来，给潘俊和冯万春各倒了一杯水说道：“冯师父的胃口那么大，我还是当个见证人吧！”

“嗯，行，也好！”冯万春一脸顽皮地说道，“潘爷你输定了，一会儿给钱啊！”

“冯师父你还没说为什么这么肯定呢。”潘俊追问道。

“嘿嘿，不瞒你说啊！”冯万春神秘兮兮地靠近潘俊说道，“这水系驱虫师一门向来都是只有女人。”

“哦？难道关于水系驱虫师的传说都是真的？”潘俊小时候听大伯曾经说过，水系家族与木系家族在五系驱虫师之中规矩最严，有些规矩往往近乎残酷。相传在水系驱虫师家族之中只有女孩，生下来的男婴都会被溺死。不过因为水系家族隐藏极深，很少与其他家族有所往来，因此这些也只是传闻而已，没想到这些传闻在冯师父这里被证实了。

“那根本不是什么传说，水系家族的人本来就是这样的！而且……”冯万春左右看了看，然后招了招手让潘璞靠近说道，“还有更离奇的呢！”

“咦？”潘俊的好奇心完全被冯万春勾起来了，“还有什么？”

“对，这水系的女人也有人叫她们螳螂女！”冯万春的话让潘璞一脸惶惑，想了一会儿问道：“冯师父，我看时姑娘简直就是天仙下凡，怎么叫人家螳螂女呢？”

“呵呵！”潘俊微微笑了笑说道，“潘璞叔，恐怕冯师父说的并非是她们的长相。我记得《本草纲目》上云，螳螂，骧首奋臂，修颈大腹，二手四足，善缘而捷，以须代鼻。深秋乳子作房，粘在枝上，即螵蛸也。房长寸许，大如拇指，其内重重有隔房，每房有子如蛆，卵至芒种节后一齐出。螳螂多有食夫的习性！”

潘俊说完，冯万春不禁竖起了大拇指，猛吸了一口烟说道：“这水系的女子在结婚之后一旦发现自己怀孕了，便会毫不留情地将自己的丈夫亲手杀死。如果怀上的是女孩便一辈子不再嫁人，如果是男孩的话便会将其溺死，然后再找第二个男人。”

听完冯万春所述，潘璞扭过头看了看潘俊说道：“那少爷岂不是惨了？”

潘璞这句话逗得冯师父大笑不止，直笑得肚子有些疼了才算停歇，说道：“所以我和你们说啊，这水系家族极其忌讳男子，你想时丫头会收吴尊为徒吗？认输了吧？”

“对了，少爷，现在时姑娘和欧阳姑娘都中毒了，咱们的行程是不是要变一下啊？”潘璞见二人都不再笑了于是问道。

“不变。”潘俊思量片刻说道，“你去安排吧，明天我和冯师父去见金无偿！”

“好！”说完潘璞退了下去，冯万春也站起身来说道：“我也去看看那两个丫头！”

12

河洛箱，巧藏五行术

潘俊点了点头，冯万春离开之后，潘俊将吴尊带回来的那封信展开看了一遍，微微笑了笑。这封信是管修写来的，那天管修开车送他从北平出来之时，他曾暗中拜托管修帮他调查一件事，他告诉管修如果有结果的话便把信寄到安阳城中的甲骨堂。

这甲骨堂是潘俊家的祖业，但是知道此事的人并不多。甲骨堂主要经营药草，名字便是取自这让安阳扬名的甲骨文。那最早发现甲骨文的王懿荣便是在中药龙骨中找到的甲骨文，后又在殷墟之中大量地发掘，甲骨文一时之间蔚然成风，于是潘家便将之前的药铺改为甲骨堂。

潘俊掏出火折子轻轻地吹了吹，火折子燃起火苗，然后将那封信点燃，瞬间化作灰烬。此时潘俊心中已经有了几分把握，只是还有一些事情他不太清楚，他要把自己所有的猜测一一验证，只有这样他才能做到十拿九稳。

潘俊曾在离开北平之时答应时淼淼，将霍成龙与卞小虎的头颅交给他们的朋友下葬，后因形势所迫潘俊一直未能遂愿。于是在管修送自己出城之时，便暗中告诉管修霍成龙和卞小虎头颅所在，而且叮嘱管修帮忙调查他们的真实身份。潘俊总是有种隐隐的感觉，似乎在霍成龙与卞小虎的身后隐藏着什么秘密。

事实证明潘俊的猜测是正确的，管修确实是个不可多得的人才，几日之内他便将两颗头颅交给了他们的人，不仅如此，他还查得这二人的身份。霍成龙与卞小虎原本均属北平驻军，其连队驻扎在卢沟桥以北，在卢沟桥事变之时这个连队仅存四人，卞小虎和霍成龙便是其中的两个幸存者。

这些潘俊早已知晓，可管修后面所写的内容却让潘俊大吃一惊。在1937年卢沟桥事变之后，卞小虎与霍成龙二人便回到了南京并受到嘉奖和重用，后因上海洪帮智松堂堂主通电“请缨抗战”，二人被戴笠派往上海参加淞沪会战。战事一起，戴笠亲往上海，八月建立“苏浙行动委员会”，这便是国民党青浦特训班，而作为参加过卢沟桥事变与淞沪会战的得力干将，两人自然便成了青浦特训班的第一批学员。而他们此次的主要任务，便是秘密保护驱虫师家族，寻找时机将其秘密转移。

潘俊长叹了一口气，他走到正厅门口，午后阳光和煦，晒在身上暖暖的，也许看过冈村宁次那封密函的不仅仅只有冯万春一个人，不然BIC（国民政府军事委员会调查统计局，简称“军统”）也不会派人特意保护他们。阳光洒在潘俊身上，让他有种前所未有的倦意，从这事情始发至今不过半个多月的时间，都是从那个午后开始的，这短短的半个月时间发生了太多的事情，像是一场梦一样。潘俊总是在想：“这会不会就是一场梦，也许自己依旧躺在北平城中自己的床上，抑或是回到十几年前姐姐潘苑媛回来的那个午后……”

不过这一切只是个幻想而已，潘俊深知此时自己的处境。所有人都希望得到驱虫师家族的秘密，而这个秘密究竟是什么却没有人知道。可是即便这样，这所有事情的始作俑者居然是日本驻华最高指挥官冈村宁次的一封密函，他又是如何得知这个秘密的呢？即便是火系驱虫师日本的那一支，所知道的也不过是与欧阳雷火相似而已，他可以确定爱新觉罗·庚年所说的事情欧阳雷火必定不知道。他觉得脑袋像是要炸开了一般疼痛，无数的疑问在脑子里乱窜，他需要休息一下了，需要冷静地将所有的事情前前后后仔仔细细地想一遍，也许他真的遗漏了什么事。

想到这里，潘俊走到正厅旁边自己的床上躺下，阳光从敞开的窗户洒在他的身上，这种感觉极好，如果能一直持续下去该有多好……

不知睡了多久，潘俊睡得很沉，隐隐地，他觉得眼前出现了一个女人，那女人似乎在轻轻地抚摸着他的脸颊，感觉是那么熟悉，像是多年前姐姐的手一样温柔。只是那感觉持续的时间过于短暂，转眼之间便消失了。他想挽留，可身体却像是注进了铅水一般沉甸甸的无法动弹，他又沉沉地睡去。

他察觉到段二娥站在自己面前的时候，才霍地从床上坐起来，段二娥一脸惊喜地望着潘俊，却始终说不出话来。

“段姑娘，怎么了？”潘俊惊异地问道。

“潘哥哥，我找到开启洛箱的方法了！”段二娥的话也让潘俊立刻惊喜了起来，“你快跟我过来看看！”

“嗯！”潘俊下了床穿上鞋跟着段二娥走了出去。午后，段二娥见燕鹰一直照顾着欧阳燕云和时淼淼，便走出去找金龙，谁知这孩子竟然好奇地爬到院子中的一棵大树上去抓知了。

段二娥走到跟前，金龙唯恐段二娥责怪自己，慌忙之间竟然一下子没有抓住从树上跌落下来。幸好那棵树不高，人并无大碍，只是那棵树下有一个小小的水坑，这让金龙弄了一身的污泥。段二娥从潘璞那里寻来几件大人的衣服要给金龙换上，谁知金龙却死活不肯。

问他原因他又不说，最后金龙才吞吞吐吐地说道：“你是女的，我是男的，男女授受不亲！”

段二娥又好气又好笑，一把将金龙揽在怀里说道：“你个小鬼头懂的倒不少，我是你姐姐，你是我弟弟，哪来那么多男女授受不亲的说法啊？”

金龙这才同意段二娥帮他换衣服，谁知金龙将衣服脱下之后，段二娥却在金龙的背后发现数个像是胎记般的烙印。在段二娥的询问之下才知，原来这烙痕在金龙小的时候就有，就连金龙的爷爷也不知这究竟是胎记，还是金龙家人怕其丢失而特意烙上去的。段二娥仔细端详那些烙印的方位、大小、形状，忽然皱紧的眉头一松：上面那些烙印极有可能是这河洛箱中洛箱的机关破解之术。就这样她一脸喜悦地来到了潘俊房中，谁知潘俊正在熟睡之中，她知道几日以来潘俊从未睡过一个好觉，于是便一直站在旁边守候着，直到潘俊醒过来，才将这个喜讯告诉了他。

潘俊跟着段二娥经由甬道来到后院，只见这后院之中空荡荡的，在院中放着一个木盆，木盆对面的绳子上挂着几件金龙换下来的衣服。

“哎，这小子跑到哪里去了？”段二娥见金龙已经没了踪迹，向四下望了望，“潘俊哥哥，我去找找他，这个淘气鬼不知又去哪里捣乱了！”

潘俊迟疑地点了点头，向前面的那木盆旁边走去。段二娥走过甬道一直四处寻找金龙，她将前后院落以及所有的屋子都找了一遍，却始终未发现金龙的下落，不禁焦急起来。她一面四处寻找，一面叫道：“金龙，金龙快出来吧！姐姐找不到你！”她的喊声将聚集在燕云和时森森房中的吴尊、燕鹰、冯万春等人都惊了出来。

“怎么了，段姑娘？”冯万春一出门便见段二娥急得满脸通红。

“金龙不见了，明明刚刚我走的时候他还在这里的啊！”段二娥无助地指着潘俊所在的位置说道。

“丫头，丫头你先别急，会不会这小子调皮跑出去玩了？”冯万春安慰着段二娥说道，“你最后看见金龙是什么时候？”

“小半个时辰前，那会儿我去找潘俊哥哥了！”段二娥说到这里不禁急出了眼泪，燕鹰拿出一块手帕递给段二娥，她轻轻地擦了擦说道，“明明刚刚还在这里的！”

“巴乌呢？”冯万春想起了一直跟着金龙的那只藏獒。

“好像巴乌也不见了！”段二娥说到这里更觉得事态严重了，眼泪再次盈满了眼眶。她一直呵护着金龙，两个人不仅都是弃婴，而且都是与爷爷相依为命长大的，再加上小金龙与金系驱虫师有着或多或少的关联，因而感情早已超越了同情，更像是遇见了自己分别多年的亲弟弟一般。此时金龙忽然失踪，段二娥心里比谁都着急，而丢失金龙的事情又是由自己造成的，她心里比让自己死了还难过。

“丫头，你先别哭，巴乌跟着就应该没事！”冯万春一面拍着段二娥，一面望着一直在院子中四下打量的潘俊，“那只藏獒就不是一般人能对付得了的，再说他只是走了没一会儿。燕鹰、吴尊，咱们三个到外面找找看！”说着，冯万春向身后的两个人招了招手。燕鹰还想安慰段二娥几句，见她一双眼泪汪汪的眼睛渴望地望着自己，便明白与其无力地安慰她，不如现在就去将金龙找回来，他向段二娥保证似的点了点头，跟着冯万春和吴尊两个人匆忙地向宅子外面走去。

他们刚一离开，潘俊便走到段二娥身旁说道：“段姑娘，你留在这里照顾一下时姑娘和燕云。”说完，潘俊匆匆穿过甬道走回正厅，他缓缓地走到自己的床前，专注地看了片刻，然后站起身来走到暗门前面轻按开关，又在密室中打量一番。忽然他想起那只穴居狼蛛，便快步走到桌子前面将盒子打开，果然盒子里空荡荡的，那只穴居狼蛛早已没了踪影。

潘俊刚刚在梦中曾感觉眼前有一个人影闪过，但他却并未在意。此刻他可以肯定，刚刚一定有人来过，想必那个人就是那只被训练过的穴居狼蛛的主人，可是他（她）究竟是谁呢？

正在此时，潘俊的眼睛盯住地面上一只在跳动的物什，那是金顺在北平时交给潘俊寻找金银踪迹的明鬼。自从来到安阳之后，潘俊便将那只明鬼放在了这密室之中不曾碰过，因何此时这明鬼竟然自己动了起来？

只见那只明鬼一直贴着暗门的门口不停地跳跃，却始终出不了暗门，潘俊迟疑着走了过去，轻轻按动开关，那道暗门轰然打开，只见那只明鬼又是一跃，竟从密室之中跳了出去。出去之后，明鬼的速度显然快了很多，潘俊紧随其后，此时已是傍晚时分，那明鬼出了宅门便向左面的荒草丛而去，潘俊快步跟在后面，唯恐这明鬼会忽然消失在荒草之间。

它在草丛中一跳一跃，宛如真正的蟋蟀一般，不时发出“吱吱”的声音。它时而停在草尖，时而落在石块上，沿着那条被荒草漫过的小路一直走了上去。潘俊一路跟来，只见那明鬼来到前日潘璞所说的潘苑媛的墓地，忽然纵身一跃跳进了那棺椁之中。

潘俊三步并作两步来到那棺椁前面，只见棺椁下面的那个洞口正散发着微弱的光，潘俊心头一热，难道金银回来了？正在此时，他觉得脑袋一沉，脖子上挨了重重一击，他挣扎着扭过头，只见有一个黑衣人站在自己的身后。眼前的影子越来越模糊，这本来已经黑掉的天更显得漆黑一片，潘俊重重地倒在了地上。

一个时辰之后，冯万春、吴尊、燕云三个人聚在吊桥一头会面了。他们兵分三路，冯万春沿着吊桥到外面的村子去寻金龙，燕鹰召唤了皮猴从对面的山坡而下，在下面的深谷中寻找，而吴尊负责在潘家旧宅附近的草丛中找寻。怪只怪吴尊是个矬子，这附近荒草茂盛，潘俊经过之时他竟然没有看到。他们聚在桥头相互一问均是频频摇头，此时天色已晚，只盼金龙自己玩累了，已经自己回到了潘家旧宅。

几个人回到宅子才知，原来不仅金龙没有回来，便是连潘俊也没了踪影。潘璞担心潘俊的安危，一直在房间中踱来踱去。

“潘璞，这附近全找遍了也没有金龙的影子，只剩下这宅子的后院了！”冯万春突然想起，在进入这宅子之时，潘璞便告诉所有人这宅子的后院是潘家禁地，绝不可以轻易进去。

“冯师父，您的意思是……”潘璞说到一半便笑着摆手道，“不可能，绝不可能，金龙绝不可能进入后院的！”

“为什么啊？”段二娥听冯万春这样一说，将所有的希望都寄托在潘家旧宅的后院之中。此时段二娥寻金龙心切，正如久病乱投医之人一样，听风便是雨。

“因为……”潘璞表情为难地咬着嘴唇说道，“你们就相信我吧，金龙绝不可能进入后院的！”

“你倒是说说原因啊，潘璞叔！”段二娥哀求道，好像金龙果真在后院一般。

微弱而柔和的灯光照在潘俊的身上，他缓缓地睁开眼睛，脑袋传来阵阵的痛感，头顶是黑乎乎的洞顶。他的手在床上摸索着，忽然攥住了金龙的小手，这时他隐约觉得似乎有人在盯着自己，他一骨碌从床上坐起来，同时手下意识地在腰间摸了摸。

“在这里！”一个女子的声音从潘俊对面传来，潘俊抬起头，对面的灯光很亮，刚刚苏醒的他还有些不适应，他用右手挡住强光，终于看清了眼前的这个女人。她身材高挑，穿着一件黑色紧身衣，头发扎起，只是脸上始终蒙着一层轻纱，一双眼睛冰冷地望着潘俊，那眼神似乎具有某种穿透力，让人身上也觉得冰冷，她的右手上拿着潘俊盛着青丝的盒子。

“呵呵！”潘俊朗声笑着，放下搭在额头上的手，坐在床上瞥了一眼躺在自己一旁酣睡的金龙，脸上盛满了笑意。

“你笑什么？”女人语气冰冷，将那灯光的一丝暖意也掠夺了去。

“我本应该早点儿想到的！”潘俊一面说，一面轻轻地揉着眉头说道，“姐，我终于找到你了！”

潘俊的话让对面女子的目光一下子柔和了起来，她缓缓将手中的那个盒子放在桌子上，将头别到身后说道：“小俊，你怎么知道是我？”

“其实我刚一回到安阳的旧宅，就听提前回到这里的潘璞叔说这里好像有人曾经住过，当时我并没有太在意。因为这座旧宅虽然偏僻，但是偶尔来几个避难之人也是有可能的。”潘俊站起身，走到桌子前面坐在潘苑媛对面的椅子上说道，“后来我从潘璞叔口中得知了关于你的事情！”

“还有把我葬在这里的事情吧？”潘苑媛冷笑着说。

“嗯。”潘俊点了点头接着说道，“我当时来到此处便发现了里面的这个密室，再加上墙上所绘的这几张图纸，我猜想必然是金系驱虫师之前的居所，我听金顺说金系驱虫师习惯住在地下。但是那时我根本没想到，这里竟然是金银的住所。来到这里的那天我便听到了一阵脚步声，抬起头的时候一个黑影从洞口闪过，我想那个黑影就应该是姐姐你吧！”

潘苑媛叹了口气，微微地点了点头，如果不仔细观察的话恐怕根本察觉不到。

“而真正确信你还活着的，却是那只穴居狼蛛。”潘俊第一次受到那只蜘蛛袭击的时候，便怀疑有人训练过这种蜘蛛，而训练这种毒性极强的蜘蛛的人，也只有木系驱虫师可以做得到，“姐，这么多年你去哪里了啊？”潘俊说着凑到潘苑媛的面前，谁知潘苑媛却忽然出手将潘俊推倒在地：“不要过来！”

“姐，你怎么了？”潘俊从地上站起来盯着一直背对着自己的姐姐问道，“姐，这么多年来我一直到处找你，你走了之后，父亲严令家中所有人不能再提起关于你的事，因此父亲将很多原来的老人都赶出了潘宅！”

“呵呵，他始终是这样的，从来不曾改变过！”潘苑媛语气冰冷地说道。

“后来潘璞告诉我你已经死了，但是我始终不相信。我知道你还活着，一定活在什么地方在看着我。”潘俊说到动情处，不自觉地走到潘苑媛的身旁，将手轻轻地搭在她的肩膀上说道，“姐，这么多年我不知道你究竟经历了多少事情，不过不管怎样，我始终是你的弟弟，从小与你相依为命的亲弟弟！”

“呵呵，小俊，我已经变了。”潘苑媛冷笑两声，站起身来背对着潘俊，走到前面的火烛处低着头说道，“我已经不再是以前的潘苑媛了。”

“姐。”潘俊上前一步说道，“跟我回家吧！”

“家？”潘苑媛的语气中充满了讥讽，“我还有家吗？”潘苑媛用手按住额头轻轻地哭泣着，“当我怀着孕回到那个所谓的家的时候，他却将我反锁在了房间里，说我丢尽了潘家的脸面。当我中了摄生术之后，更是将我逐出了家门，甚至还让潘璞追杀我到此，那早已经不是我的家了，潘家宅门就是一个吃人不吐骨头的地狱！”

“后来姐姐你是如何活下来的呢？”其实潘俊早已经猜出个八九分，但始终希望从潘苑媛口中听到确凿的实情。

“唉，当时我真以为老天爷开眼了，谁知最后却又是被戏弄了而已！”潘苑媛长出一口气，眼角淌着泪，痛苦的回忆如同平静湖面上的涟漪一般，从湖心一点点地向岸边扩展开来。

当时潘璞虽然按照老主人的吩咐带着丹顶来到了潘家旧宅，却在外面观察了几天始终下不了手。潘璞跟随老主人多年，虽然未曾如潘俊和潘苑媛一样从小学医用药，但毕竟长期生活在潘家，耳濡目染得多了，便也多少通晓些药理。他深知，所谓的丹顶即鹤顶红其实是无毒的，那些所谓见血封喉的丹顶，不过是砒霜而已，只因很多砒霜是从红信石中取得，内中掺杂颇多的杂物而呈现红色，一些附庸风雅之士便误认为此物便是丹顶，这样以讹传讹，最终将丹顶说成是见血封喉的剧毒之物。

潘璞既不想违逆老主人的意思，又下不了手，于是此时他想到了一个办法，老主人只是让小姐吃下丹顶，却并未说是毒药，于是他便偷偷换来了真正的丹顶。话说这丹顶虽然无毒，却遇见了个五毒攻心的掌柜的，他以为这人买鹤顶红必定是毒药，于是便将一包有毒的砒霜交给了潘璞。潘璞再三追问这究竟是不是真的丹顶，那掌柜的拍着胸脯保证必定是真货。

便是这样阴差阳错、弄巧成拙，潘璞本以为潘苑媛服下的是真正的丹顶，谁知却与老主人给自己的毒药一模一样。就这样，潘苑媛喝了那杯毒酒之后很快便毒发。潘璞见自己竟然弄假成真，伤心欲绝之余在潘家旧宅后面的山坡上将潘苑媛厚葬了。

却说潘苑媛中了毒本是必死无疑，而她在此之前却身中摄生术。《辍耕录》中早有“以毒攻毒”一说，而中医之中诸多方剂便是依照“以毒攻毒”的原则开出，毒用得好不但不会害人，反而会救人。这砒霜之毒正好与摄生术相克，因此潘苑媛“死后”不久便又奇迹般地复活了，但是她醒来却发现自己眼前漆黑一片，四周只有极其狭小的空间。她立刻明白了自己的处境，于是拼命地在狭小的棺椁中四处拍打着，希望能有人听见棺椁之中的声音。

此时潘璞早已含泪离开了潘家旧宅，即便是不离开，他也肯定不会听到。而谁也不曾想到，潘苑媛的拍打声却被住在这地下的金银听到了。这金系驱虫师常年生活在地下，金银听到潘苑媛在棺椁中的拍打声，立刻起身从自己所住的地穴挖了上去，半个时辰他便在棺椁下面挖出了一条足够一人通过的洞穴。此时潘苑媛早已挣扎得没了力气，再加上棺椁四壁全是密不透风，她已然昏死过去。金银从棺材下面挖出一个小洞，发现里面的女子尚有微弱的呼吸，于是便将其从棺材中救了出来。

潘苑媛苏醒过来的时候见四周都是昏暗的灯光，以为自己已然死去，此时正在地狱之中。谁知正在此时，一个其貌不扬的侏儒从一旁走过来对她轻声说道：“姑娘你醒了？”

潘苑媛扭过头见那侏儒先是一惊，金银本来就长相平平，再加上灯光昏暗，宛若是地狱中的小鬼一般，潘苑媛连忙向后退到墙边说道：“你是谁？”

“哦！我叫金银，一直住在这里，昨晚听到小姐在棺椁中乱敲，便将您救了下来！”金银说着，将一杯水放在潘苑媛的床头，心知自己的长相必定是吓到了眼前的女孩，之后便连忙扭过头远远地走开了。

潘苑媛颤颤巍巍地向前凑了凑，望着金银的背影，她常听人说鬼是没有影子的，然而眼前的金银却有影子，她不禁微微一笑道：“没想到你真的是人啊？”

“呵呵！”金银憨笑着却始终背着身子。

“你怎么不转过来啊？”潘苑媛捧起眼前的杯子，几口便将杯中水喝了个干净。

“我怕……”金银迟疑了一下说道，“我怕吓到姑娘！”

“哎，没事，你转过来吧！”潘苑媛觉得眼前这侏儒颇有意思。

“还是不要了！”

“嘿，你不过来的话，也得告诉我这是在什么地方啊。”潘苑媛本来刚刚中毒复活，再加上苏醒过来的时候在棺椁之中大喊大叫，此时早已嗓子冒烟了。金银一听连忙转过身来快步走到潘苑媛的身旁，此时潘苑媛才看清金银的模样，浓浓的眉毛，眼睛稍微有些小，嘴唇有些厚，皮肤偏黑，虽然算不得好看，却也不像之前看到时那般恐怖了。

不一会儿工夫，金银小跑着又端过来一杯水递给潘苑媛，潘苑媛感激地接过水杯一面喝，一面对眼前背对着自己的金银微笑着。有时候缘分就是这样的不期而遇，两个素昧平生的人，竟然在这个狭小的山洞里共同生活了。金银是个心地淳厚善良的人，几乎潘苑媛问什么他答什么。但潘苑媛却对自己的身世来历只字不提，她不提金银便也不问。

但身世可以隐藏，身上所中摄生术却无法隐藏。潘苑媛深通药理，她知道尽管起初那丹顶之毒与摄生术以毒攻毒算是勉强救了她一命，却并非解毒之法，因为这种以毒攻毒的方法太过猛烈，恐怕身上的摄生术未曾彻底清除，自己早已被折磨致死了，如果想彻底清除身上的摄生术，只能另寻他法。

金银每天都看着潘苑媛痛苦难耐，心中焦急如焚，可自己不通医理，不懂医术，只能干着急，却帮不上半点儿忙，而且她发作的频率越来越高，发作的时间也越来越长。而更糟糕的事情是，潘苑媛不仅中了摄生术，这肚子也在一天天地隆起。潘苑媛知道，如果再找不出破解摄生术的办法，不仅是她，就连这腹中的孩子，也会和自己一起死掉。

随着发作的频率越来越高，她渐渐对摄生术了解得越来越深，那种可以破解摄生术的药草终于被潘苑媛找到了，而这种药草知道的人少之又少。潘苑媛也只是隐约记得，这种药只有一个地方才有，那便是新疆。

当潘苑媛告诉金银自己要只身起程前往新疆去寻找解药的时候，金银立刻要求与她同往，一来她有孕在身需要人照顾，二来这么长时间的相处，金银对潘苑媛有一种说不清道不明的感觉，这种感觉之前他从未有过，也从未敢有过。但是在临行之前，金银告诉潘苑媛自己要先到北平一趟向师父告假，潘苑媛听完之后点了点头。金银这一去来回用了一周的时间却未见到师父，只见到了师兄金顺，于是他便将明鬼交给了金顺，让他转交给师父金无偿。

一周之后，二人踏上了前往新疆的旅途，这一路上金银对潘苑媛照顾有加，几乎算是无微不至。潘苑媛觉得眼前这个男人虽然是个侏儒，但为人实在，比那些油头粉面的无情戏子要踏实得多，便对他渐渐产生了感情，最后以身相许。他们在新疆待了一个月之后才听说，那种草药虽然生长在新疆，而种植草药之人却早已去了西藏，除他之外无人知晓种植的方法，于是二人再次动身前往西藏。

潘苑媛在西藏诞下了金龙，之后在西藏生活半年有余。最终那种草药之人被潘苑媛诚心所感，决定收她为入门弟子。一行人回到新疆，用了半年有余的时间将草药种植出来，那草药果然对于摄生术有奇效，只一棵便解决了潘苑媛身上的摄生术。就这样，他们那年秋末起程从新疆返回北平，潘苑媛之所以回北平，却是想告诉父亲这摄生术并非无药可解。

谁知路上却遭遇了刀疤脸，金银死于刀疤脸的枪口之下，而潘苑媛也被刀疤脸侮辱。此时她万念俱灰，本来所有的憧憬在那场大雪之中都变成白皑皑的一片空白，她将金银和他视如珍宝的河洛箱安葬在溪流中之后便启动了明鬼，将金银告诉自己的河洛箱的开启之术烙在了金龙的后背上，然后将金龙放在了将军圃附近，直到看见金龙被人抱走，才哭泣着跌跌撞撞地离开了将军圃。而那只藏獒，也是他们从新疆临行之前潘苑媛的师父所赠，她将其留下保护金龙。

潘苑媛一口气将所有的事情说了一遍，她扭过头泪流满面地望着依旧在床上安睡的金龙，目光柔和了下来。

“姐，你从未回去看过金龙吗？”潘俊见潘苑媛泣不成声便问道。

“没有，从来没有！”潘苑媛长叹了一口气说，“我怕自己的这副模样会吓到他！”

“什么？”潘俊的话音刚落，只见潘苑媛已经将脸上的面纱除去，潘俊看见潘苑媛的脸顿时怔在了原地，那个原本漂亮的脸蛋早已荡然无存。此刻潘苑媛的脸上布满了数条深深的刀疤，如果初次遇见确实让人胆战心惊。

“姐，你的脸……”

潘俊想问潘苑媛的脸是被谁弄成这样的，还未说完，便见潘苑媛微微笑了笑，说道：“所有的不幸全都是因为这张脸，如果不是它的话，就不会被那个戏子所骗，更不会遭人侮辱，所以我便用刀将脸砍花了！”

潘俊紧紧地咬着牙，喉咙微微地颤抖了两下，他感觉自己的脸上竟有隐隐的痛感。

“姐，今天你出现在潘家旧宅是为了金龙？”潘俊忽然想起了什么。

只见潘苑媛木然地摇了摇头：“其实我根本不知道金龙会和你们在一起，这些年我一直生活在潘家旧宅。几日前我从北平回到旧宅的时候，发现潘璞竟然出现在旧宅之中，我不想让潘家人再找到我，于是我便搬到了这里。可是我忽然发现自己从新疆带回来豢养的穴居狼蛛并未带出来，这种蜘蛛的毒性极强，我一直用来防身，于是昨天晚上我便悄悄地潜入到了潘家旧宅，谁知刚将狼蛛招出便被巴乌发现了，无奈之下我只能作罢。今天午后我趁着你熟睡的时候进了密室，谁知却看到了一只明鬼，那只明鬼与之前金银准备交给他师父的那只毫无二致，那只明鬼的口诀是金银根据我当时谎称的名字的音节编出的，我于是便试了试，谁知那明鬼竟然动了起来。正在我好奇的时候，忽然听到了外面的脚步声，唯恐被人发现，我立刻将明鬼放在地上，走出了暗室。”

“后面的事情也许便是天意了，我刚一出正厅便见那个女孩子进入了你的房间。我绕到后院正准备翻墙离开的时候，忽然见到院子中间有一个光着身子的小男孩，他的后背上竟然有我留下的烙印，于是我便将金龙迷晕带到了这里。我知道凭着小俊的聪明一定会找到这里来的，于是便一直在等你！”潘苑媛说完之后，将脸上的黑纱戴上，坐在了旁边的椅子上。

“姐，你是说你前几天去过北平？”潘俊的脑海中出现了一幅可怕的画面，他仰起头望着姐姐，只见潘苑媛冷笑着说道：“我知道你在想什么。”

“没错，小俊，北平城中的摄生术是我放出去的！”说到这里，潘苑媛原本柔和的目光再次变得冰冷起来，“我之所以会变成这样，全都是那些世俗的人造成的，我要报复，报复所有的人，所以我将摄生术种在了北平。”

“那仵作呢？”潘俊追问道。

“对，仵作也是我杀的，用的便是青丝。”潘苑媛毫不掩饰地说道，“任何阻止我的人都要死，而且必须死！”

“这么说，在北平城中一直跟踪着我的黑衣人也是姐姐？”潘俊不可思议地问道。

“黑衣人？”潘苑媛拧着眉头沉吟片刻说道，“小俊，你也见到那个黑衣人了吗？”

“什么？难道不是姐姐吗？”潘苑媛的回答大出潘俊的意料。

只见潘苑媛缓缓地摇了摇头：“这半年里，我只去过北平城两次，第一次是去种摄生术，第二次便是那天晚上杀死了仵作，而且我从未跟踪过你。”

“若不是姐姐的话，那个黑衣人会是谁呢？”潘俊的眉头早已拧成了一团，本以为他已经找到了答案，却没想到最后只是竹篮打水一场空，“姐，听你所说，你也见过那个黑衣人？”

“没错，我不但见过他，似乎他对潘家了如指掌，而且……”潘苑媛伸出自己的右手，将袖子撸开，只见她的右臂上布满了红色的血丝。潘俊见之又是一惊：“姐，你被人下毒了？”

“嗯，这毒便是半年前那个黑衣人所下，我本想过几年再开始报复，谁知我却被下了剧毒，时日无多，只能将计划提前进行了。”潘苑媛咬着牙将袖子放下了。

正在此时，潘俊忽然身体剧烈地抽搐了起来，痛苦地抓着身后的墙壁，手臂上青筋暴起，豆大的汗珠倏地从额头上冒了出来。潘苑媛立刻站起，将潘俊扶到桌子旁边，将手按在他的手腕上，片刻脸色大变道：“小俊，你怎么会中了摄生术？”

潘俊痛苦地对潘苑媛笑了笑，只是那笑意立刻被痛苦的表情所掩盖，他双手把住面前的桌角，指甲几乎全部插进了桌子的木头中。潘苑媛连忙从口袋中拿出一包银针，动作娴熟地从中抽出三根，手指在潘俊的后背上量了几下之后，将那三枚银针分别插入潘俊的魂门、胃仓、灵台三处穴位，轻轻捻动手中的银针，潘俊顿时觉得气血通畅了许多，痛感也渐渐地减轻了。大概一炷香的工夫，潘苑媛将三枚银针取出，潘俊才算恢复了过来。

“小俊，你身上怎么会有摄生术？”潘苑媛盯着潘俊问道。

“是我自己所种！”潘俊叹了口气说道，“姐，如果这摄生术一旦泛滥，恐怕整个北平城都会遭殃，我身为行医济世之人，却不能为民解忧，倒不如死在他们前面！”

“唉！”潘苑媛长叹一口气。她知道潘俊从小便宅心仁厚，别人说出这样的话，她也许会不以为然，但潘俊的话却一定是出自真心，“小俊，替姐姐照顾好金龙！”说完，潘苑媛将一包东西塞给了潘俊道，“破解摄生术的药材在河洛箱中。”说完之后，潘苑媛便向金龙走去，轻轻地抱了抱金龙，然后将其放下，轻轻在墙上敲击了两下，一扇暗门轰然敞开，“今天咱们见面的事情别告诉任何人，一会儿山下的人便会上山来救你和金龙。”说完之后，潘苑媛走进了暗门，那暗门又是“轰”的一下紧闭上了。

潘俊抢到前面在墙上四处敲击，却始终未能发现机关所在，他将手中的纸包展开，里面是一些白色的粉末，潘俊捏起一点儿放进口中尝了尝，不禁微微笑了笑。

正在这房间中的人在为是否进入潘家旧宅后院的事情争论不休的时候，忽然外面传来了一声犬吠声，屋子中的人立刻都停止了争吵，他们相互看了看，不约而同地向门外奔去。吴尊虽然个子矮小，但这时候却冲在了最前面。他奔到门口将宅门推开，只见巴乌正站在门口狂吠着，见到人之后便向右面的荒草丛中奔去。

“快点儿跟上！”吴尊说完，冯万春等人便跟着巴乌向荒草丛中跑去。巴乌一直跑到山顶上的荒草平台上一个土坑处不停地狂吠着，这次依旧是吴尊第一个到达，他向那土坑中一看，只见里面竟然闪烁着灯光。

“有人在里面吗？”吴尊冲着洞口喊道，此时冯万春等人也已经跟上来了。

“吴尊？”潘俊回应道。

吴尊笑眯眯地扭过头，对身后的人说：“潘爷，潘爷在里面啊！”

“快，快问问金龙是不是和他在一起！”这一下午已经将段二娥折磨得生不如死了，此刻终于得到了些消息，段二娥赶紧问道。

“好好好！”吴尊扭过头刚要说话，只听潘俊说道：“金龙在里面睡着了，找根绳子拉我们上去！”

“好！”吴尊答应道，“金龙在里面，只是睡着了。”

“你们先在这儿，我去拿绳子！”站在最后的潘璞说着，沿着小路回到了潘家旧宅，片刻工夫，他带着绳子来到了荒草丛中的这个平台之上。绳子放下，潘俊抱着熟睡中的金龙从地穴中爬了出来。

刚一出来，段二娥赶紧奔到潘俊身边抱住熟睡中的金龙，见他面色红润，呼吸平缓，这才算是放下心来，泪水再次在眼眶中打转。

“好了，好了，总算是有惊无险！”冯万春拍了拍段二娥，又意味深长地看了一眼潘俊，“来，咱们快回去吧！都还没吃晚饭。一会儿我和潘璞下厨，给你们做两个东北的拿手菜！”

说完，一行人便向山下走去，刚走出几步，潘俊忽然抓住了吴尊的手。吴尊扭过头，见潘俊对他使了一个噤声的手势，然后在他耳边轻声说了几句什么。吴尊眉头紧皱，听完潘俊的话，他有些为难地望着潘俊道：“潘爷，这不会是真的吧？”

“哎，其实我比你更希望这仅仅是我的怀疑！”潘俊望着前面下山的一行人说道，“照我说的做吧，这件事就拜托你了！”

“多谢潘爷！”吴尊拱手道，然后快步跟上前面的队伍。

回到潘家旧宅，潘俊让段二娥将金龙抱到自己的床上，冯万春与潘璞二人到厨房中去做他们的“拿手好菜”，而燕鹰和吴尊两人，则到时淼淼的房间中去照顾两个仍在昏迷中的病人。

潘俊命段二娥将金龙翻过身来，然后轻轻地将金龙的衣服除去，只见金龙的后背出现了十五个看似毫无规则的小指肚大小的烙印。他拿过纸笔将金龙后背烙印的方位悉数画在一张纸上，然后拉过被子给金龙盖上。

“潘俊哥哥，金龙怎么一直在睡觉啊？”段二娥见金龙迟迟不醒，有些焦急地问道。

“呵呵，不碍事！”潘俊微笑着说道，“一会儿让潘璞熬一碗醒神汤给他喝了便会醒来的！”说完，潘俊站起身走进密室中，将河洛箱从密室中拿出递给段二娥道：“段姑娘，你能分辨出这两个箱子哪个是洛箱吗？”

“嗯！”段二娥接过两个箱子，在箱身上轻轻抚摸，然后将手中的箱子递给潘俊道，“这个便是洛箱了！”

潘俊接过洛箱，将其拿到一旁的桌子上，唯恐自己一时不慎导致钢针射出会伤到金龙和段二娥。他将洛箱平放在桌子之上，将那张纸铺在箱子之上，拿过毛笔蘸了些水，按照宣纸上所画的那些黑点将宣纸滴透。就这样，他依法炮制，将宣纸上十五个烙印全部滴透，这才将毛笔放在一边，小心翼翼地拿起宣纸。

宣纸起，只见那洛箱上原本四十五个黑白点上已然有十五个点落了水痕。段二娥将金龙放在一旁，好奇地走到潘俊身边，她盯着盒子上有水痕的十五个点不禁眉开眼笑道："金龙后背上的烙痕，果然是这洛箱的开启之术啊！"

"嗯！"潘俊点了点头，双手抱在胸前，皱着眉头望着洛箱那十五个沾满了水痕的点思忖着，却迟迟未动手。

段二娥是金系传人，她早已看出潘俊迟疑的端倪，其实她心中也倍感疑惑，这河洛箱的机关之术是金系驱虫师穷尽几代人的智慧才制成的，现在即便有这十五个点，却不知应将这十五个点如何排列先后顺序，一旦排列错误便会射出钢针，着实让人头痛。

潘俊盯着那洛箱看了良久，原本拧紧的眉头瞬间舒展开来，脸上露出难得的笑容，他不禁叹息金银的良苦用心："金银当初在设置这个洛箱的开启之术时，必定也是将其心血全部放在其中了！"

"哦？难道潘俊哥哥已经想到如何开启这洛箱了？"段二娥见潘俊一脸的喜悦不禁问道。

"嗯！"潘俊指着那洛箱上的四十五个黑白点说道，"这洛箱上的四十五个点的方位与《洛书》的方位完全一致，《洛书》古称《龟书》，相传是背负在神龟身上的，其方位是戴九履一，左三右七，二四为肩，六八为足，以五居中，五方白圈皆阳数，四隅黑点为阴数。"

段二娥盯着洛箱上的黑白点，不禁微微点了点头，然后扭过头望着潘俊。

"这点一共有十五个，这十五个点的排布正是应了那《洛书》的三五之说，实是三五合一之意！"潘俊指着上面的十五个沾水点啧啧称奇。

"潘俊哥哥，我听爷爷说这《洛书》与五行相关，而五行又分阴阳，这阴阳五行便只占了二五，那第三个五在哪里？"段二娥疑惑地说道。

"呵呵，段姑娘你有所不知，所谓三五便是中五三家之数论之！中五共五文，北第一文为水，西第二文为火，东第三文为木，南第四文为金，中第五文为土。木生火为一家，积数二三为一五；金生水为一家，积数一四为一五；土居中央为一家，积数自为一五。三家相见，是谓三五合一。三五合一，总是一阴一阳。"潘俊说的这些话，让段二娥听得似懂非懂。

"而这中五一文，便是这元牝之门。"潘俊指了指洛箱上几个聚集在一起的水痕说道，"这门生之在此，死之在此，顺之在此，逆之在此，五行错乱分散亦在此，五行总整攒簇亦在此。得此则五元皆生、五物皆化，喜怒哀乐之性，变而为仁义礼智之性，失此则五元皆伤、五物皆发，仁义礼智之性，变而为喜怒哀乐之性。"

"而这仁义礼智信五者便是五常，五常中仁五行是木，对应的方向是东；义五行是金，对应的方向是西；礼对应的五行是火，对应的方位是南；智对应的五行是水，对应的方位是北；信对应的五行是土，对应的方位是中。"潘俊一边说，一边轻轻地在中间那三个点依次敲击一次，然后说道，"仁义礼智，皆本于信也，便是中间这三个点，信于仁，则能仁。"然后，他又敲击了东面的三个点，接着说道，"信于义，则能义；信于礼，则能礼；信于智，则能智。一信而仁义礼智，无不随心变化。"他快速地依次敲击着洛箱上的水点，完毕之后，只听那洛箱之中传来"吱吱"的响声，段二娥与潘俊两人的眼睛都痴痴地盯着眼前的洛箱，那声音越来越大，接着"咔嚓"一声，洛箱上面的盖子从左向右弹开了。此时两人才向前走了两步，当他们看到洛箱内中之物均是一惊，段二娥疑惑地望着一旁的潘俊……

"潘俊哥哥，怎么会这样？"段二娥望着打开的洛箱有些失望地说，原来这洛箱之中并没有她之前所想的所谓"虫器"，只有一只中指长短粗细的干瘪虫子。潘俊小心翼翼地将那只虫子取出来，凑到鼻子前面闻了闻立刻皱紧了眉头，他知道这便是姐姐潘苑媛所说的摄生术的破解之物，只是此前他却万万不曾想到，破解摄生术之物的竟然会是这个！

"我听爷爷说这河洛箱中所盛之物均是金系虫师的虫器，可是……"段二娥惶惑地说道。

"段姑娘你先别着急，想必此间的虫器早已被人取走了！"潘俊心想："这件事也许姐姐会知道，只是不知何时才能再见到她。"

潘俊将那洛箱关上之后交给段二娥，而此时冯万春端着一个大盆子从外面走进来，他身上系着白色的围裙俨然大厨一般，刚一到门口便高呼道："油着！"段二娥被他这一逗，不禁笑了出来，这"油着"一般是在北方大宴进门恐有人出来将油溅在人身上时厨子们常喊的一句话。冯万春说完，对跟在身后的潘璞说道："来来来，搭把手，让你们尝尝咱东北的名菜！"

说完，潘璞已经搬过一张桌子，冯万春将那个大盆子放在桌子上，之后指着那个大盆子说道："潘俊，这道菜你肯定没吃过！"

潘俊和段二娥都好奇地向那个大盆子中望去，只见里面又是西红柿、茄子、南瓜、青椒、扁豆、土豆，又是蘑菇、豆腐，在上面摆放着五花肉和粉条，好不热闹。

"冯师父，这……这能吃吗？"段二娥从未吃过这么奇怪的菜，不禁撇着嘴问道。

"能吃吗？"冯万春故意将脖子伸得老长，将这个"吗"字咬得极重道，"闺女，我和你说，你吃的时候还真得注意点儿。"

"注意点儿什么啊？"段二娥闻了闻那菜的味道。

"小心别一下子把筷子都生吞了去！"冯万春笑着说道，"这叫大乱炖，来，你尝尝，我老冯难得出手，不能让你这小丫头片子砸了我这金字招牌啊！"

段二娥吐了吐舌头，拿起筷子夹起一块土豆放在嘴里，虽然这菜品相不佳，但味道绝对属于上品，她不禁翘了翘大拇指说道："嗯，冯师父这道菜果然好吃啊！"

"我就说嘛，这就和臭豆腐一样的！"冯万春接着掏出一根烟点上说道，"闻着臭吃着香，这菜是看着丑，吃着香！"冯万春特意将这"丑"字谐音"臭"笑着说出。

说话间，潘璞已将其他几道菜端了上来，这才让段二娥去叫燕鹰与吴尊。过了一会儿，段二娥带着燕鹰走了进来说道："吴老大说他先留在那边照顾他师父，等咱们吃完找人替他他再过来，让咱们给他留点菜！"

"吴尊这小子真是没话说！一会儿老冯我一定下厨再给这小子做两道拿手菜！"冯万春掐灭手中的烟坐在椅子上说道。

"冯师父真是偏心啊！我和燕鹰跟着你走了一路，也没见你做两个小菜给我们吃！"段二娥一面夹菜，一面说道。

"丫头你想吃什么，和老冯我说，我一会儿做给你吃！"冯万春拿起筷子撸了撸袖子说道。

"嘿嘿，那倒不用，不过冯师父得把你这做菜的手艺教给我！"段二娥笑嘻嘻地说道。

"哈哈，这丫头还真是贪啊！"冯万春拿着筷子指着段二娥说道，"好，以后我这冯氏厨艺就收你做这唯一的闭门弟子了！”

“谢谢师父！”段二娥这话茬接得倒是快。

几个人有说有笑地吃完这顿饭之后，潘俊唤来所有的人说道：“明天我和冯师父带着段姑娘进安阳去寻金无偿，吴尊和燕鹰你们随同潘璞在家照顾时姑娘和燕云。”

“潘俊，你已经知道金无偿的下落了？”冯万春凑到潘俊近前说道。

潘俊点了点头，其实潘俊看到管修的那封信之后便已经猜出个大概，既然霍成龙与卞小虎一行人的目的是暗中将驱虫师家族转移，而金无偿又是在霍成龙的策划下离开的北平，想来此时金无偿必定在国民党军统的保护之下。明白了这一层，他便已经猜出个大概，而且潘俊此前一直派潘璞暗中打探，所以此时他心中早已有数。

“少爷，还是让我和你们一起去吧！”站在潘俊一旁的潘璞说道，“这安阳城中现在一直不太平，恐怕少爷去了会遭遇不测啊！”

潘俊摇了摇头说道：“潘璞叔，如果我们在两日之内还没有回来的话，这里还得拜托你立刻带着大家离开旧宅。”

“少爷……”潘璞还想说什么，只见潘俊轻轻地摆了摆手。潘璞看着潘俊长大，知道潘俊一旦做了决定便极难改变，虽然他心中担心潘俊的安危，却也只能摇摇头退了下去。

事情安排妥当之后，潘俊回到了卧室，这一夜潘俊依旧与冯万春住在一起。子夜刚过，潘俊便起身走到了厨房，将那草药放在砂锅之中用文武火熬了半个时辰，将其倒在一个碗里。那汤药散发出淡淡的香味，潘俊将那汤药一饮而尽，顿时觉得身体阵阵发热，胸口舒畅了许多。深通药理的他立刻便明白了姐姐的话，这果真是治疗摄生术的特效药，谁说摄生术无解？

这一夜是潘俊一行人过得最平静的一个晚上，暴风雨来临前的平静，也许是预示着一场更强烈的暴风雨的到来吧！潘家旧宅院子中的知了似乎通晓人情一般，在今晚出奇的安静。潘俊回到卧室，枕着胳膊在桌子上睡着了。而此时院子中的那棵树下出现了一个影子，他在那树下的树洞里摸了一下，原本平静的表情一下子惊喜了起来。他从里面掏出一张纸条揣在怀里，警觉地四下观望，直到确定没人之后才迈着步子向门口走去……

13

甲骨堂，泪散百年店

而在距此不远的安阳城中，金素梅的心却始终无法平静下来，几十年的苦心经营终于要见分晓了。虽然她平日里将自己保护在厚厚的伪装之下，但当此之时，却再也抑制不住心中的那份狂喜了。

她忽然想起多年之前的亲王府中张灯结彩，侍女们穿着漂亮的衣服，满脸堆笑地穿行于前厅与中堂之间的回廊中，手中端着果品蜜饯，在中堂后面的凉亭上，额娘吻着她的额头。她穿着一身小巧的旗袍，在额娘帮她穿鞋的时候，淘气地拨弄着额娘头上的金钗。

后堂的堂会正在唱着《白蛇传》中的经典剧目，这是她最喜欢的剧目，每逢堂会的时候她必会点这个剧目。每每这个剧目开始的时候，还是孩子的她便会全神贯注地盯着眼前的舞台，台上戏子的一颦一笑、一举手一投足都让她久久难忘，她对台上扮演许仙的女演员情有独钟。而今天那女演员的嗓子似乎格外好，气口全走在板上，如天籁之音。听到此处，她连忙推开额娘向后堂跑去，几个侍女焦急地跟在她身后，唯恐稍有差池。

她跑到后堂寻了一个靠前的座位盯着眼前的这场戏。这戏班是从广德楼请来的，一曲结束后，按照规矩烟花齐放。她仰起头望着夜空中灿烂的烟花，宛若在梦境中一般。只是今天的烟花好像放的时间格外长，长到天上已经没了烟花，耳边依旧能听到燃放的声音。身边所有的人都惊慌失措起来，他们都向门口的方向望去，只有她依旧傻傻地盯着黑漆漆的天空，等待着会在那夜空中忽然出现一个巨大的烟花。

可是她等来的却只是被额娘抱起，急匆匆地跑回房间中。之后的一切，在她的记忆深处已经模糊了，某些痛苦的记忆人总是能下意识地将其忘记，忘不掉的便是那耳边狂乱的枪炮声，白皮肤蓝眼睛的强盗狰狞的微笑，被侮辱的侍女的惊叫、狂奔、凄厉的哭声，那冲天的火光，还有额娘将匕首刺入胸口淌在她身上的血迹。

金素梅摇了摇头，不敢继续想下去了，她的眼眶已经不知不觉地盈满了泪水，稍一颤抖泪水便会夺眶而出。有时候记忆就是这么奇怪，你越是想记住的东西往往越容易忘记，而那些一辈子也不愿回忆的创伤，却记得格外清楚。她记得阿玛将她抱到眼前轻轻地抚摸着她的笑脸说道："儿啊，你已经不再是一个小女孩了，你要为母亲报仇。"

金素梅对父亲的话似懂非懂，却坚定地点了点头。阿玛对她的表现很满意，轻轻地在她的脸上吻了一下，阿玛的胡子有些扎人，但她却觉得格外温柔。然后，阿玛将她带到一个太监面前说道："带她走吧！"

"王爷，您可要想清楚啊，这可是一件极为冒险的事情，如果出现任何纰漏的话，小格格的命可就没了！"老太监颇为惋惜地说道。

阿玛握着金素梅的小手说道："她是爱新觉罗的子孙，能为大清而死，那是她的荣耀！"

年幼的金素梅虽然对两个大人的对话并不明白，但这个"死"字，她却在几天前看过太多次了，她哭闹着说道："阿玛，阿玛，我不要死，我不要离开阿玛！"

谁知她的话一出口，阿玛猛地将她的手甩到一旁说道："带走！"

老太监瞥了一眼阿玛，低着头对她说："和硕格格跟老奴走吧！"（清朝自顺治帝起，亲王之女称为"和硕格格"，汉名为"郡主"，下面还有"多罗格格"等，此处不详加介绍）说着老太监拉着她便向外走，她哭闹着死活不肯离去。阿玛见状，走上前去掏出一把寒光逼人的匕首抵在她的胸口，此时她忽然意识到，从前那个和善慈祥的阿玛已经不在了。她停住了哭闹被老太监拉着向外走，刚走出几步，阿玛忽然厉声道："等等！"

她以为阿玛改变了初衷，谁知阿玛三步并作两步走到她身边，从怀里掏出一块玉佩塞进她的怀里，然后轻轻地拍了她两下说："不管过了多长时间，你始终要记住自己是爱新觉罗的子孙。”说完，阿玛拔出那把匕首插进了自己的胸口，含泪说道，“儿啊，这世上你再也没有任何亲人了，所以你不用再有任何牵挂了。”

金素梅扑在已经气绝的阿玛身上哭了好久之后，才木然地被老太监带走了，之后所发生的一切对于她来说简直是一场噩梦，不堪回首的噩梦。

金素梅狠狠地咬着嘴唇，手指紧紧抓住眼前的一个茶杯，似乎要将其捏碎一般。正在这时，门外忽然传来了一阵轻微的敲门声，金素梅长出一口气，轻轻擦掉眼角的泪痕说道：“进来吧！”

罗秀推开门从外面走了进来，手中拿着一张纸条说：“金先生，棋已经活了！”

“哦！”金素梅长叹了一口气，这早已经在她的意料之中了，只是时间的问题。

“金先生，您不舒服吗？”罗秀见金素梅眼睛有些红，关切地问道。

“罗秀，这些年来你有没有想过当初我为什么要救你？”这些年来，罗秀始终想不明白的也正是这个问题。在此之前，罗秀只是剧场中一个小小的戏子，才不惊人，貌不压众，却不知为何颇受金素梅的青睐乃至于重用，并且一直将他带在身边。他虽然疑虑重重，却从不敢多问半句，因此当金素梅今晚忽然说起这件事的时候罗秀立刻怔住了，他摇了摇头说道：“是金先生看我可怜吗？”

“呵呵！”金素梅拿起桌子上的一个竹签轻轻挑了挑眼前的蜡烛。虽然那时候白炽灯已经极为普遍，但是金素梅却一直喜欢这烛光，她总是觉得这烛光中有一双眼睛在看着她，“还记得当天你们在剧场中所演的剧目吗？”

“记得，我一辈子也不会忘的，是《白蛇传》。”罗秀连忙回答道。

只见金素梅微微笑了笑，却并不说话，沉吟片刻，金素梅才低着头摆了摆手说道：“时候不早了，你也早点儿回去休息吧！”

“哦！”罗秀表情略微有些失望地站起身，忽然他想到了什么，停住了脚步说道，“金先生，不知您注意到没有？松井那老头儿这段时间似乎太安静了！”

“呵呵！”金素梅淡淡地笑了笑，“你先回去休息吧！”

罗秀虽然心中有些担忧松井尚元祖孙两个，但见金素梅如此坦然，想必早已想好了对付他们的办法，便鞠了个躬推开门离开了。确实，金素梅早已想好对付那对日本狗的办法了。

“日掩鸿都夕，河低乱箭移。虫飞明月户，鹊绕落花枝。兰襟帐北壑，玉匣鼓文漪。闻有啼莺处，暗幄晓云披。”潘俊站在窗前吟诵道，此时冯万春已经穿上衣服从床上坐起来了。

“好兴致啊！”冯万春是个粗人，根本听不懂潘俊这首诗中的意思，也只能附庸风雅了。他皱了皱眉头说道，“昨晚我做了一夜的噩梦，梦见和几个老家伙在一起！”

“是冯师父的朋友？”潘俊微笑着问道。

“嗯，算是朋友吧！”冯万春一面揉着脖子，一面说道，“不过都死在鬼子枪下了，看来他们是想我老冯了。”

听到这话潘俊怔住了，他望着冯万春若无其事地走出房间，脑子里将事情的前后想了一遍，他不希望出现任何纰漏，更不希望失去任何一个人，任何一个！

草草吃过早饭之后，潘俊、冯万春、段二娥一行人骑着马离开了潘家旧宅。临行前，金龙死死地抓住段二娥的手，无论如何也不愿放开。段二娥实在无奈，便答应金龙回来的时候做好吃的给他吃，金龙这才松开手，目送他们一行人缓缓离去。

潘家旧宅距离安阳城并不远，安阳地处河南河北交界，八大古都之一，自从1899年王懿荣在安阳发现了甲骨文，安阳便更加热闹了，各色人等慕名而来。此时，安阳也沦陷到日本人的手里了。

潘俊等人快马加鞭，不一刻便来到安阳城下。安阳城中以伪军居多，城门处早已有一条长长的等待进城的队伍了，潘俊等人下了马排在那些人后边。段二娥一面走，一面向四周打量着，只见眼前这些伪军颇为松散，不像石门那般给人一种严阵以待的压迫感。

三人进入安阳城还比较顺利，伪军只是象征性地在他们身上搜了搜之后便放他们进入安阳城中。这安阳不愧是古都，这里的街道、商铺无不透着古雅之气。进入城中之后，一行人走进城门不远处的一个茶馆，茶馆规模甚小，却也修建得颇有几分古风。

走进茶馆，潘俊挑了一个靠窗的桌子坐下，段二娥和冯万春二人坐在潘俊的旁边。小二见有人来便满面红光地跑过来，一面擦拭着桌子，一面与几个人搭讪：“几位客官是喝茶，还是打尖儿？”

“先给我们来一壶茶吧。”潘俊说着掏出票子放在桌子上，小二拿起票子向里面喊道："好茶一壶……"伴随着这吆喝声，小二将抹布搭在肩上，虽然是在这样的年月，但这茶馆之中尚有人喝茶。

"潘俊哥哥，一会儿我们怎么办？"段二娥见潘俊盯着外面不远处的城门口，问道。

潘俊扭过头见冯万春也在看着自己，便道："段姑娘莫急，一会儿自然会有人来！"潘俊颇为自信地说道。冯万春与段二娥两人面面相觑，不知这潘俊葫芦里究竟卖的什么药，此时店小二已经端了一壶茶走到他们跟前道："几位爷，您要的茶来了！"

说完之后，店小二极为熟练地摆上几个茶碗，然后将那茶倒在茶碗中，只觉阵阵清香从那茶碗中散发出来。

"西湖龙井！"潘俊幽幽地说道。

"嘿，这位客官一看便知是懂茶的主啊！"店小二见潘俊只是闻了闻便能说出这茶的名字，不禁赞叹道。

"哪里！"潘俊谦让道，"难得在这么一个小店能喝到雨前龙井啊！"

"这位客官果然是行家啊！"店小二听潘俊竟然能说得如此详细，不禁更加赞叹，"别看我们这店面不大，不过这茶却绝对是上品！"

"什么是雨前龙井？"段二娥好奇地望着这二人问。

"这位姑娘你有所不知，在清明前采制的茶叫明前茶，谷雨前采制的茶叫雨前茶。"店小二赶紧解释道，"向来就有雨前是上品，明前是珍品的说法。"

"小二哥也是懂茶之人啊！"潘俊酌了一口茶，顿觉味道清冽，幽香四溢。

"嘿嘿，我从小便在这茶馆跑堂，没吃过猪肉总是见过猪走嘛！"店小二见潘俊夸自己，有些不好意思地说道。

"小二哥，看你们茶馆的生意好像有些萧条啊！"潘俊将话题岔开道。

"唉，不瞒您说，我们这茶馆虽然不大，但生意却一直不错。这几天不知道日本人又发什么疯，忽然开始到处抓人了。很多人都不敢上街了，您瞧……"小二指着窗外几个穿着伪军服装的人拉着一条杂毛狗，一面走，一面在过往的行人身上仔细打量着，不时将行人拉住上下查看一番然后才放行。

"我们进城的时候这些人并未为难我们啊？"冯万春不解地说道。

"现在的安阳啊，是有进无出。"店小二一面提起茶壶给潘俊续了一杯茶，一面说道，"这几日安阳的旅馆都已经住满了，进来可以，但是却绝不放人出去！”

“从什么时候开始的？”冯万春拧着眉头问道。

“三四天了吧……”小二说到这里指着外面说，“嘿，你们看，出事了吧……”

潘俊等人向窗外望去，只见不远处传来了一阵喧哗，那几个伪军正围着一辆马车叫骂。

“你他妈的怎么驾车的啊？”为首那个二十几岁的伪军破口大骂道，“你要是把老子的神犬撞死，让你吃不了兜着走！”那车夫早已吓得脸色发白了。

这时候从车厢中走下一位穿着西装戴着金丝眼镜的瘦男人，他一出来便满脸堆笑地掏出烟给为首的伪军奉上，那伪军板着脸摆了摆手，他又向另外两个伪军奉烟，见他们也不抽这才将烟收起来道：“刚一进城，这马慌了，不想撞到了您的神犬！”

他扭过头见那杂毛狗确实已躺在地上气绝而亡，不禁也是出了一头的汗：“要不我赔您些钱吧？”

“赔钱？”为首的伪军扯着嗓门说道，“你不知道这是皇军的神犬啊？赔钱？赔钱它能活过来吗？”

“要不然我给您再买一条比这狗更好的，您看成吗？”戴金丝眼镜的男人掏出手帕擦了擦汗说道。

“那不行，我们都和这狗有感情了，我告诉你，它比你都听话。”为首的伪军指着地上那只已经断了气的狗说道。

“那您说怎么办啊？”“眼镜男”此时却是一点儿办法也没有了。

“车扣下，明儿这狗下葬，你得过来披麻戴孝！”为首伪军一句话让眼镜男整个人一下子惊住了，倘若给这狗披麻戴孝，自己岂不成了狗儿子？如若不答应，必定是难以脱身了。他咬了咬牙说道：“嗯，我听您的！”

“好，带足了钱再来给你这狗爹戴孝啊！”为首的伪军挥了挥手，两个跟班跳上车大吼道：“下来，下来，都他妈滚下来，这车扣下了！”他们将车上的人都赶了下来。

这金丝眼镜男青年家境殷实，也曾到日本求学，对日本文化倍加推崇，回国见哪里都不如日本好。如果不是父母不能换掉早已然丢弃了，却没想到今天在这里变成了狗儿子。

那金丝眼镜男一家人搀扶着走进了安阳城中，几个伪军将死狗丢在街角，上了车子向这茶馆方向而来，转眼之间那辆马车已经停在了门口。三个人下了车向茶馆走来，一进门便大声喊道："小二呢？"

小二嘴里咒骂一句，笑容像是从脸上冒出来的一样，他急忙走了过去道："几位老总，你们喝什么茶啊？"

为首的伪军一面说，一面在靠近门口的桌子前坐下，向四周打量着，最后目光落在潘俊一行人的身上："小二，你们店里最近有没有什么可疑的陌生人啊？"

"嘿嘿，瞧您说的，我们这开店的每天不都来来往往不少陌生人吗？至于这可疑的嘛，倒真是没见到过啊！"店小二"嘿嘿"笑着说道。

"不会吧！"为首的伪军站起身向潘俊几个人走来，正在此时，一个老头从门外走了进来，见潘俊几个人说道："哎哟，外甥你是什么时候来安阳的？"老头一面说着，一面走到潘俊面前抓住他的手说道。

潘俊一愣，见眼前这老人有几分面善，于是笑着站起来说道："刚来一刻！"

"你瞧，你们来了也不提前打声招呼！"老人故作责怪地说道。

冯万春与段二娥两人面面相觑，不知这老人是真是假。而为首的伪军已经走到潘俊的桌子前面，他扭过头对老人说道："这个人是你亲戚？"

"老总，这是我外甥，这个是我外甥媳妇，这个是他家仆人！"老人指着段二娥和冯万春说道。

"哦！"为首的伪军摸着下巴上几根稀疏的胡子望着潘俊几个人。

老人赶紧掏出几张票子塞在为首伪军的手中，笑着对小二说："快，快把雅间打开让几位老总喝茶，把最好的龙井拿来给几位老总沏上！"

"不是陌生人就好，最近上面下来消息，八路在这一带活动猖狂，让他们几个在安阳多住几日，等这段时间风声过去再走！"为首的伪军将票子揣在怀里，和两个随从跟着小二迈着四方步嘴里哼着小曲走进了雅间。

见他们走进雅间之后，老者才对潘俊使了个眼色，让他们跟着自己走向后院，这后院还算宽阔，后院那间房子后面不远处便是城墙。

老者将几个人引进屋子中，这屋子分左右两间，老者将潘俊等人带进右面的房子之后请他们落座，然后自己走了出去。只听左面的屋子中传来一阵"窸窣"之声，然后老者带着一个女孩走进房中，两人"扑通"一声齐刷刷地跪倒在地道："恩人！"

冯万春与段二娥两人面面相觑，而潘俊终于想起了为何见着老者如此面善，原来他们便是潘俊在回北平路上所救的那对父女。

“快快请起！”潘俊搀扶起老人和他的女儿说道，“她的病怎么样了？”

“吃了您开的方子果然见了奇效，这才吃了几服汤药便已经可以下地了！”老者不无惊喜地说道。

“那就好，那就好！”潘俊望着老者的女儿感叹道，“您怎么搬到安阳来了？”

“呵呵，恩人有所不知，我祖籍便是安阳。那天晚上您给我闺女看完病之后，第二天我们便回到了安阳，这间茶馆之前原是我兄弟经营的，我们便来这里投奔他了。这几日我兄弟到江浙去办茶叶去了。”老人娓娓将前后之事陈说了一遍道，“恩人，您怎么也到安阳来了？”

“哦，只是探亲访友！”潘俊笑了笑，老人已经看出些端倪，知道潘俊必有不可告人的隐情，于是说道，“恩人，您既然来了便在这里住上几天，近日安阳城是有得进没得出啊！”

“呵呵，谢谢您的好意，一会儿我的朋友便会到此接我。”潘俊推辞道。

“那也好，那也好，不过恩人您在离开安阳之前一定要到小店来一趟，我们好置办一些安阳的特色菜款待恩人啊！”老人说得诚心，但潘俊却不知是否真的能来，只是客气地点了点头：“以后别叫我恩人了，叫我小潘便好！”

“这可不行，这可不行！”老人连连说道，“那不是折煞我一家人了吗？”

正在此时，前面的茶馆中忽然传来了一阵喧哗声，不一会儿小二从前面跑了进来说道：“掌柜的，刚刚来了一个人，好像是找这几位爷的！”

“嗯？”老者诧异地抬起头看了看潘俊，只见潘俊微微地点了点头说道：“我们这就过去。”

一行人随着小二走进前面的茶馆，只见刚刚在那雅间中的伪军正在与一个四十岁上下穿着考究的中年男人攀谈着。

“七爷，您今天怎么得空到这儿喝茶啊？”为首那个伪军极为恭敬地掏出烟双手奉上，见中年男人接过烟之后，又掏出火柴给他点上。

“呵呵，我来接个人！”中年男人说完，向外张望了一下说道，“你们几位今天怎么有这般清闲在这里喝茶啊？”

“唉，忙里偷闲，忙里偷闲！”为首的伪军坐在他旁边说道。

“听说你们最近几天抓了不少人啊！”中年男人目不斜视地望着外面说。

“唉，这口给人家当狗的饭不好吃啊！”为首伪军说道，“要不是七爷您照应，小的们早就饿死了！”

“别这么说，咱们是鱼水情深嘛！”正说话间，潘俊等人已经从后面走了出来。中年男人扭过头一见潘俊，脸上立刻露出了笑容，他三步并作两步走上前去说道：“东家，您什么时候到的？”

这中年男人便是潘俊家在洛阳城中那甲骨堂的掌柜的，名叫刘衎，家中排行老七，这甲骨堂在安阳也是数一数二的药店，再加上刘衎为人圆滑世故，因此知道不知道的人都尊他一声七爷。潘俊在昨日吴尊来甲骨堂取信之时便让他告诉刘衎，一两日内到这茶楼来接自己，刘衎昨日已经在此等候一天了，却始终未见潘俊踪影，今天一早便再次急匆匆赶来，终于见到了潘俊。

“这位是……”为首那伪军见刘衎竟然对这位二十来岁的小子如此恭敬，不禁惊讶地问道。

“这是我家东家。”

“哎呀，失敬失敬！”为首的伪军一面拱手，一面狠狠地瞪了一眼茶楼掌柜的，心想：他娘的，这老头儿胡乱攀亲。

潘俊微笑着拱了拱手。

“东家，咱们回去说吧！”刘衎说着让出路，潘俊向几个伪军点了点头之后离开了茶楼。几个伪军像是打了鸡血一般，那头点得如同捣蒜一般。

却说潘俊等人钻进刘衎早已停在门口的马车中，马车一路向甲骨堂驶去。在车上，刘衎将近来安阳所发生之事悉数讲给了潘俊。这安阳虽是文化名城，八大古都，但其军事地位却远不及石门那般重要，因而此处日本驻军向来不多，多为伪军。不过，这几日却听伪军的几个高官说军营中似乎秘密调来了一些日本人，他们均是乔装之后进入军营的，想来这安阳本也是由日本人管辖，日本军队进驻当属名正言顺，却不知是什么原因弄得遮遮掩掩的。

这几日更是来了一道莫名其妙的指令，只许进不许出，也未说什么时候才可以自由出入。

潘俊听完刘衎的叙述之后始终一句话未讲，冯万春的眉头微微皱起，抬起头想和潘俊说些什么，却见潘俊的脸上挂着少有的愁容，便将到了嘴边的话咽了回去。马车一路行至甲骨堂的后院才停下。

这甲骨堂在安阳的名声不啻北平城中的虫草堂，坐落于安阳最繁华的街道之中，平日这里便是车水马龙，往来之人络绎不绝，加之近日日本人有进无出的命令，原本滞留于此的商客、游人便全部聚集于此。毕竟是八大古都之一，大禹治水、文王演易、妇好请缨、苏秦拜相、西门豹治邺、岳母刺字尽出于此，商客、游人往来于此也不觉得乏味，而那伪军于此处盘查也相对较少。

刘衎见甲骨堂正门的街道早已被堵得水泄不通，便命车夫将马车赶至后门。甲骨堂占地极大，从正门绕道后门便需要横跨一条街。马车“叮叮当当”响着来到甲骨堂后院，刘衎下车将车帘撩开请潘俊一行人进入。

甲骨堂前院是药店医馆，而这后院则有二进：一进院供学徒长工居住，二进院则是刘衎的窝堂。这后门便开在一进院中，潘俊刚一下车便闻到从这甲骨堂院落中传来的淡淡药香。刘衎在门上轻轻敲了两下，一个伙计打开门将一行人引入。只见这一进院落中到处摆放着成袋的药物，在靠西的一间草棚中正在熬制着药物。临近的一间屋子外面，则有十几个人手中提着开好的药排队等待。

“那些人在做什么？”段二娥从未见过在这后院中还会有病人提着药排队的情景。

“呵呵，姑娘您不知道啊，这甲骨堂与京城中的虫草堂本是一家，便沿袭虫草堂旧制免费替病人熬制汤药！”刘衎一面伸出手将他们请入二进院，一面微笑着回答道。

“哦！”段二娥若有所思。

这二进院落与一进院落宛若两个世界，庭院假山，花木甬道，应有尽有。刘衎将一行人引入正厅，请潘俊等上座之后唤人去沏茶，自己则站在潘俊一旁。

“刘衎叔，我让吴尊交代你帮忙打听的事情怎么样了？”潘俊见下人将茶奉上退了出去便问道。

“少爷，吴尊说完我便上下活动，已经知道您所说的那人的下落了！”刘衎极为恭敬地一字一句地说道，“德胜赌坊！据说这老头一家人在一群特务的保护下进了德胜赌坊便没再出来过。”

“德胜赌坊？”潘俊不禁笑了笑，这些军统特务最喜欢藏人的地方无外乎赌场与妓院，刘衎这样说根本不出潘俊意料。

“潘俊，咱们现在怎么办？”冯万春见潘俊似乎早已将所有的事情安排妥当，便问道。

“咱们在这里稍作休息，待天黑后再去这德胜赌坊！”说完，潘俊吩咐刘衎找两间屋子让段二娥与冯万春稍作休息。当刘衎将一切安排妥当回来的时候，见潘俊始终站在窗前望着窗外。

潘俊的脸上挂着一丝淡淡的忧伤，这刘衎虽未见过潘俊几次，但给他印象最深的便是这年纪轻轻的东家给人的感觉是他有一种不可抗拒的威严，像今天这忧伤的神情他还是第一次见到。

刘衎在潘俊身后站了很久，潘俊丝毫没有察觉，他完全沉浸在痛苦之中了。其实那件事他早已经注意到了，但是他想不通为什么，或者说他尽量不去想，每每想起那件事，他一直自欺欺人甚至在进入安阳城的时候，他还尚存少许的希望，而安阳城里的一切，却让他仅存的那一点儿希望也完全破灭了。

“少爷！”刘衎在潘俊身后轻轻呼唤了一声，潘俊这才回过神来，连忙将眼角上的泪水拭去，招呼刘衎坐下说道：“刘衎叔，谢谢你这么多年一直帮忙照料甲骨堂！”

“少爷何出此言，这全都是刘衎应当应分的，如果说谢，只能是我谢谢少爷和老主人！”刘衎虽然和别人说话颇有架子，但在潘俊面前却十分谦卑。

“刘衎叔，甲骨堂现在还有多少学徒、伙计？”潘俊坐在椅子上问道。

“从大掌柜以下总共有二十七个人！”刘衎回答道。

“好！”潘俊沉吟片刻说道，“你的家眷呢？”

“哦，我接到少爷上一封来信的时候，就按照少爷所说将家眷全部送往浙江嘉兴老家了，此间只剩下我自己了！”刘衎在一周之前曾接到潘俊的亲笔书信，信中潘俊让刘衎将家眷秘密转移。

“那就好，那就好！”潘俊站起身拍了拍刘衎的肩膀重复道。

“少爷，您究竟要在安阳做什么事啊？”刘衎也站起身望着潘俊说道，凭他多年在江湖上摸爬滚打的经验，他已经嗅到了一股淡淡的血腥味，而且自从他将家眷迁走之后，便发现在他家的宅院外面时常出现可疑的人。

“唉，刘衎，今天晚上甲骨堂关门之后，你将所有的学徒、伙计遣散了吧，你也尽量早些离开甲骨堂！”潘俊拧紧眉头说道。这个决定对于潘俊来说如此之难，甲骨堂是潘家最早的医馆，此前无论战乱、祸患从未关闭过，而此时潘俊却不得不做这个他最难做的决定。

“好！”刘衎回答得很痛快，接着说道，“我晚上便给学徒和伙计发些盘缠将其遣散，不过就让我留下来吧！少爷对这安阳城还不甚了解，有我在少爷做什么事情也会方便些！”

潘俊扭过头望着刘衎，见他脸色刚毅，目光炯炯有神，便抓住他的肩膀点了点头。

“只是甲骨堂就这么关了，真是可惜啊！”刘衎惋惜地说道，这几十年，他早已将甲骨堂这百年老号当成自己的家了。

“我又何尝不心疼呢？”潘俊扶住刘衎的肩膀说道，“国破山河在……”

“对了，我让你准备的东西都准备好了吗？”潘俊忽然想到了什么问道。

“嗯，少爷放心吧，那些草药咱们这里本来便有，少爷交代之后我便将其全部准备好了！”刘衎为人虽然世故圆滑，但做事却极其谨慎，这也是几十年来潘俊父亲能如此放心地将甲骨堂交给他的原因。

“好，多谢刘衎叔了！”潘俊目光如炬地望着窗外，鼻子里依旧缭绕着那浓郁的药香。

“不过，不知少爷要那些药草做什么？”刘衎疑惑重重地问道。

潘俊淡淡地笑了笑，他抬起头看看天空，约莫时间已经差不多了吧。

吴尊在潘俊一行人走后，便回到时淼淼和燕云两人的房间中守候着，已经过去了一天一夜，两个人依旧没有苏醒的迹象。吴尊向潘璞要来一些糖水，拿起一块棉套蘸了少许水轻轻在时淼淼的嘴唇上沾了沾，潘璞不禁被吴尊感动，说道：“没想到吴当家的对时姑娘竟如此关怀备至！”

“唉，不管她认不认我这个徒弟，但在我心里，她始终是我师父啊！”吴尊说着，忽然停下了，脸上露出一些狡黠的笑容道，“老管家，人家都说一日为师终身为父，我师父是个女子，应该是终生为母了吧？”

这句话一出口，逗得潘璞眼泪都笑了出来，他觉得眼前这个矮个子吴尊着实可爱。此时燕鹰拉着金龙也走了进来，自从段二娥走后，金龙一直沉默不语，燕鹰花了半天工夫才将这小子哄得露出了点儿笑容。

“那个，欧阳大侠，你来喂喂你姐姐吧！”吴尊将手中的碗递给燕鹰，燕鹰盯着那碗看了看，又瞥了一眼躺在姐姐一旁的时淼淼，猛地一挥手将那碗打到地上，那装着糖水的碗摔在地上碎裂成几瓣，然后他将金龙留在原地，自己跑进厨房中弄了一杯糖水回来，坐在燕云身边轻轻地将燕云的嘴唇润湿。

“我说欧阳大侠，您这是对我，还是对我师父有气啊？”吴尊有些恼怒地望着燕鹰说道。

“一个土匪，一个冷血！”燕鹰狠狠地咬着牙说道。自从金龙的爷爷被害之后，燕鹰便对土匪有种莫名的恨意，再加上吴尊张口闭口叫时淼淼师父，这恨意便更加深了一层。

“你小子什么意思？我告诉你欧阳燕鹰，你说我可以，但不准你诋毁我师父！”吴尊这次是真的怒了，他抢到燕鹰面前大喊道。

“怎么着，想试试？”燕鹰将碗放在一旁站起来，足比吴尊高了一头。

这时，潘璞连忙走到两人之间打圆场，将燕鹰按在椅子上，然后拉着吴尊走了出去，一面走，一面道：“吴当家的，你和这小孩子生气又何苦呢？”

“哎，我吴尊是土匪没错，但不能在我面前诋毁我师父。”吴尊气愤地说道。

“他可能也是这一路上被土匪祸害的，你别和他生气了。”潘璞笑着拍着吴尊的肩膀说道，“一会儿我做两个拿手小菜，咱们两个喝上几杯如何？”

吴尊听完这话，眉开眼笑道：“好哇，听老管家的。”

“呵呵，算是你吴当家的有口福，我知道这潘家旧宅还藏着一坛好酒。”潘璞神秘兮兮地说道，吴尊听到有好酒更是馋得口水直流，他这人平日里有三大爱好：好枪、好酒、好女人。

午后两人在潘家旧宅前院的那棵老树前面摆上一张桌子，潘璞果然做了四五道色香味俱佳的菜肴，只是轻轻一闻吴尊便立刻觉得饥肠辘辘了。正在此时，潘璞左手拿着两个碗，右手拿着一坛子酒走了过来。

“吴当家的，你闻闻这是什么酒？”潘璞将那酒递给吴尊，吴尊将鼻子凑到酒坛子前面，只觉此酒香味浓重厚实，只知是好酒却不知究竟为何酒，不禁摇了摇头道：“这倒闻不出，此酒可有什么来历？”

“哈哈，这酒是贡品御酒。”潘璞将酒坛子打开给吴尊倒上一碗，自己也倒上一碗说道，“吴当家的可能不知，相传康熙十年，康熙的五公主得了怪病，连烧十五天，只能喝水，无法进食，半个月下来，人憔悴不堪，宫内御医绝招使尽，病情仍不得好转，急得康熙上朝都没好脾气。众大臣推荐了不少地方名医，也都解决不了根本问题，公主的病一日甚于一日，头发一缕一缕地掉，牙齿也开始松动了。一日得知太行山边有一陆家老翁用自酿粮食酒配制的药酒特别灵验，能‘杀百毒、通血脉、厚肠胃、调阴阳’，方圆百里闻名，于是快马急驰四百余里，当天取回陆家药酒。说也奇怪，公主喝下这药酒，当天即开始进食，三日后即能下地走动，一个月便病好如初。于是龙颜大悦，降旨宣诏太行陆老翁进宫，任职太医馆金牌御医，专事皇室酒道养生，这酒因故得名啊！”

吴尊不及潘璞说完，已然自饮了一杯，果然这酒一入口，绵远甘润，如琼浆玉液一般，一股暖流流入腹中，遍及全身。

“没想到老子这辈子还能享受一次康熙老头儿的御酒，死了也值了！”吴尊说着，将那碗放在桌上。潘璞又给吴尊倒了一杯道：“吴当家的何出此言啊？如果吴当家的喜欢，我这里还存有几坛，临走时都赠予吴当家的！”

“好！”吴尊说完又饮了一杯说道，“老管家，你也喝啊！”

两个人边吃边喝，忽然吴尊站起身来说道：“老管家，内急，内急！”说完便急匆匆向后院奔去，潘璞见吴尊一副猴急的模样哈哈大笑起来。

回来之后，吴尊的脸已然红扑扑的了，宛如那三月桃花一般。他将那坛子酒举起仰着头喝了几口，然后见潘璞杯中已空便要倒酒。潘璞连忙以手盖杯说道：“吴当家的，这酒我实在不能再喝了，这酒虽好但后劲极大。”

“老管家，你看不起我吴尊吗？”吴尊此时已经大醉，直到吴尊说了这话，潘璞才将手从酒碗移开，吴尊指着潘璞笑道，“这才够朋友嘛！”说完又给潘璞倒上一杯，之后举起酒坛子说道，“来，咱们干了！”说完，吴尊便“咕咚咕咚”地将那剩下的酒全部喝了下去，潘璞也举起酒杯将杯中之酒喝光了。

果如潘璞所说，这酒虽然好喝，但是后劲着实很足。吴尊喝完酒之后，便被潘璞搀到了房间之中，他躺在床上鼾声如雷。潘璞看了吴尊一会儿，只见他眼角不知何时竟淌出泪来，醉梦中不停地喊着：“月红，月红，我吴尊对不住你。来生，来生你做爷们儿，我做你的女人。”然后，又像是哄小情人般色眯眯地笑道，“你说好不好啊？”

潘璞微微笑了笑，这吴尊虽然是个粗野汉子，却实在是难得一见的至真至纯之人啊！潘璞看了他一会儿，然后轻轻将房门关上，看看外面发现时候已经不早了，天边晚霞飞舞，他长叹了一口气，走到房间中拿出一包解酒药喝下，虽然这酒他只喝了三四碗，却感到脑袋阵阵地疼痛。喝下解酒药之后，潘璞便躺在床上，他望着房顶，一行清泪从眼角缓缓淌出，滴在床上。

醒酒药确实有些效力，半个时辰不到，潘璞觉得身体轻盈了许多，脑袋也不再那么痛了。这才站起身来将穿着的衣服脱下，走到衣柜前拿出一套黑色的外套换上，推开门缓缓向时森森和燕云的房间走去。

推开门见燕鹰始终坐在姐姐前面的椅子上，桌子上的饭菜他一口未动，而金龙早已经躺在他一旁睡着了。燕鹰听到推门的声音立刻抬起头望着进来的潘璞，他身上的装束让燕鹰一愣，只见潘璞将门缓缓关上之后，便“扑通”一声跪倒在地。

在安阳城内的甲骨堂中，潘俊等人已经准备停当，刘衎去前堂将所有学徒、杂役聚集到一起，宣布从今日起甲骨堂歇业三个月。所有的人都被这突如其来的消息震惊了，纷纷用猜测和不解的眼神望着眼前的掌柜的。

“掌柜的，我们这里大多都是世世代代在甲骨堂做事的人，甲骨堂自从建立以来，只在几代皇帝驾崩之时歇业过一两日，其他不管是逢年过节，还是战乱灾变从未歇业过，今天忽然歇业究竟为了何事啊？”上了岁数的账房先生不解地问道。

“先生，一言难尽，大家也知道日本人进入安阳之后，这甲骨堂的日子便一日不如一日，我也是实在撑不下去了！”刘衎无奈地说道。

“掌柜的，我们可以不要工钱，只要管吃管喝就行，咱们大家拧成一股绳，总能熬过难关的，这小鬼子的尾巴也长不了了！”一个年轻人在人群中喊道，接着大伙纷纷响应。刘衎一时感动得热泪盈眶，最后咬咬牙说道：“大家的心意我刘衎心领了，如果这甲骨堂有重开之日，一定将各位请回来，大家先去账房那边去领工钱吧！”

他的话音刚落，只见那老账房先生将算盘一下子掷在地上，算盘珠洒满一地，账房先生甩袖而去。刘衎长叹一口气，躬下身子一粒一粒地去捡那算盘珠，几个杂役刚要帮忙，却被刘衎喝住：“别动，都别动，我自己来，让我自己来！”

所有人都沉默了，开始排着队来到另外一个年轻的账房前面依次领取遣散费，当所有人都走之后，刘衎才站起身来望着墙上挂着的那个大大的“仁”字愣了一会儿。这“仁”便是甲骨堂生存之本，甲骨堂百余年依靠这个“仁”字打造了一块金字招牌。

正在这时，一个杂役匆匆从外面奔来，在刘衎的耳边低声说了几句，刘衎一惊，连忙说：“快，快将人请进来！”

杂役出去不久，便将一个二十几岁穿着一身中山装的年轻人请进了前堂。那年轻人目光炯炯有神地望着刘衎，刘衎打发杂役下去之后，年轻人这才开口道：

“潘爷是不是在此？”

刘衎一怔，只见年轻人急了，上前一步说道：“如果潘爷果然在此处的话，立刻带我去见他，否则就来不及了！”

刘衎这才点了点头，带着年轻人经由一进院和二进院的甬道来到正堂。此时潘俊和冯万春、段二娥正坐在正堂喝茶，见刘衎急匆匆地走进来，脸上表情也极为惊慌，不禁都站了起来。

“少爷，有人想见您！”刘衎的话音刚落，只见从他身后走出一个人来，冯万春与段二娥两人面面相觑。只见那个年轻人三步并作两步走到冯万春面前，便“扑通”一声跪倒在地，说：“不肖之徒子午见过师父，小世叔！”

“子……子午！”冯万春用力地捏着茶碗道。

“我知道师父现在还想杀了子午，但请容我先把话说完再杀不迟！”这时，潘俊走到子午身边将他搀扶起来说道：“子午，你怎么知道我们在甲骨堂？”

“小世叔，这正是我要和你说的事情啊！”子午一脸焦急地说道，“难道燕云没有把我的那封信交给您吗？”

“我看到了！”潘俊淡淡地说道。

“唉！”子午长叹了一声说道，“我在信上说不让你们来安阳，小世叔你怎么还坚持要来啊？皇军早已经在安阳给您布置了一个巨大的陷阱，就等着你们往里跳呢！”

“你说什么？”冯万春拉住子午的手臂说道，“你这个孽徒是不是出卖了我们？”

“师父，我子午虽然是日本人，但是也受过您十几年的养育之恩。虽然我此前做了很多对不起您和小世叔的事情，可是绝不会那般无情无义！”子午的语速很快，想必他的心中也异常着急。

“那究竟是谁？”冯万春拉着子午的领子说道。

“冯师父，你先别急，让子午慢慢说！”潘俊走到前面将冯万春的手拉开，子午这才咽了咽口水说道：“他们起初的计划是将五个家族的人聚集到北平城中，因此到处用青丝作案，以嫁祸给小世叔。可是谁知小世叔用奇计出北平，再加上金家人也逃出了北平，因此他们便开始策划另外一局大棋，以金无偿为诱饵将你们全部引至安阳城中，然后一网打尽！你们的行踪早已经被藏在你们内部的人秘密告诉了日本人！

“甚至你们什么时候进入的安阳，现在住在何处，他们全部了如指掌，只等着你们现在去自投罗网呢！”子午焦急地说道。

“这些你是怎么知道的？”冯万春追问道。

“当天，燕云本来在青龙的陪同下将我带到了北平城北的一片乱坟岗中准备将我杀死……”子午永远也不会忘记那天的情景。

晚风吹过，黑色的乌云像是忽然间从地下钻出来的一样，风中夹杂着淡淡的腥味，这是暴雨将至的前兆。燕云将子午带到前面的荒草丛中，此处是北平城北有名的乱坟岗，丢弃着无数被日本人秘密杀害的中国人的尸体，极具讽刺意味的是，燕云便要在此处解决掉一个日本奸细的性命。

“啪啪”两声枪响在这空旷的荒草丛中响起，惊起几只躲在草丛中的鹌鹑，它们扑棱着翅膀从草丛中飞出。子午心头一惊，心想自己的生命便这样结束了。枪声渐渐消失之后，子午睁开眼睛见燕云满脸泪水地举着枪，原来刚刚她只是朝着天空空放了两枪。子午跪着挪到燕云的面前说道：“姐……”

“你走吧！”燕云闭着眼睛痛苦地说道，“子午已经被我打死了！”

“姐！”子午站起身来想说什么，最后还是闭上了嘴，转身低着头向草丛的另一面走去。

“站住……”燕云忽然狠狠地说道，子午停下脚步，闭着眼睛长出一口气。

“如果下次再让我看到你和你们那群日本狗的话，我的枪口对着的就会是你的胸口了！”细小的雨丝随着风落在燕云的脸上，雨水和泪水交织在一起，已经分不清到底是雨水还是泪水了。

“姐，子午这条命是属于你的！”说完，子午迈着步子缓缓地离开了。

说完，子午的眼圈有些微红，他长长地吸了一口气，接着说道：“小世叔，燕云呢？”

“他们在另外一个地方！”冯万春语气虽柔和了一些，但并未有好脸色。

“潘家旧宅？”子午的话让在场所有人的身体猛然一颤，冯万春一把抓住子午说道，“你怎么知道的？”

“师父，燕云是不是真的还在潘家旧宅啊？”子午显然更关心燕云的安危，“如果是那样的话就糟了，糟了！”

“怎么了？”冯万春问道。

“潘家老宅早已被他们获悉！”子午眼露惊恐地说道。

“这点我想到了，因为他一直在我们中间！”潘俊说这句话的时候，脸上再次布满了忧伤，从离开北平潘俊便开始怀疑在他们之中会有一个内奸。他曾经怀疑过冯万春，但是当他问起冯万春那土系的秘诀之后便打消了自己的疑惑；他曾怀疑过欧阳姐弟，但是最后他发现这两个人都不具备条件，他们刚刚来北平不久，不可能将事情做得如此机密；他也怀疑过时淼淼，因此在离开北平城时，潘俊与冯万春会合的时候便悄悄交代冯万春暗中调查时淼淼，这也是冯万春与燕鹰和段二娥在来北平的路上一度失踪几日的原因，可冯万春带回来的消息却让他更加心痛；至于段二娥，她对于此前的事情一概不知，更不可能将他们的行踪掌握得如此透彻。

可即便是这样，他也不肯相信自己的猜测，他一再劝说自己，希望自己的猜测全是假的，但是种种迹象却让他又不得不相信。潘璞，这个从小便陪在他和姐姐身边的忠诚的老仆人竟会是内奸？潘俊想不明白究竟是什么原因。

“潘璞！”子午极为肯定地说道，潘俊痛苦地点了点头。

“哦！”冯万春恍然大悟。其实在刘衎的车上之时，他便一直有个疑问，既然安阳城前一日便只能进不能出了，为什么潘璞能在安阳城中行动自如呢？只是当时他见潘俊一脸忧伤并未问出口。

“但是小世叔一定没有想到，另外一个人也是内奸吧？”子午接着说道。

“另外一个人？”子午的话显然让潘俊也大吃一惊，他抓住子午的手愣了半天，不敢相信地问道，“你说的是不是燕鹰？”

“小世叔猜到了？”子午颇为惊异地望着潘俊，只见潘俊抓着他的手无力地放开，整个人向一边倾倒，幸好冯万春眼疾手快将其扶住了，否则他必定会倒在地上。

“猜到了！猜到了！”潘俊自嘲般地自言自语道。其实他早已察觉到了，燕鹰这几天似乎性情大变，只因他一面悲伤于潘璞的叛变，还有一点便是他相信燕鹰，爷爷被日本人所害的人怎么会出卖自己呢？可是他却错了，他不是神仙，不可能将所有的事情都算在掌心。

“这事情可靠吗？”冯万春盯着子午问道。

“嗯，绝对可靠！”子午一字一句地说道，“我回去之后便因为之前潜伏在小世叔身边对他有所了解，被任命继续调查此事，因此这些信息都是绝不会错的！”

“究竟是为什么？燕鹰怎么会？”潘俊虽然平日冷静，料事如神，但他却始终想不明白很多事情……

“这个我也不清楚。”子午有些抱歉地说道，“可我知道他们会在安阳和潘家旧宅同时行动的！小世叔，师父，你们现在赶紧离开安阳，现在的话我还可以将你们送出安阳城，迟了恐怕就来不及了！”

潘俊抬起头盯着子午，一会儿后他终于冷静了下来，站起身来拍着子午的肩膀说：“子午，我还能信任你吗？”

子午咬着牙皱着眉头说道：“嗯！”

“好，子午，你如果能出城的话，立刻赶到潘家旧宅去保护燕云他们！”潘俊说着，望了一眼站在自己一旁始终沉默寡言的段二娥，只见她始终望着窗外潘家旧宅的方向。

“那你们呢？”子午点点头问道。

“我是木系的君子，而你师父是土系君子，有些事情是我们必须要做的！”潘俊长叹了一口气说道，他心中始终有一个信念，就是一定要将那驱虫师家族的秘密调查清楚，即便是失去这条性命也在所不惜。“快去吧，如果救了燕云他们，便带着他们一直向西走，我们如果能出得了这安阳城的话，便会在三两日内追上你们，全拜托你了！”潘俊紧紧地握着子午的手说道。

“小世叔，师父……”子午眼中含泪咬着牙转身便向外走，谁知却被段二娥喝住了。子午扭过头，段二娥将一件物什放在子午的手中，并在他耳边轻轻说了几句什么。子午怔了一下然后点了点头，“放心吧，我一定办到！”

14

暗流动，暴雨初来临

子午离开之后，大堂里所有人都沉默了，过了一会儿，潘俊才长出一口气微笑着说道：“咱们走吧，去见金无偿。”

说完之后，潘俊带着几个人走出了甲骨堂，刘衎身上背着一个包裹，里面是潘俊交代的一些药草。他抢在前面去开一进院中的后门，谁知潘俊却拦住他说道：“走正门！”

刘衎一愣，然后点了点头，一行人向甲骨堂正门走去。今晚的安阳乌云满天，刚刚入夜浓重的水汽便将整个安阳城笼罩了，宛若预示着今晚会有什么不寻常的事情发生一般。

出了甲骨堂的门之后，刘衎将甲骨堂的门紧锁上，将钥匙揣在怀里。他们迈开步子向德胜赌坊走去，而在不远处的巷口，却有一双眼睛正虎视眈眈地盯着他们，见他们出门之后，那个人便急匆匆地向巷子另外一端奔去。

这大雾来得实在是有些蹊跷，大多数人刚一出门便退了回去，因此街上空空如也，只是偶然会看到路边躺着一两个醉鬼，他们从来都是四处为家的。

刘衎出了门之后便走在最前面，他从小在安阳长大，对于安阳的大小街道，他就算是闭着眼睛也不会迷路。他引着潘俊一行人向德胜赌坊而去，刚转过一条街刘衎忽然停住了脚步，潘俊等人也停住了脚步，只见眼前几步远的地方站着一个黑衣人。

那个一直在甲骨堂旁边监视的黑影从巷子中奔出，在那条深巷的外面早有一匹马等在那里，他骑上马，轻轻地拍打马屁股向安阳城东奔去。大约小半个时辰之后，黑影终于钻进了城东的一个小巷中，此处多是民宅。他在一户门口站着两个日本兵的宅子前停了下来，跳下马之后将缰绳递给了门口的一个日本兵，大汗淋漓地跑进了院落。

罗秀在庭院中焦急地踱着步子，在这个感觉有些阴森的夜晚，罗秀在等消息。忽然那个黑影奔到罗秀前面，凑到他的耳边气喘吁吁地对他说了几句，罗秀微微笑了笑，然后摆手让那人下去，他这才迈开步子向金素梅所住的房间走去。

在门上轻轻地叩击了两声，金素梅淡淡地说道："进来吧！"

罗秀深吸了一口气让自己兴奋的神经平和下来，才小心地推开门走进房间，此时金素梅正坐在桌子前面，手中把玩着那块雕凤玉佩。

罗秀轻轻地走到金素梅的身边，唯恐自己的脚步声太大会惊扰到她一般。他站在金素梅身边轻声说道："金先生，他们已经动身了！"

金素梅停止了手上的动作，将玉佩紧紧地握在手中，笑着说道："好，罗秀，那两只日本狗呢？"

"他们恐怕是想螳螂捕蝉，黄雀在后吧，所以秘密地将部队调集到安阳城外五里处驻扎着，还派人监视着咱们的人！恐怕他们是想在我们成功之后半路拦截啊！"罗秀忧心忡忡地说道。

"呵呵！"金素梅冷冷地笑了笑，说道，"罗秀，现在我让你做一件事！"

"金先生请讲！"

"带着咱们的那些人去潘家旧宅，燕云和燕鹰都在那里！"金素梅说到这两个孩子的名字的时候，声音中稍有一丝柔和，然后说道，"把他们带回来！"

"是！"罗秀坚定地说道。

"还有，你将所有的人都带去，出城之后声势一定要大，让那两只日本狗以为咱们已经动手了。"正如罗秀所想，金素梅早已经有了对付松井祖孙的办法。

"金先生是想让我将那两只日本狗引到潘家旧宅？"罗秀有些担忧地说道，"潘俊、冯万春，还有那个叫段二娥的都已经离开了潘家旧宅，想必我们去了之后，不用一刻便会将剩余的人抓获，到时候那两只日本狗必定会发现其中有诈，如果他们再返回安阳城怎么办？"

"呵呵！"金素梅冷笑着抬起头望着罗秀，"你觉得潘俊会让我们这么容易得手吗？如果真的像你所说，当初在北平城中那对日本狗便已经将其抓获，怎么会轮到我们啊？如果真有那么简单的事情，我们的对手就不是大名鼎鼎的潘爷了！”金素梅长叹了一口气说道。

罗秀见金素梅用少有的赞美之词夸赞潘俊，不禁有些醋意地说道：“金先生，不瞒您说，潘俊这个人我也见过，他不过是一个二十来岁的毛小子，真有您说的那般厉害？”

“呵呵，罗秀，在我身边所有的人中你算得上是聪明的。”金素梅早已洞悉罗秀的心思，接着说道，“但与潘俊相比，却也只能是燕雀望鸿鹄啊！”

“呵呵，我就不信潘俊真的那么厉害，即便如您所说，他最后不也是落在您的手里了嘛！”罗秀不服气地说道。

金素梅淡淡地笑了笑，摆了摆手说道：“快去办你的事情吧，记得要把燕鹰和燕云安全地带回来！”

罗秀点了点头，刚走出几步却又停下了，他扭过头说道：“金先生，如果燕云姑娘不跟我走怎么办啊？”

金素梅拿起一旁用来挑灯捻的竹签，稍一用力便将竹签折成了两截，她冷冷地说道：“那就杀掉她！”

罗秀有些诧异地望着金素梅，见烛光下金素梅的表情冷漠这才点了点头。虽然他跟随金素梅这么多年，见惯了金素梅的无情，但此时此刻的她，却令罗秀有些难以接受。

罗秀关上门出去之后，金素梅将那根竹签掷到地上，一个侏儒从幔帐后面缓缓走出，满脸堆笑地低下头，用他已然残疾的手将地上那根折断的竹签拾起来拿在手上，走到金素梅身边颇为熟络地说道：“师姐，您这又何必呢？”

金素梅抬起头看了看眼前这个侏儒，微微笑了笑说道：“金顺，你将事情办得不错！”

金顺立刻喜上眉梢地恭维道：“还不是多亏师姐您的神机妙算嘛！”

“这河洛箱本来便是亲王府之物，却被这金家人夺去。”金素梅咬牙切齿地说道，“一旦得到驱虫师家族的秘密，我便立刻将那金家老头碎尸万段！”说完，金素梅攥起拳头用力地砸了一下桌面。

“大师姐，您何必动怒呢？”金顺一面说，一面给金素梅倒了一杯茶说道，“当年我将留在金老头手里的河箱偷出来，便是为了留给大师姐的，不过……”金顺说到这里沉吟了片刻，“不过这河箱中却空空如也，不知这金老头把里面的东西藏在了什么地方！”

“不急，马上他们便会落在我的手里了，我就不信他们会不说。而且潘璞说他已经在潘俊的手里看到洛箱了，到时候两个箱子凑在一起，这金家老头儿便没有作用了！”金素梅盯着那摇曳的烛光，脸上露出一丝得意的微笑。

盯着那摇曳烛光的，还有站在时淼淼与燕云屋子中的燕鹰，而潘璞一直跪在他的面前将所有的事情讲了一遍。

几十年前的潘璞还不叫这个名字，他父亲是亲王府的贴身护卫，家境殷实。只是他年幼丧母，每天唯一的一件事便是等待父亲归来。父亲武艺超群，对他又视如珍宝，每日回来必会给他带一些泥人、糖葫芦、糖人等小玩意儿。每每父亲练武之时，他便会学着父亲的样子在一旁练习，经常不慎跌倒，逗得父子二人笑得前仰后合。他希望自己长大之后能和父亲一样，做亲王的贴身护卫。亲王家小格格诞辰之时，亲王盛典让家眷随从参加，他在小格格的诞辰盛典上第一次看到了小格格，只见她穿着一件小小的旗袍，扎着“两把头”，后面耳边的垂发梳成扁平状，末端用发带束起，微微上翘，像一只待飞的燕子。在左右的人都惊慌失措之时，她却始终痴痴地望着漆黑的天际，似乎在等待着什么。

她就是小格格，他忽然有种莫名的冲动，等自己长大了一定要做她的贴身护卫。

可是好景不长，那之后的一个夜晚，父亲忽然被人送到家中，此时的父亲浑身是血，脸色苍白，气息奄奄，他的身上有数处伤口。

他躺在床上，将只有十来岁的儿子叫到跟前说道：“儿子，爹不行了！”

十来岁的儿子望着不时从口中喷出血的父亲哭泣道：“爹，爹您要活着，您一定要活着，我去请郎中来，我去找京城最最有名的潘老爷来，他一定能治好您的病的！”

谁知他这话一出口，却被重伤的父亲狠狠地打了一个嘴巴，父亲一用力又将一大口黑血吐了出来，他颤抖着伸出手指指着儿子说道：“你……你知道爹为什么会受伤吗？”

“啊？”年幼的儿子张大嘴巴不解地望着父亲。

“儿子，你记住潘家人是咱们的仇人，爹就是中了那潘狗的毒。”说完父亲又吐了一口黑血。年幼的儿子从小只知道潘老爷是京城名医，是治病救人的，而今天父亲竟然说自己是死在潘家人的手里，他不禁诧异地望着父亲。

“儿啊，如果我死了你怎么办？”父亲摸着孩子红扑扑的小脸说道，只见孩子从父亲的枕边拿起那把短刀，抽出来说道：“我会杀掉所有潘家的人，为父亲报仇！”

父亲的脸上露出一丝笑意，他对儿子的回答很满意。他轻轻地抚摸着儿子的脑袋说道：“儿啊，你还太小，你怎么报仇呢？”

这个问题确实问住了年幼的孩子，他握着手中的刀，茫然地望着躺在床上的父亲，希望父亲能给他指明一条路。父亲费劲地点了点头，招手让孩子凑到身边说道：“孩子，以后你要忘掉自己的名字，忘掉父亲，忘掉仇恨，然后去潘家寻找机会为父亲报仇！”

孩子听完父亲的话想了想，然后拼命地点了点头：“爹，我明白了，我明白了！”

“好儿子，你还记得小格格的模样吗？我们家世代忠于王爷，爹的任务便是保护小格格，可是爹再没有能力了。儿子，从今以后小格格便是你的主子了，你记住了吗？”父亲说到这里不禁潸然泪下。

“记住了，爹，孩儿都记住了！”儿子想尽量说得快一点儿，尽量多和父亲说几句话，谁知父亲微笑着向他点了点头，然后又吐出一口黑血，身体开始不停地抽搐，整张床都在父亲的抽搐中颤动着。孩子丢下手中的刀，紧紧地抱着父亲，父亲一面抽搐，一面口吐鲜血，那血将孩子的脸染得通红，片刻之后，父亲便气绝身亡了。

孩子紧紧地抱着父亲，拿过一块手巾将父亲喷出来的血全部擦拭干净之后，将那把短刀揣在怀里，拿过一旁的蜡烛，痴痴地望了父亲好久之后，将那蜡烛丢在了床上。火光之中，孩子脸上的泪痕早已干涸，那张本应该满是天真笑容的脸上，却只剩下了冰冷的仇恨。

孩子始终记得父亲临死前所说的话，这一年他生了一场大病，在街角被潘俊的父亲捡了回来，问及他的家人之时孩子只是摇头，潘俊父亲见这孩子颇为可爱，当时膝下无子便将他当作半个儿子养在家中，并取了名字潘璞。再次见到小格格是在潘俊父亲的生日宴上，虽然她此时的穿着与当时差别极大，但是潘璞还是一眼便认出了小格格。

潘璞说完，不禁冷笑道：“潘璞，潘璞，呵呵，潘家一辈子的奴仆！”

“母亲在我们见面之时曾经暗中告诉我，在潘俊的身边有一个人是自己人，她说的那个人就是你吧！”燕鹰想起当时在佐藤小队长房间中，母亲曾在自己的耳边低语了几句，当时母亲让他帮自己抓住潘俊，他一时没有同意。不过，起初他一直与段二娥一样怀疑在路上失踪了几天的冯万春，所以在段二娥向潘俊说出她对冯万春有所怀疑的时候，燕鹰才会与段二娥发生分歧。

潘璞点了点头说道：“是的，我是奉格格之命一直留在潘俊身边的！”

“潘璞叔，你起来吧！”燕鹰微笑着说道，“母亲要你做什么？”

“格格说会派人来这里与我们会合，我们只要在这里静候便可！”潘璞向窗外望了望，“我想格格的人也应该快到了吧！”

“那她们怎么办？”燕鹰指着时淼淼和睡在炕上的燕云说道。

“格格吩咐将时淼淼也带回去，因为她是水系驱虫师的君子，在她身上藏着水系驱虫师的所有秘密！”潘璞将金素梅告诉自己的话如实禀报了燕鹰。

“哼！”燕鹰冷冷道，“这个女人平日里冷冰冰的像是冰块一样，用所谓的千容百貌将自己打扮得那么妖艳，我倒是要看看这女人长得究竟是不是个丑八怪。”燕鹰这句话的潜台词便是，如果这女人果然长得漂亮，就算是给她毁容也一定要让她变成个丑八怪，燕鹰说着掏出腰间那把金龙爷爷的短刀，走到时淼淼的床头。

燕鹰在她的脸上轻轻地摸了摸，在她脸颊的地方似是有一张人皮面具的接口，他将那人皮面具用力地从时淼淼的脸上揭去，本来一副不屑的表情竟然僵在了他的脸上。而站在一旁的潘璞见到时淼淼的那张脸也是一惊，此时她已经睁开了眼睛。

“你究竟是什么人？”潘俊低声问眼前那个黑衣人，“为什么一直如影相随？”

那人也不回答，站在潘俊身后的段二娥将手缓缓伸入自己的袖中，在她的袖口处藏着她那致命的武器——“三千尺”。

“时姑娘，我劝你不要妄动，还是和潘俊一起离开这里的好！”那黑衣人终于开口说话了，声音低沉而嘶哑，而这句话却让一直站在一旁的冯万春一头雾水，他茫然地向自己的身后望了望，忽然他的目光盯住了站在自己身旁的“段二娥”，只见她脸上的表情冰冷，与之前见到的时淼淼一般无二。

“你是怎么知道我的身份的？”“段二娥”冷冷地说道。

“呵呵，我知道的远比你们知道的多，何必要自投罗网呢？”那黑衣人笑了笑说道，那笑声让人听了颇感恐怖。

他的笑声刚落，只见“段二娥”已然轻轻地抖了抖手，一条白色细丝从她的衣袖中快速弹出。虽在黑暗中，也能感觉到那巨大的气浪。时淼淼这一招正是那“三千尺”中的“破”字诀，谁知那黑影竟然笑着一纵身上了一旁的高墙，又笑了两声之后便没了踪影。

“那厮究竟是什么人？”冯万春见那黑影消失，不禁问道。其实这是所有人的疑问，他接二连三地出现，似乎每一次都在帮潘俊，可是他究竟是谁？如果是朋友的话，为什么不以真面目示人呢？

冯万春见无人应答，笑着看着自己身边的“段二娥”问道：“你是时丫头？”

时淼淼微微笑了笑，在脸上轻轻一揭，将那张人皮面具从脸上揭掉之后，又拿出一颗药丸放在嘴里，片刻之后她清了清嗓子说道：“冯师父，正是我！”她的声音也恢复了。

“哈哈！”冯万春见此情景不禁感叹道，“那躺在潘家旧宅里的是……”

“是段姑娘……”时淼淼语气平和地说道。

“你这千容百貌的绝技果然厉害，只是我老冯怎么一点儿也没察觉到？”冯万春扭过头望着潘俊，见潘俊丝毫没有诧异的神情，心中便知这一切必然是潘俊的安排。

原来昨天晚上潘苑媛在离开洞穴时将一包药交给了潘俊，潘俊尝了尝那药，心知这便是那蜘蛛毒的解药。在他被吴尊等人救上来之后，便让潘璞带着冯师父和段二娥走在前面，而自己和吴尊在后面，他将吴尊叫到身边说出了潘璞是内奸之事以及自己的计划之后，吴尊眉头紧皱，有些为难地望着潘俊道：“潘爷，这不会是真的吧？”

“唉，其实我比你更希望这仅仅是我的怀疑！”潘俊望着前面下山的一行人说道，“照我说的做吧，这件事就拜托你了！”

“多谢潘爷！”吴尊拱手道，然后快步跟上前面的队伍。他那句“多谢”一来感谢潘俊对自己的信任，将如此机密之事、重大之责交给了自己；二来是在潘俊的计划中，让吴尊先在无人之时将自己的师父时淼淼救醒，至于燕云，潘俊则恐怕她醒过来会生出枝节。

吴尊回到潘家旧宅的当晚，便趁着一行人都在品尝冯万春的手艺之时，自己谎称照顾师父时淼淼，让时淼淼服下了那蜘蛛毒的解药，果不其然时淼淼很快便苏醒了过来。吴尊又将潘俊的话转告了时淼淼。

当天晚上，段二娥依旧与时淼淼、燕云同房而眠，在她睡得正香的时候，忽然察觉到有人站在自己的面前，她一睁开眼睛见时淼淼已然苏醒了过来，便要开心地去叫别人。谁知时淼淼却对她做了一个噤声的手势，然后她帮助段二娥易容成自己的模样躺在床上，自己则易容成段二娥的模样。

听完时淼淼所说，冯万春不无责怪地对潘俊说："潘俊，这就是你的不对了，你也不事先通知我老冯一声，我还一直纳闷为什么咱们来要带上段二娥这丫头呢！"

"呵呵，其实这样做只是想瞒过潘璞而已。"潘俊每逢提起潘璞总有些心酸，"本来我想潘璞知道时姑娘可能随时苏醒，凭着时姑娘、燕鹰、吴尊三人可以对付得了他，谁知……"

"谁知燕鹰已临阵倒戈，所以刚刚你才会如此着急是吗？"说话的是时淼淼，她叹了口气，"其实这事态的发展已经超出了所有人的意料，潘俊你也不需要自责，段二娥与燕鹰感情甚好，而燕云又是燕鹰的亲姐姐，相信他不会对他们动手的，只是……"其实，此时时淼淼倒是有些担心吴尊的安危了，她期盼着子午能够早点儿赶到，这样或许吴尊还有一线希望，虽然她表面上一副冰冷的模样，但最终还是被吴尊的诚意所感。

"好了，咱们快点儿去德胜赌坊吧！"潘俊见在路上已经耽搁了太多时间，便催促道，而自己却落下与冯万春并肩而行。潘俊一面走，一面低声说道："冯师父，如果这次我们中有人离开安阳的话，就带着剩下的人去新疆找一个人！"说着，潘俊将一张纸条递给了冯万春，冯万春瞥了一眼潘俊，见潘俊的脸上挂着从未有过的落寞。冯万春笑了笑，将那张纸条塞进潘俊的手中道："咱们要一起离开安阳！"

潘俊闻言不禁有些感动，他深深吸了一口气之后，便与冯万春等人直奔德胜赌坊。德胜赌坊距离甲骨堂只有两街之隔，走了小半个时辰，一行人便已经到了德胜赌坊门口。

虽然今晚漫天的乌云将天空遮蔽得漆黑一片，眼前大雾弥漫，却依旧未能阻挡住赌红了眼的赌徒们的脚步。刚转过街口，便见那德胜赌坊里面灯光闪烁，这德胜赌坊是一座上下两层的建筑，前面是五级的台阶，台阶两旁站着两个彪形大汉，想必是这所赌坊中的打手。

而在这台阶前面四五步远的地上是一道石门，两根立柱上雕刻着貔貅、饕餮等招财之物。在石门上面挂着一块匾额，上书“德胜赌坊”四个字。刘衎走在前面，跨过那石门径直向台阶走去，那两个靠在门口的大汉见到刘衎，立刻眉开眼笑地拱手作揖道：“哎哟，七爷，您老今天怎么这么得闲也来这里耍两把？”

“呵呵，来了几个朋友，带他们到这里来玩玩！”刘衎微笑着说道。

两个大汉见刘衎身后的潘俊、冯万春和时淼淼后，点头说：“七爷，您里面请！”然后高声吆喝道，“甲骨堂七爷到！”

那边沏茶倒水的伙计立刻应和道：“恭喜发财了您哪！”说完，便走到刘衎等人面前伸手将其引向楼梯道，“七爷，您准备玩点儿什么？”

刘衎环视了一下，只见这门里门外便如两个世界一般，门外的街道之上冷冷清清，而此间却热闹非凡，这德胜赌坊也算得上是安阳城中数一数二的赌场了。下面是散桌，有二十几张，每张桌子上都聚满了眼红的赌徒，其中不乏流氓地痞、小商小贩。所谓“十赌九输”，这些人大多并非阔绰的主儿，只是越赌越输，越陷越深，一赌而难以自拔，最终输个精光，甚至有些人还家破人亡，赔上了性命。而这楼上则都是雅间，供一些有头有脸之人豪赌专用，其中不乏一些官员。民国早有“官场如赌场”的说法，民国时期各级官僚聚赌成风，已是公开的秘密，他们参与赌博，并非完全出于娱乐的需要，而是把赌博当作一种手段，或借机勒索，变相受贿，或巴结讨好上司，凡此种种，不一而足。

伙计带着一行人来到楼上，这楼上雅间一共八间，半截门帘写着一个“赌”字。潘俊他们进入雅间，这雅间颇为宽绰，分为两间，进入这间中间有张桌子供赌博之用，而里面一间则有床和柜子，恐怕是为了供赌徒休息之用吧。

“您几位想怎么玩？”伙计向刘衎询问道，“咱们这里有麻将、牌九、扑克、纸牌、骰子、宝、担、金钱、百子坦、抓坦……”

“把你们当家的叫来！”未等那伙计说完，刘衎便坐下说道。

这伙计知道眼前这位“七爷”在这安阳城中是个手眼通天的主儿，不敢得罪，连忙点头哈腰道：“您几位稍等，我这就给您去请当家的！”

伙计赔笑着退了出去，刘衎扭过头望着潘俊，只见潘俊坐在赌桌前，手中摆弄着一个色盅，神色平静。不一会儿工夫伙计撩开门帘，一个光头大汉穿着一件白色的汗衫，胸前几颗扣子敞开着，左臂文着青龙，右臂文着白虎，左手拿着一把紫砂壶，右手盘着一副上好的狮子头走了进来。一见刘衎，他那张肥头大耳的脸上立刻挤出了笑脸道："哎哟，七爷可是稀客啊，什么风把您吹来的？"他眯着一双小眼睛扫视了一下四周，已将几个人看了一遍，最后目光落在赌桌上，他扭过头责怪伙计道："嘿，你这个不长眼的东西，七爷来了怎么不给沏茶，快去，沏最好的……"说着，他伸出脚象征性地在伙计的屁股上踢了一脚，那伙计一面躲，一面赔笑着走了下去。

"七爷，这下人不懂事！"那汉子坐在赌桌前的椅子上看着对面的潘俊说道，"七爷，这几位是您的朋友吧？"

未等刘衎说话，潘俊便放下手中的色盅道："霍成龙，你认识吗？"

潘俊这话一出口，那汉子愣了一下，连忙有些慌张地说道："这，霍什么的是谁啊？"

"呵呵，你不知道霍成龙应该知道军统吧？"潘俊笑了笑说道。

汉子这次真的愣住了，他拧着眉头站起身将门关上说道："您是特派员？"

"这个问多了对你没什么好处！"潘俊站起身说道，"金无偿在你这里吧？"

那汉子见眼前这人虽然年纪不大，城府却不浅，绝不是一个寻常的人物，他端详片刻点了点头。

"带我去见他！"潘俊的语气毫不容情。那汉子咬了咬嘴唇想了一会儿说道："特派员，您应该知道规矩！"

"东边出来一阵风！"潘俊轻声说道，那汉子眉开眼笑地说道："西边死了一老翁！果然是特派员，您跟我来！"

这一问一答却是国民党军统特务的暗号，管修在此前给潘俊的信中曾将这个暗号告诉了潘俊，此时潘俊正好派上了用场。

汉子将潘俊等人从屋子中引出，一直带着他们下了楼梯走进后面的院落中，一进后院潘俊才察觉到，这后院中守卫森严，每隔几步便有一个彪形大汉看守着，如果不进入后院，也许前面的热闹场面真能麻痹一些人。

汉子带着潘俊一行人来到后面的屋子，轻轻推开那房门，屋子里漆黑一片，汉子在墙上摸了摸拉了一下开关，一盏白炽灯亮了起来，只见在屋子左面那张炕上背着脸躺着一个侏儒。他听到有人走进来便朗声道："你们不用大费周折了，我是不会说的！"

“金老头儿，这次我们不问你了，你还是和上面的人说吧！”那汉子厉声道。

“呵呵，我倒要看看你们上面究竟是什么人。”金无偿从炕上坐起来，见到眼前的三个人，他简直不敢相信自己的眼睛。这金无偿虽未见过时淼淼，却曾见过潘俊和冯万春。只见冯万春给他使了一个眼色，他会意地说道：“哼，又是一群窝囊废！”说完，又自顾自地躺在了炕上。

“你……”那汉子一听这老侏儒竟然出口骂自己，不禁扬起手来，却被潘俊拦住了，他拍了拍眼前的汉子说道：“你先出去，我们想和这老头儿谈谈！”

汉子一听，立刻笑着说：“好好！”然后退出了门。

刚一出去，时淼淼便走到门口忽然将门拉开，那汉子本来贴在门上想听听里面的人究竟在说些什么，却未曾想到时淼淼会忽然开门，身子向前一倾差点儿撞到时淼淼身上，他狼狈地笑了笑。

时淼淼冷笑了一声说道：“我们所说的话，你最好还是不要听的好，知道得越多，死得越快！”

那汉子连连点头说道：“是，是，是！”然后退了出去。时淼淼关上门又看了一会儿，见那汉子果然被自己刚才的话震住，这才扭过头对潘俊点了点头。

冯万春这时三步并作两步走到金无偿的炕前说道：“金老头，终于找到你了！”

金无偿这时也从床上坐起来，这金无偿此时已六十多岁，皮肤黝黑，眼睛不大却炯炯有神，他见到冯万春一把抓住冯万春的手说道：“我真没想到这辈子还能看见你们！”

“唉，这一别有几年了！”冯万春叹了口气说道。

“嗯，上一次见你还是1937年，你让我帮霍成龙做那双假腿的时候！”金无偿回忆起往事不禁感慨道，“一晃六年了！”

“嗯！”冯万春点了点头，然后扭过头指着潘俊说道，“金老头，这个人你应该认识吧？”

“当然，这位是木系的君子潘俊，北平潘爷！”金无偿说着，又向旁边的时淼淼看了看，不禁皱起眉头说道，“看这位姑娘的体态身形像是水系传人啊！”

“呵呵，金世伯果然好眼力！”时淼淼微笑着说道。

“不过，你们是怎么到这里来的？”金无偿好奇地望着冯万春说道。

“嘿嘿，说来话长，我们今天来这里便是要带你走的！”冯万春说着，便在地上找寻金无偿的鞋子，谁知金无偿却一把拉住冯万春的手说道：“我不能走！”

“你这老家伙是不是老糊涂了？”冯万春口不择言地说道。

“唉，你不知道我的家人还在他们手里！”金无偿无奈地说道，“我家人都被他们秘密地转移到了重庆。”

“那你怎么会在这里啊？”冯万春不解地问道。

“唉，因为这个！”金无偿说着，从口袋中拿出一封信递给了冯万春。冯万春疑惑地接过那封信展开，只见信上写道：“父亲大人亲启，如果您想知道这河洛箱的下落，便在安阳等我！”这封信的落款上写着三个字：金素梅。冯万春看完将那封信递给潘俊，潘俊看了这封信也是一阵茫然。

“金老头，这金素梅是你的女儿吗？”冯万春怎么也想不明白，如果这金素梅当真是金无偿的女儿，怎么会写这样一封信。

“唉，这事情说来话长！”金无偿叹了一口气说道，“一切都因为那个秘密而起啊！”

“对啊，老金头，我们今天来也是想问问这关于驱虫师的秘密究竟是什么。”冯万春好奇地说道。

“相传这驱虫之术古已有之，实乃帝王之术。古有得虫者得天下但不会长久之说。”金无偿幽幽地说道，“因此历代帝王对驱虫之术既向往，又极为避讳。而驱虫师先贤也唯恐单独一人掌握了这驱虫师的秘密会生出变故，因而将驱虫之术分为金、木、水、火、土五个家族，将这驱虫术的秘密藏在这五个家族的秘宝之中。据说只有聚集了这几家的秘宝，才能悟透驱虫师家族的秘密。”

“我记得中医之中已将虫分为金、木、水、火、土五虫，只是其划分的方式却与我们家族有很大的区别。”潘俊疑惑地说道。

“嗯，这一点先师在世之时曾经提到过，他说先贤将这五虫与五家驱虫师分开应该是故意为之。”金无偿说道，“恐怕之所以这样做，便是为了隐藏驱虫师家族的真正秘密吧！”

潘俊点了点头。

金无偿接着说道：“历来只有在战乱之时皇帝才会想起驱虫师家族，而一旦战乱结束，他们唯恐失掉天下，便开始大肆屠杀各系驱虫师。不仅如此，所有典籍之中关于驱虫之术的部分会被全部销毁。其中做得最绝、历史上震动最大的莫过于秦始皇了。”

“你是说焚书坑儒？”潘俊立刻想到那震撼史册的文化浩劫。

金无偿点了点头道：“即便是后来的皇帝，对驱虫师以及关于驱虫之术的书籍也从未罢手过。历史上多少次文字狱，难道雍正皇帝真的会因为一句‘清风不识字，何故乱翻书’便将翰林院庶吉士徐骏满门抄斩吗？那汉高祖刘邦的开国功勋韩信，因何被吕后所害？他如若真想叛国的话，凭借他的智慧岂是刘邦能及的？欲加之罪，何患无辞！”

潘俊听这金无偿话中之意，似是知道那爱新觉罗·庚年与自己所说之事，他不禁再次陷入了深深的疑惑之中，难道这些都是真的吗？

“与其他四系驱虫师不同的是，这金系驱虫师家族的秘宝被一分为二，叫作虫器，盛在两个箱子之中，一个是河箱，一个是洛箱。金系驱虫师家族相对于其他四系家族较为特殊，因为皇帝在修建陵墓之时最怕的就是墓穴被盗了，因为金系驱虫师主要是研究驱虫之中的金石之术，用于防御，因此皇家都会令我们将驱虫术用于墓葬之中，所以金系驱虫师才在所有驱虫师家族中得以将所有秘密延续得最为完整。即使是这样，皇帝也不放心，因而便将金系驱虫师秘宝中的河箱藏在皇室中，只有这洛箱在金家人的手中。”金无偿说着，轻轻地咳嗽了两声。

“可是有一天，这个规矩却被人打破了！”金无偿的表情忽然痛苦起来，他长出一口气，此时所有已经尘封的记忆全部袭上心头。

那是清朝末年，一日，一个太监忽然来到琉璃厂的金家，说亲王要召见金无偿。金无偿心生好奇，此时并非是修建陵墓之时。他有些忧心地跟着那太监来到了亲王府，起初亲王极为和善，最后他说道：“此时正是国家危亡之际，早听闻得虫者得天下之说，因此今天特意将你请来，便是想让你交出手中的洛箱！”

金无偿一听便愣住了，先师曾再三叮嘱他祖宗的遗训，这驱虫秘密一旦被人用于争夺天下，必定会造成生灵涂炭，因此便是死也不可将洛箱交与任何人。他将此话如实禀报了亲王，谁知亲王一听此言立刻大怒，将金无偿关进牢狱之中，然后又派人砸毁了琉璃厂中金无偿的店铺，将其家人带到王府的地牢中，以其家人要挟金无偿就范。金无偿依旧誓死不从，谁知那亲王竟然手起刀落将金无偿刚满八岁的小女儿一刀杀死。

金无偿心痛若刀绞一般，亲王见金无偿还是不从，于是便将他的伙计一个接一个地带到他的面前，那是一场大屠杀，在他们接连杀了五个人之后，金无偿终于屈服了。他带着亲王来到那藏着洛箱的乱坟岗地穴之中，趁着亲王拿到洛箱高兴之时，趁机从小洞逃了出去。

不几日金无偿才闻知，原来那亲王已将金无偿家人满门杀害，金无偿捶胸顿足却也毫无办法。就在他在京城举目无亲之时，他想到了一个人，那便是潘俊的父亲。潘俊的父亲当时是京城名医，素来乐善好施，且之前曾与金无偿有过往来。金无偿便趁着夜色潜入潘家，找到潘俊的父亲，将前后所发生的事情详细陈述了一遍，潘俊的父亲不禁拍案而起。

“怎么会有此等事？”潘俊的父亲愤愤不平地说道，“金兄，你先在舍下住上一段时间，等风声过后我们再想办法！”

却说没过多久，八国联军便闯进了北京城，那群野蛮土匪烧杀抢掠无恶不作。潘俊的父亲和金无偿很快便得到消息，亲王府已被八国联军抢劫一空，宅子也被他们烧了，而亲王和家眷都死于他们的手下。两人一面高兴，一面却又担心起那洛箱的下落。

几天之后，不知潘俊的父亲从哪里得到消息，亲王的小格格会在三天之后被人秘密送到陕西的外公家中，而那洛箱就在小格格的行囊之中。得知此事之后，两个人便开始秘密准备将那车劫下，抢回洛箱。

金无偿最擅长的莫过于机关陷阱，于是他们早早来到从北平通往西安的官道之上布置好机关，只等着小格格乘坐的车经过。果不其然，三日之后，那格格所乘之车在十几个护卫的守护下缓缓驶来。

前面的几个护卫根本没注意到脚下的陷阱，当他们觉得脚下一软，身体快速下落之时已经晚了。陷阱之中埋着削尖的木桩，三个护卫一掉入陷阱，身上便被木桩戳出了几个窟窿。

后面的护卫发现不妙，连忙围在这车子周围，潘俊的父亲手中射出几根青丝，又是几个人应声倒在了地上。此时潘俊的父亲与金无偿从暗处走出，那最后的两个护卫向他们冲来，谁知他不小心踩在了地面的机关之上，数枚绑在树上的短刀齐刷刷地向眼前两个人刺来，一个人当场便死了，而另外一人则气息奄奄地倒在地上昏死了过去。

两人这才走到那马车前，撩开车帘只见里面坐着一个十来岁的小女孩，已经被刚刚那一幕吓得战战兢兢了。潘俊的父亲见两个箱子放在车上，连忙拿起来递给金无偿，金无偿不禁大喜过望，他本来只想拿到洛箱，谁知这河箱也在其中。之后金无偿抽出佩刀，本想一刀结果了小格格的命，但见那小格格长得聪颖可爱，与自己的女儿年龄不相上下，便动了恻隐之心。

离开之时，潘俊的父亲检查了所有人，发现其中一名护卫还有气息，本想将其杀死，怎奈始终下不了手。刚要转身离去，谁知那护卫忽然拔地而起拿刀向他刺去，他眼疾手快，身形微动闪开这致命一击之后，手指下意识地按下了青丝的开关，青丝刺入护卫的胸口，侍卫像是泄了气的皮球一般倒在了地上。正在这时，他们的耳边响起了一阵嘈杂的脚步声。

他们唯恐被人发现便连忙离开了，回来之后，潘俊的父亲拿出一些钱交给金无偿，让他重建琉璃厂中的店铺，对于这件事此后绝不能再向外人提及。而金无偿给小格格取了个名字叫金素梅，渐渐地金无偿不但忘记了对亲王一家的仇恨，反而对金素梅宠爱有加。这金素梅也乖巧可爱，聪明伶俐，只要金无偿一说，她便能记得一清二楚。

转眼间金素梅便已经年方二八，出落得非常美丽，这金家与欧阳家素有通婚的前例，虽然金无偿对金素梅极为不舍，但金素梅倒是对欧阳家这门婚事极为乐意，于是便将其远嫁新疆。可是数年之后，欧阳家的人忽然来到北平告诉金无偿，金素梅已经失踪了。金无偿又是着急又是难过，从此之后金无偿便一直在寻找金素梅的下落。又过了十几年，他忽然收到了金素梅的亲笔信，金无偿这才来到安阳。

金无偿说完，潘俊豁然开朗了，原来那欧阳姐弟的母亲竟然是亲王格格。他叹了口气说道：“金世伯，现在那河洛箱都在我的手上，我已经打开了洛箱！”

“啊？”金无偿有些吃惊地望着潘俊道，“你是如何知道洛箱的破解之术的？”

潘俊大致将如何发现洛箱，金银与姐姐潘苑媛前往新疆归途不幸遇难，以及金龙之事说与金无偿，只听得金无偿老泪纵横。他长叹了一口气说道：“你能同时得到这河洛箱，便是上天的机缘啊！”

“只是……”潘俊皱了皱眉头说道，“这洛箱之中并没有虫器啊！”

“不可能！”金无偿极为肯定地说道，“那虫器是我亲手放入其中交给金银保管的！”

潘俊想了想说道：“金世伯，那虫器是什么模样的一件物什？”

“其实那虫器外表上看不过是个盒子，里面盛放着上古利器的制作图，你所用的青丝、水系所用的三千尺皆出于那盒子！”金无偿叹息道，“它们只是那图中最为简单的一些兵器而已！”

“金者，利器也，仁者得之则救生灵，恶者得之则起战乱。”潘俊幽幽地说道，金无偿却是一愣道：“你是怎么知道这句话的？”

“看来我已经见过那件虫器了！”潘俊回忆着半个月前他们在金家密葬纵横关的暗格中所发现的那个木箱，可是究竟是谁将那件虫器放到密葬之中的呢？

“那河箱中装的是什么？”潘俊追问道。

金无偿无奈地摇了摇头说道：“从没有人见过。”

正在此时，外面忽然传来了一阵嘈杂的脚步声，赌场当家的匆忙推开门满头大汗地说道：“特派员，不好了，不知谁走漏了风声，这赌场四周忽然冒出了百余个日本兵。”

他的话音刚落，只听外面响起了一阵枪声……

15

萧墙祸，万鸟袭安阳

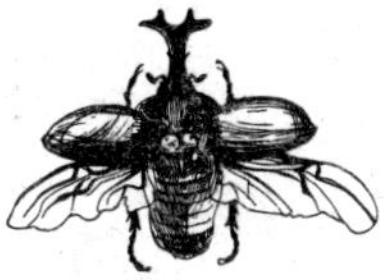

这枪声响起的时候，段二娥已经从炕上坐了起来，她眼眶中盈满了泪水，怨怼地望着燕鹰。燕鹰咽了咽口水说道：“段姑娘，怎么会是你？时淼淼呢？”

“燕鹰，你们刚才说的是真的？”段二娥不可思议地摇着头问道。

“呵呵。”燕鹰勉强笑了笑说道，“段姑娘，如果你是我你会怎么选择？我记得你曾经和我说过，如果你知道你母亲的去处，你一定会马不停蹄地奔到她身边，一直守在她身边再也不离开。”

“你错了，如果我的母亲为日本人效力的话，我绝不会认她！”段二娥大呼了一声说道。正在此时，燕云“啊”的一声醒了过来，她睁开了眼睛。虽然她一直处于昏睡状态，但大脑却一直是清醒的，连日来在这屋子之中所发生的一切，她都听得明白，只是动不了。

燕鹰见燕云苏醒过来连忙走过来搀扶，谁知燕云却一下子拨开了他的手，无力地在燕鹰的脸上打了一记耳光：“燕鹰，没想到你真的会这么做！”

“姐，你们根本不明白，妈妈只是在利用日本人而已。”燕鹰颇为委屈地说道。

“利用？”燕云此时已经渐渐恢复了些许力气，她极为艰难地从炕上走下来说道，“燕鹰，你难道忘记爷爷是怎么死的了吗？你难道忘记是谁在将军圃害死了金龙的爷爷了吗？”她说着，向一旁已经醒来却胆怯地趴在枕头后面用惊骇的眼神望着这一切的金龙说道。

“是谁以勘探为名潜入咱们新疆的宅院盗走秘宝的？又是谁杀死了奎娘？这一切你都忘记了吗？”燕云穿上鞋向燕鹰步步紧逼道。

“这一切，这一切！”燕鹰低着头说道，“这一切都是因为潘俊，因为他家祖传的青丝我们才去了北平，就是因为他，爷爷、金龙的爷爷、奎娘……”燕鹰哽咽着说道，“这一切我都会算在潘俊身上！”

只听清脆的“啪”的一声，燕鹰觉得脸上火辣辣地疼痛，燕云这次用尽了全身的力气，她气得胸脯快速地上下起伏着，不停地喘着粗气。

“呵呵，呵呵！”燕鹰捂着脸冷笑着，“姐，我知道你喜欢潘俊，喜欢到可以为他不要母亲，不要弟弟，但是他对你又如何呢？为什么那个姓时的中毒，他却让你去为她吸毒？为什么他只让吴尊救醒了那个姓时的，却让你依旧忍受着蛛毒之苦呢？”直到此时，燕鹰始终还是不知道吸毒是燕云自愿做的，而吴尊与时淼淼在房间中说的关于怕救醒燕云，她可能会一时冲动的那些话，她也听得清楚，因此心中对他们毫无责怪之意。

“姐，你到现在为什么还在用自己的热脸去贴他们的冷屁股啊？”燕鹰的话再次激怒了燕云，她举起手却被潘璞牢牢地抓住，她扭过头怒视着潘璞。

“燕云姑娘，格格一直在期盼着你们兄妹俩能早日回到她身边呢！”潘璞渐渐地卸掉手上的力道，缓缓地松开了燕云的手。

只见燕云一脸鄙夷地盯着潘璞，那种眼神里有鄙夷、愤怒和仇恨。“呵呵，潘璞，你觉得你这样做对得起潘哥哥一家人吗？”

“杀父之仇不共戴天！”潘璞义正词严地说道。

“杀父之仇？”燕云冷冷地笑了笑说道，“就因为你的杀父之仇，你就甘愿成为日本人的走狗？”

“日本人？呵呵，我从来没有把这些畜生当过人。”燕云的这句话深深地刺痛了潘璞，他直视着燕云说道，“我只听命于格格。”

“格格！”燕云嘴角微微上扬，身体忽然顺势抽出匕首，说时迟那时快，眨眼间便迫近到了潘璞身边快速刺出。谁知潘璞早有防备，身体向一旁一偏，伸手轻轻在燕云的手臂上一磕，燕云顿时觉得手臂一麻，匕首脱手掉落在地上，潘璞顺势抓住燕云的胳膊，将其背在她身后说道：“燕云姑娘，你不是我的对手！”

燕云柳眉皱紧，心中咒骂自己为什么这一击未中反而被擒。

“如果加上我呢？”正在这时，他们身后的门被轻轻推开了，只见吴尊双手各握着一把手枪，一把对着潘璞，另外一把对着燕鹰。

段二娥脸上立刻露出了喜悦之色，而潘璞却是一惊：“你……”

“大管家，我本来是应该喝醉的，不过还是被您吵醒了！”吴尊话虽如此，但其早已在喝酒之前服用了醒酒药，刚刚那一切不过是装出来的而已，“瞧你这么大的人了还欺负两个小姑娘，我都替你臊得慌！”

“那你就试试，看看是你的枪快还是我的刀快。”潘璞背对着吴尊冷冷地说道，直到此时吴尊才发现，潘璞不知何时已经用左手将一把匕首抵在了燕云的后心上。

“你他妈老不死的，少和老子扯淡。我吴尊连自己的老婆都下得了手！”说着，吴尊已经轻轻地扣动了扳机。燕鹰连忙阻止道：“潘璞叔，快放了我姐姐，吴尊是个土匪，他说得出做得到。”

其实潘璞本也没想杀燕云，唯恐无法向金素梅交代。他缓缓地将那匕首放下，松开燕云的手。燕云被放开之后连忙拉着段二娥，抱起金龙躲在吴尊的身后。吴尊始终双手握着枪，眼睛目不斜视地盯着眼前的燕鹰和潘璞，说道：“你们两个给我退后，燕云姑娘、段姑娘你们现在快点儿带着金龙离开这里！”

“那你呢？”燕云问道。

“嘿嘿，放心吧，我自有办法！”吴尊那玩世不恭的微笑依旧挂在脸上，其实连他自己都不相信这句话。

正在这时，潘家旧宅外面忽然传来了一阵枪声，吴尊是玩枪的行家，一下便听出是日本人装备的三八大盖的声音，他不禁一愣。潘璞借着吴尊分神的时候一个箭步追到吴尊身边，吴尊一晃连开两枪，一枪放空，而另一枪只是从潘璞的脸上擦过，留下一条细细的血痕。可潘璞已经到了吴尊身边，他用力抓住吴尊的手腕，只听“咔嚓”一声，吴尊觉得手腕一阵剧烈的疼痛，接着两只手轻轻地垂下了，原来潘璞这一下已经将吴尊的双手折断了。

“啊！”吴尊大叫一声，扭过头对燕云和段二娥说道，“快走！”

见此情景，燕云连忙拉着段二娥向外面奔去，一行三人慌不择路地向后院跑去，还没跑出几步，燕鹰已经在前面拦住了他们的去路，而潘璞则将吴尊押着走到后院之中。

潘家旧宅外面的枪声越来越密集，似乎是两拨人激战了起来。潘璞将吴尊拖到段二娥和燕云面前，丢在地上，说道：“我劝你们还是早点儿跟我们走的好！”

“你个老不死的，你比我吴尊还贪心，要一下子娶两个姑娘是吧？”吴尊虽然两个手腕被折断，嘴上却毫不留情，依旧戏谑着潘璞。

潘璞躬下身子道：“吴当家的，你是不是还没吃够苦头啊？”说着，潘璞一只手紧紧抓住吴尊的右臂猛一用力，只听“咔嚓”一声，已将吴尊的右臂卸掉。吴尊疼得直打冷战，右臂却已经像是不属于自己了一般无力地挂在肩头。

“潘璞，你放了吴老大！”燕云大声喊道。潘璞见燕云竟然对自己折磨吴尊如此心痛，低下头说道：“吴当家的，你说你好好在山上当你的土匪多好，干吗非要跑到这里充什么英雄好汉啊？”话毕，潘璞一咬牙将吴尊左边的肩膀卸掉。吴尊疼得冷汗直流，他圆瞪着眼睛盯着潘璞说道：“你个老不死的，老子他妈的虽然不是英雄，也比你这条狗好得多！”

“呵，吴老大，我看你是小狗掀门帘，全在这嘴上呢。”说着，潘璞掏出匕首向吴尊的嘴边而去。燕云大急，慌忙上前阻拦道：“潘璞，你放了吴老大，我……”

“潘璞老狗，我×你姥姥，燕云姑娘，你们快走，别管……”吴尊最后一个“我”字还未说出口，潘璞早已踹了吴尊胳膊一脚，痛得他“啊”的一声张开了嘴，潘璞趁此机会将那把匕首插进吴尊的嘴里，然后用手将他的嘴按住，用匕首在他的口中乱搅。吴尊顿时觉得嘴里一股咸腥味，潘璞将带血的匕首抽出，吴尊“哇”的一声吐出一口血水，还有一大块被搅烂的舌头。

他怒视着潘璞，嘴里哇啦哇啦，却已经不成个话，潘璞见此情景哈哈大笑了起来。吴尊指着燕云几个人皱着眉头，燕云明白他的意思，连忙拉着段二娥向一旁的甬道跑去。

“燕鹰，追上他们！”潘璞冷冷地说道。燕鹰已经完全被刚刚那一幕惊住了，他稍一迟疑，然后点了点头跟着奔了出去。燕云他们一直向门口跑去，金龙忽然吹了一声口哨，那巴乌便从正堂中奔了出来。打开宅门，燕云隐约看到几个黑影正从吊桥向潘家旧宅而来，连忙拉着段二娥向宅子左面的荒草丛中奔去。燕鹰追了出来，见他们已经奔向了荒草丛，连忙跟了上去。

却说罗秀带着一队日本兵风尘仆仆地闯进潘家旧宅，在前堂未见到任何人，径直来到后院，一进后院便看到潘璞站在院子之中，罗秀奔到潘璞面前问道：“人呢？”

“燕鹰已经去追了，刚刚那阵枪声是……”潘璞见罗秀身上沾着血迹，不禁惊讶地问道。

“是松井那两只日本狗干的。”罗秀咒骂了一句说道，“金先生让咱们把时淼淼和燕鹰、燕云带回去！”

“时淼淼不在这里，咱们先去找燕鹰和燕云吧！”潘璞说着便要走，罗秀看看倒在潘璞脚下疼得身体颤抖的吴尊说道：“他怎么办？”

潘璞躬下身子抽出匕首在吴尊的耳边说道：“让他慢慢享受吧！”说完，手快速地在吴尊的脚踝上划了两刀，将吴尊的脚筋割断，然后大笑着与罗秀离开了潘家旧宅。

吴尊此时脸上已经完全被鲜血模糊了，他挣扎着想要坐起来，可拼尽全力却始终坐不起来，无奈之下他只能趴在地上。双臂被卸掉，脚筋被割断，他只能用膝盖一寸一寸地向前爬行，他知道自己还不能死，还有一件事，潘俊交给他的一件事他还未做完，所以他绝不能死，否则就算是死了，九泉下的月红也会瞧不起他的，他也没办法再说自己是吐口唾沫就是根钉的爷们儿了。

他眼睛盯着前面只有三米之遥的后门，一点点地挪动着身子，每一处的地面上都沾满了他的血迹。他几次无力地停下，甚至睡着了几秒，然后陡然醒来，他觉得那几秒像是睡了几年，他梦见了月红，梦见了他在月红临死前的那副模样，他是个爷们儿，纯爷们儿。他终于挪到后门前面，那扇后门恐怕已经多年未有人开启过了，锁链中间的那把门锁已经生出许多锈来。吴尊靠在门上一点点地将自己的身体立起来，终于半跪着嘴可以够到那把门锁了。他拼命地用两只已经不听使唤的手，在自己的衣服前乱晃着，忽然一枚钥匙从他的腰间落了下来，“叮当”一声掉在地上，他想用弯曲的手指钩住那钥匙，谁知一不小心整个身体都扑倒在地。

下巴重重地摔在地上，让他觉得原本已经痛苦不堪的嘴更加难受。他见那钥匙正在自己的脸旁，努力地向那边挪动了一下，此时吴尊的嘴已然被干涸的血粘住了，他想张开却觉得身上的力气已经用尽。吴尊泪流满面地倒在那把钥匙旁边，停了一会儿，他觉得体力恢复了稍许之后又努力地张开嘴，这才将那把钥匙含在口中。又顿了顿，吴尊艰难地靠着门将身体立了起来，用嘴里的钥匙对准那小小的钥匙口，只是那钥匙口太小，而且早已锈迹斑斑，吴尊试了又试，忽然那钥匙再次从口中脱落。吴尊仰天长啸，呜呜地哭泣着，口中含糊不清。

“谁？谁在哪里？”子午来到潘家旧宅之时见门敞开着，他一直走到这后院之中才听到吴尊的哭泣声。吴尊听到声音口中“呜呜”作响，子午手中拿着枪，循着那声音的方向走去，只见一个人半瘫在门前，嘴巴、身上都是鲜血，在他的身后拖着一道长长的血痕。

“你是……”子午忽然想起时淼淼在临行之前在他耳边说过的话：“子午，将这个东西交给潘家旧宅中的矮个子，他叫吴尊。”

子午三步并作两步走到吴尊身边，将吴尊抱住问道：“你是吴尊吗？”

吴尊轻轻地点了点头，嘴完全被那干涸的鲜血粘在了一起，他已经再无力气张开嘴了，声音只是在喉咙中“呜呜”作响，脑袋向下低垂着。子午向吴尊的身下一看，竟然是一枚钥匙，他将那钥匙拿在手中说道：“你是说这个吗？”

吴尊又点了点头，眼睛直勾勾地盯着眼前的那道门，子午会意地点了点头，将吴尊抱到门边上，然后小心翼翼地将钥匙插进钥匙孔中轻轻用力，那把锁发出一声轻微的“咔嚓”声之后，门被打开了。子午将锁去掉，去除掉门上的锁链，将大门推开，向内中望去，只见打开后门之后便是一个大殿，大殿里黑洞洞的，一股腐败的味道从里面传出来。

子午连忙回过身将吴尊扶起说道：“这里什么也没有啊！”

吴尊摇了摇头，他根本不知道这房子里究竟藏着什么，只是潘俊在后山的洞口之时千叮咛万嘱咐，如果有任何意外，便打开后院这道大门。子午望着眼前的吴尊，不禁心头一阵疼痛，他缓缓地将时淼淼交给自己的那件物什从怀里掏出，放在吴尊面前说道：“这是时淼淼小世叔让我交给你的！”说着他展开手掌，只见他的手掌中放着的是一根三千尺。

吴尊知道这是时淼淼的独门武器，既然她已经将这独门武器赠予自己，便意味着时淼淼终于认他这个徒弟了。吴尊身体颤抖着，想要将胳膊举起来，子午会意地将吴尊两条下垂的胳膊拉到吴尊胸前，然后将这三千尺放到吴尊的手中。吴尊的嘴紧闭着，只能用喉咙发出“呜呜”的声音，虽然含糊不清，但子午却依稀能听出他像是在喊着“师父”。

正在这时，一直跟在罗秀后面的松井赤木也带人来到了后院之中，而他爷爷松井尚元早已跟随罗秀等人上了潘家旧宅一旁的荒草丛中。松井赤木身后带着的几个人均是驱虫高手，他见到子午不禁冷冷说道：“叛徒……”

而子午此时早已经捏紧了手中的枪，谁知正在此时，松井赤木的目光却被那敞开的大门里面发光的东西吸引住了。那门里散发着淡淡的紫色冷光，那光越来越亮，渐渐地布满了整个屋子。忽然一束紫光从内中飞出，在门口停留片刻便毫不迟疑地向一旁吴尊的身上飞去。吴尊非常疼痛，一用力将子午撞开，只见那些发光的飞虫一碰到吴尊便立刻燃烧了起来。

在场所有人都是一惊，松井赤木更是惊讶，他知道这是驱虫之术，只是从未见过这种虫子，心想如果得到此术，必定能在战争中占据绝对的优势，想到此处他便向燃着的吴尊凑了过去。

谁知刚一靠近吴尊，吴尊竟然拼尽全力向松井赤木扑来，吴尊身上的火立刻传到了松井赤木的身上，那些原本停留在半空的飞虫也立刻掉转方向向松井赤木袭来。松井赤木的身上立刻燃烧了起来，他觉得浑身疼痛，狂奔着呼喊着，不时向几个随从扑过去，那些来不及躲闪的仆从沾了松井赤木身上的火之后便立刻遭到了飞虫的攻击，一个接一个的身上全部燃烧了起来。

子午扭过头见吴尊此时已经成了一个火人不再动弹，这才流着泪离开。他刚一出门，便看到一串紫色的光点正向一旁的荒草丛中飞去。

那些在荒草丛中寻找燕云、段二娥一行人的日本人，也注意到了这些光点，只见潘璞见到那些光点，脸上立刻露出了惊恐的神情。怎么会？怎么会？潘璞心中暗想，只见那些光点在天空中盘旋了片刻之后直奔潘璞而来，潘璞连忙拉过一个日本兵阻挡，谁知那些飞虫立刻避开那个日本兵依旧追着他不放。他在潘家长大，深知这些虫子的厉害，当年潘俊的父亲本想将这种虫子驯服，却发现这些虫子根本是无法控制的，只能用木系驱虫师最初级的诱虫术将其引诱出来。任何人一旦吃了那诱虫之药，这虫子便会拼命地向他攻击，而且这种虫一旦靠近人的身体便会立刻燃烧起来，将人活活烧死。

潘璞一面躲闪，一面回忆着，自己从未吃过那诱虫之药，为什么这些虫子会攻击自己呢？忽然他想起了中午与吴尊喝的那场酒。原来潘俊当天在洞口给了吴尊两包药，一包是用来治疗蜘蛛毒的，另外一包便是这诱虫之药。潘俊叮嘱吴尊将这药放在潘璞的饭食中，如果潘璞能束手就擒更好，一旦发生不测便将后门打开。

可是吴尊发现潘璞做事极为谨慎，想要给他下毒近乎不可能，如果下在饭食中必定所有人都会中毒，就在他左思右想的时候，燕鹰因为喂水之事与吴尊争吵了起来。吴尊心想支开燕鹰的时机到了，因此便上演了中午的一幕。果然潘璞为了将他灌醉请他喝酒，吴尊便想在那酒水或者菜肴中下药，谁知潘璞却一刻不离。酒到半酣，吴尊心知这是自己最后的机会了，于是便中间故意上了一趟厕所，将那药倒在口中含在舌下，回来之后吴尊抱起酒坛子喝酒的时候将舌下的药全部放入剩下的酒中，之后又给潘璞倒了一杯这才放下心来。

正在潘璞走神的时候，几只虫子向潘璞猛冲了过来，瞬间潘璞的身上着起火来。剧烈的疼痛让他倒在荒草丛中不停地打滚，所有人都退到了后面。他大声呼喊着："罗秀，杀了我，快杀了我！"

罗秀掏出枪拉下保险，指着在火中痛苦辗转着的潘璞轻轻按下了扳机，谁知那扳机像是被什么东西卡死了一般，他用力地向下按了按，可是扳机却依旧纹丝不动。在火中翻腾的潘璞身体剧烈地抽搐着，眼睛充满渴望似的望着罗秀的枪口，可是直到他停止抽搐身体缩成一团，罗秀始终未能按下扳机。罗秀有些愤怒地轻轻磕了磕那把枪，然后轻轻一按，那枪"啪"的一声射出一条火舌，不过为时已晚。

却说燕鹰一直追着燕云和段二娥来到山顶上的那片荒草地，燕云再无去路，燕鹰抄近路挡在了燕云的面前。

"姐，跟我去找娘吧！"燕鹰用哀求的眼神望着欧阳燕云。

"如果你真的还认我这个姐姐，就放我们走吧！"燕云低着头叹了口气说道。

"姐，你必须和我回去见娘！"燕鹰的态度忽然强硬了起来。

"呵呵，燕鹰，你别再叫我姐姐了！"燕云说着，从怀里掏出短笛含在口中轻声地吹着，她的眼泪随着那笛声一滴滴地落了下来，片刻之后远处传来几声夜鸮般的呜咽声。

而燕鹰也掏出了那根金素梅送给他的笛子，两首曲子交织在一起，两种声音一种悲凉，一种低沉，正如此时燕云与燕鹰这对姐弟一般。此时，远处那两种皮猴的鸣叫声也缠绕在了一起。

顷刻之间出现了六只皮猴，三只高大壮硕的出现在燕鹰的身后，而另外三只体形较小的则站在燕云的身后。燕云与燕鹰同时伸出手，为首的两只皮猴均伸出火红的舌头亲昵地舔着两位主人的手背。

接着，一场皮猴与皮猴之间的厮杀便开始了，燕鹰的三只皮猴不管在体力上抑或是速度上都占据了绝对的优势，燕鹰望着站在自己几米远处的姐姐说道："姐，你跟我回去吧！"

"哼！"燕云咬了咬牙，抽出一把短刀便向燕鹰的那只皮猴冲了过去，她眼疾手快，一刀向那只皮猴的胸口刺去。谁知那皮猴却毫不示弱，快速闪身避开燕云这一击，顺势用手轻轻一拍，将燕云拍出几米远，重重地摔在了金龙的身边。那只皮猴见时机来了，一个箭步从地面上跃起便向燕云扑过来。燕鹰虽然召唤皮猴，但也只是迎战，见自己的皮猴正要刺杀姐姐连忙呼喊，可是那只皮猴早已杀红了眼，哪里管得了那么多，它直直地向燕云猛扑了过去。燕云心知那只皮猴若果真扑到自己的身上，自己必死无疑，她微微闭上眼睛，那瞬间一切在她的脑海中快速地闪过，父亲、母亲、欧阳雷火、时森森、冯万春，所有的人、所有的事情都历历在目。

正在此时，一直守在金龙身边的巴乌忽然一纵身从燕云旁边跃起，一下子咬住那只皮猴的脖子，将其扑到一旁的草丛之中。一獒一皮猴在那草丛中翻腾撕咬了起来。藏獒凶悍异常，但较之皮猴却又逊色得多，如果不是刚刚皮猴未曾注意到巴乌的话，那么恐怕巴乌也不会制住这皮猴。

只见巴乌狠狠地咬住那皮猴的脖子，用力地向外拉扯，而皮猴吃痛，那尖锐的爪子不停地在巴乌的后背和胸口乱戳着，瞬间巴乌的身上便伤痕累累。可是巴乌却死命地咬着那皮猴不松口，直到那只皮猴身体微微颤动了两下断了气，巴乌才颓然地松开口，摇摇晃晃地向金龙走来。忽然它的脚被杂草一绊，竟然摔倒在地上。金龙哭泣着扑到巴乌身边，巴乌伸出舌头轻轻舔了舔金龙眼角的眼泪，然后“呜呜呜”地仰天长啸，宛若在大哭一般。

“巴乌，巴乌，你起来啊！”金龙摇晃着巴乌的身体说道，巴乌似乎是听懂了小主人的话，艰难地用前腿支撑着身体，然后才将后腿也撑了起来，它站起身，身体依旧在不停地颤抖着。忽然巴乌再次摔倒在地，它倒在地上，抬起头，无力地张大嘴巴“呜呜呜”地呼喊着，叫声中带着无数的不舍和留恋，让人听了心碎。这世界上不是只有人才会留恋亲人，留恋这个世界，就算是一只狗也一样，它那叫声像是在祈求上天，再多给它一点儿时间，一点点也好，只是……

巴乌再也没有站起来，它一直呜咽着流干了身体里的最后一滴血。

而燕鹰的皮猴死了一只之后就明显地落于下风了，燕云的三只皮猴将那两只皮猴团团围住。燕鹰被两只皮猴护在垓心，向山下且战且退。正在此时，一个黑影从平台上的洞口钻出来，那人正是潘苑媛。她见自己的儿子和燕云、段二娥也在此处，急忙说道：“跟我走！”

说完，她抱起趴在巴乌身上哭泣的金龙便跳进了那墓穴中的地道里，燕云和段二娥对视了一下，燕云快速拿出笛子轻轻吹了两声之后，与段二娥一起跳入那洞穴之中。

三只皮猴听到燕云的笛声之后也不恋战，快速向后面狂奔而去，倏地便消失在了茫茫月色中。而此时在路上耽搁了片刻的罗秀也赶了上来，他望着站在远处发呆的燕鹰道："少爷，他们呢？"

"在上面！"燕鹰这才缓过神来，跟上去的时候却发现此时那荒草丛中的平台上空荡荡的，只有一旁那个小小的洞口。

"一定是在里面！"燕鹰说完，两个日本兵走到了前面，从那洞口进入，谁知刚刚落下便传来了两声惨叫，原来这金银所住洞穴中的倒立木桩是可以移动的机关，刚刚潘苑媛见所有人都进来之后，便将倒立的木桩移到了洞口下面。罗秀连忙命人拿过绳子和手电进入，确定里面没有危险之后，才与燕鹰两个人进入。只是这地穴中空空如也，燕云与段二娥早已不知去向。

那些闪光的飞虫在西面的天空中飞舞的时候，安阳城中响起了一阵枪声。金素梅此次来到安阳本来带了数十个日本兵，但那些日本兵早已被罗秀带走了。不过，她还暗中派了另外一些日本兵，有五十几个人，化装之后进入安阳，便是为了躲过松井尚元的眼线。此时她正带着那五十几个日本兵，以及城中百十来名的伪军将这德胜赌坊围得水泄不通。

枪声刚落，原本热火朝天的德胜赌坊立刻安静了下来。已然赌红了眼的赌徒们你望望我，我看看你，停顿片刻便出奇一致地向门口奔去。刚一到门口，便发觉外面一大群日本人正架着机关枪等着他们，这群人连忙向屋子里奔去。谁知却为时已晚，金素梅一挥手，机枪手便开始向这群赌徒疯狂地扫射。一瞬间奔跑声、呼喊声、哀号声乱成一片，人们相互拥挤着，践踏着，惊慌、惶恐、错愕，每一张脸都重复着这几种表情。

一阵扫射之后，那白色的五级台阶早已经被鲜血染得通红，尸体横七竖八地倒在门口。金素梅长出一口气，在她的眼中，这些赌徒等同于行尸走肉，死不足惜，因此她根本没有眨一下眼，立刻命人冲进院落之中活捉潘俊一行人。

谁知那些日本兵刚刚冲进去，就听里面忽然传来了枪声。军统的特务在掌柜的带领下开始向外射击，最先进入这赌坊的那几个日本兵首当其冲，纷纷中弹倒毙在地。日本人也不甘示弱，立刻加大了火力，几挺机关枪正"突突突"疯狂地向内中扫射，几个躲闪不及的特务中弹而亡。时淼淼上前，从一个死去的特务手中拿起一把枪靠在墙后。日本人的枪有个致命的缺点，那便是不能拆卸枪管，一阵扫射之后枪管发热便只能停歇下来。时森森甚知其理，待那枪声停止之后便闪到窗前瞄准机枪手“啪啪”连开两枪，正、副机枪手纷纷倒毙。

潘俊与冯万春一起来到后院将金无偿架起道：“金世伯，咱们想办法离开这里！”

“现在日本人将咱们团团包围了，哪里还有什么办法啊？”那赌场掌柜的颇为气馁地说道，“特派员，看来咱们也支撑不了多久了，这小鬼子一会儿就要打进来了！”

只见潘俊微微笑了笑，扭过头对刘衎说道：“把药给我！”

刘衎点了点头，他始终不明白潘俊为何要将一大包草药带在身上，更没有想到潘俊会在这个时候向自己索要那包草药。潘俊将那包草药打开，说道：“一会儿我将这些草药放在柴草上点燃之后，你让所有人都退到屋子中来！”

掌柜的点了点头，只见潘俊走到前面的院子之中，这时刘衎早已搬过来一些柴草，潘俊掏出火折子将那些柴草点燃，然后将一包白色粉末全部放在那燃起的火堆上，瞬间一股浓郁的香味从火堆上升腾而起。

“这是什么味道？”金素梅向一旁的金顺问道，金顺也从未闻到过这种味道，连连摇头。正在此时，忽然一个日本兵指着西面的天空口中“叽里咕噜”地说着几句听不懂的日语。接着，所有的日本人和金素梅都向西面望去，只见西面的天空此时早已被那紫色的飞虫染成了深紫色，如同一条紫色流动的河水一样，正在这漆黑的天空中向安阳城中流淌着。

此时潘俊一行人早已经退到了后面的屋子中，屋子里的人也透过窗子向外望去，只见那紫色的河流一点点地汇聚到德胜赌坊上空盘旋着，那紫色的虫子在天空中越聚越多，像是萤火虫却比萤火虫要小得多，究竟是什么虫谁也不曾见过。

因为前面的枪声已停，金素梅带着那些日本人和伪军来到了后院，一院之隔的两拨人都痴痴地望着天空中飞舞的那些小虫，只见那紫色的飞虫渐渐地落下，一个好奇的日本兵走到前面伸出手来想要接住那只小虫，谁知那小虫刚一碰到他的掌心竟然“腾”地燃烧了起来。那日本兵吓了一跳，然后向后退了退，微微笑了笑。他的笑意还未在脸上消失，只见对面的那扇门忽然打开了，时森森衣袖微颤，数根三千尺从衣袖中射出，她用的便是那“破”字诀。三千尺直奔那燃烧的火堆而去，只听“啪啪啪”几声，几根三千尺将那火堆打散，烟火、尘埃快速地向对面的那些日本人冲去，而后时淼淼连忙退回到房间之中。

“里面的人听着，只要交出潘俊、冯万春、金无偿，剩下的人免……”金素梅最后的一个“死”字还未说出口，只见身边一个士兵已经痛苦地倒下，数百只发光的小虫全部向那士兵身上扑来，接着更多身上沾着那灰尘的士兵被这小虫袭击，身上立刻燃起火来。他们呼喊着，求救般地扑到旁边士兵的身上，结果只是两个人的身体全都燃着而已。

金素梅惊住了，幸好金顺一直站在金素梅的身边，他拉着金素梅便向外跑，而那些身上燃着的士兵也跟着向外奔跑着。金素梅眼疾手快地抽出枪，向身后已经开始燃烧的士兵连开了几枪，那士兵颓然地倒在地上，他身上的火慢慢地在这德胜赌坊蔓延开来。金素梅一行人退出德胜赌坊的时候，见赌坊已经燃起了大火，便命剩下的人将这德胜赌坊全部包围起来，她不相信潘俊真的不出来。

那天空中盘旋着的虫子随着那火堆的消失而渐渐散去，剩下的人都在看着潘俊，潘俊此时也在心中暗自祈祷着：“希望能来，希望能来！”

不一会儿工夫，原本平静的安阳城中传来一阵叽叽喳喳的鸟叫声。天空中漆黑一片，这鸟叫声究竟是从何处传来的呢？只听那鸟叫声越来越响，有种震耳欲聋的感觉，此时他们抬起头，见月色朦胧的天空中此时多了一片一片的黑云，那黑云从四面八方向安阳的方向汇聚而来。

这时，夜空中大群大群的鸟儿从四面八方如潮水般地向安阳城袭来，安阳城中的居民均被这鸟叫声吵醒，好奇的人们打开房门伸长脖子向外眺望，那是他们从未看到过的情景。

无数的鸟遮云蔽日地盘旋在安阳城的上空，他们不禁吃惊地走出房门，来到院子之中，只见所有的鸟似乎都在向安阳城西面的德胜赌坊附近聚集。原本便夜色朦胧的夜晚，此时已经彻底变成漆黑的夜晚，那些叽叽喳喳的鸟叫声如同咒语一般，让人听了感到阵阵头痛。忽然第一只鸟如同一把黑色的利剑疾驰着向德胜赌场那熊熊燃烧的火场扑去，接着第二只、第三只……所有的鸟没命似的冲进那片火海。

“就是现在！”潘俊说着推开房门，那赌坊掌柜带着还剩下的五六个弟兄手中握着枪走在前面，而冯万春背着金无偿走在他们的后面，潘俊与时淼淼断后。

推开德胜赌坊的后门，赌坊掌柜首先冲了出去，守在那里的日本人根本没听到开门之声，他们的耳朵已经完全被这鸟叫声占据了。待几个人将枪抵在那些日本人的头上之后，他们才慌忙放枪。

“是不是有枪声？”虽然在这鸟叫声中，生性敏锐的金素梅依旧隐约听到了枪响，于是问身边的金顺。谁知金顺根本没有听到金素梅说什么，他一直紧紧地盯着天空中冲进火海的鸟发呆。金素梅大怒，带着几个日本人奔着后门而来，她一到后门见后门大开，几个日本兵均已倒毙，连忙带人沿着街道开始追赶。

“放我下来吧！”金无偿哀求道，“你们快走，带上我也是累赘！”

“你他妈的废话！”冯万春叫骂道，却始终不肯放下金无偿，一直向西边的城门奔去。冯万春深信潘俊一定有办法打开城门，而潘俊却也没了计策，他入城之时本想先将金无偿接到城门处之后再用诱虫术召唤来那些虫子，谁知金素梅竟然来得如此之快。

忽然他们身后传来了几声枪响，那枪声很近，这赌场掌柜倒颇有几分义气道：“兄弟们保护特派员！”几个人听到老大的话都停下脚步，隐蔽在这道路左右两旁。潘俊一行人继续向前走，一直奔到城门口才算停住脚步。此时城门处正有十几个伪军严阵以待，他们早已接到金素梅的命令：任何人也不准在今晚离开安阳。

潘俊几个人在距离那城门几百米的巷口停住了。

“怎么办？”冯万春和时淼淼均眼睁睁地望着潘俊。只见潘俊沉吟片刻说道：“冯师父，一会儿我出去将他们引开，然后你带着金世伯和时姑娘离开这里！”

说完，潘俊看了一眼时淼淼，道：“如果你们能顺利出去的话，就到新疆去找这个人！”说完，潘俊将那张纸条塞给了时淼淼，之后他头也不回地向城门的方向走去。

正在这时，忽然一个人推开门从里面走了出来，那个人挡在潘俊的面前。潘俊一愣，认出眼前这人不是别人，正是白天见到的那个老者，只见他一把拉住潘俊道：“恩人，您要到什么地方去？”

“出城！”潘俊淡淡地说道。

那老者想了想说道：“恩人，你这样硬闯城门的话，不过是死路一条啊！”

“那您的意思是？”潘俊听出这老者必是话中有话。只见那老者笑了笑，在他耳边轻轻地说了几句什么。潘俊立刻惊喜道：“真的？”

老者点了点头，潘俊三步并作两步回到了巷角，与冯万春等人说了几句什么，然后带着他们跟着那老头进了茶馆。

他们前脚刚一进入那茶馆，金素梅便已经带人追了上来，如果不是路上那赌坊掌柜等人的阻挡恐怕会更快一些。金素梅带着人径直走到城门处，询问守军得知无人从此处逃脱，这才命人在这安阳城附近搜查。

而此时潘俊早已在那老者的安排下来到了安阳城外四五里处，潘俊向那老者拱了拱手说道："多谢！"

"潘爷何必如此客气！"老者回礼道。

"咦，你是怎么知道的？"潘俊诧异地望着眼前微笑着的老者，只听远处传来了一阵车马之声，远远的一辆马车向这边快速地奔来，随后马车在潘俊等人的面前停下了。

"潘爷，他在车里等着您呢！"老者说着，将潘俊搀扶进了车子之中。潘俊刚一进车子就见里面竟然坐着一个人。

"潘爷，还记得我吗？"里面的人轻声说道。

潘俊虽然看不清这人的长相，但这声音却极为熟悉，他想了一会儿不禁笑道："原来是你！"

潘俊下车之后，那辆马车载着老者向安阳城的方向缓缓而去，冯万春望着潘俊说道："这车里坐的究竟是什么人？"

潘俊摇了摇头，在车里这将近半个时辰的时间里，他向潘俊讲述了关于金素梅的一切，潘俊听完之后不禁微微地摇了摇头。

"金老头，金老头！"冯万春忽然发现，自从他们随着那老者进入家中，然后从其茶馆中的地道逃出至今，金无偿始终一言不发，此时恍然发现金无偿早已经咽气了。潘俊按了按他的脖子，失落地摇了摇头，忽然潘俊盯住了金无偿的脖子，他轻轻在金无偿的脖子上摸了摸，然后轻轻一拔，竟然是一枚青丝。

"咱们接下来去哪里？"冯万春与潘俊将金无偿埋葬之后问道。

"新疆！"潘俊淡淡地说道。

"为什么？"冯万春不解地看着潘俊。

潘俊将那摄生术的事情一一讲给了冯万春和时淼淼，然后说道："如果不找到摄生术的解药，北平城中便会瘟疫泛滥，而这摄生术唯一的解药便是人草！"

"人草？"冯万春望了一眼时淼淼，时淼淼也摇了摇头。

潘俊点了点头重复道："人草！"

在距此十几里的潘家旧宅谷底，潘苑媛正带着燕云、段二娥和金龙沿着那河谷向外走，在到达大路之后，潘苑媛将金龙交给段二娥说道："好好照顾他！"

段二娥点了点头，然后潘苑媛将一个包裹递给燕云说道："你将这个交给潘俊！"

说完之后，潘苑媛爱怜地看了一眼金龙便头也不回地向深谷中走去。几个人一直目送这个神秘女子消失在夜色中，才沿着大路向西而去。而潘苑媛却躲在黑暗之中颤抖着，她知道身上的毒又要发作了，潘苑媛曾经想过一死了之，免去这诸多痛苦，但此刻潘苑媛却想活着，活下去和儿子生活在一起，但不是现在……只有找到他，找到他才能拿到解药，才能维系她的生命，即便他继续让她做一些丧尽天良的事情也在所不惜。

三日之后，燕云、段二娥、金龙终于与潘俊等人会合了。得知吴尊已死，时淼淼有些失落，这天晚上她独自一人来到了一棵槐树下。树上的螽斯叫得有些低沉，忽然她的耳边响起了一阵脚步声，她扭过头见潘俊手中正拿着什么缓缓向她走来。

"你怎么来了？"时淼淼低着头擦干眼角的泪水说道。

"来祭奠一下吴当家的！"说着，潘俊将手中的物什放在地上，一沓纸钱和一坛酒。潘俊掏出火折子递给时淼淼，时淼淼迟疑了一下，接过火折子将眼前的纸点燃，不禁又落下几滴眼泪说道："所有人都变了！"

"嗯！"潘俊点了点头，"所有人都变了，所有人都不像表面看上去那般简单！"

潘俊说完这句话，时淼淼忽然停下了手上的动作，她瞥了潘俊一眼，没有说话。

"时姑娘，冯师父在离开北平到安阳的路上曾经离开过几日，你知道他去做了什么吗？"潘俊靠在时淼淼身后的树上问道。

时淼淼依旧没有说话。

"他去了水系驱虫师时家。"潘俊自顾自地说道，"你知道他发现了什么吗？"潘俊顿了顿接着道，"七十年前时家遭遇了一场灭顶之灾，全家上下无一人生还。时姑娘，你究竟是谁？"

距此千里之外的北平，金素梅恼怒地将一只茶碗砸碎，这次不但没有抓到潘俊等人，就连一直藏在潘俊密室中的河洛箱也凭空消失了。她关上房门走过一道月亮门，推开另外一间房间的门，房间里黑洞洞的，平日里这间房间即便是在晚上也会点着灯的。她攥紧拳头，刚要发怒，却忽然被人锁住了喉咙，一个人在她的耳边轻声叫道："金素梅……"

金素梅一惊，向那边空荡荡的床瞥了一眼，然后笑了笑说道："你终于醒了……"

特别提示：臭名昭著的民国十大汉奸之一的李士群于当年九月，即第二季故事发生的一个月之后被日本特高科毒死。至于死因，说法不一，其中之一便是死于河豚卵所磨成的粉末。

（第二季完）

后 记

《绝命虫师.2》是我迄今为止写得最沉重的一部小说，如果说《绝命虫师》只是个开头的话，那么《绝命虫师.2》便是整个系列之中的第一个高潮。在最初听到这个故事的时候，我便曾因里面人物的事迹而感动，而当我写《绝命虫师.2》的时候却多次停笔，很多时候往往是含着泪一个字一个字地打下去。

《绝命虫师.2》也是我迄今为止写得最“痛”的一部小说，因为业余写作的关系，只能每天深夜笔耕，而我往往被文中人物的命运深深触动，写起来就停不下来。以至于在那创作的几个月里，我的指甲断裂了四五次，而手指更是肿得像火腿肠。因此，朋友戏言我是用敲击每一个字的痛苦来记录着文中人物的痛苦。

谢谢我的编辑，策划，以及广大读者对于《绝命虫师》系列的支持，再次感谢你们。

图书在版编目（CIP）数据

绝命虫师. 2 / 闫志洋著. — 北京：中国友谊出版公司，2017.7
ISBN 978-7-5057-3986-4

Ⅰ. ①绝… Ⅱ. ①闫… Ⅲ. ①长篇小说－中国－当代 Ⅳ. ①I247.5

中国版本图书馆CIP数据核字（2017）第039077号

书名	绝命虫师. 2
作者	闫志洋
出版	中国友谊出版公司
发行	中国友谊出版公司
经销	新华书店
印刷	三河市冀华印务有限公司
规格	700×980毫米 16开 16印张 261千字
版次	2018年1月第1版
印次	2018年1月第1次印刷
书号	ISBN 978-7-5057-3986-4
定价	42.00元
地址	北京市朝阳区西坝河南里17号楼
邮编	100028
电话	（010）64668676